C H V

Augusto Roa Bastos

Menschensohn

Roman

Aus dem paraguayischen Spanisch
von Curt Meyer-Clason

Carl Hanser Verlag

Titel der Originalausgabe *Hijo de Hombre*
Ediciones Alfaguara S. A., Madrid
3. überarbeitete und erweiterte Ausgabe Oktober 1985

ISBN 3-446-16200-3

Gesamtherstellung: Friedrich Pustet, Regensburg
Printed in Germany

Meinem Vater,
im Gedenken an meine Mutter

Du Menschensohn, du wohnst unter einem ungehorsamen Haus ...
(XII, 2)

... Du sollst dein Brot essen mit Beben und dein Wasser trinken mit Zittern und Sorgen. *(XII, 18)*

Und will mein Angesicht wider ihn setzen, daß er soll wüst und zum Zeichen und Sprichwort werden, und will ihn aus meinem Volk ausrotten ... *(XIV, 8)*

HESEKIEL

... Ich will machen, daß die Stimme wieder durch die Knochen fließe ...
Und ich werde machen, daß die Sprache wieder Fleisch werde ...
Nachdem diese Zeit vorbei ist und eine neue Zeit anbricht ...

TOTENGESANG DER GUARANIS

I

Menschensohn

Die Geschichte Macarios, des Einsiedlers und Bildschnitzers von Itapé

1

Haut und Knochen, tief gebeugt, schlich er in den trägen, vom Nordwind durchglühten Mittagsstunden durch das Dorf. Seither sind viele Jahre vergangen, aber daran erinnere ich mich. Plötzlich tauchte er irgendwo, an irgendeiner Ecke, aus irgendeinem schattigen Hausflur auf. Manchmal lehnte er auch an einer Mauer, so daß er einem Fleck mehr auf der rissigen Lehmwand glich. Schließlich tastete er sich, vom Sonnenglast verscheucht, mit seinem Bambusstecken weiter, die Augen starblind, das Knochengerüst von fadenscheinigen Fetzen umhangen, der ganze Kerl nicht größer als ein Kind.

»Heda, Macario!«

Wir ließen unsere Brummkreisel aus Guayaboholz auf dem Spielplatz beim Sandhaufen liegen und blickten dem ausgemergelten Alten nach, als sei er, Sohn eines Leibeigenen des Diktators Francia, wie ein Gespenst der Vergangenheit entsprungen.

Ein paar Kinder liefen ihm nach und suchten ihn zu erschrecken. Er aber tappte, ohne sie zu beachten, auf seinen stelzenden Finkenbeinen langsam weiter.

»Hallo, Macario Pitogüé!«

Die Goiburú-Zwillinge rannten hinter ihm her und bewarfen ihn mit so viel Sand, daß die winzige Gestalt für Augenblicke fast verschwand.

»Häßlicher Vogel ... häßlicher Vogel!«

»Alter Kracher mit kleinem Pint!«

Spott und Hohngelächter berührten ihn nicht. Schlotternd und staubbedeckt entschwand er zwischen den Straßenlampen, im Schatten der Paraísos und Ovenias, die den Gehsteig säumten.

Zu jener Zeit war das Dorf Itapé noch nicht, was es heute ist. Mehr als drei Jahrhunderte seit seiner Gründung, die im Auftrag eines peruanischen Vizekönigs erfolgt war, hatte es als Flecken im Herzen der roten Erde von Guairá dahingedämmert.

Der sieche Vizekönig von Lima hatte sich damit begnügt, die Hand auf die unbekannte, unendliche Leere zu legen, unbekümmert um die Flut von Not und Schweiß, die er damit entfesselte, wie immer, wenn es darum ging, das Land unter die Bevollmächtigten aufzuteilen oder die Mühe der kleinen Hauptleute zu belohnen, die mitgeholfen hatten, die Eingeborenenstämme zu dezimieren.

Von dem ursprünglichen Dorf war nur eine Handvoll Stein- und Lehmhäuser rings um die Kirche übriggeblieben. Aus zerfressenen Mauern schossen wilder Farn und Lianenstengel hervor, und so mancher jahrhundertealte Eckpfeiler schien plötzlich lichtgrüne Schößlinge zu treiben. Auf dem kleinen Platz, neben dem hölzernen Glockenturm, glühten in der Sonne die Kokospalmen mit ihren Helmbüschen gleich schlaffen, verdorrten Flammen, zwischen denen der heiße Windhauch sich plusterte wie durstige Tauben.

Später führte dort die Eisenbahnstrecke nach Villa Encarnación vorbei. Die Männer von Itapé ließen sich als Bauarbeiter anwerben, freilich endeten viele unter den harten Quebrachoholzschwellen, die unter den Spatenschlägen wie Blockeisen dröhnten.

Mit der Eisenbahn erwachte auch der Pueblo. Die rote Erde des Bahnsteigs entließ ihren Atem unter den nackten Füßen der Reisenden. Die kupferfarbenen Backenknochen und die Lumpenkleider der Chipá- und Limonadeverkäuferinnen, die sich einmal wöchentlich, zur Durchfahrt des Zuges, einfanden, waren von diesem rötlichen Staub gefärbt.

Jetzt kommen die Züge häufiger. Wir besitzen ein neues Stationsgebäude und einen richtig geschotterten Bahnsteig, der schließlich doch wieder die Farbe von einst angenommen hat. Ein Nebengleis führt zur Zuckerfabrik, die unweit des Dorfes am Fluß entstanden ist. Dem Bahnhof gegenüber liegt das Depot einer Kneipe, und die Kramläden der Türken mit ihren Mauern, die in lebendigem Kalk zu schwimmen scheinen, blenden das Auge. Die neue Kirche steht auf den Resten der alten. Die schwarzen Kerzen der Kokospalmen sind gefallen, der Glockenturm ist eingestürzt. Statt dessen sind ein Schaugerüst und ein Podium für die Namenstagfeste, wie den Santa-Clara-Tag, errichtet worden.

Jetzt gibt es hier Lärm und Betrieb. Damals gab es nur Armut und Stille.

Die verstreut liegenden Ranchos, die Bauernhütten, wiesen den Weg nach Borja und Villarica, ein staubiges Band, auf dem die Ochsenkarren auf der Stelle zu schweben schienen.

Noch etwas ist aus jener Zeit übriggeblieben.

Eine halbe Legua, etwa zweieinhalb Kilometer vom Dorf entfernt, erhebt sich der Berg Itapé, an dessen Fuß, durchschnitten von dem Bach, der dem Berg entspringt, der Fuhrweg vorbeiführt. In bestimmten Stunden, wenn die Vorberge in der Stahlenbrechung an- und abschwellen, kann man gegen den weißglühenden Himmel auf dem Gipfel den Rancho Christi erkennen.

Dort wurde gewöhnlich der Karfreitag begangen.

Die Einwohner von Itapé hatten ihre eigene Liturgie, eine aus bestimmten Ereignissen jüngerer Zeit entstandene Tradition, die jedoch bereits Legende geworden war.

Der Christus hing noch immer auf dem Grat des Hügels an seinem Kreuz, unter dem kleinen Runddach aus Pfriemengras, das, ähnlich einem indianischen Zelt, ihn vor der Witterung schützte. Eine Darstellung des Kreuzweges war nicht nötig. Gleich nach der Predigt über die Sieben Worte erfolgte die Kreuzabnahme. Verkrampft und zitternd reckten sich die Hände dem Gekreuzigten entgegen. Fast zerrten sie ihn in grollender Ungeduld herab. Dann stieg das Volk, das Schnitzbild auf den Schultern, zu Tal und legte die halbe Legua bis zur Kirche unter heiserem Heulen von Preis- und Klageliedern zurück. Der Christus wurde jedoch nicht in das Gotteshaus gebracht, sondern einen Augenblick im Vorraum gehalten, indes das Singen zu feindselig herausforderndem Schreien anschwoll. Ein Weilchen später kreiste die Tragbahre über der erregten Menge, und im rauchigen Schein der Fackeln und Kerzen leichenhaft erstrahlend, kehrte der Christus auf den Schultern der Prozessionsteilnehmer zu seinem Berg zurück.

Es war ein herber, rebellisch-urwüchsiger Kult, gegoren aus dem Fluch gemeinsamer Auflehnung, als habe sich der Geist des Völkchens am Geruch des Opferblutes berauscht und sei zur neunten Stunde des Karfreitags in jene Klage ausgebrochen, von der man nicht wußte, ob sie Angst war oder Hoffnung oder bitterer Groll.

Das hat uns Bewohnern von Itapé den Ruf von Eiferern und Ketzern eingetragen.

Die Leute jener Zeit jedoch wanderten Jahr für Jahr auf den Berg, nahmen den Schmerzensmann vom Kreuz und trugen ihn durchs Dorf wie ein Opfer, das es zu rächen galt, und nicht wie einen Gott, der für die Menschheit gestorben war.

Vielleicht ging dieses Mysterium auch über ihr schlichtes Begriffsvermögen.

Entweder Christus war Gott, dann konnte er nicht sterben. Oder er war Mensch, dann war sein Blut vergeblich über ihre Häupter geflossen, ohne sie zu erlösen, da ja alles nur schlimmer geworden war.

Vielleicht hatte auch nur die Herkunft jenes Christus vom kleinen Berg in ihren Seelen jenen seltsamen Glauben an einen Erlöser erweckt, der zerlumpt war wie sie, der verhöhnt, verspottet und gemordet wurde wie sie, seit die Welt Welt war. Ein Glaube, der eine Umkehrung des Glaubensbekenntnisses war und dadurch ein unablässiger Versuch der Auflehnung.

Vielleicht wollten sie damit aber nur Gaspar Mora versöhnen oder wenigstens rechtfertigen, jenen Instrumentenbauer Mora, der sich, als er aussätzig wurde, auf den Berg zurückzog, um nie mehr in den Pueblo zurückzukehren. Übrigens nannten sie ihn nie mit Namen, was vermutlich in stillschweigender instinktiver Vereinbarung geschah.

Ich war damals noch klein. Daher darf mein Zeugnis nur annähernd gelten. Aber auch jetzt, während ich diese Erinnerungen aufzeichne, fühle ich, daß sich in die Unschuld, in das Staunen meiner Kindheit der Verrat und das Vergessen des Mannes und die wiederholten Tode meines Lebens mengen. Ich lebe diese Erinnerungen nicht von neuem, aber vielleicht sühne ich sie.

2

Wer die Geschichte am besten kannte, war der alte Macario. Diese und viele andere Geschichten.

Nicht alle kleinen Jungen verhöhnten ihn damals. Einige von uns liefen ihm nach, nicht um ihn mit Erde zu bewerfen, sondern um seinen Erzählungen und Geschichten zu lauschen, die nach Erlebtem rochen und schmeckten. Er war nämlich ein wunderbarer Geschichtenerzähler, besonders kurz vor seinem Tode, als er schon ein wenig kindisch geworden war. Er war das wandelnde Gedächtnis des Pueblo und wußte Dinge, die weit über die Dorfgrenzen hinausgingen. Er selbst stammte nicht aus dem Pueblo. Es hieß, er sei ein unehelicher Sohn Francias. Im Kirchenbuch stand er unter diesem Namen.

Macario war vermutlich einige Jahre nach der Diktatur Perpetuas geboren worden. Sein Vater, der freigelassene Pilar, war Kammerdiener des Allmächtigen gewesen und hatte dessen Namen getragen. Viele der Sklaven, die der Diktator befreite – während er Bürger in den Kerkern zu Sklaven machte –, hatten diesen Namen angenommen, dem im

Grunde der düstere Klang einer ganzen Zeit anhaftete. Auf diese Weise waren sie ebenso stark vom unauslöschlichen Zeichen der Zeit wie von ihrer dunklen Hautfarbe geprägt.

So auch Macario. Wenn er erzählte, lief uns ein Schauder über den Rücken. Sein Schweigen war jedoch ebenso beredt wie seine Worte. Die Luft jener unergründlichen Epoche wehte uns durch den Mund des Alten an. Er sprach stets Guaraní. Der weiche Tonfall der Indiosprache besänftigte die Schreckenszeit und machte sie genießbar – ein Echo vergangener Echos, Schatten von Schatten, Spiegelung von Spiegelungen. Vielleicht war es weniger die Wahrheit des Geschehens als sein Zauber, der uns betörte.

»Der Mensch, Jungens,« – sagte er zu uns – »ist wie ein Fluß. Er hat ein Bett, er hat Ufer. Er entspringt, und er mündet in andere Flüsse. Er muß zu etwas nütze sein. Der ist ein schlechter Fluß, der in einer Lagune versandet ...«

Wieder sann er der Vergangenheit nach.

»Der hohe Herr befahl, die Häuser der Reichen einzureißen und die Bäume zu fällen«, erzählte er. »Er wollte alles sehen. Zu jeder Tages- und Nachtzeit. Jede Bewegung, sogar die Gedanken seiner Gegner, die sich an die brasilianischen Mestizen und die Porteños, die Einwohner von Buenos Aires, verkauft hatten. Denn diese beratschlagten Tag und Nacht, wie sie ihn zu Fall bringen könnten. Sie waren der Sumpf, der unser Volk aufschlucken wollte. Daher verfolgte und vernichtete er sie. Er füllte den Sumpf mit Erde ...«

Wir verstanden nicht genau, was er damit meinte. Trotzdem hob sich die Gestalt des *Supremo,* des Allmächtigen, eindrucksvoll von einem Hintergrund aus Himmeln und Nächten ab, eine Figur, die das Land mit unerbittlichem Willen und schicksalhafter Allmacht bewachte.

»Stets schlief er mit einem wachen Auge. Nichts, niemand täuschte ihn ...«

Vor unseren Augen erstanden die dunklen Kellergelasse, in denen die lebendig Begrabenen sich unter dem schlafloshartnäckigen Blick des Diktators in ihren Träumen wälzten. Auch wir wanden uns in einem Alptraum, der gleichwohl in unseren Herzen keinen Haß auf den Gewaltherrscher aufkommen ließ.

Wir sahen ihn auf seinem Nachmittagsritt zwischen zwei säbel- und karabinerbewaffneten Wachen durch die verlassenen Gassen traben. Erhobenen Hauptes auf seinem Fuchs im rotsamtenen Sattel, an dem die silberbeschlagenen Peitschen und Pistolentaschen hingen, die Zügelfäuste aufgestellt, ritt er eilends dahin und spähte im Schatten seines mächtigen Dreispitzes in die Stille der einfallenden Dämmerung, eingehüllt in den schwarzen, buntgefütterten Umhang, unter dem nur die weißen Strümpfe und die goldbeschnallten, in silbernen Steigbügeln steckenden, schwarzen Lackstiefel hervorschauten. Rasch schweifte der Häherblick des Diktators über die gräbergleich verschlossenen Türen und Fenster. Noch nach hundert Jahren wichen wir bei der Erzählung des Alten vor den glühenden Kohlen der Herrscheraugen zurück, die uns inmitten von Waffen- und Zaumzeuggerassel zu durchbohren suchten.

Am Heiligendreikönigsfest wurde im Herrenhaus auf dem Platz der Waffen sein Geburtstag gefeiert. Inmitten einer Unzahl flackernder Kerzen, die im Halbdunkel der Galerie erstrahlten, verteilte der hohe Herr im enganliegenden blauen Galarock, in weißen Beinkleidern und mit dem Zierdegen geschmückt, in eigener Person Almosen unter die Kinder der Armen, und zwar genau an der Stelle, unter der die Kerkerverliese lagen. Die Bittsteller ließen als Gegengabe für die Geschenke, die aus den allmächtigen Händen geflossen waren, ihre Öllämpchen in der Halle zurück. Sie hatten nicht mehr als diesen Tropfen Licht zu geben als Zeichen ihrer Dankbarkeit und ihrer Angst.

Macario hütete sich freilich, dieses Wort in den Mund zu nehmen. Und doch konnte man sich gut vorstellen, daß der befrackte, mürrische Heuchler mit seinem messerscharfen Blick diese Lumpen und ihre Ehrerbietung nach dem geringsten Anzeichen von Verschwörung, von Auflehnung oder Haß zu durchdringen trachtete.

»Ihn täuschte keiner ...«

Nicht einmal der Mulatte Pilar, Macarios Vater, der einzige Diener, der sein ungeteiltes Vertrauen genoß.

»Er liebte ihn wie einen Sohn«, erzählte er uns eines Nachmittags. »Mein Vater schmeckte jedes Gericht des hohen Herrn nach Gift ab. Lag Francia steif vom Zipperlein im Bett, war es Väterchen Pilar, der nach Itapúa und Candelaria ritt, um die Heilmittel zu holen, die der in Santa Ana festgehaltene französische Arzt verschrieb. Ich begleitete Väterchen auf seinem Ritt. Als sein Herr durch die Medizin genas, war Vater der glücklichste Mensch von der Welt. Aber dann kam ich und zerstörte seine Freude ...« Das Kinn auf die Brust gesenkt, schwieg er eine lange Weile und versank in seine Erinnerungen.

Endlich nahm ich mir ein Herz und fragte:

»Warum hast du denn seine Freude zerstört, Väterchen Macario?«

»An jenem Nachmittag ...« Seine geröteten seidenfeinen Augenlider zuckten. »Am jenem Nachmittag fand ich eine Goldunze auf dem Tisch. Der hohe Herr war zum ersten Mal nach seiner Krankheit ausgegangen. Ich konnte der Versuchung nicht widerstehen und nahm die Unze. Sofort roch meine Hand brenzlich und begann zu rauchen. Ich ließ die Münze fallen und lief weg, um mich zu verstecken. Der Diktator hatte sie auf einen Kohlenofen gelegt. Als er zurückkam, ließ er mich rufen, hieß mich die Hand ausstrecken, sah die Wunde und damit die Wahrheit. Eigentlich war ich schon durch den Schmerz genügend bestraft. Trotzdem befahl er meinem Vater, mir in seiner Gegenwart fünfzig Rutenstreiche zu verabreichen. Väterchen Pilar gab mir die fünfzig Hiebe, einen nach dem anderen, mit einer in Essig und Salz getauchten Guayabogerte. Die ersten Schläge hielt ich aus ohne zu weinen, aber bevor ich ohnmächtig wurde, sah ich Väterchens Augen weiß werden von dem Schmerz, den ich erlitt. Ich war sein liebster Sohn. Kurz darauf gab er Sultan, dem Lieblingshund des hohen Herrn, einen Fußtritt. Daraufhin ließ dieser ihn einsperren und befahl dem Kerkermeister, ihm mit derselben Rute hundert Hiebe auszuteilen. Väterchen war wie von Sinnen. Einige Tage darauf wurde er gegen den Gefängniswärter ausfallend. Es hieß zwar, dieser sei daran schuld gewesen, doch ließ er daraufhin Väterchen mit anderen Verschwörern hinrichten. Der hohe Herr liebte ihn zwar wie einen Sohn, wollte ihm, dem Verräter, jedoch nicht verzeihen. Er war aber kein Verräter, sondern starb durch meine Schuld; all sein Unglück hatten ich und die schwärende Wunde meines Diebstahls verursacht. Die zwölf Söhne Pilars wurden an zwölf verschiedene Punkte des Landes verschickt. Ich kam hierher und blieb bei meiner Schwester Maria Candelaria, der Mutter jenes Gaspar, der später Musiker und Instrumentenbauer wurde ...«

An jenem Nachmittag erfuhren wir also, daß Macario Francia Gaspars Onkel war. Mehr erfuhren wir jedoch nicht.

»Laßt mal eure Hände sehen!« rief er plötzlich.

Obgleich er den grauen Star hatte, zogen wir unsere Hände vor seinen Fingern, die dürr waren wie Rebenholz, rasch zurück und ballten sie. Er drehte die fast durchsichtige Rechte um. In der Mitte der Handfläche, dicht über den Knochen, sah man zwischen den erdfarbenen Runzeln den schwarzen Fleck, fast wie ein Loch.

»Paßt auf, daß euch so etwas nicht passiert! Ich habe lange dafür bezahlt, ein ganzes Leben lang ...«

Er betörte, behexte uns mit seinen Geschichten.

»Ein paar Jahre vor dem großen Krieg suchte ich den berühmten Arzt von Santa Ana auf, um eine Arznei für Schwester Candelaria zu erbitten, die einen Blutsturz gehabt hatte. Es war eine vergebliche Reise. Ich erinnerte mich daran, daß ich zwanzig Jahre früher mit Väterchen hingefahren war, um Balsam für seinen kranken Herrn zu holen. Diesmal hatte ich kein Glück. Auch der Franzmann lag krank zu Bett. Das zumindest sagte man mir. Drei Tage lang wartete ich vor seinem Haus, in der Hoffnung auf seine Genesung. Abends schob man ihn in einem Korbsessel auf den bedachten Vorplatz. Dort sahen wir ihn still, bleich und fett im Mondlicht schlafen. In der letzten Nacht lief ein Betrunkener, grüßend und krakeelend, unablässig vor dem Kranken auf und ab. Er kam und ging, jedesmal wütender, jedesmal lauter gröhlend:

›Guten Abend, Herr Bonpland! ... Gegrüßet seist du, Jungfrau, Holdselige! ... Guten Abend, Herr Bonpland! ...‹

Zum Schluß beleidigte er ihn geradezu. Der Arzt, stattlich, aschfahl und schlaftrunken, beachtete ihn nicht und ließ sich auch nicht aus der Ruhe bringen. Nun hielt der Betrunkene die Mißachtung nicht länger aus, zog ein Messer aus der Tasche, sprang auf den Vorplatz hinauf und stach's ihm mehrmals in den Leib, bis ich auf ihn losstürzte und ihm das Messer entriß ... Leute kamen herzugelaufen. Jetzt erfuhren wir, daß der berühmte Arzt vor drei Tagen gestorben war. Somit hatte der Trunkenbold nur den einbalsamierten Leichnam erdolcht, den man zum Auslüften in die frische Nachtluft gestellt hatte. Für mich war es, als sei er zum zweiten Mal gestorben ... Als ich nach Itapé zurückkehrte, war meine Schwester Maria Candelaria genesen. Damit sie sich ganz erhole, legte ich das Messer, mit dem der Betrunkene den angesehenen Arzt durchbohrt hatte, unter ihr Kopfkissen ...«

Einige von uns glaubten ihm nicht. So zum Beispiel die Goiburú-Zwillinge. Pedro trug eine verschmitzte Miene, während seinem Bruder Vicente der Schelm im Nacken saß. Aber unter sich waren sie einig. Schon damals begannen sie sich über den alten Freigelassenen lustig zu machen.

Am anderen Tag nahm Macario uns mit in sein Rancho. Aus dem Loch eines Deckenbalkens holte er ein kleines Paket hervor und schnürte es auf. Dann förderte er aus einem Säckchen aus Iguanafell zwischen Marienglassplittern einen Gegenstand zutage. In seiner erdfarbenen Hand zitterte eine große, silberne Schnalle.

»Dies hier ...« sagte er, konnte aber nicht weitersprechen. Es war leicht zu erraten.

Gebannt betrachteten wir die Schnalle, wie einen in den Wüstensand gefallenen Meteorstein. Die schwarzen Lackschuhe, die weißen Strümpfe, der dürre Schatten des befrackten hohen Herrn tauchten wieder vor uns auf wie die Brandspur eines Baums, den der Blitz nicht zu fällen vermocht hatte.

Der Große Krieg überfiel das Land und verwüstete es von einem Ende bis zum anderen. Zu jener Zeit war Macario Francia schon ein reifer Mann.

Er erzählte, wie er sich in den Reihen des berühmten malerischen Kornetts Ñanduá bis Humaitá und Cuadrilátero durchgeschlagen hatte. Bei Lomas Valentinas aber fiel er den Verbündeten in die Hände, konnte jedoch fliehen und sich im Hauptquartier des Marschalls López melden.

»Madame in Person hat mir die Schulter kuriert!« sagte er stolz.

Das war also jene Schulter, die er tiefer trug, die stets wie unter der Bürde jenes Alptraums herunterhing.

Macario durchlebte alle Stationen des fürchterlichen Blutbades, das fünf Jahre dauerte, bis zur Niederwerfung der letzten gespenstischen Lópezschen Freischärler bei Cerro Korá. Er selbst schien ein aus dem Vernichtungstaumel auferstandener Lazarus zu sein.

Die einzige Beute, die er zu retten vermocht hatte, waren die silberne Schnalle und die wirre, unschätzbare Last seiner Erinnerungen.

Des aussätzigen Neffen gedachte er, genau wie alle anderen, mit Absicht nie. Von seiner Geburt sprach er nur widerstrebend.

»Schwester Candé bekam ihren Gaspar gerade, als die Residentin abreiste ...« war das einzige, was er preisgab, wenn wir nicht lockerließen.

Es gab in Itapé noch jemanden, der die Geschichte kannte – die Chipáverkäuferin Maria Rosa, die auf dem Hügel von Carovení wohnte. Doch auch sie sprach nicht von Gaspar. Und wenn sie einen Ton sagte, achtete niemand darauf, weil sie als wunderliche Person galt. Ihr Wortschatz bestand aus wenigen unzusammenhängenden Sätzen, die das altertümliche Guaraní nur noch unverständlicher machte, und aus dem verzückten Kehrreim des Totengesangs der Guaraní von Guairá.

Selbst Macario sprach erst von seinem Neffen Gaspar Mora, als er mit einemmal hinfällig wurde und am Rande des Grabes stand.

Erst als er nur noch Haut und Knochen war, kam dem Alten sein unbewußt vor allen Bewohnern gehütetes Geheimnis zum Bewußtsein. Dann vergaß er alles übrige.

3

»Es war damals, als der Komet die Erde mit seinem Feuerschweif reinzufegen drohte ...«

Damit pflegte er zu beginnen. Er sagte *yvaga-ratá,* meinte mit diesem unübersetzbaren Guaraní-Wort, das soviel wie *Himmelsfeuer* bedeutet, den Kometen und spielte dabei auf die kosmischen Kräfte an, die dieses Feuer entfesselt hatten, auf die Zerstörung der Welt, wie die Schöpfungsgeschichte der Guaranís sie berichtete.

Ich erinnere mich an den ungeheuren Halleyschen Kometen, Schreckgespenst meiner kindlichen fünf Jahre, die ganz im Zeichen der bedrohlichen Gegenwart jenes Schlangenhundes standen, der sich anschickte, die Welt zu verschlingen. Ich erinnere mich gut an ihn, wenngleich Macarios Bericht mich dazu brachte, das Ereignis in eine fernere Vergangenheit zurückzuverlegen.

Ihn interessierte der Komet freilich nur im Zusammenhang mit seinem aussätzigen Neffen, dessen Geschichte er jedesmal etwas anders erzählte. So schob er Tatsachen zusammen, vertauschte Namen, Daten, Orte, wie ich es jetzt vielleicht unwillkürlich tue, da ich unzuverlässiger bin als der kindische Alte, dessen Gemüt zumindest lauter war.

Wenn Frauen dazutraten, verstummte er sofort. Vor ihnen sprach er wohlweislich nie von Gaspar. Wiewohl hinfällig und zitterig, merkte er ihre Anwesenheit sofort und verschanzte sich dann hinter mürrischer Einsilbigkeit. Wurde nahe am Feuer gesprochen, spuckte er in die Glut, so daß man eine ganze Weile nur zischende, gelbliche Rauchfäden aufsteigen sah und der weibliche Störenfried den Rückzug antreten mußte.

Und wieder fing Macario bei dem Kometen an.

So hörte ich ihn denn eines Abends, als die schlurfenden Schritte einer Frau verhallt und die Speichelsalven im Feuer verzischt waren, träge krächzen:

»Er versteckte sich mitten im Urwald und wartete dort auf den Tod.«

Dann brach er ab und fuhr nach einer Weile fort:

»Aber vorher bekam er den Sohn.«

»Welchen Sohn, Väterchen?« wollte jemand wissen.

Er antwortete nicht. Sein Kopf sank vornüber, ein Seufzer entrang sich seiner Brust.

Wir alle wußten, daß Gaspar Mora keine Kinder gehabt hatte. Der Alte schien in seinem schwammigen Kopf reumütige und beschämte Betrachtungen über seine Entstellung der Tatsachen anzustellen.

Dann verbesserte er sich, suchte das Gesagte zu verwischen und griff auf die Jahre zurück, die vor dem Einsiedlerleben des Alten in der Waldlichtung lagen. Nun gewannen Gaspar Moras Züge wieder den starken, sauberen Gesichtsausdruck seiner Jugend. Wir sahen wieder das uns allen erinnerliche, knochig-braune Antlitz mit seinen grünlichen Augen vor uns.

Gaspar war so lange mit Holz umgegangen, daß er danach roch. Die Leute kamen von weit her, um seine Instrumente zu kaufen und zahlten, was er für sie forderte. Er war nicht knauserig und behielt nur das Notwendigste, um Material und Werkzeuge kaufen zu können. Den Rest verteilte er unter die minder Begüterten. Er beglich die Schulden der

Landsleute, deren Felder von Feuer, Hagel oder Heuschrekkenplagen verwüstet worden waren. Witwen und Waisen versorgte er mit Kleidern und Nahrungsmitteln.

»Die jungen Leute«, erzählte Macario, »kamen in seiner Werkstatt zusammen, um ihm bei der Arbeit zuzusehen. Alle Lernbegierigen weihte er in sein Handwerk und in die Musik ein. Er baute auch das kleine Schulhaus, hieb die Pfeiler zurecht, schnitzte die Figuren dazu und schälte die Dachsparren. Zwar kann ich sie nicht mehr sehen, aber ich weiß, daß sie da sind ...«

Ja, sie sind noch da. Die Zeit hat die Figuren auf den indianischen Gefäßen und Geweben, die Gaspar mit Meißel und Krummhaue in den Pfosten aus Petereby- und Lapachoholz nachschuf, mit einem feinen Rippenwerk überzogen. In all dem blieb er gegenwärtig, zumal in dem alten Landstreicher, der von der öffentlichen Wohlfahrt lebte und die Lumpen, die seine sackleinerne Haut bedeckten, auf eine für uns rätselhafte Weise blitzsauber zu halten verstand.

Gaspar war noch nicht lange tot. Da er jedoch inmitten des allgemeinen Entsetzens verschwand, war es, als sei er in die Ritze einer sehr fernen Zeit gestürzt.

Macario Francia brachte ihn uns wieder näher.

»Bei Einbruch der Nacht pflegte er auf der Gitarre zu spielen, an der er gerade arbeitete, um den Ton, die Gesundheit des Instruments abzuhorchen ...«

Daran erinnere ich mich. Die Leute setzten sich ins Gras, um zuzuhören, oder traten aus ihren Ranchos ins Freie. Die Musik drang bis hinauf zum Hügel, bis zum Fluß. Ich entsinne mich noch, daß Mama beim Klang der fernen Gitarre feuchte Augen bekam. Und Vater, der vom Zuckerrohrfeld heimkehrte, bemühte sich, keinen Lärm mit seinen Geräten zu machen.

Auch nachdem Gaspar im Walde gestorben war, hörten wir manchen Abend die Gitarre. Macarios Stimme wurde leiser. In der Stille der einfallenden Nacht, die die blauen Funken der Leuchtkäfer durchtanzten, vernahmen wir mit einem Mal die Gitarre, die aus Grabestiefe heraufzutönen oder unter dem Einfluß des Alten in unserem Innern zu erklingen schien.

In diesem Augenblick verstanden wir auch die abgerissenen Worte Maria Rosas, aus deren verliebter Besessenheit wir Gaspars Geschichte zu erraten glaubten.

»Wenn wir ihm zuhörten, dachte niemand mehr ans Sterben«, sagte die närrische Chipáverkäuferin von Caroveni. »Er entschlummerte im Herzen des Holzes. Er war sehr müde, denn er hatte die ganze Zeit mit der großen Fledermaus kämpfen müssen ... Aber eines Tages wird er erwachen und mich holen. Der Komet wird ihn bringen! ... Man hat ihn an Händen und Füßen festgenagelt ... Aber der Komet wird ihn erwecken und ihn wieder aus dem Wald zurückholen ...«

Beide – Macario mit der Geschwätzigkeit des Alters, Maria Rosa mit ihrem gelinden Wahnsinn – schienen durch den Feuerschweif für immer an den im Busch dahingegangenen Aussätzigen gefesselt zu sein.

Als Vierzigerin mit verfilztem, ergrauendem Haar war Maria Rosa trotz einer späten Mutterschaft, die ihr eine Tochter beschert hatte, noch immer in ihn verliebt.

Zu jener Zeit dürften alle Frauen für den Musiker oder das, was sie in ihm sahen, geschwärmt haben. Ich denke heute an die Mädchen von Itapé, die bei Anbruch der Dunkelheit, zu jener Stunde, in der »niemand ans Sterben dachte«, zwischen den tanzenden lichtgrünen Pünktchen der Leuchtkäfer mit Leib und Seele dem Musikanten lauschten. Vielleicht entzog die Rivalität, die sie einerseits miteinander verband, ihnen allesamt andererseits den Künstler, der nur Augen für das saitentönende kopflose Geschöpf zu haben schien, über das er sich im Dunklen zärtlich beugte.

Macario sagte nichts darüber, vielleicht hat er auch etwas gesagt und ich habe es vergessen, da ich damals nicht an diese Dinge dachte.

Ich weiß jedoch mit Sicherheit, daß es jemand auf Umwegen aus ihm herausholen wollte.

»Gaspar starb unberührt ...«, meinte er mit einer Sicherheit, die seiner früheren Bemerkung widersprach, als ihm zu seiner Beschämung entfallen war, daß dem Aussätzigen noch vor seinem Tode ein Sohn geboren worden war. Aber sein Greisenalter war ein fruchtbarer Boden für Widersprüche, Vergeßlichkeiten und Sinnbilder.

»Alter Schlauberger!« spotteten die Goiburú-Zwillinge, die die ersten Erfahrungen mit dem weiblichen Geschlecht hinter sich hatten und sich vor uns anderen, die wir jenes Mysterium noch nicht gekostet hatten, in die Brust warfen. Dem Alten wollte es jedoch nicht gelingen, seine Zuhörer, die ihn für einen Lügner und Aufschneider hielten, von Gaspars Unschuld zu überzeugen.

Aber Vicente, der Teufelskerl, trug am Gürtel die silberne Schnalle, die er dem Alten entwendet hatte.

Heute glaube ich, daß sie nicht nur gegen Macario, sondern auch gegen Gaspar uneingestandenen Groll hegten. Der Vater der Zwillinge, den später ein Jungstier aufspießen und töten sollte, war ein erklärter Feind von beiden. Wahrscheinlich hatte er seinen Zwillingssöhnen den scheußlichen Haß eingeimpft, der den Axthieb gegen Macario und die Christusfigur auslösen sollte. Jedenfalls stand fest, daß den Zwillingen nichts heilig war.

Eines Nachmittags, am Fluß, beschmutzte Pedro das Andenken Gaspars mit dem Schimpfwort »Monflorito«, das uns wie ein Schlag ins Gesicht traf. Alsbald fielen wir über ihn her, rissen ihn zu Boden und verstopften ihm den Mund mit Sand, wie um ihn zu zwingen, die Schmähung hinunterzuwürgen, um diese Aberkennung der Männlichkeit zu begraben, die er soeben gegen einen Menschen ausgestoßen hatte, der für uns das Abbild der Männlichkeit war.

Vicente versuchte vergebens, seinen Bruder zu verteidigen, aber ich setzte ihm den Fuß auf die Kehle, während die anderen ihn festhielten.

»Ist er ein Monflorito oder nicht? Wiederhol's, wenn dir danach zumute ist!«

»Nein ...«, stöhnte er feige.

Nun ließen wir ihn los. Als die beiden mich jedoch später allein zu fassen bekamen, ertränkten sie mich fast im Stauwehr, weil ich nicht gezweifelt hatte und weil sie sich für jenen Mundvoll Erde rächen wollten, den die Verteidiger Gaspars Pedros Kehle hinuntergezwängt hatten.

Ich kam mit dem Leben davon, weil ich besser tauchen konnte als sie. Vor allem aber, weil ich fest an etwas glaubte. Die Hände unter Wasser im Schlamm verkrallt, hielt ich die Augen weit offen und den Atem an, während die Zwillinge mich zu ersticken suchten. Sie stiegen dann ans Ufer, weil sie glaubten, ich sei ertrunken. Sie sahen auch nicht die Blutbläschen, die mir aus Nase und Ohren aufzusteigen begannen.

Betäubt, halb erstickt, fühlte ich die hölzerne Hand Gaspars, die mich an die Oberfläche zog, ein schwarzer Wurzelknollen, an den ich mich noch eine Weile anklammerte.

4

Es dauerte lange, bis nach Gaspar Moras Verschwinden seine Abwesenheit bemerkt wurde.

Er ließ sein Haus unverschlossen. Er nahm nur ein paar Werkzeuge mit.

Unermüdlich suchte man ihn überall. Man ritt alle Wege ab, man fahndete in den entlegensten Pflanzungen und in den Nachbardörfern nach ihm. Aber niemand schien etwas zu wissen. Gaspar hatte sich verflüchtigt, ohne eine Spur zu hinterlassen.

Es war, als sei er gestorben.

Die alten Weiber schworen, er werde wiederkommen. Die jungen Mädchen ließen die Köpfe hängen, besonders Maria Rosa, die kleine Chipera, die ihm ihre Chipás stets heiß und knusprig gebracht hatte, ohne je etwas dafür zu verlangen. Ja, ganze Kolben Goldbananen und frisches Quellwasser in einer mit feuchten Bananenblättern umwickelten Feldflasche hatte sie ihm gebracht. Sie selbst war braun wie ein Tonkrug, rund und füllig, gebräunter Glanz lag auf ihren Wangenknochen, und ihre dunklen Pupillen blitzten hell.

Vor dem Ereignis hatte Maria Rosa nachts in ihrem kleinen Rancho auf dem Bergrücken von Caroveni Männer empfangen – Viehtreiber, Durchreisende, aber nie Männer aus dem Dorf. Die alten Weiber blickten sie daher scheel an und tuschelten hinter ihrem Rücken. Aber sie achtete nicht darauf und trug es ihnen auch nicht nach.

Als Gaspar Mora verschwand, blieb die Hütte verschlossen, einsam, schweigsam zwischen den Kokospalmen. Die kleine »Fledermaus«-Lampe leuchtete nicht mehr dort oben hinter den buntverhängten Fensterchen.

»Ist Gaspar denn nie zu Maria Rosas Hütte hinaufgestiegen, bevor er sich verirrte?« fragte man Macario, um ihn zu ärgern.

»Gaspar ist keusch gestorben!« wiederholte der Alte eigensinnig mit hängendem Kopf.

Noch jetzt sehe ich Maria Rosa vor mir, den Verschwundenen suchend, erwartend, sich in der Erwartung läuternd, als habe sie plötzlich entdeckt, daß alle Männer nur einer waren, daß dieser eine nicht mehr da war und vielleicht nie mehr zurückkehren würde.

5

Monate vergingen, vielleicht auch Jahre. Dann brachte ein Baumfäller die Nachricht in den Pueblo, er habe beim Holzfällen tief im Walde gegen Abend den Klang einer Gitarre gehört. Zuerst habe er es für ein schlimmes Vorzeichen gehalten.

»Pora oder Pombero, sagte ich mir. Vielleicht war's auch der Yasy-yate-ré. Obwohl ich nicht an das Zeug glaube«, sagte er zu seinen Zuhörern, die sich um ihn geschart hatten. »Die Gitarre spielte weiter. Ich ging ihrem Ton nach, was gar nicht leicht war. Da die Musik vom Wald eingeschlossen war, lockte sie mich mal hierhin, mal dorthin. Zu guter Letzt geriet ich in eine Schneise. Dann sah ich eine Hütte, und vor ihr, auf einem Baumstumpf, saß Gaspar und spielte auf einer rohen, unlackierten Gitarre ... Er ist krank. Er hat das Leiden des Heiligen Lazarus.«

Bestürzung malte sich auf allen Gesichtern.

Der Holzhacker sagte, er habe ihm die Hand hingestreckt, der andere habe sie aber nicht genommen und gesagt:

»Ich gebe niemandem die Hand, nur dieser hier ...« Dabei habe er auf das Instrument gedeutet. »Die kann ich nicht anstecken ...«

»Wo ist er?« fragte Macario.

»Ich darf's nicht verraten«, verteidigte sich der Holzfäller.

»Du mußt es sagen«, beharrte der Alte. »Wir müssen ihn holen.«

»Ich habe es ihm auf meine Axt geschworen, daß ich es niemand sagen werde. Gaspar will allein sein ...«

Maria Rosa schlich sich davon. Während die anderen weiterstritten, ging sie zu ihrer Hütte, füllte einen Korb mit Chipás und sonstigem Proviant und machte sich auf den Weg zum Wald. Sie kannte den Arbeitsplatz des Holzfällers.

Am nächsten Tag begegnete ihr auf dem Rückweg eine von Macario angeführte Schar, die sie im Hohlweg anhielt. Sie verweigerte jedoch jede Auskunft und kehrte ganz verändert wie eine Schlafwandlerin zurück.

6

Aber auch Macario und seine Gefährten scheiterten an dem Willen des Kranken zur Einsamkeit, an seinem Entschluß, dort bis zum Ende auszuhalten.

»Die Toten mischen sich nicht unter die Lebenden«, das habe er ihnen nach Macarios Aussage von weitem zugerufen und ihnen mit einer Handbewegung verboten, näherzukommen.

»Wir wollen dich mitnehmen, Gaspar«, antwortete Macario. »Wir haben dich überall gesucht.«

»Ich bin bereits tot«, erwiderte dieser langsam. »Und ich kann euch sagen, daß der Tod nicht so schlimm ist, wie man meint.«

Dann sei er eine ganze Weile verstummt, sagte Macario.

»Der Tod schnitzt mich langsam zurecht«, habe Gaspar laut Macario anschließend gesagt. »Mittlerweile verrät er mir seine Geheimnisse. Es ist gut, wenigstens zu wissen, daß man nicht endet, daß man sich in einem anderen Leben, in einem anderen Ding, fortsetzt. Denn selbst im Tode will man weiterleben. Das weiß ich nun. Der Tod hat mich gelehrt, Geduld zu üben. So spiele ich ihm ein wenig auf ...«, sagte er lächelnd, scherzhaft. »Um mich erkenntlich zu zeigen. Wir verstehen uns ...«

»Aber du leidest doch, Gaspar.«

»Ob ich leide? Gewiß, ich leide. Aber nicht deswegen ...« Er blickte zu Boden. »Ich leide, weil ich allein sein muß, weil ich, solange ich es noch konnte, so wenig für meine Nächsten getan habe.«

»Deshalb sind wir ja gekommen. Du kannst gesund werden. Wir werden dich pflegen.«

Er schüttelte den Kopf und blickte sie aus unergründlicher Tiefe an. Es war, als stehe ein Toter auf, um für das Unwiderrufliche des Todes zu zeugen.

Dann, um den bösen Zauber zu brechen, setzte er sich auf den Baumstumpf und präludierte zum Abschied auf seiner Gitarre *Campamento Cerro León,* bis die anonyme Hymne auf den Großen Krieg kriegerisch den mehrmals geknoteten Saiten entklang.

»Dagegen war nichts zu machen«, meinte Macario.

Die Nacht sank auf die Lichtung. Die geschwollenen

Hände bewegten sich über den Schallkörper des bleichen Instruments, das langsam dunkelte und endlich verklang.

Es war das letzte Mal, daß sie ihn sahen und mit ihm sprachen.

7

Mehrmals kehrten sie in die Waldschneise zurück, aber der Kranke wich ihnen stets aus mit dem unfehlbaren Feingefühl des Einsamen, der sich ins Unabänderliche schicken muß.

Sie fanden, vom dichten Busch umpfercht, die leere Hütte und die verlassene Lichtung. Ihn fanden sie nicht. Vielleicht beobachtete er sie auch, im Unterholz kniend, aus seinem Versteck heraus mit den lidlosen Augen seines schuppigen, halbzerfressenen Löwenhauptes.

So beschlossen sie, an der Einmündung der Pikade, des Hohlwegs, Proviant für ihn hinzulegen, etwas Dörrfleisch, Wurst oder Rundkäse. Außerdem neue Saiten. All das holte er sich später ab und hinterließ an Ort und Stelle ein mit einem Stecken in die Erde gekritzeltes »Danke«. Maria Rosa trug wie bisher Chipás, Bananenkolben und den im Ton ihrer Hautfarbe so ähnlichen Krug mit frischem Quellwasser an den vereinbarten Punkt. Der Bach von Cabeza de Agua war zwar nur eine halbe Legua entfernt, sie befürchtete jedoch, daß diese Entfernung für Gaspars wunde Füße von Mal zu Mal beschwerlicher werden würde.

Immer wieder pilgerte ein kleiner Zug von Männern des Nachmittags bis an den Rand der Lichtung, wo sie andächtig dem Gebet des Aussätzigen lauschten, dabei aber versuchten, jedes Geräusch zu vermeiden, weil bisweilen ein knackender Zweig genügte, um die Musik zum Schweigen zu bringen. Sie glichen im Blattwerk schwebenden Schatten und blickten einander mit feuchtglühenden Augen an, während die Nacht die Schneise wie mit tiefblauen Fliesen bedeckte.

Dann kehrten sie schweigend im Dunkel zurück.

So ging es eine Weile. Sie dachten, auch der Tod habe sich in den Musikanten verliebt.

»Aber er wollte ihn lebendig, dort ...«, sagte Macario und fügte auf spanisch hinzu: »Wie in einem Käfig ...«

8

Es war die Zeit, als der Komet am Himmel erschien und mit seinem riesigen Feuerschweif dem Erdball bedrohlich nahe rückte.

Panik brach aus. Es war die strahlende Verkündigung vom Ende der Welt. In der Kirche, zwischen Wehklagen und Gebeten, nahm die schreckliche Kunde vom Tag des Gerichts noch drohendere Formen an. Daran erinnere ich mich gut.

Wir vergaßen Gaspar Mora, der allein in seinem Walde dahinlebte.

Dann kam die Trockenzeit, als habe das glühende Keuchen des Ungeheuers alles Wasser des Himmels und der Erde aufgesogen.

Mittlerweile versuchte Maria Rosa wie bisher, mit ihrer kleinen Last an Wasser und Proviant bis zur Lichtung vorzustoßen, vermochte es jedoch nicht mehr. Sie verirrte sich im Wald, verblendet, verführt vom bösen Feuerschweif, dem *yvaga-ratá*. Nach mehreren Tagen traf sie wild gestikulierend wieder im Dorf ein.

»Er ist nicht mehr da ... Er ist fort!« murmelte sie in stiller Verzweiflung. »Der Komet hat ihn geholt.«

Als die Angst nachließ, drangen Macario und seine Gefährten bis zur Schneise vor und fanden die letzten, halbvermoderten Vorräte, die, nicht abgeholt, ein Raub der Ameisen geworden waren.

Schreiend riefen sie seinen Namen, aber der Wald gab nur ein hohles, träges Echo zurück. Sie verfolgten seine Spur bis zum Bach und fanden ihn dort: bäuchlings lag er auf Kieseln und dem Sand des trockenen Bettes.

Er mußte seit mehreren Tagen tot sein.

Dort, an Ort und Stelle, warfen sie die Ufererde mit ihren Buschmessern auf und begruben ihn. Macario fertigte ein rohes Kreuz aus Palosantoholz und pflanzte es am Kopfende des Grabes auf.

Stumm und niedergeschlagen kehrten sie zur Schneise zurück und fühlten sich schuldig.

»Gaspars Tod lastete auf uns«, sagte Macario. »Wir wollten die Gitarre holen und die Hütte in Brand stecken ...«

9

Durch die als Tür dienende Öffnung sahen sie im Innern die Umrisse eines nackten Mannes, der an der Wand lehnte.

»Todesstarre hielt uns in Bann«, erzählte Macario.

»Der Mann regte sich nicht, sein Bart hing über die Brust herab, die Arme waren ausgebreitet. Im Halbdunkel konnten wir all das nur undeutlich unterscheiden. Er schien keine Haut zu haben, sein nackter Körper sah krank, schlaff, leichenhaft aus.«

Kaum war Gaspar Mora begraben, hatte sein Rancho schon einen neuen Bewohner! Es dauerte eine Weile, bis sie die Sprache wiederfanden. Ein Hauch aus dem Jenseits lähmte ihre Zunge.

»Wer ... wer ist dort?« vermochte Macario schließlich zu schreien.

Der Mann verharrte reglos, den Kopf gesenkt, die Arme ausgebreitet, als schäme er sich, dort zu stehen.

Macario stellte seine Frage von neuem, diesmal auf spanisch – mit dem gleichen Ergebnis. Der Unbekannte machte nicht die geringste Bewegung. Seine Stummheit, seine Reglosigkeit ließen sie erschauern. Sie hatten das Gefühl, daß dieser Mensch tausend Jahre stehen und sich weder bewegen noch sie beachten würde. Vielleicht war er auch tot und hielt sich nur durch ein erstaunliches Gleichgewichtskunststück aufrecht, indem er die Hände in die Dunkelheit verkrallte.

»Zuerst dachten wir an einen Bewohner der anderen Welt«, erzählte uns Macario. »Es war aber ein Mensch, der die Gestalt und die Züge eines Christenmenschen hatte. Dort stand er, seelenruhig, und blickte uns mit seinem Schweigen und seinen ausgebreiteten Armen an ...«

Dann, von der Angst aufgestört, aufgereizt, brachen sie in die Hütte ein. Macario hob das Hackmesser gegen den Eindringling. Bei Aufblitzen der unbeweglich in der Luft verharrenden Klinge sahen sie, daß es ein Christus aus Holz war, in natürlicher Größe.

»Gaspar wollte nicht allein sein«, murmelte der Alte.

Während seiner freiwilligen Verbannungszeit hatte er geduldig das Bildnis geschnitzt, vielleicht um einen Gefährten in der Gestalt eines Menschen zu haben, weil die Einsamkeit allzu schwer, womöglich schrecklicher, schlimmer auf ihm lastete als seine Krankheit.

Dort stand also sein hagerer Gefährte.

Der hatte ihn friedlich überlebt. Auf dem rohen Holz waren die Spuren von Gaspars eitrigen Händen zu sehen. Er hatte die Figur nach seinem Ebenbild gemacht. Wenn die Seele die Form eines Körpers annehmen kann, so war dies die Seele Gaspar Moras.

Jemand schlug vor, das Schnitzbild neben der Leiche des Aussätzigen zu beerdigen.

»Nein!« sagte Macario bestimmt. »Er hat ihn an seiner Statt hinterlassen ...«

Die anderen nickten schweigend.

»Wir müssen ihn ins Dorf mitnehmen«, sagte Macario.

10

Sie luden ihn auf die Schultern und traten ihren Heimweg durch den von dürrem Laubwerk raschelnden Hohlweg an. Im Wald begleitete der Klagelaut des Urutaú, der Schleiereule, ihre Schritte wie das Läuten einer Sterbeglocke. Macario mit seiner Gitarre ging hinterher.

In dem aufwirbelnden Staub verschwammen die Männer, die den gleichsam von einem riesigen Kreuz abgenommenen Christus aus dem Walde schleppten, zu einer gleichförmigen Marschkolonne.

Plötzlich gesellte sich eine abgezehrte, schattenhafte Gestalt zu ihnen. Es war Maria Rosa. Die Kleider hingen ihr in Fetzen vom Leib. Ihre Haut war fleckig von verschorften Rissen und Wunden. Sie heftete den wirren Blick auf den Christus.

»Er wird Durst haben«, murmelte sie.

Sie hatte ihre Wasserflasche bei sich. Sie hob sie hoch und spritzte aus einem der Mundstücke einen Wasserstrahl. Aber niemand achtete darauf.

Nachdem sie ein Stück Wegs mitgegangen war, stimmte sie mit brüchiger, schwacher Stimme den fast unverständlichen Kehrreim des Totengesangs an. Dann und wann brach sie ab und begann mit zusammengebissenen Zähnen von neuem.

Endlich erstarb der uralte Gesang auf ihren Lippen. Langsam schritt sie, die Tonflasche in der Hand, hinter dem gebeugten Macario einher, der seine Gitarre über die Schulter gehängt hatte.

So beschäftigt waren sie mit ihrer Last, daß sie beim Heraustreten aufs offene Feld nicht merkten, daß das Wetter umgeschlagen hatte. Zusehends bewölkte sich der durchsichtige, weißglühende Himmel, und die mächtigen Wolken erschienen im Wetterleuchten, das ihren Bauch von Zeit zu Zeit aufschlitzte, noch düsterer. Windstöße, die den vergessenen Geruch des Regens mitbrachten, fegten den Sand auf. Bald darauf sank die Dunkelheit herab und bedeckte den Christus und seine Träger, deren Augen bei jedem Blitz aufleuchteten.

Als sie am Hügel vorbeikamen, fielen die ersten Tropfen, Tropfen flüssigen Bleis. Als sie das Dorf betraten, prasselte der Regen zwischen Blitzen und Böen wie ein Sturzbach auf sie herab. Der Christus funkelte wie elektrisiert.

Bis zu den Knien in dem graubraunen Gewoge watend, arbeiteten sie sich bis zur Kirche vor. Die Türe war verschlossen. Der auf die gesprungene Glocke hämmernde Regen erzeugte ein dumpfes Summen. Sie stellten die Figur im überdachten Vorplatz an die Wand, genauso, wie sie sie in der Hütte gefunden hatten – und kauerten sich im Kreise um sie nieder.

Maria Rosa blieb draußen, im Regen, aufgelöst in eine trübe, unwirkliche Silhouette.

Die Männer schienen sie nicht zu sehen. Nur der Christus öffnete ihr seine Arme.

II

In dieser Stellung mußte der Christus mehrere Tage ausharren, bis zur Ankunft des Pfarrers, der nur jeden zweiten Sonntag des Monats nach Itapé kam.

Macario berichtete ihm den Vorfall. Der Geistliche jedoch, der bereits im Bilde war, widersetzte sich rundweg dem Ansinnen, daß das Christusbild trotz des wundersamen Vorzeichens in die Kirche geschafft werde. Das Bild hatte zwar den Regen vom Wald gebracht. Aber das genügte wahrscheinlich nicht, es konnte ein Zufall sein. Scheel, mit unüberwindlichem Ekel im Blick, in der Gebärde, beäugte der Pfarrer die Schnitzfigur. Der Christus gefiel ihm nicht sonderlich. Es fehlte ihm die Haut, und die Maserung des Holzes sprenkelte Gesicht und Brust mit bläulich-schuppigen Flecken.

»Es ist das Werk eines Aussätzigen«, sagte der Dorfgeistliche. »Es besteht Ansteckungsgefahr. Ein Gotteshaus muß stets rein sein. Es ist der Ort der Gesundung ...«

Und nun verbreitete er sich über die Zähigkeit der Bazillen. Während er sprach, waren Leute zusammengeströmt. Die

Augen auf den Gekreuzigten geheftet, hörten sie mit leerem Blick und ohne Überzeugung zu.

Der Pfarrer merkte, daß sie seinen Erklärungen nicht zu folgen vermochten, da sein Guaraní nicht dazu ausreichte, das Übel und die Gefahren der Ansteckung technisch zu erläutern.

»Wir können das nicht hineinstellen ...«, sagte er, brach jedoch angesichts des wachsenden Widerstands, den seine Worte auslösten, jäh ab. »Ja ... meine lieben Brüder ... Das Bild hat fraglos das Antlitz unseres Herrn Jesu Christi. Aber der Feind ist schlau und bedient sich mancher List. Er ist zu allem fähig, um die Erlösung unserer Seelen zu hintertreiben. Er ist sogar imstande, die Gestalt des Erlösers anzunehmen ...« Er holte tief Luft und fuhr in ermahnendem Tonfall fort: »Und selbst wenn es nicht so ist, denkt daran, wer dieses Bild geschnitzt hat ... Ein Ketzer, ein Mensch, der nie in die Kirche gegangen ist, ein Unreiner, der starb, wie er sterben mußte, weil ...!«

»Gaspar Mora war ein reiner Mensch!« warf der alte Macario mit weitaufgerissenen Augen ein.

Beifälliges Gemurmel begleitete seine Worte. Der Pfarrer verlor die Fassung.

»Er war ein gerechter und guter Mensch«, beharrte Macario. »Er tat seine Arbeit. Er half seinen Mitmenschen. Alles, was er tat, hatte Hand und Fuß. Überall sind Spuren seiner Hände, seiner reinen Seele, seines reinen Herzens ... Wo eine Harfe, eine Gitarre, eine Geige erklingt, hören wir ihn noch immer. Das war sein letztes Werk ...«, sagte er, auf den Christus deutend. »Wir haben ihn aus dem Walde gebracht, als sei er es, Gaspar Mora! Er ist nicht angesteckt. Der Regen hat ihn unterwegs reingewaschen und geläutert. Seht doch! Er spricht mit seinem Mund aus Holz ... Er sagt Dinge, denen wir lauschen müssen ... Hören Sie nur! Ich höre ihn gut ...«, sagte er, sich auf die Brust klopfend. »Er ist ein Mensch, der spricht! Gott versteht man nicht ... aber einen Menschen! ... Gaspar ist in ihm! ... Mit diesem Werk seiner Hände hat er uns etwas sagen wollen ... als er wußte, daß er nicht wiederkehren würde, als er schon tot war! ...«

Die Leute waren derselben Meinung. Niemand hätte geahnt, daß der alte Bettler sich derart gegen den Pfarrer ereifern, daß er imstande sein würde, die Dinge zu sagen, die er vorbrachte.

Macario sprach nicht über die Religion. Das war deutlich zu sehen, er sprach nur über ihren Sinn, und die Mehrheit war auf seiner Seite, das sah man ihren gespannten Körpern und dem Ausdruck ihrer an seinen Lippen hängenden Gesichter an.

Einige freilich hielten dem Pfarrer, dessen Züge vom Zorn entstellt waren, die Stange. Er begriff, daß er Zeit gewinnen mußte.

»Da habt ihr den Beweis!« sagte er, auf Macario deutend, mit einer Stimme, die vor unterdrücktem Zorn zischte. »Bruder Macario, der schlecht von Gott spricht, der hier, unter dem Dach der Kirche, eine Gotteslästerung begeht! Dieses Bild ist vom Teufel besessen! Es konnte auch nicht anders sein, da ein Ketzer es gemacht hat! Es wird uns die Strafe Gottes bringen!«

»Wir werden es verbrennen! Jetzt sofort wollen wir's verbrennen, damit die Sache ein für allemal erledigt ist!« schrie dreist der neben dem Pfarrer stehende Landwirt Nicanor Goiburú, der Vater der Zwillinge.

Einige andere Stimmen fielen ohne große Begeisterung ein, eher aus Kameradschaft oder Furcht als aus anderen Gründen. Der Landwirt genoß den Ruf des Unruhestifters und Messerhelden. Jetzt ließ er die blutunterlaufenen Augen auf der Suche nach Zustimmung kreisen.

»Sehr richtig! Lieber gleich ins Feuer damit! ...« meinte einer, zu Boden blickend und seinen Priem ausspuckend, als habe er sich die Zunge verbrannt.

»Wir haben ihn gebracht und werden ihn auch wieder mitnehmen!« wetterte Macario so laut er konnte.

Ein wilder Aufruhr entstand, und unter ohrenbetäubendem Gebrüll teilte sich die Menge in zwei Parteien.

Der Landwirt zog sein Messer aus der Scheide und stürzte auf Macario los, der das Bild auf die Schultern geladen hatte und unter seinem Gewicht in die Knie brach. Jemand bog Goiburús Arm weg, so daß die Messerspitze nur die Schulter der Christusfigur ritzte. Mehrere Dolche und Buschmesser begannen, in der Sonne blitzend, den Rückzug Macarios und der Seinen, die den Christus schulterten, zu decken. Frauen und Kinder schrien entsetzt auf. Auch die altersschwachen Glocken läuteten Sturm.

Der Pfarrer merkte, daß sein Heilmittel verheerender wirkte als die Krankheit.

Mit hocherhobenen gestikulierenden Armen versuchte er sich Gehör zu verschaffen und die Ordnung wiederherzustellen. Schließlich gelang es ihm halb, den Lärm mit seiner vom Schreien heiseren, rauh und zittrig klingenden Stimme zu beschwichtigen.

»Ruhe ... Ruhe, meine Brüder!« schrie er der erregten Menge zu. »Wir wollen uns doch nicht der Gewalt verschreiben!« Er nahm wieder eine demütige Haltung an und faltete die Hände auf der Brust. »Vielleicht hat Bruder Macario recht und ich bin im Irrtum. Vielleicht verdient der von Gaspar geschnitzte Christus den Eintritt in die Kirche ... Wer weiß, ob er in der Stunde des Ablebens nicht seine Sünden bereut und Gott ihm verziehen hat ... Ich will dem Bild das Recht auf ein Plätzchen dort drinnen nicht absprechen. Aber die Sache muß ordnungsgemäß vor sich gehen. Zuerst muß es eingesegnet, es muß geweiht werden. Das ist eine heikle Angelegenheit. Laßt mich bei der Kirchenbehörde anfragen, hernach wird sie so gelöst, wie es den Interessen der heiligen Religion entspricht ... Ist das nicht das Richtigste?«

Die Anwesenden stimmten dem vom Pfarrer erbetenen Waffenstillstand schweigsam zu.

Mit schweiß- und staubbedeckten Gesichtern standen Macario und die Seinen reglos da, tauschten Blicke und lehnten den hölzernen Christus wiederum an die Wand im Vorraum. Dumpf murmelnd machte sich die Menge davon.

12

Am selben Nachmittag verhandelte der Geistliche beim Ablegen des Meßgewandes in der Sakristei mit dem Glöckner, einem hageren, pickeligen jungen Burschen, der gleichzeitig das Amt des Küsters versah.

»Sobald ich fort bin, muß das Bild verschwinden. Ich habe keine Lust, einen Götzendienst unter meinen Pfarrkindern großzuziehen …«

Verständnislos streckte der junge Mann dem Pfarrer seinen langen skrofulösen Hals entgegen. Der Weihrauchkessel, aus dem er gerade die noch rauchende Asche schüttete, fiel scheppernd zu Boden.

»Sobald ich draußen bin, tust du, was Goiburú gesagt hat«, fuhr der Ortsgeistliche in dem vertraulichen und zugleich befehlerischen Tonfall fort, den er im Gespräch mit dem Jungen angenommen hatte.

»Wie bitte, Hochwürden?«

»Genau das, was du gehört hast. Du verbrennst mir das Bild heimlich, nachts, ohne daß dich jemand sieht, im Walde. Dann verscharrst du die Asche und hältst den Schnabel. Aber größte Vorsicht! Sie werden die Schuld Goiburú oder sonst jemandem in die Schuhe schieben, was weiß ich .. ist auch gleichgültig. Die Sache muß ein Ende nehmen«, sagte er zu sich selbst. »Hast du mich verstanden?«

»Den Christus verbrennen, Hochwürden? Ich?« winselte der Glöckner. Sein pockennarbiges Gesicht war von der Angst, die ihm die Anweisung einflößte, und von dem Zweifel, nicht richtig verstanden zu haben, ganz verstört. Der Adamsapfel des Jungen stieg und sank.

»Ich?« gurgelte er wieder.

»Ja, du wirst mir das Ding verbrennen …«, stotterte der Pfarrer und zog rasch die Kommodenschublade auf.

»Den Christus verbrennen? Werd' mich hüten!«

»Er ist ja noch nicht eingesegnet! Bisher ist er ein Stück Holz und weiter nichts.«

»Aber wie denn, Ehrwürden?« murmelte der Bursche und schielte mißtrauisch nach draußen. »Seit sie ihn aus dem Wald gebracht haben, stehen sie abwechselnd Wache bei ihm. Sie haben auch ihre Buschmesser bei sich!«

»Dann gehst du in meinem Namen zum Polizeiwachtmeister. Der wird dir helfen ...« Offensichtlich war er selbst nicht ganz überzeugt von dem, was er sagte, denn seine Worte gingen in undeutlichem Gemurmel unter.

Dann schlüpfte er in seinen Staubmantel und begab sich ins Pfarrhaus, wo er in seinem abgegriffenen Notizbuch blätterte und seinen Mate trank. Endlich bestellte er sein Pferd und ritt entgegen seiner Gewohnheit grußlos in Richtung Borja davon. Er blieb nicht einmal für die Sonntagsmesse da.

Die Leute glaubten, der Vorfall habe ihn verstimmt.

Der Küster lief ihm ein Weilchen nach, noch kreuzlahmer und niedergeschlagener als sonst.

13

In der stickigen Stille der feuchten Mondnacht schlummerte der Pueblo.

Ranchos und Bäume verschwammen in der milchigen Helle, die einen staubigen Schein über sie legte.

Im Schatten einer Kokospalme, am Drahtzaun, der den kleinen Kirchplatz umgab, schliefen vier Männer im Gras, darunter Macario.

Ein leises Geräusch ließ ihn auffahren.

Er erriet mehr, als daß er sah, wie einige in Ponchos gehüllte Schatten auf den im Seitengang an der Wand lehnenden Christus zuschlichen. Zuerst blinzelte er ungläubig. Zwar bedeckte der Star noch nicht seine Pupillen, aber seine Sehkraft war bereits geschwächt. Wieder drang der leise Laut an sein Ohr. Jetzt merkte er, daß er von den Polizeibuschmessern herrührte, jedoch vom Faltenwurf der Ponchos gedämpft wurde.

»Pedro Mártir ... Eligio ... Taní!« weckte er seine jungen Gefährten.

Die vier sprangen wie ein Mann auf die Beine, ergriffen ihre Buschmesser, kletterten über den Zaun und stürzten sich auf die Eindringlinge, die gerade das Bild packen wollten.

»Hände weg!« schrie Macario, der als letzter herzueilte.

In ihrer Überraschung ließen die Diebe die Figur los und wichen, die Messer zückend, zur Wand zurück. Hinter einem Pfosten lauerte der Küster, dessen mondbleiches, blatternarbiges Gesicht einer Maske aus Flaschenbaumholz glich. Er ließ sich zu Boden fallen und kroch auf allen vieren durchs Gras zum Glockenturm. Die beiden ponchotragenden Polizisten machten im Halbdunkel schleunigst kehrt und entwichen, jeder in entgegengesetzte Richtung.

14

Mit Hilfe der jungen Helfer schleppte Macario den Christus in sein Rancho.

Unterwegs schlossen sich ihnen, noch schlaftrunken, zahlreiche Dorfbewohner an. Aber keiner sprach, keiner stellte eine Frage. Der Staub verschluckte das Geräusch ihrer Schritte. Die Stille lastete nach dem Lärm von neuem seltsam auf diesem von milchigem Mondschimmer durchtränkten Ort.

Als sie vom Kirchplatz weggingen, begann die Glocke hastig und heiser zu läuten. Sie drehten sich nach dem schiefen Glockenturm um und sahen auf seiner Spitze einen zusammengekauerten Schatten. Niemand dachte an den Glöckner. Wieder setzte sich der kleine Zug in Bewegung. Pedro Mártir, Taní und Eligio trugen den Christus. Diese drei waren Gaspars beste Schüler gewesen und hatten ihn nach einem letzten Lebewohl im Wald begraben. Nun trugen sie sein letztes Werk auf den Schultern.

An einen Querbalken geklammert, blickte der Glöckner

von der Turmspitze der langsamen, schweigsamen Prozession nach, die jenes nach der Gestalt des Erlösers geschnitzte Stück Holz fortschleppte. Für ihn hatte es die Größe eines Neugeborenen, so wie es sich, weiß und nackt, von den dunklen Männergestalten abhob. Er sah sich seine Hände an und dachte vielleicht, daß er nahe darangewesen war, mit seinen Händen etwas zu verbrennen, das mehr war als nur ein Stückchen Wald.

Nach und nach lockerte er die Verklammerung seines Arms. Er hatte den Kopf fast ganz in die Glockenhöhlung gesteckt, deren Summen ihm noch in den Ohren dröhnte. Das zerfaserte Ende des Glockenseils baumelte vor seinen tränennassen Augen. Als das Summen im Erz erstarb, entfuhr seinen zusammengebissenen Zähnen ein Schluchzen. Er streckte die Hand nach dem Strangende aus und machte sich eine Weile damit zu schaffen.

Dann ließ sich dumpfes Getrappel auf den Brettern vernehmen, die Glocke schlug wieder eine Weile heftig, krampfhaft, bis der Klöppel in der Luft stillstand und alles von neuem in die Ruhe der Nacht zurückkehrte.

15

Drei Tage und Nächte beratschlagten sie fast wortlos neben dem Christusbild.

Einer, vielleicht war es Macario, erinnerte daran, daß es zu regnen begonnen hatte, als sie am Berg vorbeigekommen waren, und daß dieser dem Kalvarienberg sehr ähnlich war. Dort oben, unter freiem Himmel, dem Himmel nahe, müsse der aussätzige Christus stehen. Die Idee wurde ruchbar und ging wie ein Lauffeuer durchs Dorf.

Macarios Rancho war zu jeder Tages- und Nachtzeit von einer lärmenden Menschenmenge umlagert. In diesen Tagen wurde der alte Bettler der wahre Dorfälteste, ein von allen verehrter, ketzerischer, aufrührerischer Patriarch.

Alle machten sich gemeinsam daran, den Hügel zu roden. Mit Hilfe von Pedro Mártir, Eligio Brisueña und Taní López verfertigte Macario das Kreuz, an das sie den Christus nagelten, aber erst beklebten sie seinen Kopf mit schwarzem Frauenhaar, das ihnen in dem geschäftigen Gewühle irgend jemand zugeschoben hatte. Erst später sahen sie Maria Rosas kahlen Kopf unter dem lumpigen Umhang neben dem Gekreuzigten.

Sie pflanzten das Kreuz auf dem Hügelkamm auf. Außerdem brachten sie darüber ein Runddach aus Pfriemgras an, ähnlich dem Hüttendach in der Waldlichtung, in dessen Schutz das Bild entstanden war.

Der Aufruhr, den der Christus ausgelöst hatte und der fraglos anhalten würde, war vermutlich der Grund, der die Kurie bewog, nachzugeben und der Weihe des Bildes zuzustimmen, ja sie der Gemeinde gewissermaßen gegen Macarios Willen aufzuzwingen.

»Unser Christus bedarf ihres Segens nicht«, brummte er, mußte jedoch klein beigeben, da seine Abtrünnigkeit nicht genügend Anhänger gewonnen hatte.

16

Zum ersten Mal wurde der Karfreitag auf dem Hügel von Itapé begangen.

Aus Asunción kam Pater Fidel Maíz, einer der besten Kanzelredner der Zeit, um den Kalvarienberg zu weihen und die Predigt über die Sieben Worte am Kreuz zu halten.

Das ganze Volk Itapés fand sich zu der Feier ein, die ein Triumph für Macario und die Seinen wurde.

Der Kanzelredner verstand die Menge zu bewegen und gewann sie im Nu für sich, da Pater Maíz für die Wärme und Sprachgewalt seiner Stimme berühmt war und das Indio-Guaraní ebenso gut beherrschte, wie es zu Zeiten Montoyas gesprochen worden war.

Es fiel ihm daher nicht schwer, den Itapeños einzureden,

der Gottessohn habe in seiner unendlichen Demut gestattet, daß sein Ebenbild unter den Händen eines Aussätzigen erstehe, so wie er vor zweitausend Jahren eine Krippe als Geburtsort gewählt hatte.

»Dieser bevorzugte Hügel von Itapé«, fügte der Prediger hinzu, »wird von jetzt ab *Tupá-Rapé* – der Weg Gottes – heißen, weil Gottes Pfade durch die niedrigsten Stätten führen und sie mit Seinem Segen füllen ...«

Und so heißt der Cerro bis zum heutigen Tag *Tupá-Rapé,* was im Indio-Guaraní *Camino-de-Dios,* Gottesweg, bedeutet.

»Ich war nicht einverstanden«, sagte Macario schon damals. »Der Name hätte nicht geändert werden dürfen. Jedenfalls hätte der Hügel des aussätzigen Christus *Kuimbaé-Rapé* heißen sollen.« So jedenfalls nannte Macario ihn: *Menschenweg.*

»Denn der Mensch, liebe Kinder«, sagte er und wiederholte dabei fast die Worte Gaspars, »wird zweimal geboren. Einmal bei der Geburt, das andere Mal im Sterben ... Er stirbt, lebt aber in den anderen weiter, wenn er aufrichtig mit seinem Nächsten umgegangen ist. Und wenn er lernt, sich zu Lebzeiten zu vergessen, verschlingt die Erde zwar seinen Leib, aber nicht sein Andenken ...«

Für den Sohn eines von *El Supremos* freigelassenen Leibeigenen war das vielleicht die einzige Verewigung, die ein Mensch erhoffen durfte: Erlösung zu erlangen und in den Mitmenschen weiterzuleben. Da sie durch das Unglück zusammengeschweißt waren, mußte die Hoffnung auf Erlösung die Menschen untereinander vereinen.

»Und das muß das Werk aller sein ...«

Er sagte das alles, weil die Wirklichkeit offenbar nicht seinen Wünschen entsprach.

»Ich bin alt. Ich habe mich verbraucht. Ihr müßt es zu Ende führen ...«

Wir verstanden ihn nicht und dachten, er leide bereits an Altersschwäche.

Dann ging es rasch mit ihm bergab. Am Jahrhundertfest des folgenden Jahres hatte er schon den grauen Star. Von Tag zu Tag rosteten seine Glieder mehr ein, er wurde immer krummer, gebeugter, vielleicht weniger durch die Last des Alters als durch seinen letzten Fehlschlag, der ihn tiefer drückte als seine neunzig Jahre.

Er wurde einsam, blind, er litt an Gedächtnisschwund, und zwar an der schlimmsten Art des Vergessens, an der Teilnahmslosigkeit. An diese Zeit erinnere ich mich noch gut.

Eine Handvoll Staub, aus Kinderhand nach ihm geworfen, hätte ihn auszulöschen vermocht.

17

Der Schienenstrang rückte durchs Land vor und riß eine rote Spur im Tal auf.

Wenn man den Hügel hinter sich hatte, konnte man schon das äußerste Ende der Schienen im Steppenland funkeln sehen.

Itapé begann aus seinem jahrhundertelangen Schlummer zu erwachen, das Dorf spaltete sich jedoch von neuem in zwei unversöhnliche Lager, mit dem Erfolg, daß der politische Führer und der Pfarrer ihre erschlaffte Macht zurückgewannen.

Nun schlenderte Macario am Bahndamm entlang und lauschte dem Dröhnen der Schwellen unter den Schlägen der Spaten und Hacken der Bahnarbeiter, die wie Sträflinge wuchteten.

»Adios, Macario!« riefen sie dem Vorbeihumpelnden zu.

Trat er näher, so gaben sie ihm etwas von ihrem kargen Mundvorrat, etwa geröstete Maiskörner oder ein Stückchen Maniok, gerade soviel, wie in den Kropf eines Spechts paßt.

Eines Wintermorgens fanden sie ihn am Fuß des Hügels, wie er still und steif in seinen weißen Lumpen auf der Frostdecke lag. Sie betteten ihn auf eine Draisine zwischen ihre Werkzeuge und fuhren ihn ins Dorf, und die rollenden Räder sprachen dazu auf den funkelnden neuen Schienen das Totengebet.

Sie bestatteten ihn in einem Kindersarg.

II
Holz und Fleisch

Sapukai nach dem ersten Weltkrieg:
Die Geschichte des »Doktors«

I

»Dort kommt der Doktor!«

So sagen die Leute frühmorgens, wenn das in Erde und Tau gehüllte Sapukai sich mit seinen Häusern, die die turmlose Kirche umgeben und sich bis zur zertrümmerten Bahnstation hinziehen, der aufgehenden Sonne zuwendet.

Am Schienenstrang, der, wie eine Mondsichel schimmernd, sich im Steppenland verliert, zittert der geschwärzte Schutt vom Nachttau. Nach und nach füllen die Bahnarbeiter den bodenlos scheinenden Bombentrichter auf. Dort ruhen auch die Opfer der Explosion, nahezu zweitausend Männer, Frauen und Kinder. Eine Wagenladung Steine, Erde und Kies nach der anderen rutscht in die Öffnung, aber immer fehlt noch ein Rest, damit das Loch ganz verschwinde.

So oft der Zug über den Krater rasselt, beben die in der Luft hängenden Schienen gefährlich auf ihren Behelfspfählen.

Vielleicht entstehen auch beim Aufschütten neue Risse und Spalten, so daß noch allerhand nachgefüllt werden muß, bis das unter den Schienen begrabene Völkchen endlich zur Ruhe kommt.

Ringsumher sind noch immer die Schußspuren der Maschinengewehre, die zerstörten Eisenbahnwagen, Reste schwarzer Lava, Spuren des Ausbruchs auf der roten Erde zu sehen. Denn es war wirklich so gewesen, als sei unter den Füßen der Bewohner ein Vulkan ausgebrochen.

Manche Mauer ist mit Lehmziegeln geflickt, manches

Stroh- und Wellblechdach mit gespaltenen Palmenstämmen und frischen Grasbüscheln ausgebessert worden, so daß es in der aufgehenden Sonne die Farbe von reifem Mais annimmt.

Auf dem nach Costa Dulce und seinen Ziegeleien führenden Weg, der längs der Bahnlinie ins Dorf mündet, kommen Herr und Hund gegangen, uneingedenk des vergangenen Unheils, unempfindlich gegen alles.

Das heißt, jetzt kommt der Hund allein.

Die Weiden verströmen ihren feuchten Atem, der Weg seinen Erdgeruch. Der Hund trabt ohne Eile, ohne Hast in dem Staub dahin, der seine Pfoten überzieht, ihn einschläfert und wie einen Straßenköter graubraun färbt. Der in seinem Maul hängende, aus Palmblättern geflochtene Korb gerät bei jeder Kopfbewegung ins Schaukeln.

Bei seinem Trott – könnte man sagen – erwacht das Dorf endgültig.

Die Karrenführer sind schon vor einer Weile, als noch der Morgenstern im letzten Himmelsviertel flimmerte, in die Capueras, in die buschbestandene Steppe gefahren, die einst vom Urwald bedeckt war. Auch die Holzfäller, die im Zwielicht blinkende Axt geschultert, sind in den Wald gezogen. Es sind freilich nur wenige, denn was nicht durch die Bombardierung, vielleicht auch in der anschließenden Metzelei oder durch Erschießung ums Leben kam, floh in alle Winde. Die Ziegeleien von Costa Dulce sind menschenleer. Niemand ist dort geblieben, da jeder sich dem Bauernaufstand anschloß. Lange danach verspürte kein Mensch Lust, Lehmziegel zu schneiden und zu brennen, für neue Bauten in einem Pueblo, der vom Augenblick seiner Gründung im Jahr des Kometen an unter einem unheilvollen Stern zu stehen schien.

»*Ciado, aigüé* – heillos, unglücklich«, sagten die Einheimischen und dachten an das schlimme Vorzeichen.

Daher machen sich zu dieser frühen Stunde auch die Frauen, die Greise und Kinder zur Arbeit in den Kleingütern, Pflanzungen und Viehhöfen auf den Weg. Es gab keine andere Stunde des Tages, zu der das Dorf so verlassen dahindämmerte, während nur das Quietschen eines Brunnenzugs zu vernehmen war oder das eintönige Geräusch, das durch Stampfen von Mais in einem Holzmörser entsteht.

Außer diesem hölzernen Herzschlag und dem beharrlichen Krähen der Hähne hat der Tagesanbruch von Sapukai nichts, was an das wohlklingende Erwachen anderer Pueblos erinnert – trotz der Eisenbahnwerkstatt, die jetzt freilich geschlossen ist.

Auch das Kirchengeläut ist ausgeblieben, seit die Bombenentladung den Glockenturm zum Bersten und damit die Glocke zu Fall gebracht hat, die, zur Hälfte in der Erde vergraben, als Ablageplatz für Taubenmist dient.

In dieser toten Stunde des Dorfes, wenn die Sonne die Kordillere von Itakurubi erklimmt und der Cerro Verde, der grüne Berg, in ihrem Schimmer wie ein maulbeerfarbenes Geschwür anschwillt, trabt der Hund an den Schienen entlang. Er tut es auch, wenn die Sonne nicht herauskommt. Tag für Tag, bei gutem oder schlechtem Wetter, trottet der Hund beharrlich den Waldweg von der halbzerfallenen Buschbehausung des Arztes heran, die, von Aussätzigenhütten umstanden, zwischen dem Friedhof und den Ziegeleien von Costa Dulce liegt.

Nicht einmal der Regen vermag den Hund aufzuhalten.

»Dort kommt der Doktor!«

Sie sagen es nicht mit Worten. Sie sagen es ohne Spott, nur in dem Gedanken, der sich seit langem an diesen vertrauten und trotz des Geschehens gewissermaßen wohltuenden Schatten gewöhnt hat.

Denn einst ist der Arzt der Freund, der Beschützer von Sapukai gewesen.

Er kam hierher, als die Spuren des traurigen Ereignisses noch nicht vernarbt waren, so daß er vielleicht unwillkürlich dazu beitrug, die Sapukaier von ihrem Unglück abzulenken, von dem sie noch fünf Jahre später nicht loskamen. Unverzüglich widmete er sich der Betreuung von Bedürftigen und Hilflosen, und zwar so uneigennützig, daß sein Rancho der

Mittelpunkt der mittlerweile gedeihenden Aussätzigenkolonie wurde.

So ein Mensch war der Arzt. Fast könnte man ihn noch jetzt hinter dem Hund einhergehen sehen.

2

An einen Pfosten ihres in der Nähe des Friedhofes gelegenen Ranchos gelehnt, blickt auch Maria Regalada ihm traumblind und erinnerungsversunken nach.

Hinter dem Hund sieht sie den schlanken, hohen Schatten, der für sie ebensowenig ein Schatten ist wie für den Hund. Es folgt ihm jedoch kein Schatten. Der Hund läuft allein, langsam, benommen, einer Spur nachspürend, die nur er kennt und die nicht mehr vorhanden ist, begleitet vom Geruch seines Herrn, mit triefenden Augen, nur den beschmutzten schadhaften Korb im Maul, aus dem der Geifer in zwei langen Silberfäden tropft. So legt er die eineinhalb Leguas vom Busch zum Laden des Don Matías Sosa zurück, vorbei am Friedhof, in dessen Nähe Maria Regaladas Rancho liegt.

Im Frühjahr werden es sechs Monate, seit er das tut, genau ein halbes Jahr, seit der Arzt spurlos – wohin weiß niemand – aus Sapukai verschwunden und nur noch in dem hartnäckigen Hund vorhanden ist, der tagtäglich mit dem Korb zwischen den Zähnen dahergetrottet kommt wie in den Tagen, als Herr und Hund zur gleichen Stunde gemeinsam kamen, um den kargen Proviant einzukaufen, den er mit dem Hungerlohn seiner Arzttätigkeit zu bestreiten vermochte.

Mit ungewöhnlicher Pünktlichkeit legt er seinen Weg zurück, ein kleiner, behaarter Planet, der hier, wo Totes und Lebendiges sich auf so seltsame Weise vermengen, seine geheimnisvolle Bahn zieht. Sobald er vor dem Kramladen steht, stellt er den Spankorb auf den Erdboden, juckt sich geduldig oder bleibt mit hängenden Ohren ruhig sitzen. Ringsum schwärmen Mücken. Bitzschnell wendet er den

Kopf und schnappt zu. »Gut gemacht!« würde Don Matías sagen, wenn er das sähe. Und der Hund bleibt still sitzen, mit hängendem Kopf, wie beschämt oder reumütig, bis das Geräusch des zurückgeschobenen Holzriegels oder das Kreischen der Türangeln ihn aus seiner Reglosigkeit aufrührt.

»Guten Morgen, Herr Doktor!« grüßt der Krämer ohne einen Anflug von Spott, ganz der alten Gewohnheit folgend, als stehe neben dem Hund sein schweigsamer Herr. »Mein bester Kunde! Wie könnte er auch ausbleiben! Und was soll's heute sein? Mehl und Zuckerrohrschnaps?« fragt er und ahmt dabei übertrieben die Aussprache des Fremden nach. »Nein, Mehl ist leider ausgegangen. Also nur Schnaps? Schön, sonst nichts?«

Der Hund blickt ihn mit seinen treuen, triefenden Augen an, er schüttelt Kopf und Ohren, vertrauensselig, aber ohne seine Würde einzubüßen.

»Jaja, altes Haus, bescheuert wie dein Herr!«

Jetzt behandelt Don Matías den Hund nach Lust und Laune und fühlt sich an keine Verpflichtung mehr gebunden. Mitunter wirft er ihm ein Stück knochiges Fleisch in den Korb, freilich mehr Knochen als Fleisch, ein paar verschimmelte Maisfladen oder einen verdorbenen Wurstzipfel, bisweilen verabreicht er ihm auch nur einen Fußtritt, meistens vergißt er ihn aber ganz und gibt ihm gar nichts.

Der Hund packt den Korb mit den Zähnen und macht sich auf den Heimweg, ausgesöhnt mit allem, mit den Fußtritten des Ladenbesitzers, mit den Kieseln, die ein kleiner Tunichtgut ihm mit einer Schleuder als Zielübung auf den Pelz brennt, mit den toten Eidechsen und Fröschen, die ihm der eine oder andere lieblos in den Korb legt. Ganz in seinen Weg vertieft, merkt er das alles nicht und hat sogar das Bellen verlernt. Nur manchmal, zumal bei abnehmendem Mond, löst sich nachts, wenn er zusammengekauert vor der Tür der verlassenen Hütte liegt, ein kurzes Heulen aus seiner Kehle.

Aber Maria Regalada erwartet ihn stets an der Wegbiegung beim Friedhof, um ihm zu helfen und die ihm zugefügten

Mißhandlungen zu lindern. Sie streicht über sein schütteres Fell, weicht Wegerichblätter mit Speichel ein und klebt sie auf die von den Schleudertreffern wunden Stellen, sie säubert den Korb von totem Ungeziefer und legt, wenn er leer ist, ein wenig Proviant hinein. Dann gehen sie gemeinsam zur verlassenen Behausung, denn Maria Regalada fühlt wie der Hund, daß der Arzt noch bei ihnen ist, daß er jeden Augenblick zurückkehren kann, und sie kostet ihre Hoffnung aus.

Das verbindet das Mädchen und den Hund miteinander, es macht sie zu Verbündeten in einer Art von Besessenheit, die vielleicht nur eine entsagungsvoll-stille Art ist, die Tatsachen hinzunehmen, ohne dabei die Hoffnung zu verlieren.

Trotz ihrer Schwangerschaft geht Maria Regalada den Obliegenheiten nach, die sie sich selbst auferlegt hat: Reinemachen des Rancho, Verköstigung der Aussätzigen, Pflege des Gemüsegartens, in dem knallrote, faustdicke Tomaten reifen und wo das von ihr zur Zeit des Doktors errichtete Bambusgerüst sich unter dem Gewicht des wuchernden grünen Bohnenkrauts mit seinen fingerdicken Schoten krümmt.

Das einzige, was sie nicht wieder in Ordnung zu bringen vermag, sind die geköpften Heiligenbilder.

Sie hat nicht gewagt, sie zu berühren, nicht einmal mit den Reisigbündeln, die sie als Besen verwendet. Sie fürchtet, Blut könne aus ihrem schwarzen Holz fließen, ein schwarzes, von der Strafe Gottes vergiftetes Blut.

3

»Dort kommt der Doktor!«

Die Leute glauben ihn gekannt zu haben. Aber sie wissen nicht viel mehr von ihm, als daß er ins Dorf kam, einige Jahre, nachdem der Bauernaufstand durch die von den Bomben verursachte Hekatombe niedergeschlagen war.

Fast unter Püffen zerrten sie ihn inmitten von lärmenden

Fahrgästen und den Schreien und Schmähungen der Schaffner aus einem Zug.

Es wurde nämlich auf der Bahnstation gemunkelt, er habe einer Mutter ihr Söhnchen rauben oder es in einem Wut- oder Wahnsinnsanfall durchs Fenster werfen wollen.

Freilich war nicht mit Sicherheit zu ermitteln gewesen, ob das eine oder andere zutraf, so daß sich von vornherein weder eine Meinung bilden noch ein Verdacht hegen, am wenigsten aber ein Urteil fällen ließ, das auf Genaueres als auf Vermutungen der Soldaten oder Chipáverkäuferinnen vom Bahnhof fußen konnte.

Zwei oder drei Tage wurde er auf der Polizeiwache festgehalten, wo er in der Haftzelle auf dem Boden lag, stumm, ohne beim Verhör auch nur auf eine Frage zu antworten, vielleicht weil er sich nicht in Spanisch, geschweige denn in Guaraní auszudrücken vermochte, oder einfach, weil er weder reden, noch sich rechtfertigen, geschweige denn etwas erklären wollte. Vielleicht auch, weil er in der Tat unschuldig und es ihm gleichgültig war, ob man ihn verurteilte oder freisprach.

Schließlich ließ man ihn laufen. Er aber blieb im Ort, als sei ihm jeder Aufenthalt gleich lieb.

Eine Zeitlang wanderte er unschlüssig umher und verschliß dabei seine Kleider und Schaftstiefel.

Er nahm ein Zimmer im Gasthof der Doña Lolé Chamorro, einem halbzerfallenen Haus am Rande der Ortschaft, in dem die paraguayischen Viehtreiber, die auf der Durchreise nach Misiones waren, sowie die Zollbeamten abstiegen und sich bei dieser Gelegenheit mit den für »alle Dienste« angestellten Hausmädchen ergötzten.

Der Fremde sprach mit keiner Menschenseele, nicht einmal mit der tonnendicken alten Klatschbase, verbrachte den ganzen Tag in der feuchten Kammer, die nicht geräumiger war als die Zelle der Polizeiwache, und verließ sein Zimmer nur, um in die Kneipe zu gehen.

4

Das erste Mal, als er eintrat, sagte Don Matías halblaut zu seinen Stammkunden:

»Dem Gringo scheint es an frischer Luft zu fehlen.«

»Was dem fehlt, ist der Schnaps«, sagte Dejesús Altamirano, der von den Schmiergeldern heimlicher Schnapsbrenner lebte, seines Zeichens Gemeindesekretär und ein Freund von Don Matías' guten Tropfen.

Er trat an die Theke.

»Was darf's sein, Don?« fragte der Krämer und Kneipwirt höflich, weniger um des voraussichtlichen Einkaufs des Fremden willen als aus Neugierde.

»Zuckerrohrschnaps!« war das einzige, was er sagte, ohne ein Wort des Grußes oder eine freundliche Antwort zu verschwenden, weder Herzlichkeit noch Verständnis erwartend, wie das jenseits von Sprache, Herkunft und über alles unsagbare und gemeinsame Unglück hinaus jeder verschüchterte Mensch getan hätte.

Er leerte sein Glas in einem Zug, zahlte und ging.

»Woll'n mal sehen, wohin er geht«, sagte Don Matías Sosa.

»Das wissen wir«, erwiderte Altamirano. »Die Ziege in den Wald, das Schwein in den Koben.«

»Dieser da ist weder Ziege noch Schwein«, warf der Schenkwirt ein. »Der ist kein gewöhnlicher Landstreicher. Der ist ein Flüchtling aus Europa. Mir macht keiner was vor. Der wird schon zahm. Ich werde ihn mir vorknöpfen und zum Sprechen bringen. Kein Christ kann sein Sach' lange bei sich behalten.«

»Wenn er einer ist«, meinte Dejesús Altamirano.

»Ich werde ihn schon zum Sprechen bringen.«

»Wenn's Doña Lola nicht zuwegebringt, scheint mir die Sache etwas verzwickt.«

»Der ist ein Sonderfall und daher nichts für sie.«

»Wir werden ja sehen ...«

Sie bekamen wenig zu sehen, nicht mehr, als daß der

Fremde weiterhin umherschlenderte, offenbar aber nicht gewillt war, wieder fortzugehen. Mehrmals kehrte er in die Kneipe zurück. Stets verlangte er Schnaps und trug dabei jene gleichgültige, aber keineswegs überhebliche Miene zur Schau, die eher etwas von Verzweiflung, keinesfalls aber etwas von Stolz hatte. Sein einziger Besitz schien seine Schweigsamkeit. Hund und Korb und all das andere kamen erst später.

5

In jenen Tagen wurde mit dem Bau des neuen Bahnhofs begonnen, auch die Eisenbahnwerkstatt kam wieder in Betrieb. Trotz des Kraters, der ein Massengrab unter den Schienen war, trotz allem, was der Pueblo durchgemacht hatte, versuchte Sapukai nach den allzu langen, schicksalsvollen fünf Jahren einen Sprung in den Fortschritt zu wagen.

Auch der Kirchenausschuß trat unter dem Vorsitz des Pfarrers für die Instandsetzung des halbzerstörten Glockenturms in Aktion. Vermittels eines verwickelten Systems von Flaschenzügen wurde die Glocke wieder hinaufgehievt. Sogar eine Turmuhr wurde in Asunción bestellt, ein merkwürdiger Zeitmesser, der die Stunden rückwärts anzeigte, weil der Maurer sie umgekehrt eingesetzt hatte.

Somit hatten die Leute eine Zeitlang genügend Anlaß zu Kurzweil und Gespräch und vergaßen den Gringo, den Fremden.

Mittlerweile war dieser aus dem Gasthaus ausgezogen und unterließ es auch, zum Schenkwirt zu gehen. Vermutlich war sein Geld ausgegangen So schlief er, wenn es regnete, unter dem Vorbau der Kirche. Er war es, der die Uhr von ihrem Krebsgang erlöste. Dafür räumte ihm Pater Benítez dieses Vorrecht ein, gegen den Einspruch der Frauenabordnung, die den Fremden nur deshalb scheel anblickte, weil er sie keines Blickes würdigte.

Durch die Löcher seines zerfetzten Hemdes sah man seine

weiße, inzwischen gebräunte Haut. Er magerte immer mehr ab. Sein Bart wuchs; unter dem Strohhut, der seinen ausrangierten Filzhut ersetzte – der als Kopfkissen Fliesen und Gras nicht lange standgehalten hatte –, wuchs sein blondes Haar bis zu den Schultern herab. Die Stiefel hatte er mit Hanfschuhen vertauscht, die er wie Strohhut und Ponchito im Laden von Don Matías erstanden hatte, vielleicht mit seiner letzten Barschaft, da er das Wechselgeld auf dem Ladentisch liegen ließ. Es verging einige Zeit, bis er wiederkam.

Er schien ein anderer Mensch geworden zu sein. Nur seine entzündeten himmelblauen Augen waren dieselben. Freilich starr und undurchsichtig wie die eines Blinden.

6

Mittlerweile hatte man einiges über den Fremden in Erfahrung gebracht.

Beim Klatschen im Gasthaus und im Kramladen wurde zwischen Doña Lolé, Don Matiás, dem Polizeichef Atanasio Galván und Altamirano durch Eindrücke, Vergleiche und Mutmaßungen klar und deutlich ermittelt, daß der Fremde ein russischer Emigrant sei.

Am meisten wußte Atanasio Galván, der frühere Telegraphist, der durch den Verrat der Revolutionäre das höchste Ansehen im Pueblo erlangt hatte, zumal er in direkter Verbindung mit dem Innenministerium stand.

»Ich habe seinen Paß gesehen«, sagte er und trommelte aus nervöser Angewohnheit auf den Tisch. »Er war von seinem Konsul in Buenos Aires ordnungsgemäß visiert. Er heißt Alexis Dubrowsky«, ein Name, den er mühsam buchstabierte. »Zugeknöpft ist der verdammte Gringo! Ich habe kein Wort aus ihm herausgebracht, obgleich ich ihm mit Prügeln drohte.«

Eines von Doña Lolés Flittchen hatte, während er im Kramladen war, beim Durchstöbern seiner Papiere ein zerknittertes Foto gefunden und es ihrer Chefin gezeigt, die es alsbald in seine Sachen zurückstecken ließ.

»Das war er«, sagte sie wichtigtuerisch und aufgeblasen wie ein Kohlkopf, das Geheimnis mit dem Weiß ihrer Augen preisgebend. »Bartlos, viel jünger als heute. Aber war es. Er trug eine aufgedonnerte Galauniform und sah fast so aus wie Oberst Albino Jara. Nur noch schmucker als der Oberst, der selbst nicht übel aussah. Wißt ihr noch, wie er auf dem Weg nach Kai Puente zur Einweihung der Eisenbahn hier durchkam? Wie er mit den Herren vom Ausschuß auf der Böschung entlangschritt, sah er aus wie der Erzengel Gabriel mit einem schwarzen Schnurrbärtchen. Dem ganzen Weibervolk blieb die Spucke weg. Sogar mir ... Und das will viel heißen ...«

Sie brach ab, um Luft zu holen.

»Was hat das mit dem Gringo zu tun?« wollte Altamirano wissen.

»Ich will ja bloß sagen, daß er dem Oberst Jara glich, nur in Blond. Die Mädels drüben werden auch nach ihm geschmachtet haben. Er ist allerdings verheiratet. Auf dem Foto steht er neben einer jungen, wunderschönen Frau, die ein Kind im Arm hält.«

»Was er wohl hier sucht?« fragte der Friedensrichter Climaco Cabañas.

»Er wird vor der Bolschewikenrevolution ausgerissen sein«, sagte Pater Benítez. »Dort drüben köpfen sie alles, was Adel und Namen hat.«

Dann erläuterte er etwas über den Zaren aller Reußen, der soeben mit allen Angehörigen auf dem Dach eines Hauses erschossen worden war.

»Warum gerade auf einem Dach?« fragte der Gemeindesekretär.

»Um sie in der Höhe hinzurichten«, sagte der Kneipwirt hinter dem Schenktisch. »Einen Zaren, mein Lieber, knallt man nicht in einem Graben über den Haufen. Stimmt's, Don Climaco?«

»Tatsache bleibt, daß dort die Revolutionäre triumphiert

haben«, stammelte der Richter betreten und rutschte auf eine Stuhlkante.

»Ja, dort ...«, meinte der vom Telegraphisten zum Politiker aufgerückte Don Atanasio verächtlich. »Aber hier wissen wir, wie man mit Revolutionären umzuspringen hat, die sich gegen die Konstitution auflehnen. Wißt ihr noch, wie wir sie erledigt haben?«

Man bedurfte der Anspielung des Angebers nicht.

Ohne einander anzublicken, dachten sie in diesem Augenblick wohl alle an den Bauernaufstand. Trotz der Jahre und der Aufbauarbeit, trotz des endlich eingeebneten Kraters waren noch viele Spuren unverwischt, insbesondere die Spuren in jedem einzelnen.

Die in der Unglücksnacht des 1. März 1912 durch die Bombe emporgeschleuderte Feuerwolke hatte mit ihrem Blitzlicht die Momentaufnahme des Unheils festgehalten. Nun sahen sie sicherlich den Rebellenzug unter dem Befehl des Hauptmanns Elizardo Días wieder, der mit seinen aus Regulären und Freiwilligen bestehenden zweitausend Expeditionssoldaten zum Überraschungsschlag gegen die Hauptstadt herandampfte. Sogar zwei fünfundsiebziger Mörser führte er mit. Das war der letzte Trumpf der Revolution, die sich allerdings als Niete erwies, weil die Landverbindung mit der Zentralmacht noch nicht abgerissen war.

Auch zufällig befand sich der Itapeñaner Telegraphist Atanasio Galván auf der Durchreise in Sapukai. Mit List entfernte er seinen Freund und Kollegen Cipriano Ovelar. Er übernahm dessen Posten, ohne daß die Revolutionäre es merkten, und benachrichtigte das von den Regierungstruppen besetzte Hauptquartier in Paraguarí.

»Ich habe sie vernichtet!« pflegte Galván zu prahlen. »Dank meiner unter Beweis gestellten Linientreue!«

Damals schickte das Garnisionskommando von Paraguarí die bombengefüllte Lokomotive gegen die heranfahrenden Aufständischen los. Der Zusammenstoß geschah jedoch entgegen dem vorausgeplanten Kontermanöver nicht auf freiem

Felde. Die Flucht des aufständischen Lokomotivführers erschwerte den Ablauf unerwartet aufs neue; sie verzögerte die vom Telegraphisten Galván verratene Abfahrt. Daher ging der auf Rädern montierte riesige Torpedo mit seinen eineinhalbtausend deutschen Schrapnells mitten auf dem Bahnhof Sapukai los und verursachte ein fürchterliches Gemetzel unter der dort versammelten Bevölkerung, die von den Revolutionären Abschied nahm. Daran schloß sich die Verfolgung und die methodische Ausrottung der überlebenden Aufständischen, deren Verwandten und Mitverschwörer an. Der für seinen »heldenhaften Beitrag zur Verteidigung der bestehenden Ordnung und Behörden« zum politischen Führer und Regierungsvertreter ernannte Telegraphist - ein Wortlaut, den er nachdrücklich zu wiederholen pflegte – leitete die letzten Erschießungen, die Wiederherstellung der öffentlichen Ruhe und den nach Jahren in Angriff genommenen Wiederaufbau des Dorfes Sapukai. Lange ging das Gerücht um, unter den Erschossenen sei auch der Telegraphist Cipriano Ovelar, der Freund Atanasio Galváns, gewesen, den dieser zweimal verraten hatte. Ein anderes Gerücht wollte ihn am Leben wissen, als lebenslänglichen Insassen des Irrenhauses von Asunción. Zwischen beiden Gerüchten saß Chepé Ovelars Bild für alle Zeiten auf den Telegraphendrähten. Die Küste entlang zwischen Itapé und Sapukai nennen die Leute bis heute *chepé ha'eñó* die einsame Sommerschwalbe.

Keiner der Anwesenden, mit Ausnahme des Politikers, dachte gerne an diese Ereignisse. Und auch der Telegraphentick, der Don Anastasios Fingernagel unablässig auf den Tisch trommeln hieß, entsprang vermutlich keinem ruhigen Gewissen.

An jenem Abend kamen sie also auf den Slawenflüchtling zu sprechen.

»Wenn der Gringo womöglich ein internationaler Quertreiber ist, wäre es da nicht bessser, ihn beizeiten abzuschieben?« meinte Altamirano.

»Solange er nichts Krummes anstellt, nein«, sagte der Richter. »Kennst du die Konstitution nicht?«

»Ich sage ja nur«, beharrte der Gemeindesekretär gedemütigt, »daß er sich mit den Revoluzzern versteht.«

»Mit denen da drüben?« fragte Galván geringschätzig.

»Nein, mit denen hier.«

»Das kannst du getrost mir überlassen«, gab der politische Führer mit geblähter Brust zurück. »Wenn der Kerl ein Spion ist, werde ich es bald heraushaben und es ihm dann entsprechend heimzahlen. Natürlich werde ich ihn nicht auf einem Dach niederknallen lassen.«

Aber das war alles, was sie damals wußten. Nur das: ein schwer auszusprechender Name und der Schatten eines vom Schicksal gezeichneten Menschen. Alles andere war Verdacht, Gerücht, Hirngespinst.

Er wurde im Dorf nie wieder gesehen.

7

Einige Zeit danach kam die Nachricht, daß er sich im Wald bei Costa Dulce – der Süßen Küste – eine Hütte baue, am Kaañavéfluß, zwischen dem Friedhof und den verlassenen Ziegeleien. Ein runder und dadurch von den anderen leicht unterscheidbarer Rancho. Sein sonstiges Treiben blieb unverständlich. Er ernährte sich von wilden Pakurís und bitteren Orangen, die der Wald im Überfluß bot, oder er jagte Gürteltiere und die braungrauen Nutrias der Lagune, die gebraten gut schmeckten.

Doch das war nichts als Mutmaßung.

Die vom Polizeichef eingeleitete Untersuchung ergab, daß er seine Zeit verbrachte, indem er im Bach Fische fing oder in seiner Behausung auf dem Fußboden lag. Er habe jedoch kein Wort von sich gegeben.

»Wie dem auch sei«, sagte der Pfarrer an jenem Abend in einer Spielpause beim Billard, »dieser Mensch hat der Welt, ihrer Pracht und ihren Werken entsagt ...«

»Aber nicht dem Schnaps!« unterbrach der von den Bestechungsgeldern der Schnapsbrenner lebende Beamte.

»... wie die alten Einsiedlermönche«, schloß der Geistliche eilends.

»Begossen die sich auch die Nase?« scherzte Altamirano weiter.

Als das Gelächter verebbt war, erhob sich der Richter von seinem Stuhl, wie jedesmal, wenn sein Mastdarm wehtat, und sagte bündig:

»Sie mögen recht haben, Ehrwürden. Aber ein Mann wie der ... hat noch viel vor sich. Er ist jung. Was hinter ihm liegt, weiß ich nicht. Mir scheint, daß er keine Anlage zum Einsiedler hat. Man kann Salz auf einen Acker streuen, damit nichts mehr wächst, nicht mal mehr Unkraut, es ist aber sehr schwer, die Erde ganz zu töten. Plötzlich keimt der alte Samen wieder in den Löchern, die der Regen ... oder die Würmer graben, und schon kommt das alte Laster wieder zum Vorschein. So geht's auch mit dem Menschen.«

»Donnerwetter, wenn Don Climaco loslegt!« meinte der Sekretär, man wußte nicht genau, ob er ihm schmeicheln oder ihn verhöhnen wollte.

»Es ist die pure Wahrheit«, erwiderte der Richter, ohne auf die Bemerkung einzugehen. »Sie, Ehrwürden, wissen es besser als wir. Wenn einer wildes Blut hat, streut man ihm umsonst Asche auf den Kopf. Wollen mal sehen, wie lange er's aushält ...«

8

Dann ereignete sich etwas, was seinen Namen und seine Stellung in Sapukai ändern und dem Pfarrer teilweise recht geben sollte.

Als der Gringo eines Nachmittags am Friedhof vorbeiging, sah er, wie Maria Regalada, vor Schmerzen stöhnend, sich unter dem ohnmächtigen Blick ihres Vaters zwischen den Kreuzen wand.

Er eilte auf sie zu und untersuchte sie; dann hob er sie auf und trug sie ins Haus des Totengräbers.

Eigenhändig setzte er Wasser zum Kochen auf, zog ein kleines Messer heraus und schliff es an einem Stein, ohne ein Wort dabei zu verlieren und ohne daß der Totengräber gewagt hätte, die raschen und genauen Vorbereitungen des anderen zu unterbrechen.

Nur einmal fragte er:

»Was haben Sie vor, Señor?«

Da der andere ihn nicht gehört zu haben schien, verstummte der arme Taní Caceré, das Hin und Her des Gringo mit geängstigten Augen verfolgend.

Maria Regalada lag reglos da, und nur ihr Atem ging schwach. Jetzt legte er sie auf den Tisch und riß ihr die Kleider vom Leib. Gewissenhaft wusch er sich die Hände und wusch die Stelle, an der er den Einschnitt vorzunehmen gedachte. Er zog das Messer aus dem kochenden Wasser und schnitt in den Leib, der in der durchs Weinlaub sickernden Sonne bebte.

Was unfaßbar schien, geschah. Taní Caceré erlebte mit stockendem Atem die seltsamen Handgriffe des Gringo bis zu dem Augenblick, in dem er den aufgeschnittenen Bauch der Tochter zunähte.

Niemand wollte es glauben. Fest stand jedoch, daß Maria Regalada genas. Die Weiber sahen die Wunde, die, auf beiden Seiten mit sechs Sternchen geziert, zu vernarben begann. Doña Lolé Chamorro kam in einem Ochsenkarren eigens aus dem Pueblo angefahren, um das Wunder zu begaffen. Von dort ging sie unverzüglich zur Behausung des Gringo, um ihm das Talggeschwür auf ihrem Nacken zu zeigen.

9

Nach wenigen Tagen konnte das Mädchen wieder seiner Arbeit nachkommen, die ihm nun wie ein Kinderspiel von der Hand ging.

Zu jener Zeit war Maria Regalada fünfzehn Jahre alt. Während ihr Vater von Zeit zu Zeit ein neues Grab schaufelte, verrichtete sie unter den Kasuarinen des Friedhofs ihr Tagwerk, rodete Unkraut rings um die Holzkreuze, ordnete und zupfte die windverwehten Schleifen zurecht oder entfernte die welkenden Blumen. Es war fast, als arbeite sie in einer Chacra, einem Landgütchen, und sie tat es gern. Sie wußte, wem jedes der Kreuze gehörte. Unter den Gräbern befanden sich das ihrer Mutter, das ihres Großvaters José del Rosario, die Grabstätten anderer Verwandter und Freunde. In der Mitte des Campo Santo hatte man über dem großen Massengrab, in dem die Leichen aufgeschichtet lagen, die der Bombenkrater verschmäht hatte, dichtgedrängt zahllose kleine Kreuze aufgerichtet.

Für Maria Regalada waren alle Toten gleich und bildeten ihre Nachbarschaft. Sie sorgte für ihren Schlummer und ihr Wohlbefinden unter der Erde. Sie achtete sie, fürchtete sie jedoch nicht. Für sie war der Tod nichts als der stille Widerpart des Lebens.

Das Amt des Totengräbers war in Sapukai stets begehrt.

Der Exodus des großen Krieges beschenkte das Gebiet der blauen Täler mit verborgenen Schätzen. Vor drei Jahrhunderten besaßen die Jesuiten hier ihre Estancias, ihre Niederlassungen, die bis zum Cerro von Paraguarí reichten, wohin die Patres die Legende von der Erscheinung des heiligen Thomas verlegt hatten, die sie – geschickt und zartfühlend, wie es ihre Art war – dem Indio-Mythos von Zumé aufpropften, der genau dort erschienen war zu einer Zeit, als die Sonne noch eine kleinere Gottheit war als der Mond. Die Indios taten so, als glaubten sie daran. Aber darauf achtete jetzt niemand mehr.

In einer Höhle des Berges sind die tief in den Basalt gedrückten Fußspuren des heiligen Schutzpatrons des *Yerba Mate,* des Matestrauchs, zu sehen, und wenn es windet, hört man seine Stimme dumpf in den Höhlen widerhallen.

In diesen Tälern, besonders in denen von Paraguarí Pirayú

und Sapukai, flattern, zumal in Nächten, wenn Wetterwechsel bevorsteht, die schillernden Schmetterlinge des Irrlichts dicht über der Erde. Noch heute kommt es beim Ausschachten eines neuen Grabes vor, daß ein mit Münzen und Hausrat gefüllter Wasserkrug des Exodus oder ein holzgeschnitzter Heiliger aus der Jesuitenzeit ans Tageslicht kommt, um dem Toten Platz zu machen.

Das Amt des Totengräbers von Sapukai kommt fast einem Ehrenamt gleich.

So haben die Männer der Familie Caceré, der ärmsten, bescheidensten und ungebildetsten im Dorf, sich dieses Ehrenamts mindestens seit dem Großen Kriege auf dynastische Art weitergereicht. Und niemand hat ihnen dieses Vorrecht streitig gemacht.

Somit ist der Friedhof weit älter als der anläßlich der Jahrhundertfeier, fast noch im Glanz des Kometen, gegründete Pueblo. Vielleicht ist es nicht der einzige Ort Paraguays, an dem ein neuer Flecken neben einem hundertjährigen Friedhof entstanden ist.

Hier fand José del Rosario, Maria Regaladas Großvater, beim Ausheben eines Grabes am Fuße eines hundertjährigen männlichen Lorbeerbaums ein Schnitzbild von San Ignatio.

Als der Fremde seine Tochter rettete, schenkte Taní Caceré diesem das Bild. Zwar wehrte der Gringo mit wilden Gebärden ab, aber Taní ließ nicht locker.

»Sie haben mein Kind geheilt«, sagte er auf Guaraní. »Ich habe kein Geld. Ich will nicht warten, bis Sie tot sind, um Sie mit meiner Schaufelarbeit zu bezahlen. Drum soll der Santo Ihnen gehören und damit Schluß ...«

So lehnte er denn das Bild an seine Wand.

10

In Sapukai begann man über die glückliche Hand des Fremden zu sprechen.

Bald darauf entfernte er Doña Lolés Nackengeschwür. Dann heilte er, nachdem dieser sich einen ganzen Vormittag lang in Gesellschaft der frühlingslüsternen Flittchen über den Gringo lustig gemacht hatte, einen Viehtreiber, den er in der Pension kennengelernt hatte.

Nach Luft schnappend, weil die Rachenbräune ihn zu ersticken drohte, kam der Tropero zu seiner Behausung geritten. Der Gringo bewahrte ihn vor dem Schicksal, in einem von Taní Caceré s Gräbern zu landen, wollte aber weder das Geld noch den Revolver, auch nicht das Pferd annehmen, die der dankbare Viehtreiber ihm anbot. Nur den Hund ließ er sich aufschwätzen, der sich während seines dreitägigen Aufenthalts in der Hütte mit ihrem wortkargen Bewohner angefreundet hatte.

Bald darauf heilte er Atanasio Galváns Frau vom Asthma und ihn selber von einer unbekannten Krankheit, die eine lange Behandlung mit aus Milhombre und Sarsaparille gewonnenen Abführmitteln erforderte. Er kurierte den Friedensrichter von seinen alten Hämorrhoiden, derentwegen er nur, nach vorne geneigt, auf einer Gesäßbacke sitzen konnte. Selbst das Leberleiden des Pfarrers besserte sich mit den Heilmitteln des Fremden, der sich als Kräuterkenner erwies, in den Wald zog und mit Armen voll Heilpflanzen und -kräutern zurückkehrte, so daß seine Säfte als unfehlbar berühmt wurden.

Seit dieser Zeit nannten sie ihn *»den Doktor«*.

Aus Argwohn, Spott und Klatsch wurden allmählich Achtung und Bewunderung, bald sagte kein Mensch ihm mehr etwas Übles nach. Eine schlecht begründete Anzeige der Ärzte von Villarica und Asunción wegen Kurpfuscherei verlief dank des einflußreichen Telegraphisten im Sande.

Er war nun nicht mehr der *Gringo* – und noch nicht der *Ketzer*.

11

Tag für Tag begannen die Leute in zunehmender Zahl seinen runddachigen Rancho zu umschwärmen. Von den entlegensten Pflanzungen, sogar aus den Nachbardörfern kamen auf der Suche nach Heilung Kranke und Krüppel zu Fuß, zu Pferd und zu Wagen herbeigeströmt. Es kamen auch die Aussätzigen. Der Doktor behandelte alle, einen nach dem anderen, schweigsam, geduldig, ohne Unterschiede zu machen, unwillig, den Ärmsten ein Entgelt abzunehmen, die daraufhin beschlossen, ihm etwas zu bringen, die einen ein Hühnchen, die anderen Eier und Lebensmittel oder ein Stück Baumwollstoff, damit er die Fetzen, die er auf dem Leibe trug, ersetzen könne.

Er baute sich einen behelfsmäßigen Brennkolben, um darin eine Essenz aus Orangenblättern und Balsam gegen die Lepra zu destillieren, die das Chalmugraöl vorteilhaft ersetzte.

Die Frauen des Gemeindeausschusses ließen sich fast alle von dem Doktor behandeln, dem sie während seiner Landstreicherzeit eine Schlafstätte unter dem Vordach der Kirche verweigert hatten.

Zu jener Zeit behandelte er auch einen am Wechselfieber erkrankten Sonderling, der mit seiner Frau und einem kleinen Kind einen der durch die Explosion beschädigten Eisenbahnwagen bewohnte. Er nannte sich Casiano Amoité. Doch diesen konnte er nicht heilen. Als er nach langer Abwesenheit in das Dorf zurückkehrte, erkannten wenige in ihm Casiano Jara, den Räuberhauptmann der Ziegeleien von Costa Dulce, wieder.

Und dieser Eisenbahnwagen war es, der später geheimnisvoll auf Feuerrädern über das Blachfeld zu entschweben schien.

Natürlich war es eine Legende, ein Gerücht mehr, das unter dem armen Volk, das sich im Unglück dem Aberglauben ergeben hatte, hartnäckig umging.

12

Nach ihrer Genesung ging auch Maria Regalada aus freien Stücken zu dem aus Pfosten gefertigten Rancho, um dem Doktor Maisgrütze zu bringen, die er mit dem Hund teilte, sowie würzige paraguayische Suppen und allerhand Gebäck.

Nie dankte er ihr für ihre Aufmerksamkeiten und richtete nie das Wort an sie, auch nicht nach dem Tode des Totengräbers. So sehr der Doktor sich auch anstrengte, er vermochte Taní Caceré nicht zu retten, den das Gelbfieber in wenigen Tagen hinwegraffte und den er in eines jener Gräber bettete, die Taní auf Vorrat geschaufelt hatte, damit – wie er sagte – »mir die Arbeit nicht plötzlich über den Kopf wächst«. Nun wuchs ihm nicht mehr die Arbeit, sondern die Erde über den Kopf. Jemand flüsterte, der Doktor habe ihn absichtlich sterben lassen.

Maria Regalada übernahm sein Amt, das ihr der Erbfolge nach auch zustand und das somit nach vielen Generationen zum erstenmal an eine Frau fiel. Deshalb unterließ sie es aber nicht, zur Waldhütte zu gehen, solange es deren Besitzer ihr nicht verbot.

»Sie ist verrückt nach ihm ...«, meinte Doña Lolé in ihrer Pension zu den Viehtreibern und Brennereiinspektoren, die bisweilen nach der Totengräberin fragten, die sie im Besitz schöner »Grabkrüge« glaubten.

»Und was treibt der Gringo?«

»Nichts. Er spricht nicht mal mit ihr. Der Hund ist ihm, scheint's, lieber. Aber gerade das wurmt Maria Regalada.«

»Die verstehen sich bestimmt.«

»Nein. Ich würde es sonst wissen. Mir entgeht nichts.«

»Vielleicht heiraten sie dann.«

»Der Doktor ist verheiratet.«

»Das weiß man von Gringos nie. Die wissen nur, wie man unsere Frauen an der Nase herumführt.«

»Was soll man dann von euch sagen, ihr alten Stecher?

Ihr Scheusale, habt ihr eure Frauen nicht ein Leben lang an der Nase herumgeführt?«

Die Fragesteller lachten. Die alte Kupplerin verstand es zwar, den wunden Punkt zu berühren, konnte aber auch recht kameradschaftlich sein. Mehr als eine ihrer Dirnen war Konkubine eines ihrer Gäste geworden. Eine lebte jetzt sogar in guten Verhältnissen und schickte ihr alljährlich zum Namenstag der Heiligen Jungfrau von den Schmerzen, auf den ihr Geburtstag fiel, ein kleines Geschenk.

»Der Doktor ist kein schlechter Kerl ...«

Ihre heisere Stimme klang dankbar. Nach jenem Talggeschwür hatte er sie von der Schwindsucht geheilt.

Auf diese Weise rettete Maria Regalada sich nicht nur vor dem Klatsch, sondern auch vor den Artigkeiten Durchreisender, die es weniger auf ihre münzengrünen Augen als auf die grünspanigen Münzen der im Caceréschen Familienbesitz befindlichen zersprungenen Tonkrüge abgesehen hatten.

Sie pflegte abwechselnd ihre Friedhofkreuze und ihren Gemüsegarten, fegte den Hof und kochte das Siedfleisch für die zwanzig Aussätzigen, die mit ihr auf die Rückkehr des Doktors warteten.

Sie traute sich nicht, den Rancho zu betreten. Sie fühlte nur, daß der Doktor in seiner stets verriegelten Behausung mit den ihr vertrauten Überbleibseln weiter von ihr entfernt war als die Toten ihres Friedhofs oder jene entstellten Siechen der Hütten. Den Kreuzen und ihren Toten konnte sie wenigstens von ihren Sorgen erzählen und mit ihnen ohne Scham von ihm sprechen.

Kaum merklich rückte der Eisenbahnwagen der Amoités vor. Vielleicht halfen die Aussätzigen den drei Bewohnern beim Schieben.

Gerade als der politische Führer diese Angelegenheit untersuchen wollte, starb er, versehen mit den heiligen Sterbesakramenten, eines natürlichen Todes.

Die einzigen, die ihn außer seiner Witwe und Vater Benítez, der den Respons sprach, zur letzten Ruhe begleiteten, waren die Soldaten der Polizeiwache, die den einsamen schwarzen Sarg in der glühenden Sonne von Baum zu Baum schleppten.

Die Totengräberin wies ihm den entferntesten und unwirtlichsten Winkel des Friedhofs an, fast schon auf freiem nicht geweihten Feld, trotz des Einspruchs des Priesters und des unverständlichen Wehklagens der Witwe, die bei allem froh schien, ein paar Tränen vergießen zu können.

Es war das einzige Grab, dessen Kreuz keine Schleife trug und das stets von Unkraut überwuchert war.

13

Eines Nachmittags begoß Maria Regalada die Saatbeete des Gemüsegartens. Wie immer war sie fast unhörbar durch den Hohlweg des Waldes gekommen, nachdem sie das Törchen zum Friedhof verschlossen hatte.

Plötzlich hörte sie das dumpfe Geräusch eines fallenden Körpers. Von schlimmer Vorahnung gepackt, richtete sie sich auf und lauschte in die Stille hinein. Dann trat sie ganz langsam näher und spähte durchs Gestrüpp auf die Hütte. Da sah sie etwas Dunkles auf dem Boden liegen, das jedoch nicht der Doktor war.

Sie schlich durchs Gebüsch näher, und das, was sie nun sah, kam ihr wie ein Traum vor.

Der Doktor kniete am Boden. Aus seinen Händen rann ein Strom von Gold- und Silbermünzen, die im letzten Tageslicht aufleuchteten und zwischen seinen Beinen ein Häufchen bildeten.

Sie sah das verzerrte Gesicht. Die himmelblauen Augen waren gleichsam von letzter Verzweiflung beschattet, wie damals, als er ihren Vater hatte aufgeben, und wie zu anderen Malen, als er dem Tod das Feld hatte überlassen müssen.

Das blonde Haupthaar fiel dem über den Geldhaufen Gebeugten ganz ins Gesicht. Es schien dem Mädchen, als höre es einen Jammerlaut. Nach geraumer Zeit stand er auf und begann, die Münzen mit verkrampften Fingern aufzusammeln und sie immer schneller und verzweifelter in einen alten Lumpensack zu werfen.

Neben ihm lag das Schnitzbild des heiligen Ignatius.

14

Niemand erfuhr es, weil seit dieser Zeit die Bambustür sich niemandem mehr öffnete, nicht einmal Maria Regalada. Mit angstvoll glänzenden Augen trat er heraus, als fehle es ihm diesmal wirklich an frischer Luft.

Auf der Veranda des Rancho trennte er mit Latten eine Art Behandlungsraum für die Kranken ab.

Niemand konnte sich erklären, warum der Doktor die Geschenke der Ärmsten oder die geringen Geldbeträge, die er sonst von Wohlhabenden annahm, zurückwies und seine Patienten statt dessen mit unmißverständlichen Gebärden und hastigen Worten bat, sie möchten seine Behandlung mit alten Schnitzereien, mit den ältesten Bildern bezahlen, die sie auftreiben konnten.

Die Leute von Sapukai glaubten, der Doktor sei plötzlich gläubig, vielleicht gar ein Mystiker geworden; sie meinten, er selber mit seinen zerrissenen Hanfschuhen, mit seinem langen Haar, dem Stock, dem Hund und dem Bastkorb steure auf den Stand der Heiligkeit zu.

»Er wird dem heiligen San Roque immer ähnlicher!« murmelte Doña Lolé, wenn sie den Herrn Doktor vorübergehen sah, gleichfalls gerührt von seiner neuen Ausstrahlung.

Diese Wirkung stand jedoch im Gegensatz zu einer nicht weniger einleuchtenden Erklärung.

Er begann nämlich wieder zu jeder beliebigen Tageszeit in die Kneipe zu gehen und Schnaps zu trinken, bis er zitternd und verstört ins Freie schwankte.

Nun behandelte er nur noch diejenigen, die, irgendein altes

Bildwerk schulternd, an seine Hüttentür klopften. Sofort entriß er ihnen das Bild und wog es gierig in den Händen, während seine besessenen Augen die Risse des Kunstwerks absuchten. Und schon brachte er es, den Ausdruck vorweggenommener Enttäuschung im erschöpften, ausgezehrten Gesicht, in die Hütte. Erst dann blickte er seinen Patienten in die Augen, aber nicht mit der blauäugigen Heiterkeit von einst, sondern mit der trüben Unlust eines Abwesenden.

So trieb er es ein paar Monate, betrunken, halb verrückt, wortkarger denn je.

Schließlich verschwand er.

15

Maria Regalada entdeckte als erste die geköpften Bilder. Sie traute sich nicht, sie zu berühren, aus Angst, ihren Wunden könne das schwarze Blut der göttlichen Strafe entfließen.

Sie weiß nicht, warum der Doktor sie mit Axthieben zerstört hat. Sie wußte es nicht, als sie sie zum erstenmal zu Gesicht bekam, am Vorabend des Tages, an dem der Doktor ebenso geheimnisvoll verschwinden sollte, wie er aufgetaucht war.

In jener Nacht hielt der Betrunkene, der wie besessen unverständliche Worte stammelte, sie zurück und nahm sie zwischen den zerstückelten Heiligenbildern gewaltsam in Besitz.

Nur ein einziges Mal betrat sie den Rancho, und zwar in der letzten Nacht seines Aufenthaltes im Dorf.

Sie weiß nicht, warum das alles so kam. Sie wußte es damals nicht, vielleicht wird sie es nie wissen.

Das Bildnis des heiligen Ignatius ist das einzige unberührt gebliebene Schnitzwerk. Als es von seinem Sockel fiel, bekam es ein Loch, ein tiefes Loch, das sein Inneres entblößte. In Anbetracht seines Gewichts glaubte Maria Regalada immer, es sei massiv. Auch das kümmerte sie nicht. Indessen stellte sich unablässig die Frage, warum der Doktur nur dieses Heiligenbild verschont hatte. Aber auch die Vernichtung der anderen bleibt ein Rätsel. Sie will es indes gar nicht wissen. Sie will nur in diesem Wachtraum verweilen, der ihr zwar Herz und Hirn benebelt, aber nicht die Hoffnung auf die Rückkehr des Doktors nimmt.

16

Am Tage nach seiner Flucht kehrte Maria Regalada zum Rancho zurück. In einer Bodenspalte fand sie eine lehmverkrustete Goldmünze, auf der sie etwas erblickte, das dem bärtigen Profil des Doktors entfernt ähnlich sah. Sie putzte sie sonnenblank und bewahrte sie in der Wärme ihres Busenausschnitts.

Zuerst kamen die Aussätzigen und beklagten das Verschwinden des Doktors.

Bald darauf pilgerte ganz Sapukai zur Holzhütte, um das hölzerne Gemetzel in Augenschein zu nehmen.

Jetzt wurde der Doktor zu jenem Ketzer gestempelt, der im gleichen Wut- oder Wahnsinnsanfall, in dem er einst jenes Kind durchs Fenster des Zuges hatte werfen wollen, die Heiligenbilder geköpft hatte.

Sonst aber wagte niemand ein böses Wort über den Arzt fallenzulassen.

»Ich hab's ja gesagt, er hält nicht durch ...«, verkündete der Richter bündig an seinem geschrumpften Stammtisch.

Im Kern von all dem steckt etwas für alle Teile schwer Verständliches. Die Leute von Sapukai glauben nach wie vor, der Doktor sei ein anständiger Mensch gewesen. Seine Gegenwart und das Andenken an all das Gute, was er getan hat, sind noch lebendig, aber auch seine letzte Wahnsinnstat ist es, die in seinem Hund und in der Totengräberstochter – in ihr freilich auf andere Weise – zart nachzuklingen scheint.

Maria Regalada spricht mit niemandem, sie spricht von

ihren Dingen nur mit ihren Toten. Und mit dem Hund, wenn er, den Korb zwischen den Zähnen, von der Kneipe heimtrabt, mitten im Dunst, der aus Staub und Tau des Morgens aufsteigt.

Bei der verlassenen Hütte gehen die zahlreichen Gespenster um, die zum Trinken an den Bach ziehen. Sonst aber liegt Friede, eine fast pflanzliche Reglosigkeit über der schwarzen Erde von Costa Dulce.

Nur der beschädigte Eisenbahnwagen scheint unmerklich, unablässig, ohne Schienenstrang, keiner weiß wie, auf der durstigen rissigen Steppe vorzurücken. Vielleicht ist es derselbe Wagen, aus dem der Doktor vor Jahren gerissen und auf dem roterdigen Bahnsteig von Sapukai inmitten der Trümmer auf den Knien umhergezerrt wurde.

III
Stationen

Miguel Veras, des Erzählers, Reise nach Asunción

I

Den ganzen Morgen mühte ich mich ab, meine Füße in die neuen Schuhe zu zwängen, meine Füße, die vom Laufen und Stolpern schwielig, von den Dornen des Waldes und von den Wurzeln des Flusses aufgerissen waren – in der langen Zeit der Freiheit und des Umherschweifens, die nun zu Ende ging, wie alles einmal zu Ende geht, ohne daß ich vorläufig gewußt hätte, ob ich darüber froh oder traurig sein sollte.

Ich zog die Strümpfe an und wieder aus. Noch immer waren meine Füße größer als die neuen Schuhe, der Erlös des verkauften Ponys, die ersten, die ich in meinem Leben anziehen wollte und die so widerspenstig waren, als seien sie aus dem Leder der Bachstelze gefertigt. Ich wollte Gewalt anwenden, aber sie waren schlauer. Ihr von Tanningeruch begleitetes Quietschen spottete meinen Füßen. Zum dritten Mal wusch ich sie in der Küche mit Aschenschaum und Dividiviwasser bis über die Gelenke. Aber weder mit dem schwarzen Guayacánholz noch mit der Lauge vermochte ich die Kruste zu entfernen. Ich glättete also meine Fersen mit dem Schleifstein. Es fehlte nur noch, daß ich mir die Zehen abgehackt hätte. Schon waren die Füße weißer und sogar kleiner, aber noch paßten sie nicht hinein. Endlich kam Rufina und rieb sie mir mit Stärkemehl ein, so daß sie endlich in die Schuhe paßten und diese zu quietschen aufhörten.

Nachmittags gingen wir alle zum Bahnhof, ich voraus, meine Beine werfend, um aufzufallen und um nicht der Abschiedsstimmung derer zu erliegen, die schweigsam hinter mir gingen, Papa, Mama, meine Schwestern, der alte Donato, den kleinen Lederkoffer geschultert, Rufa, die das Huhn gebraten hatte, mit dem Proviantkorb in der Hand.

Die Aufbauarbeit der Fabrik war steckengeblieben, weil die Maschinen wegen des großen Krieges, der die Welt auf der anderen Seite des Meeres aus den Fugen sprengte, nicht gekommen waren, wenngleich einige behaupteten, er sei inzwischen zu Ende gegangen. Auf diese Weise vertiefte die Stille Dinge und Empfindungen. Ich ging auf dem Bahndamm voran und dachte, alles in allem sei es eine gute Sache, mit neuen Schuhen prahlen zu können. Schlimm war nur die bedrohliche Hauptstadt mit ihrer Schule, die ich gestiefelt und gebürstet jeden Tag im Jahr besuchen sollte.

»Wenn du die Kadettenanstalt besuchen willst, Miguel«, sagte mein Vater, »mußt du die sechste Klasse hinter dich bringen. Auch wenn du Offizier werden willst, mußt du tüchtig lernen.«

In Itapé konnte man nur die Volksschule bis zur dritten Klasse besuchen, und das, seit Gaspar Mora das kleine Landschulhaus mit Satteldach und geschnitzten Pfosten erbaut hatte.

Mama wollte meine Idee, eines Tages Kadett zu werden, nicht behagen.

»Laß ihn«, brummte Papa, als wolle er sagen: Der Junge soll ruhig seine Erfahrungen machen. »Das Land ist eine große Kaserne. Da ist der Offiziersberuf mit seinen Erfahrungen besser als alles andere.«

»Schön, aber alle zwei Jahre gibt es doch eine neue Revolution«, klagte Mama und setzte dabei eine Miene auf, als marschiere ich schon mit geschultertem Gewehr in den Kampf.

»Aber bei jeder Revolution sterben mehr Zivilisten als Soldaten. Im übrigen kann er immer noch aufhören, wenn es ihm keinen Spaß macht. Ich wurde Seminarist und wählte damit den falschen Weg. Aber die Tonsur hinderte mich nicht daran, doch noch ein guter Landwirt zu werden. Man muß die Dinge von innen kennenlernen. Erst hinterher weiß man Bescheid. Drum laß ihn machen ...«

Ich hatte heimlich zugehört. Aber die blaue, goldverbrämte Kadettenuniform mit Mütze und Degen blendete mich. All das mußte ich erreichen, in der unbekannten Stadt, nach dem Schulbesuch, nach der langen Eisenbahnfahrt auf dem Schienenstrang, dessen Bau ich, Schwelle für Schwelle, im Pueblo miterlebt hatte. Zu ihrer Einweihung waren nämlich die Kadetten der Kriegsschule, als Eskorte vom Präsidenten und dessen Gefolge, im wimpel- und palmkranzgeschmückten Zug gekommen. Mit gereckter Brust stramm auf den Plattformen stehend, wurden die stattlichen Burschen mehr beklatscht als der Präsident selbst. Das gleiche ereignete sich bei ihrer Rückfahrt nach Villa Encarnación.

Von diesen beiden Gelegenheiten hatte ich einen unauslöschlichen Eindruck an die kriegerischen Gestalten bewahrt.

Während ich auf dem Bahndamm vorausging, dachte ich an all das, auch an Lágrima Gonzáles, meine Schulkameradin, die etwas älter war als ich. In der Schule läutete sie die Glocke zu Beginn und zum Schluß des Unterrichts, und sie hatte mir beim Schulfest einen Kuß gegeben. Der Duft ihrer lauwarmen Lippen und die kleinen harten Kinderbrüste, die sich an jenem Abend unter den Bäumen an mich gedrückt hatten, während die anderen die Nationalhymne sangen – das kribbelte in diesem Augenblick in mir wie etwas längst Verlorenes und doch unverlierbar Süßes, gerade weil ich es jetzt für immer verlieren sollte.

2

Auf dem Bahnsteig erwartete uns Damiana Dávalos mit ihrem Säugling in der Menschenmenge, die zur Ankunft des Zuges herbeigeströmt war.

Die Chipáverkäuferinnen begannen ihre gefüllten Körbe aufzustellen; Zigaretten rauchend zeterten die Limonadeweiber hinter ihren fliegen- und wespenumschwirrten Blechkanistern und Krügen und pantschten mit ihren Getränken. Maria Rosa, die schwachsinnige Chipera aus Caroveni, irrte mit ihrem Töchterchen auf dem Rücken, das der auf ihrem Kopf schwankende riesige leere Korb beschattete, mit schlafwandlerischem Blick umher.

Die Goiburú-Zwillinge schielten nach meinen neuen Stiefeln, tuschelten und ließen ihr Spottgeflüster unter der Dorfjugend umgehen. Ich hörte ihr Lachen und Sticheln, die unnachahmliche Bosheit der Zwillinge, tat, als merkte ich nichts und strafte sie im Stolz meiner nagelneuen Kleider mit Verachtung. Aber insgeheim beneidete ich sie, hätte am liebsten den neuen Anzug und die spiegelblanken Schuhe mitten auf dem Bahnsteig ausgezogen und mich wieder unter sie gemengt, Kreisel, Ball oder Jojo mitgespielt oder mich mit ihnen unter den Paraísos und Ovenias des Dorfplatzes gebalgt. Im Grunde war ich ein Deserteur und empfand Trauer und Scham, trotz der Kleider und der Schuhe, trotz der bevorstehenden Reise nach der fernen Schule, trotz der künftigen, noch nebelhaften Ehre, ein Kadett zu werden.

In diesem Augenblick erschien Lágrima Gonzáles, Arm in Arm mit Esperancita Goiburú, der Schwester der Zwillinge. Der Stolz tilgte meine Traurigkeit, ich drehte ihnen den Rücken zu, obgleich sie hübscher waren denn je, besonders Lágrima mit ihren langen Wimpern, ihrem brünetten und immer frohen Gesicht und ihrem Lächeln, das Grübchen in ihre Mundwinkel grub und ihre perlweißen Zähne freigab. Die Schuhe auf dem Pflaster nachziehend, als trüge ich Sporen, stolzierte ich wie der politische Führer Orué auf und ab.

Jetzt tauchte der Zug in der Talsenke von Hernandarias auf. Die Lokomotive schnaubte den Hügel hinan, wurde mit jedem Pusten größer und größer und hüllte schließlich den Bahnsteig, das Bahnhofsgebäude, die Leute mit ihrem Lärm, mit dem Schatten ihrer Wagenkette und mit ihrer Rauchwolke ein, die ihrem eisernen Innern entdampfte.

Wir liefen auf die Wagen zweiter Klasse zu.

»Gib gut acht, Damiana!« mahnte meine Mutter.

»Ja, gnädige Frau ...«

Sie stieg ein und setzte sich. Arme Damiana Dávalos! Sie war ganz verstört vom Reisefieber, von der Krankheit ihres Kindes, von den schlaflosen Nächten und der Erschöpfung.

Inmitten des Trubels hob mein Vater ihr Bündel, meinen Koffer, den Korb mit dem gebratenen Huhn und den Reiseproviant der Wäscherin in den Wagen. Das Kind blickte vom Schoß der Mutter stillvergnügt in das Gehetze.

Papa entriß mich den Abschiedsumarmungen und stieß mich auf die Plattform hinauf.

»Lebwohl, Edelmira, lebwohl, Coca!« schrie ich meinen Schwestern zu, um damit den Druck in meiner Kehle zu lösen, schaute dabei jedoch in die Richtung, wo Lágrima und Esperancita standen.

Die beiden Mädchen lachten.

Ein Pfiff des Zuges ließ den Lärm noch mehr anschwellen. Das Zischen des Dampfes übertönte das Sprechen, die Rufe, den Trubel; die Gesichter und die Gestalten auf dem Bahnsteig gingen im ätzenden Dunst unter. *Tschak ... tschak ... tschak ...* Der Zug fuhr immer schneller.

Benommen blickte ich aus dem Fenster. Der Bahnhof entglitt. Alles schien mit zunehmender Geschwindigkeit zu schwinden. Das Menschenknäuel wurde kleiner und kleiner, bis es nur noch ein in der Sonne bleichender Ameisenhaufen war.

Zu beiden Seiten des Schienenstrangs glitten die Telegraphenmasten vorüber, und dahinter, etwas langsamer, verfolgten sich, ohne sich indes einzuholen, die Häuser, die Ranchos, die Bäume, die in den hintersten Straßen des Pueblo grasenden Kühe, der Viehkorral, der Friedhof. In der Ferne machten sie kehrt, als drehe sich die Erde um den Zug. Der Pueblo versank hinter den Wäldern von Tebikuary im Flachland, ich leckte die Finger naß und bückte mich, um meine Schuhe blankzureiben.

Als ich mich aufrichtete, erschien hinter einer Biegung der Cerrito, zum Greifen nahe. Von seinem schwarzen Gipfelkreuz unter dem Grasdach blickte uns der aussätzige Christus nach, sein Frauenhaar wehte in der heißen Mittagsluft, als sei er lebendig inmitten der gelben Falter, die im Sonnenglast vom Quellgrund aufflatterten.

Es donnerte lang und dumpf, als die Räder über die Bachbrücke rollten. Damiana, die Augen auf die Christusfigur geheftet, bekreuzigte sich, die anderen Frauen desgleichen.

Dann erst erstarb das Rollen im letzten Wagen und das Geplauder begann von neuem.

Als letztes sah ich Macario Francias Kreuz, am Fuß des Berges, zwischen Dornengestrüpp. Das war alles, was von dem befreiten Leibeigenen übriggeblieben war, der den Christus aus dem Walde gerettet hatte und nicht im Friedhof, sondern dort, am Fuß des Kalvarienberges von Itapé, in seinem Kindersarg ruhte.

Im Rollen der Räder hörte ich seine letzten Worte:

Der Mensch, liebe Kinder, wird zweimal geboren. Einmal bei der Geburt, das zweite Mal im Tode ...

3

Auch der Cerro sank zurück. Im Galopp, im Galopp, dachte ich, mit dem Christus hoch zu Roß. Schließlich verschwand er in dem grünen Dickicht, das um den fahrenden Zug schwang wie ein riesiger langsamer Kreisel, den die Peitsche des Schienenstrangs in Bewegung hielt.

Erst jetzt gewahrte ich den Mann, der mir gegenüber schlummerte. Zuerst konnte ich ihn nicht genau erkennen, da Sonnenstaub durchs Fenster strömte. Langsam wurde er hinter dem Geflirre sichtbar. Es war ein schlanker Gringo, der weder den Siedlungspolen noch den Deutschen glich, die zum Aufbau der Fabrik gekommen und wegen des Krieges fortgegangen waren. Er war aber Ausländer, das lag auf der Hand. Seine langen Beine waren in der schmalen Bankreihe eingeklemmt, seine Knie berührten fast die gegenüberliegende Holzbank, weshalb Damiana nicht ans Fenster rücken konnte. Unter dem Filzhut schaute ein blonder, fast maisgelber Haarschopf hervor. Kleider und Schuhwerk waren abgetragen. Auf seinem Schoß lag zusammengefaltet eine wollene Jacke, aus deren Tasche ein abgegriffenes blaues Notizbuch mit unleserlichen goldenen Buchstaben hervorschaute. Sein Hemd klebte ihm am Leib und ließ seine starken Rippen erkennen. Wenn er sich bewegte, um eine bequemere Stellung zu finden, leuchtete es unter seinen schlafgeschwollenen Lidern hellblau auf. Da die Sonne ihn belästigte, hob er die Arme und zog den staubbedeckten Gitterladen herunter. Wieder kauerte er sich in seine nunmehr schattengestreifte Ecke. Jetzt fiel mir dunkel ein, daß auch er den Christus betrachtet und sich bekreuzigt hatte. Vielleicht täuschte ich mich auch und hatte nicht richtig hingeschaut. Womöglich hatte er sich die ganze Zeit nicht gerührt. Von Zeit zu Zeit blitzten die stahlblauen Spalten zwischen den sonnenstaubflimmernden Schattenstreifen auf.

Damiana linste argwöhnisch zu ihm hinüber.

Hinter uns wurde auch von dem Christus gesprochen: drei magere Männer und einer mit einem Estancierogürtel, der die Geschichte seinen Reisegefährten erzählte und dabei die Einzelheiten wahllos durcheinanderbrachte. Entweder er kannte sie nicht genau, oder er erzählte schlecht, um die anderen zu verwirren.

»Die Leute von Itapé sind stolz auf ihn und sagen, er tue Wunder.«

»Schön«, sagte einer, »wo Glauben ist, geschehen immer Wunder.«

»Wenn das wahr wäre, Nuñez«, warf ein anderer mißmutig ein, »wären Itapé, Kaacupé, Tobatí, Kaazapá lauter kleine Pueblos mit wundertätigen Heiligen, die fortgeschrittensten der ganzen Republik.«

»Klar«, stimmte der Befragte zu. »Der Glaube hemmt den Fortschritt. Das wissen wir.«

»Haben Sie Itapé gesehen?« beharrte der andere. »Dort ist

noch alles wie vor hundert Jahren, wie vor dem Dreierbund, wie vor den Revolutionen.«

»Dort waren sie dabei, eine Zuckerraffinerie zu bauen«, sagte der Viehzüchter.

»Das kam bestimmt nicht durch den Christus.«

»Vielleicht war es hier anders«, sagte der Estanciero und fuhr sich mit dem Taschentuch über das breite, feuchte Gesicht. An einem seiner Finger blitzte ein Brillantring.

»Anders? Wieso anders?« fragte die unlustige Stimme.

»Der Christus von Itapé war zuerst ein Ketzer ...«

Sie lachten wie über einen guten Witz, selbst der mit der unmutigen Stimme. Und der silberbeschlagene Bauch des Estanciero hüpfte vor Gelächter, wenn auch auf seinem Gesicht keine Spur davon zu sehen war. Warum reiste er zweiter Klasse wie wir?

»Stimmt es, daß ein Aussätziger das Bild geschnitzt hat?« fragte einer der Mageren. »Jener Gaspar Mora ... Ein Musiker, soviel ich weiß, oder Instrumentenbauer ...«

»Wieder eine von den Enten, die man sich erzählt«, meinte der Dicke verschmitzt.

Ich hätte ihm ins Gesicht springen und es mit allen zehn Fingern zerkratzen mögen, konnte aber nicht alle meine Wut zusammenraffen, weil ich immer wieder die himmelblauen Spalten vor mir im Schatten blinzeln sah. Auch ging mir der gefaßte Brillantring des Gutsbesitzers auf die Nerven, sein beschlagener Gürtel und seine unter dem Hemd in der Patronentasche schimmernde lange 38iger Pistole mit ihrem an den Rändern tabakvergilbten Perlmuttgriff.

Trauervoll dachte ich an Macario Francia, der ihn nicht hätte lügen lassen.

»Und ihr, wo kommt ihr her?« fragte er.

»Aus der Verbannung.«

»Aha ... Wegen der letzten Revolution?«

»Scheint so.«

»Seid froh, daß die Bürger euch so rasch zurückkommen lassen«, brummte der Dicke.

»Wir haben uns nicht eingemischt«, sagte einer, den die anderen Ozuna nannten. »Ich meine, in den Aufstand.«

»Der Anschlag hat euch natürlich unversehens erwischt ...«

»Nuñez und ich standen gerade vor dem Anwaltsexamen. Cuéllar arbeitete bei der Zeitung ›Patria‹.«

»Wir hoben Schützengräben aus Papier aus«, sagte Cuéllar, ohne eine Miene zu verziehen.

»Wir lernten uns auf dem Leichter kennen, der uns flußabwärts, ins Exil, führte.«

»Jetzt kehren wir drei zurück«, sagte Nuñez.

»Ich bin Bürger und besitze eine Estancia in Kaazapá. Auch ich habe nichts damit zu tun gehabt. Trotzdem haben sie mir die Kühe aufgefressen. So daß ...«

»Die Revolutionen fressen alles auf, was ihnen in den Weg kommt«, unterbrach ihn Nuñez mit einer Stimme, die den Knochen seiner Hakennase anzunagen schien.

»Ich fahre nach Asuncíon, um bei den Scheichen der Regierung auf Schadenersatz zu klagen, zumal meine Parteigenossen an der Spitze sind.«

»Sie können wenigstens für das aufgefressene Vieh Ersatz fordern. Und was tun die, die ins Gras gebissen haben?«

»Die brauchen so was nicht mehr ...«, meinte der Estanciero.

»Klar, Mensch«, stimmte Ozuna zu. »Die frißt die Erde auf.«

»Schon gut, schon gut ...«, versuchte der Estanciero einzulenken. »Deshalb braucht man sich noch lange nicht aufzuregen. Schicksal, sagte der Frosch, der unter das Brett geriet.« Wieder zuckte sein Bauch von unterirdischem Gelächter. »Auch wir wollen leben. Gleich kommt Borja. Dort gibt's anständige Chipás.«

4

Der Zug hielt. Das Schauspiel von Itapé wiederholte sich, Fahrgäste stiegen ein und aus und lärmten im Gang.

Draußen, auf dem Bahnsteig, riefen die Verkäuferinnen schnatternd wie Vögel ihre Waren aus. Aus ihren wie aus trockenem Lehm gemachten Gesichtern unter den Tragkörben stieg Zigarrenrauch auf.

Alles war wie in Itapé.

Der Rumpf des gleichsam geköpften Dicken füllte den Fensterausschnitt vollständig aus. Er streckte die Hand hinter dem Revolver in eine kleinere gleichfalls silberbeschlagene Patronentasche, aus der er Kleingeld hervorholte, und kaufte Chipás und Bananen, dabei funkelte der Brillantring an seinem kleinen Finger bläulich vor dem erdfarbenen Gesicht der Chipera hin und her. Er bestellte auch einen Krug Limonade und leerte ihn in einem Zug samt den Caapikyblättern, der zerriebenen Milhombrerinde und den toten Fliegen.

Ich verging fast vor Durst.

Wieder ratterte der Zug und ließ, in dem großen grünen Kreisel, der sich mit den Häusern, den Fluren, den Tieren und fernen Bergen allmählich rückwärts drehte, alles hinter sich.

»Auf zur Brotzeit, Señores!«

Der Viehzüchter verteilte die Chipáringe und ein paar Handvoll Goldbananen unter seine vier Fahrtgenossen, die der gemeinsame Hunger versöhnte.

Damiana, übermüdet und von unbestimmter Angst erfüllt, hatte unseren Vesperkorb vergessen. Mir wurde der Mund wäßrig, ich bat jedoch weder mit den Augen noch mit den Händen. Ich wollte zeigen, daß ich ein Mann war, daß ich es war, der sie begleitete und nicht sie es war, die mich beschützte. Sicherlich dachte sie an ihren Mann, der in Asunción im Gefängnis saß. Manchmal, wenn sie am Fluß wusch, hatte sie von ihm gesprochen. Dann schlich Wehmut und Furcht in das sonst so fröhliche Gesicht. Ihr Leib hielt reglos über dem Wasser inne, und ich sah ihren Schatten auf dem sandigen Grund, über den Fische hin- und herhuschten und nach den Seifenstückchen schnappten. Jetzt aber war sie von Schlaf und Erschöpfung welk und vom Staub gealtert.

Der Gringo döste weiter. Bisweilen riß er die schlaftrunkenen Augen auf und musterte uns mit dem Blicke eines Volkes, das ich nicht zu benennen wußte.

Der Säugling begann zu quäken wie ein Frosch. Damiana bedeckte sich mit dem Umhang und gab ihm die Brust. Plötzlich hob ein Windstoß diesen hoch und entblößte die rosafarbenen, blaugeäderten, milchbenetzten Brüste. Mir lief das Wasser im Mund zusammen, ich ärgerte mich über den kranken Säugling, der all den Reichtum vergeudete.

»Was hat dein Kind?«

Damiana blinzelte überrascht. Neben ihr saß eine Alte, die sich mit einem Bastfächer, auf den ein Herz-Jesu-Bild genäht war, Kühlung zufächelte.

»Was hat er denn?«

»Ich weiß nicht«, erwiderte Damiana widerstrebend, »ich fahre mit ihm zum Doktor, nach Asunción.«

»Herr des Himmels, so weit!« gluckste die Alte. »Hoffentlich ist es nichts Ernsthaftes. Am besten heilen immer noch Kräuter.«

»Wir haben schon alles versucht. Aber der Anfall kam wieder.«

»Was für ein Anfall?«

»Wenn der Krampf kommt, spuckt er alles aus und hat Schaum vor dem Mund.«

»Kenne ich. Heißt Epilepsie. Der schnelle Tod. Ich weiß, wie man das kuriert. Das Herz von der Raute, Aniskörner und Fenchelsamen in kochendes Wasser geworfen und das Ganze abkühlen lassen.«

»Haben wir schon probiert.«

Mit halbgeschlossenen Augen beobachtete die Alte den Säugling, Falten gruben sich in ihre platte Nase. Sie verzog leicht den Mund, um die Zigarre zurechtzurücken. Ein fettes Muttermal auf der Oberlippe mit einem dicken weißen Haar darauf bewegte sich zugleich mit dieser. Das Herz-Jesu-Bild auf dem Fächer ruhte. Sie wollte sich nicht geschlagen geben.

»Sie müssen ihm auch Eselsmilch auf nüchternen Magen geben.«

»Wir haben ihm Ziegenmilch gegeben.«

»Das ist nicht dasselbe. Es muß Eselsmilch sein. Auch die Tiere haben ihre Zeichen, wie die Christen. Ich hätte es heilen können. Schade, der unschuldige Balg ist so niedlich! Hoffentlich kommt er durch! Aber die Ärzte von Asunción taugen nichts, das einzige, was sie können, ist, dem Patienten Geld abknöpfen. Ich verstehe nicht, warum Sie so weit fahren. Wenn es nur um den Arzt geht, gibt es auch in Villarica gute.«

»Es ist nicht nur deshalb. Ich will auch meinen Mann besuchen.«

»Arbeitet er dort?«

»Nein, er sitzt im Gefängnis.«

»Ojeh! Ojeh! Hat er einen umgelegt?«

»Nein. Die Bürger haben ihn bei der letzten Revolution festgenommen.«

»Der Arme! Ja, ja, die Politik!« brummte die Alte, heftig mit dem Herz-Jesu wedelnd. »Wann lernen unsere Männer endlich, sich nicht in Dinge zu mischen, die sie nichts angehen!«

»Cirilo haben sie grundlos eingesteckt. Er kennt seinen Sohn noch gar nicht. Drum nehm ich ihn mit, damit er ihn einmal zu Gesicht bekommt.«

»Das ist etwas anderes ...«

Der Fremde lauschte oder schien dem eintönigen Zwiegespräch zu lauschen, das die Alte unablässig weiterspann und mit ihrem bestickten Fächer skandierte.

5

In Borja war auch der Alte mit der Gitarre eingestiegen, den ein zerlumpter Junge an einer Kette führte.

Der Greis setzte sich auf den Rand einer Bank; zusammengesunken, ausgezehrt, leichenhaft, begann er zu spielen und glich in seiner Haltung den Ruinen von Misiones, die flechten- und fliegenüberwuchert aus dem Baumgewirr tauchten.

Ich mußte an Gaspar Mora, an Macario Francia denken.

Der Klang der mehrmals geborstenen Zupfgeige stieg auf wie das Summen einer Hummel, und das über das Instrument gebeugte Mähnenhaupt gab einen Takt an, den wohl nur dieses spürte. Während der Alte aufspielte, scheuerte der Junge die Münzen, nachdem er sie abgeleckt hatte, an seinen Lumpen blank.

»So geht's den Armen!« meinte Cuéllar.

»Man kann nicht mehr in Ruhe reisen ...«, klagte der Estanciero aus Kaazapá, »die Züge sind verpestet von Bettlern und Diebsgesindel ...«; und er fuchtelte mit seinem Brillantring allen vor den Augen herum.

»Diebe gibt's überall«, meinte Ozuna anzüglich.

»Genau«, pflichtete Nuñez seinem Reisegefährten bei. »Anscheinend sind sie unentbehrlich geworden. Vor allem die großen Räuber und Verbrecher. Die haben heute das große Wort.«

Der Dicke schnitt eine Fratze des Mißfallens, er wollte sprechen, besann sich jedoch eines besseren.

»Ich weiß, wer der Alte ist«, sagte Cuéllar, um die peinliche Situation zu retten.

»Kennen Sie ihn?«

»Nein.«

»Na, und?« stieß der Estanciero hervor.

»Hören Sie, was er spielt? Ein Stück aus der Gavotte von Sosa Escalada. Man erkennt es sogar.«

»Ich höre nur heraus, wenn einer eine Polka spielt«, gab der Bürger zurück. »Und Tänze. Das einzige, was ich kenne, ist

Campamento Cerro León und *Diana Oré-Kuera,* die Polka meiner Partei.«

Gedämpft vom Rattern der Räder klang das Zupfspiel des am Ende des Wagens sitzenden Alten herüber. Wir sahen seinen auf die Brust gesunkenen Kopf und die mit Draht an der Stimmgabel befestigte Kette.

»Alle haben so geendet«, sagte Cuéllar. »Die großen Gitarrenspieler Paraguays sind tot oder sind alle im Elend untergegangen. Oder im Schnaps. In der Misere und im Vergessen. Gaspar Mora ist mit seinem Aussatz in den Wald geflüchtet und hat den Christus zurückgelassen. Augustín Barrios hat sein letztes Konzert auf einem Platz gegeben und sich dann aus dem Staube gemacht, kein Mensch weiß, wo er steckt. Mit Ampelio Villalba steht's nicht anders. Es heißt, er spiele und singe mit schwacher Stimme in den Cafés von Buenos Aires. Marcial Talavera hat sich erschossen. In seinem Sonntagsanzug setzte er sich auf ein Feldbett und blickte durch eine Weinlaube in den Himmel, schob den Revolverlauf in den Mund und drückte ab. Ich schrieb einen Artikel über die Unmöglichkeit unserer Künstler, in ihrem Vaterland zu leben. Man steckte mich dafür ein.«

»Nicht nur der Künstler«, sagte Núñez. »Dies ist das Land der Erde ohne Männer und der Männer ohne Erde, wie jemand gesagt hat.«

»Im Falle der Musikanten ist die Sache noch trauriger«, meinte Cuéllar. »Als letzter fehlte nur noch Gabriel Bermejo. Seit Jahren erzählt man mir, er ziehe blind und betrunken durch die Pueblos.«

»Und Sie glauben, daß dieser hier …?« fragte der Bürger und deutete auf den Alten.

»Weiß nicht … Was kann man wissen?«

Der Alte brach ab. Der Junge nahm das Instrument, das fast so groß war wie er, und zog an der Kette, die die Gitarre mit dem Gürtel des Alten verband. Der stand auf und schwankte hinter dem Burschen durch den Gang, der, die Zupfgeige im Arm, seinen Strohhut den Fahrgästen hinhielt. Als sie bei uns vorbeikamen, legte Cuéllar eine Hand auf den Arm des Alten.

»Sie sind doch Gabriel Bermejo, nicht wahr?«

Der Alte wandte ihm seine verblichenen Pupillen zu. Sein zahnloser Mund zog sich zusammen und schien die erstorbene Weise zu pfeifen, gab aber nicht zu erkennen, ob er verstanden hatte. Man hörte nur die klirrende Kette gegen die Holzbank schlagen. Auch der Junge blieb stehen und war plötzlich Auge und Ohr.

»Großväterchen ist taub und blind. Er sieht und hört nichts mehr ...«

Der wegen seiner Papierschützengräben Verbannte machte eine sinnlose Geste, die als Spott hätte gelten können, wenn wir sein Gesicht nicht gesehen hätten. Er zog eine Banknote aus der Tasche und reichte sie dem Buben, der sie mißtrauisch zurückwies.

»Papier ist nichts wert. Geben Sie mir Nickelgeld, Chef ...«

Die anderen lachten über die Schlagfertigkeit des Burschen, dessen mit orangefarbenen Flecken bedeckte Handfläche erdige Furchen aufwies. Es waren Hände eines alten Mannes, aber die kleinen harten Augen klammerten sich an die Dinge mit der zähen Festigkeit eines jungen Falken.

Alle warfen Münzen in den Hut, sogar der Viehzüchter, um nicht zurückzustehen, wenngleich ohne sonderliche Lust. Ich verbarg meine neuen Schuhe unter der Bank.

Sie schoben sich in den nächsten Wagen weiter, und das Rattern der Räder verschluckte ihr Kettengeklirr.

6

»Wann ist er krank geworden?«

»Gleich nach der Geburt.«

»Dann kommt es vielleicht vom Vater, die Männer sind immer am kränksten.«

Damiana wollte Einspruch erheben, vermochte es aber nicht. An der Art, wie ihre Hände zitterten, erkannte ich, wie verärgert sie war. Die Alte mischte sich in alles, sie kakelte und gluckste wie ein Huhn auf dem Misthaufen.

Damiana ließ die Belästigung der Alten über sich ergehen, sie war todmüde, und nur der Ärger hielt sie wach und die bösartige Stimme, die wie eine in einer Blechbüchse eingesperrte Schmeißfliege brummte.

Um sich ihr Schweigen zu erkaufen, griff sie unter die Bank, holte den Vesperkorb hervor und reichte ihn ihr mitsamt dem Brathuhn. Ich sah es mit an, wagte jedoch keinen Einspruch zu erheben.

»Ich steige in Villarica aus«, sagte die Alte und nahm das Geschenk entgegen.

Damiana atmete erleichtert auf, der Proviantkorb war ihr ziemlich gleichgültig. Auch mir, solange die Alte uns in Ruhe ließ. Ich interessierte mich nur für die anderen, die mit unterdrücktem Lachen schwatzten, konnte aber wegen des Getratsches der Alten nicht verstehen, was sie sagten.

»Ich fahre zu meiner Schwiegertochter, die Familienzuwachs erwartet. Die Arme kommt ohne mich nicht aus. Ihre drei Rangen hat sie mit meiner Hilfe zur Welt gebracht, das wird das vierte. Ich habe eine glückliche Hand mit diesen Dingen. Ich heiße Inocencia Romero. Dann also mit Gott, gute Herrin ...«

7

Eine Station und noch eine, stets schien es dieselbe zu sein. Die gleichen Leute auf den Bahnsteigen, Gesichter aus dürrem Erdreich. Die Häuser und die Felder, die rückwärts kreisten. Alles gleich, als stehe die Zeit auf dem riesigen, langsamen Kreisel still.

Auf irgendeinem Bahnhof stieg ein Paar ein, das blutjung, vielleicht frisch verheiratet war. Die beiden setzten sich hinten in den Wagen, ließen einander nicht los und küßten und herzten sich.

Schlaf, Hitze und Staub drückten uns gegen die Holzlehne, so daß ich immer wieder einnickte. Damianas Kind begann von neuem zu weinen. Sie deckte es mit ihrem Umhang zu, wollte ihm jedoch nicht die Brust geben. Wieder wurde ich wütend auf den Säugling, wieder lief mir das Wasser im Mund zusammen. Mitten im Traum von Hunger und Durst tropfte der süße Saft von Damianas Brüsten in meinen Mund. Begierig biß ich in beide Brustwarzen und erwachte beschämt, wenn ich mir auch sagen mußte, daß sie meinen Traum nicht erraten haben konnte.

Ich sah, daß der Gringo die Arme ausbreitete und etwas sagte, was ich nicht verstand. Dabei vereinigten sich seine Hände zu einer Höhlung, ähnlich einer Hängematte, und schwangen langsam hin und her, als wollten sie etwas in Empfang nehmen.

Damiana wich noch mehr gegen die harte Rückenlehne zurück. Jetzt beugte der Fremde sich vor und streichelte den Kopf des Kindes, das sofort verstummte, sich im Mutterschoß aufrichtete und seelenruhig den Fremden anblickte. Auch der Fremde betrachtete das Kind. Etwas wie ein Lächeln spielte in seinem Gesicht, um seinen feinen Mund, in den himmelblauen Augen, während seine Nasenflügel gierig die staub- und rauchgeschwängerte Luft einatmeten.

Verstohlen blickte ich zu Damiana hinüber. Ich begriff, daß sie Angst hatte und bedauerte, die Alte nicht mehr neben sich zu wissen. Das Schweigen des Gringo brachte sie mehr aus der Fassung als das Geschwätz der Gevatterin.

Ich lehnte mich an sie, damit sie meine Nähe spürte.

Ich sah sie vor mir verschwimmen, genau wie im Fluß, wenn ihr Schatten auf den Sandgrund fiel und die winzigen Fische mit ihren Kiefern und Flossen wie Blutstropfen über sie hinwegschossen und nach dem Seifenschaum schnappten. Ich lag neben dem Kind und sah ihre Knie und die rundlichen Glieder. Etwas beschämt betrachtete ich die Mutter, als täte ich etwas Unrechtes. Plötzlich verwandelte Damiana sich in Lágrima Gonzáles. Lágrima hörte zu waschen auf, schlüpfte im Nu aus den Kleidern und sprang nackt ins Wasser.

8

Wir näherten uns Sapukai. Es dämmerte.

Schon von weitem sahen wir den bombenzerstörten Bahnhof und die beschädigten Häuser, die Grube, die fast so groß war wie ein kleiner Dorfplatz und die Geleise in Stücke gerissen hatte.

»Hier, sehen Sie sich die Spuren der Revolution an!« sagte der Viehzüchter grollend und deutete durchs Fenster.

Davon wachte ich ganz auf.

Er erzählte die Geschichte jenes Revolutionszuges, der einen Überraschungsanschlag gegen die Hauptstadt zu führen gedachte und durch den Gegenstoß der Lokomotive, die die Regierungstruppen von Paraguarí gegen ihn losgeschickt hatten, in die Luft flog.

Das war uns allen nichts Neues, aber augenscheinlich genoß der Dicke sein Reden und Prahlen.

»Jetzt müssen wir in Sapukai übernachten und können erst morgen früh weiterfahren. Ich verstehe nicht, warum der Anschlußzug nicht bereitsteht. Zum mindesten sollten sie den Bahndamm aufschütten. Das kostet ja nichts, Donner und Doria! Die Schlamperei geht nun schon fünf Jahre, seit das Loch da ist. Ich hätte gute Lust, ihnen Beine zu machen!«

»Erzählen Sie das ruhig den Scheichs bei der Regierung«, sagte Ozuna. »Dafür sind es Ihre Parteigenossen.«

Der Estanciero fühlte sich nicht getroffen.

»Die Bahnarbeiter fischen noch immer Christenknochen aus dem Unglücksloch«, sagte er.

In diesem Augenblick hörte ich Damianas Geschrei. Mit windzerzaustem Haar hing sie halb aus dem Fenster und schrie wie eine Wahnsinnige.

»Er hat mir mein Kind gestohlen ... er hat mir mein Kind gestohlen!«

Räderrollen und Wind verschluckten ihre Schreie. Die Fahrgäste lärmten. Niemand begriff, was vorging.

Mitten im Trubel trat der Fremde mit dem Kind auf dem Arm gelassen ein. Leise, als komme er mitten in einem Sturm hereingeschwebt. Die blauen Augen des Gringo waren das einzig Sanfte in dem Wüten und Lärmen.

Damiana stürzte mit entsetzten Augen auf ihn zu und entriß ihm den Säugling. Die Männer fielen über ihn her. Er wollte etwas erklären, sie ließen ihn jedoch nicht dazu kommen, verstanden ihn nicht oder wollten ihn nicht verstehen. Der Estanciero aus Kaazapá schlug ihn mit einem Schlag seines Revolverkolbens im Gang nieder.

Als der Zug vor den Bahnhofstrümmern hielt, stießen sie ihn mit Fußtritten und Fausthieben hinaus. Aus Nase und Mund blutend, das Gesicht voll blauer Flecken, das Hemd zerfetzt, stürzte er auf dem Bahnsteig in die Knie. Jemand warf ihm seine Jacke und das blaue Heft nach. Blind sammelte er seine Siebensachen auf, raffte sich auf und schwankte ein paar Schritte wie ein Trunkener. Wieder stießen sie ihn zu Boden, bis er bäuchlings in der roten Erde liegenblieb und die Polizeiwache kam, die ihm mit Peitschenhieben zusetzte.

Zwischen den an die Fenster gestürzten und auf dem Bahnsteig zusammengelaufenen Leuten sahen wir, wie der hagere Mann gebeugt mit auf dem Rücken gefesselten Händen zwischen den Polizisten fortwankte.

Damiana schaute nicht hin. Sie zitterte noch und streichelte ihr Kind, das in ihren Armen eingeschlafen war. Ein paar Frauen umstanden sie und redeten zu gleicher Zeit sinnlos auf sie ein, während die übrigen Reisenden ausstiegen.

Der Gedanke, in Sapukai zu übernachten, sagte mir zu. Ich wollte das Dorf, das jenes Unglück erlebt hatte, von dem auf der ganzen Eisenbahnstrecke noch immer die Rede war, gerne näher kennenlernen.

Neugierig begafften Gruppen von Fahrgästen die Trümmer. Auch ich stieg aus und mischte mich unter sie. Wir sahen die beschädigten Waggons, von denen einer fast tausend Meter abseits auf einem Nebengeleise stand, als sei er durch die Luft geflogen und dort nahezu unbeschädigt gelandet.

Die Dorfbewohner liefen wie Tote umher – wenigstens schien es mir so.

Als ich zurückkehrte, sah ich Damiana im Gespräch mit dem Viehzüchter, der sie überreden wollte, im Gasthaus zu übernachten. Da ich von hinten auf sie zutrat, konnte ich hören, was er sagte.

»Sie sind sehr jung und sehr hübsch. Sie brauchen einen Begleiter.«

»Nein, danke. Ich habe einen Begleiter ...«

»Wen? Etwa das Kind in Ihrem Arm?« Wieder zuckte sein Fettwanst von einem Lachen, das jedoch nicht bis in sein Gesicht gelangte. Schon berührte er seine Patronentasche, in der er sein Geld bewahrte, und wollte auf seinem Vorschlag beharren, als Damiana ihm den Rücken zukehrend mich sah, mir entgegenkam und sagte:

»Wir müssen die Koffer abladen ...«

9

Als Reisende der zweiten Klasse richteten wir uns zwischen den Trümmern für die Nacht ein.

Es war heiß. Wir breiteten das kleine Gepäck aus und legten uns auf einen Umhang, den Damiana aus ihrem Bündel holte. Ganz in unserer Nähe legte sich hinter einer halb zerfallenen Mauer das neugebackene Ehepaar zur Ruhe nieder.

Jäh fiel die Nacht.

Mir schienen die Ziegel, die Erde, das Gras noch immer nach Pulverrauch zu riechen. Wir hörten, wie es hinter dem Mauerrest koste und herzte. Von Zeit zu Zeit hörte ich die Frau stöhnen, als ob der Mann ihr wehtäte. Aber auch Lachen hörte ich, weshalb ich lange nicht einschlafen konnte.

Aus einer anderen Ecke hörte ich die zitternde Stimme eines Greises, vermutlich eines Dorfbewohners, der einem Reisenden unablässig Einzelheiten von der Katastrophe erzählte.

Im ersten Schlummer sah ich die Explosion mit Donner und Blitz. Blutüberströmte Menschen ohne Kopf liefen mit brennenden Kleidern im Bombenkrater umher. Ich erwachte und fand mich eng an Damiana geschmiegt. Wieder spürte ich den unerträglichen Hunger, als ich bemerkte, daß Damiana ihrem Kind vergeblich die Brust gab.

Ich versuchte von neuem einzuschlafen, geriet aber nur in eine Art erregter Schlaftrunkenheit, in der alles verschwamm. Damiana lag jetzt still da, vielleicht schlief sie. Als ich zu mir kam, ertappte ich mich dabei, daß mein Mund die feuchte Brustwarze suchte und die süße Flüssigkeit kostete, aber diesmal in Wirklichkeit. Zuerst schlürfte ich nur wenig und drückte die Lippen leicht an, aus Furcht, Damiana könne mir die runde weiche Frucht entziehen, die auf ihrem Leibe wuchs. Aber sie rührte sich nicht, auch konnte man uns nicht sehen. Niemand würde meiner spotten, wenn ich im Dunkeln wie ein Monatskind saugte. Ich weiß nicht, warum ich in diesem Augenblick wieder an Lágrima Gonzáles dachte, ich wollte nicht an sie denken. Jetzt saugte ich kräftig und half mit den Händen nach, bis die Brust leer war und Damiana sich mit einem leisen Seufzer umdrehte.

Traumlos schlief ich bis zum Morgen.

10

Das Pfeifen eines rangierenden Zuges weckte uns im Morgengrauen. Wir mußten umsteigen. Schon eilten rosige Schatten an den Trümmerrändern vorüber, hinüber zum anderen Zug.

Ich konnte einen meiner Schuhe nicht finden. Ein hungriger Hund mußte ihn fortgezerrt haben, so daß ich nur die halbe Mühe vom Vortag zu bewältigen hatte.

Damiana, ihr Kind im Arm, suchte eilends das umliegende Gras ab. Aber der Zug trieb pfeifend zur Eile. Zwischen Schutt und Kies liefen wir zum anderen Gleis hinüber, ich mit meinem Köfferchen und Damianas Bündel hinterher.

Mit einem nackten Fuß sollte ich also die vom Unglück heimgesuchte Erde betreten.

11

Von der Reise, vom Umsteigen im Morgengrauen, von allem bisher Erlebten ist mir nichts so gut im Gedächtnis geblieben wie unsere Ankunft in Asunción.

Die Leute drängten sich zwischen den mannsdicken Pfeilern hindurch. Damiana packte mich angstvoll am Arm.

Es kostete Mühe, in die Gänge hinauszukommen. Dort ragten die Pfeiler, die in Vierergruppen die schußbeschädigten Bogen stützten, noch dicker und höher. Das riesige weiße, zackengefaßte Bahnhofsgebäude trug einen Dachgarten, dessen Jasminduft, den ätzenden Rauch überbietend, uns in die Nase drang.

Wir sahen die hohen Häuser, die gepflasterten Straßen, die Pferdegespanne, die von gleichfarbenen Maultieren gezogenen Straßenbahnen, die sich im Gezeter der Kutscher vorwärtsbewegten.

Gegenüber lag ein baumbestandener Platz, da und dort sprühten aus Zierrohren Wasserstrahlen. Ich ließ Damiana auf der Balustrade, lief zwischen den Beeten hindurch und bückte mich durstig unter einen Speier. In diesem Augenblick sah ich, den Mund zum Himmel gedreht, etwas so Unerwartetes, daß ich mich verschluckte. In einer Nische stand zwischen Pflanzen eine hochgewachsene weiße Frau auf einem Sockel und verspeiste, ohne sich zu bewegen, die herabflatternden Vögel, die zwitschernd in ihren zerbrochenen Mund schlüpften. Fast glaubte ich das Knacken ihrer Knöchelchen zu hören.

IV
Exodus

Auf den Matepflanzungen von Takurú-Pukú,
nach dem Bauernaufstand von 1912: die Geschichte
Casiano Jaras und seiner Frau Natividad

I

Langsam dringen sie durchs Waldgestrüpp vor. Schneller geht es nicht. Von der Eile, von ihrer nur mehr animalischen Furcht getrieben, stoßen sie ruckweise vor. Sobald sie in blindem Ungestüm vorgehen, wirft das Dickicht sie zurück. Dann macht sich der Impuls ihrer Verzweiflung selbständig, überläßt sie fast ihrem Schicksal und drängt allein weiter. Und schon haut der Mann wütend mit dem Buschmesser um sich, um diesen Ansporn einzuholen, um zu fühlen, daß sie noch nicht tot sind, um eine Bresche in das Gewirr von Schlingpflanzen und dornigem Gezweig zu schlagen, das sie hemmt, sie wie Stärkeklumpen in einem Sieb zurückhält, obgleich ihre gepeinigten Körper schemenhaft und ausgezehrt sind.

Die Frau trägt das Neugeborene. Um sein Gewicht auszugleichen, stemmt sie den struppigen Kopf der unmenschlichen, sie verrenkenden Ermüdung entgegen. Ihre Arme, die das kleine pochende Etwas tragen, sind zu Holz erstarrt.

Die drei sind beinahe nackt und mit schwarzer Tonerde beschmiert, kaum noch menschliche Wesen, sondern Stückwerk aus gebranntem Lehm, das sich durchs Laub vorwärtsbewegt. Ihre Leiber unter der rissigen Kruste dampfen in dem feuchtheißen Urwaldofen, der ihnen auf ihrer ziellosen Flucht das letzte Mark aussaugt.

Die Sonne muß gerade untergehen. Das wütende Grün des Dickichts weicht rötlichem Schimmer, schließlich landen sie in einer alten, verlassenen Schneise, der sie ein Stück nachgehen, bis sie nah und gedämpft das Rauschen des Flusses hören. Über das erdige Gesicht des Mannes huscht ein rätselhafter Ausdruck, er bleibt stehen und dreht sich nach der Frau um. Schließlich spricht er, zum ersten Mal seit undenklicher Zeit.

»Hörst du, Natí?« sagt seine ausgedörrte Stimme.

»Ja . . .«, murmelt das andere maskenstarre Gesicht, in dem nur die Augen zu leben scheinen.

»Kann der Monday sein!«

»Vielleicht . . . wär er's doch!«

»Wir sind lange gelaufen . . .«, stammelt der Mann mit einem Rest von Stolz, der seine Angst bekämpft und sie einen Augenblick bezwingt.

»Noch ein Weilchen, und wir sind vielleicht gerettet . . .!« fügt er hinzu.

Mit erneuter Willenskraft stoßen sie in dem überwucherten Hohlweg weiter vor. Mit einem Mal entringt sich der Frau ein leiser Schrei.

»Hörst Du, Casiano?«

Wieder bleiben sie stehen. Hinter ihnen wird, lauter als das Flußgeräusch, Pferdegetrappel vernehmbar.

»Herr des Himmels . . . sie holen uns ein!« stöhnt die Frau.

Das maskenhaft durchfurchte Gesicht des Mannes erbleicht.

»Los, wir verstecken uns!«

Und schon kriechen sie ins Dickicht.

»Ich wußte, daß sie uns fangen würden!« knirscht der Mann zwischen den Zähnen, ohne daß die Frau es hört.

Geduckt, gekrümmt, getrieben von der tückischen Angst, die ihnen nur einen Augenblick des Aufatmens geschenkt hat, schlüpfen sie ins Gestrüpp. Der Mann vertropft eine schwärzliche Flüssigkeit. Die Frau läuft über das Kind gebeugt und bedeckt es mit ihrem Kopf. Wieder scheinen sie gehetzte, in die Falle gegangene, gestellte Tiere.

2

Keinem Flüchtling ist es je geglückt, den Matepflanzungen von Takurú-Pukú lebend zu entrinnen.

Diese im Blut und in der Phantasie des Mensú wie Sumpfdünste gärende Gewißheit oder Sage stand stets im Geiste der Tagelöhner auf, die von Flucht und Entkommen träumten, und machte ihre Hoffnungen zunichte. Daher verloren sich nur wenige an diesen Traum. Wenn jedoch einer sich dazu aufraffte, den Traum zu verwirklichen, blieb er unfehlbar auf der Strecke. Und die Sage wuchs und gedieh mit jedem neuen Flüchtling, der das Abenteuer wagte und den Zähnen der Bluthunde und den Kugeln der Capangas, der Aufseher, zum Opfer fiel.

Nicht einem war die Flucht gelungen.

Mitunter kam einer, gehetzt von den Pferden und Hundekoppeln, halbtot zurück und endete als abschreckendes Beispiel für die anderen in der Folter.

Nicht einmal die Kinder entgingen der Kugel, dem Messer oder dem Lasso.

Takurú-Pukú galt daher als Festung eines blutrünstigen Landes, ummauert von den Urwäldern des Alto Paraná, von dem Sumpfgürtel, den das von Raubtieren und Schlangen wimmelnde Überschwemmungsgebiet bildet, von den hohen Sandsteinufern, von dem breiten, trüben Fluß, von den plötzlichen Regengüssen, die Wälder und sumpfige Niederungen blitzschnell in blutrote, reißende Ströme verwandelt, vor allem aber von dem eisernen, ungestraften Willen der Bevollmächtigten, die völlige Handlungsfreiheit hatten, die Interessen der Gesellschaften im Sinne der Gesetze zu schützen, die Präsident Rivarola kurz nach dem großen Kriege »zum Wohlstand und Fortschritt der Matepflanzer und anderen Erwerbszweige der heimischen Industrie« erlassen hatte. Sie handelten demnach völlig legal und machten sich daher keiner größeren als der vom Gesetz buchstäblich geforderten Bösartigkeit schuldig. So sagte Artikel III wörtlich: »Der Arbeiter, der seine Arbeitsstelle ohne ausdrückliche schriftliche Genehmigung des Leiters oder eines Aufsehers der Gesellschaft verläßt, wird nach Entscheid der Vorgesetzten als Häftling in den Betrieb zurückgeführt und für alle durch sein eigenmächtiges Handeln entstandenen Kosten verantwortlich gemacht.«

Daher wagten nur sehr wenige das Risiko eines Abenteuers, auf dem noch die eventuellen Kosten der eigenen »Rücksendung« lasteten.

Das einzige, was aus Takurú-Pukú hatte entweichen können, waren die Verse einer »Komposition«, die mit den Saiten der Gitarre vom Elend des Mensú, des im Grab der Matepflanzungen lebendig begrabenen Tagelöhners, erzählten. Das zweisprachige Lied eines unbekannten Verfassers erzählte von jenen Männern, die jeden Tag des Jahres unter der Knute schufteten und nur am Karfreitag ausruhen durften; auch sie waren nur einen einzigen Tag ihres Kreuzes ledig. Freilich ohne die ruhmreiche Auferstehung des anderen, einzigen, da diese barfüßigen, dunkelhäutigen Christen in Wahrheit unerlöst und vergessen starben, und zwar nicht nur auf den Matepflanzungen der »Industrial Paraguaya«, sondern auch auf den übrigen Großgrundbesitzen. Seit drei Jahrhunderten wie ein Geschwür an den Waldnieren der Republik schwärend, ließen sie die Jesuitenherrschaft von einst wie einen idyllisch-patriarchalischen Traum erscheinen.

Die Stimme des Mensú klagte:

... Anivé angana, che compañero,
ore korazó reikyti asy ...
... Nicht weiter, nicht weiter, Gefährte,
grausam brichst du unser Herz ...

Nicht die Hunde, nicht die Capangas, nicht die Wälder und Sümpfe hatten das »Lied des Tagelöhners« festzuhalten vermocht.

Das Lied war der einzige Flüchtling aus dem Matejoch.

3

Casiano Jara und seine Frau Natividad waren mit einem jener Massenaufgebote nach Takurú-Pukú gekommen, die die Vertreter der »Industrial« kurz nach der Niederwerfung des Bauernaufstandes vom Jahre 1912 unter Ausnützung der Flucht der Aufständischen und des Exodus der Zivilbevölkerung bestellt hatten.

Casiano und Natí verpflichteten sich in Villarica. Kurz vorher hatten die beiden aus Sapukai Gebürtigen geheiratet.

Casiano Jara befand sich unter den Aufständischen des Hauptmanns Elizardo Díaz, die die Hauptstadt überrumpeln wollten. Natí stand in der Menge, die auf dem Bahnhof zusammengeströmt war, um in jener tragischen Märznacht mit dem Schrei *»Erde und Freiheit«* von den scheidenden Kriegern Abschied zu nehmen. Der Verrat des Telegraphisten vereitelte jedoch ihren Plan, und die Regierungstruppen entsandten eine bombengeladene Lokomotive gegen sie.

Nicht alle Überlebenden des entsetzlichen Gemetzels vermochten dem Blutbad und den Massenerschießungen zu entrinnen, mit denen die Regierung ihre Strafaktion abschloß. Wie durch ein Wunder wurden Casiano und Natí gerettet. Hungrig und verzweifelt durchirrten die zersprengten Reste der Flüchtlinge des unterdrückten Aufstands tagelang die Wälder von Guairá. Längs der Bahnlinie – jedoch in gebührendem Abstand, um den Militärkommandos nicht in die Hände zu fallen – flohen sie südwärts, auf die argentinische Grenze zu.

In Villarica erfuhren sie, daß der Druck nachgelassen habe und daß die Werber der »Industrial« Leute für die »Arbeiterschaft« von Takurú-Pukú einstellten.

Casiano Jara und seine Frau sowie fast alle ihrer Gruppe Zugehörigen ließen sich als Futter für die Fleischmühle der Matepflanzungen anheuern, zufrieden und glücklich darüber, diesen Ausweg gefunden zu haben, der sich ihnen zur Überwindung der widrigen Umstände anzubieten schien.

Außerdem bekamen sie ein Handgeld als Vorschuß.

»Das ist die Falle!« warnte einer. »Wir dürfen das Geld nicht annehmen ...«

Sie waren so verblendet, daß keiner auf ihn hörte.

Mit den neuen knisternden Geldscheinen erwarb Casiano in dem großen Geschäft »La Guaireña« Kleider für Natí, die sie in einem Hinterzimmer des Stofflagers anprobierte und anzog. Als sie den Rock hob, um die baumwollenen Unterhosen anzustreifen, sah Casiano nach langer Zeit zum erstenmal, was für kräftige und gutgewölbte braune Beine seine Frau hatte. Sogar eine Kette aus Glasperlen, einen chrysolit-eingelegten Einsteckkamm und ein Fläschchen Parfüm kaufte er ihr und führte sie als echte Dame der Gesellschaft hinaus. Für sich erstand er ein Paar Hanfschuhe, einen geblümten Poncho, ein Solinger Messer, ein buntes Taschentuch und einen Filzhut. In einem fleckigen Spiegel des Ladens betrachteten sie sich – zwei Modepuppen – ein Mann und eine Frau, lächelnd und aufgeputzt wie für ein Namenstagfest.

Dann traten sie auf die Straße, als wären sie nicht sie selber.

Mit dem letzten Geld leisteten sie sich eine treffliche Mahlzeit in einer Gaststätte der Innenstadt, es war die erste anständige, nachdem sie sich monatelang von Wurzeln und halbverfaulten Wassermelonen ernährt hatten, die sie in heruntergekommenen Pflanzungen abgerissen hatten.

Es sollte auch ihre letzte sein, wenngleich sie es noch nicht wußten. Ihre einfältige Begeisterung für ihr neues Schicksal machte sie blind.

»Übrigens soll es dort nicht so übel sein, wie man sich erzählt«, meinte Casiano befriedigt und blickte durch die Fenstergitter auf die Straße.

»Geb's Gott!« murmelte Natí, den Kopf über den Teller gebeugt, als sage sie Amen.

4

Im Morgengrauen setzte sich der Zug der Angeworbenen in Bewegung, um die fünfzig Leguas – zweihundertfünfzig Kilometer – bis zur Matepflanzung zurückzulegen, nachdem die Bergkette von Kaaguasú überquert war.

Gehetzt von den berittenen Treibern, die ihnen nur wenige Stunden der Nachtruhe gönnten, kamen sie nach einer knappen Woche an. Ihr Proviant war bald aufgezehrt. Wenn sie Bäche durchwateten, tranken sie daraus wie die Pferde ihrer Aufseher.

Bevor sie den Urwald betraten, durchquerten sie den Monday-Fluß an einer Furt, dem Wassertor der Pflanzungen. Einige scherzten noch.

»Mondá ... y! Wasser der Diebe! Taucht den Schnabel ein, Kinder!«

Die Männer wollten baden, durften es aber nicht. Die Treiber drängten zur Eile.

Aus Natís Flitterkram waren Lumpen geworden, die männliche Eleganz Casianos und der anderen war gleichfalls verblaßt. Der Urwald, der keinen Unterschied duldet, riß jede künstliche Kluft und jede Hoffnung in Fetzen. Die drahtharten Enden der geflochtenen Peitschen, die Bisse der Zecken und Moskitos, der Schlangen und Skorpione, der erste Fieberfrost, das erste Angstbeben rüttelten sie für die Wirklichkeit wach, die sie langsam, aber sicher verschlingen sollte.

Einige blieben auf der nicht endenwollenden Strecke liegen. Die Treiber versuchten, sie mit Peitschenschlägen auf die Beine zu bringen, aber das Gelbfieber oder das Gift der Ñandurié waren stärker. Daher ließen sie sie liegen, freilich mit einer Ladung Blei im Gehirn, damit sie sich schön ruhig verhielten und nicht plötzlich wieder lebendig würden.

Wer vorne marschierte, hörte daher von Zeit zu Zeit hinter sich den Gnadenschuß. Dann war es wieder ein Gefährte weniger und ein Märtyrer mehr, ein Vorschuß, der sich in einer Handvoll menschlichem Kot auflöste.

Jetzt wußten sie Bescheid, aber es war bereits zu spät.

»Wir haben uns geirrt, Natí«, sagte Casiano, während sie marschierten. »Wir sind vom Regen in die Traufe gekommen ...«

»Wie schrecklich, wie furchtbar!«

»Reg dich nicht auf ... wir bleiben nicht lange!«

Ihre grünschillernden Augen waren trübe geworden, zwei zerdrückte Blätter wie die, welche die Pferde der Treiber auf der schwarzen Erde des nach Takurú-Pukú führenden Hohlwegs zertraten.

5

Die Matepflanzung war riesig. Niemand kannte ihre Grenzen. Jeder Fleck mochte ihr Mittelpunkt sein. Der Bevollmächtigte Aguileo Coronel herrschte mit Hilfe von Majordomi, Aufsehern und Capangas unerbittlich über den gesamten Besitz, der sich längs des Flußes über Sümpfe, Pikaden und vorgeschobene Posten erstreckte.

Auf dem anderen Paraná-Ufer begannen die Matepflanzungen des argentinischen Missionsgebietes. Die paraguayischen Mensús oder Tagelöhner dachten mit Sehnsucht an sie, wie etwa der in der Hölle Schmachtende ans Fegefeuer denkt.

Aguileo Coronel tauchte stets unvermutet in den Rodungen auf; stolz aufgerichtet auf seinem erdnußfarbenen Apfelschimmel und unter seinem weißen Tropenhelm düster dreinblickend, überwachte er die Matepflücker, die in einer langen Kette durch die oft eineinhalb Leguas langen Schneisen einhergestapft kamen, unter ihrer acht Arroben – achtzig Kilo – schweren Bürde von Zweigen keuchten, einer Last, die zweimal so hoch und zehnmal so dick war wie ihr jämmerliches Knochengerüst.

Oft kam es ihm in den Sinn, das Gewicht der abgeschlagenen Zweige vom Pferd aus zu prüfen. Stets war er von Juan Cruz Chaparro, dem Kommissar der Gesellschaft, begleitet, der zugleich der Vertreter des Dorfes Takurú-Pukú war. Einäugig, feist und pockennarbig, war Chaparro der verhaßte Schatten des Bevollmächtigten und vielleicht noch verhaßter als dieser. Sie gaben ihm insgeheim den Spitznamen Juan Kurusú oder einfach Kurusú, denn das war er: der Schatten des Kreuzes, unter dem die Peones, die Landarbeiter, ächzten, auch deshalb, weil das Peitschenende Chaparros so schnell und tödlich zu zischen verstand wie die Kreuzotter.

Beim Wiegen trat Aguileo Coronels Machtbefugnis am glänzendsten zutage, und zwar bei dieser Gelegenheit besser als bei jeder anderen, weil hier der Preis von Schweiß und Mühe festgesetzt wurde, die notwendig waren, um der Pflanzung die acht Arroben Blätter zu entreißen und sie in einem mit rohen Lederriemen um die Stirn geschnürten Ballen durch Hohlweg um Hohlweg auf Legua um Legua zu schleppen.

Nur wenn die Nadel der Waage sich ganz nach unten senkte, blitzte der Goldzahn des Bevollmächtigten in einem Grinsen auf. Überschüssiges Gewicht wurde nicht gutgeschrieben. Fehlte aber ein Pfund, ließ Coronel den Ballen zurückweisen, und die Peitschenhiebe, die auf den Rücken des Untauglichen niedersausten, hallten mit dem Wehgeschrei in der Lichtung wider.

Das war dann ein verlorener Tag. Es galt eben, der Pflanzung mehr als genau acht Arroben abzuringen. Daher waren die Yerbapflücker froh, wenn sie am Ende des Tages hoch oben den Goldzahn aufleuchten sahen, wenn das Zünglein an der Waage den goldenen Hauer des Bevollmächtigten zum Blinken brachte.

»*Cabal eté, che patrón!* ...«

Alle mühten sich ab, das kleine Extrapfund herbeizuschleppen, um diesen Preis zu erringen, wenn Übergewicht auch nicht angerechnet wurde.

Abends hob er sich klein und untersetzt vom Feuer der Röstofen ab, wenn er, begleitet vom hohen Schatten Chaparros, den Tagelöhnern zusah, die sich beim Dörren der Zweige die Hände verbrannten.

Hoch oben, vor der Mündung des glühenden Ofens, schaute sogar der Vorarbeiter wie ein Vogel oder eine doppelköpfige Schlange betört zu und vergaß dabei seine Aufgabe, das Rösten zu überwachen.

Aber nicht einmal der Vorarbeiter war bisweilen vor Chaparros Peitschenschwanz sicher. Einer von ihnen glitt eines Nachts aus und fiel ins Feuer, während er mit dem Kommissar stritt. Kein Mensch tat das geringste, um ihn herauszuholen, da ein Genickschuß Chaparros ihn mitten im Fall erledigt hatte. Während der Körper des Vorarbeiters sich knisternd in den Flammen krümmte, heulte Kurusú, der Erbärmliche, der Höllensohn, der Sohn von tausend Huren habe den Chef mit einem Buschmesser überfallen wollen. Natürlich wußten alle, daß der Vorarbeiter auf seinem Hochstand kein Messer in der Hand gehalten hatte.

Aguileo Coronel gebot ihm mit einer Handbewegung zu schweigen. In der eintretenden Stille hörte man das Prasseln der Blätter und den Hauch des in der Ofenmündung summenden Feuers und roch das verbrannte Fleisch und den scharfen grünlichen Rauch, der den gebückten Schatten das Wasser in die Augen trieb. Im Lichtschein des Ofens leuchtete das scheele Auge Chaparros über der Schulter des bläulich schimmernden Chefs auf und beleuchtete die Horde regloser Gespenster, die im ätzenden Rauch Tränen des Entsetzens vergossen.

Aguileo Coronel starrte ins Feuer, in dem der tote Vorarbeiter sich wand und hüpfte. Man würde ihn ersetzen, es gab immer wieder neue. Hier wurde keiner alt, hier überlebte keiner.

6

Anfangs ging es Casiano und Natí, die im Pueblo, in einer der privaten Schnapsschenken untergebracht waren, nicht einmal schlecht. Der Paulistaner Silveira und seine Frau, die

Besitzer der Kneipe, behandelten sie rücksichtsvoll. Oft weinte Natí heimlich auf der Schulter Doña Ermelindas, die sie mit ihrer männlichen Stimme wie eine Schwester tröstete. Um ihren Arbeitgebern ihre Güte zu vergelten, schuftete Natí wie ein Mann in der Brennerei und hinter dem Ladentisch.

Casiano wurde als Stampfer in einen der Etappenschuppen abkommandiert. Auf diese Weise war er weit besser daran als die anderen, wenn auch nicht so gut wie seine Frau. Den ganzen Tag, ja bis in die tiefe Nacht hinein mahlte er die kleinen, gerösteten Yerbazweige, wenn er nicht den Aufseher am Ofen ablösen mußte, um das Rösten zu überwachen. Er hatte den von Chaparros Kugel zu Tode getroffenen Capataz ins Feuer stürzen sehen. Somit wußte er, woran er war, und durfte sich nicht den kleinsten Schnitzer zuschulden kommen lassen.

Als Mahler oder stellvertretender Vorarbeiter erwarb er sich die Anerkennung der Capataces, weshalb die Tagelöhner ihn anfangs scheel anblickten. Er arbeitete jedoch mit nahezu gutem Willen weiter, ohne sich zu schonen, ohne auf den Vierzehn- oder Sechzehnstundentag zu schauen, da es einen Augenblick in der Nacht oder im Morgengrauen gab, in dem er nach einem Dauerlauf von mehr als fünf Kilometern im Schenkschuppen zwischen Fässern in der Nähe des Verladeplatzes neben Natí zu Boden sinken konnte.

Dann stand sie auf, um ihm die eiskalte, talgbedeckte Yopará oder Fleischgrütze aufzuwärmen, zuweilen briet sie ihm auch ein paar Streifen Trockenfleisch oder röstete ihm einen Kolben Mais. Halbbetäubt vom Qualm, den er stundenlang hatte einatmen müssen, aufgepeitscht von der Anstrengung, die seine Sehnen betäubte und ihn von Kopf bis Fuß fiebrig durchschauerte, kaute er lustlos vor sich hin. Vielleicht vergiftete auch die Malaria mit ihren Sichelkeimen sein Blut.

Natí fuhr ihm durch sein verfilztes Haar. Beim Schein der Kohlenglut sprachen sie mehr mit den Augen als mit Worten, und in der Dunkelheit lagen sie stumm nebeneinander. Sie brauchten nicht mehr, um sich zu verstehen, da zwischen Mann und Frau seit Anbeginn der Welt alles gesagt ist. Sie vereinigten sich und stützten einander in jenem demütigen Einverständnis von Pflanzen, von Tieren, von durch das Unglück geläuterten Wesen. Ihre beiden Leben mochten gemeinsam zerbrechen, aber zu trennen waren sie nicht. Vielleicht war es das, was aus ihren Liebkosungen sprach.

Eng aneinandergeschmiegt betteten sie sich ins Gras und spürten, wie der Puls des Lebens ihre Leiber durchströmte, bis der Schlaf sie übermannte, noch inniger verschmolz und sie wie einen Stein in die Tiefe zog.

So verlief das erste Jahr, und es war wie ein Jahrhundert. Aber sie waren wenigstens zusammen.

7

Zu Beginn des Sommers kam einer der Besitzer der Gesellschaft auf einer Inspektionsreise nach Takurú-Pukú.

Die Tagelöhner vermuteten es wegen des weißen schlanken Seglers, der wie ein Königsreiher mit ausgebreiteten Schwingen den Fluß heraufgeglitten kam.

Der Bevollmächtigte, der Kommissar, die Zahl der Aufseher und Vorarbeiter entwickelten vom einen Ende der Pflanzung zum anderen eine fieberhafte Tätigkeit und wurden noch tückischer und anspruchsvoller denn je.

Dadurch wußten die Mensús mit Sicherheit, daß der hohe Chef gekommen war.

Aber sie bekamen den Gringo nicht zu Gesicht, dessen Name vom Verwaltungsgebäude bis zur entlegensten Pflanzung geflüstert wurde. Im Mund der Tagelöhner klang er genau wie der Name des Schutzpatrons des Matestrauchs, der eine tiefe Fußspur in der Grotte des Cerro von Paraguarí hinterlassen hatte, als er durch Paraguay zog und den wundersamen Samen der Pflanze, jener menschenfressenden

Pflanze säte, die sich von Menschenschweiß und Menschenblut nährte.

»Der heilige Thomas ist gekommen!«

»Vater Zumé ist da!«

So raunten sich die unter ihren Bündeln keuchenden Matepflücker spottend zu, in der tiefen, fast mythischen Furcht, die die Anwesenheit des großen Fremden verbreitete. Der sagenhafte Schutzpatron des Matebaums und der augenblickliche Besitzer der Matepflanzung trugen denselben Namen.

Die Yacht von Mr. Thomas kehrte flußabwärts um und umschiffte wie im Flug die Strandklippen.

8

Kaum war das Kielwasser der Yacht verschwunden, als Aguileo Coronel anordnete, daß der private Schnapsausschank von der Verwaltung übernommen werde. Nur die Gesellschaft sollte fortan Schenktische unterhalten dürfen.

Einige leisteten Widerstand, darunter Silveira, der als Paulistaner glaubte, die Anweisung umgehen zu können, in der Annahme, es handle sich um eine vorübergehende Laune Coronels.

»Nein, das kommt vom Gringo«, sagte Doña Ermelinda, »Coronel unternimmt nichts ohne Anweisung des Misters.«

»Ich bleibe hier«, trotzte Silveira in seinem Sprachgemisch aus Portugiesisch und Guaraní.

»Sie werden's dir nicht durchlassen, Alfonso«, warnte seine Frau mit einer von Vorahnung seltsam veränderten Stimme. »Sie wollen alles für sich haben!«

»Ich bleibe hier ... auch wenn sie sich auf den Kopf stellen.«

Eines Nachts schossen sie ihn über den Haufen, als er die Türe seiner Kneipe zuschloß. Und in der Tat, er blieb da, freilich nur dadurch, daß sie ihn *auf den Kopf stellten,* genau wie die Einheimischen, die sich erdreisteten, Coronels Machtstimme zu trotzen.

Natí erzählte Casiano unter der Hand, sie habe selbst gesehen, wie Chaparro hinter einem Baum auf den Brasilianer geschossen habe, genau wie damals, als er gefahrlos den Vorarbeiter vor dem Ofenschlund niederknallte. Außerdem waren die Spuren seiner Fünfundvierziger unverkennbar, so daß man halb abergläubisch, halb spöttisch argwöhnte, der Kommissar Kurusú verdanke seine verteufelte Treffsicherheit seinem bläulichen Glasauge.

»Er braucht gar nicht zu zielen«, hieß es unter den Tagelöhnern und wurde so zum Sprichwort. »Das verhexte Auge sieht mehr als ein Eulenauge ...«

Auch die anderen Familien des Dorfes wurden von der Staubwolke der Gewalt vertrieben, die die Ankunft des weißen Vogels aufgewirbelt hatte.

Eine beliebige neue Schießerei zu nächtlicher Stunde, ein fast zufälliger Brand in den Häusern derer, die sich in den Kopf gesetzt hatten, dazubleiben, taten das übrige. Schließlich blieb den guten Leuten nichts anderes übrig, als ihre Habe zu verschleudern und sich stromabwärts davonzumachen.

Auf diese Weise beschlagnahmte Aguileo Coronel gleichsam umsonst Brennkolben, Fässer, Stapel von Nahrungsmitteln und Unmengen von wurmstichigem Rauchfleisch für seine Proviantmagazine. Man konnte ihn beobachten, wie er durchs Fenster des Verwaltungsgebäudes den Auszug der Enterbten triumphierend verfolgte. Im Halbschatten leuchtete sein goldener Eckzahn.

Mit der letzten Siedlergruppe, die den Fluß überquerte und in Richtung Foz de Yguasú abzog, verließ die Witwe des Paulistaners das Dorf.

9

Casiano und Natí beneideten die Abziehenden, denn sie mußten dableiben. Sie hatten nur ihren Schweiß, den sie verschleudern konnten, aber ihr Schuldenkonto verschlang Casianos Tageslohn bis zum letzten Centavo. Er sah keine Möglichkeit, seine Schulden zu verringern, geschweige denn sie abzutragen. Allen ging es so. So sehr sie sich anstrengten, sie verdienten nie mehr als das Essen und das bißchen Vergessen, den Schnaps. Kleider kosteten über das Zehnfache ihres wirklichen Wertes. Daher blieb der Vorschußbetrag immer auf derselben Höhe. Er war da, um den Tagelöhner festzuhalten, er war sein Joch und ließ ihn nicht los. Erst unter der Erde würde er ihn loswerden.

Jetzt wußten sie es, aber jetzt war es zu spät.

Somit sahen sich Casiano und Natí gezwungen, eine Hütte aus Pindózweigen und -blättern zu bauen. Sie arbeitete jetzt im Proviantmagazin.

Eines Abends sagt sie beim Betreten der Hütte zu ihm:

»Ich bekomme ein Kind.«

Casiano weiß nicht, ob er froh oder traurig sein soll, schließlich findet er für seine Traurigkeit eine fröhliche Miene.

»Schön ...«, sagt er nur.

Er hat ganz vergessen, daß er Vater werden kann. Die Nachricht kam zur rechten Zeit! Aber trotzdem ist es gut, einen Sohn zu haben. Das Blut sagt es ihm mit jenem Kloß im Hals, der ihm die Stimme verschlägt. Es ist doch gut, wenn es auch hier, in Takurú-Pukú, sein soll, wo nur Kreuze die Hohlwege säumen. Über der Kohlenglut sieht er Natís Augen von jenem Geheimnis umwölkt, das in ihr keimt, das einzig Ewige, das Mann und Frau auf der Erde tun können, wenn es auch auf Friedhofserde geschieht.

So sagt er denn:

»Nun müssen wir für unser Kind kämpfen.«

»Ja«, sagt Natí.

»Wenn es ein Junge ist, wollen wir ihn Cristóbal nennen, wie seinen Großvater ...«

Der weißbärtige Alte, der gemeinsam mit anderen Ackerbauern im Schreckensjahr des Kometen Sapukai gegründet hatte, trat ihnen aus der dämmrigen, knisternden Palmblätterwand lächelnd entgegen. Sie faßten einander an der Hand. Natí fühlte, daß seine Hände feucht waren. Aber auch die Augen des Mensú spenden ihren Tau, der wie der Schweiß der Seele ist für all die Mühen, die ihn tief innen bedrängen um des mit Riemen des eigenen Fleisches ans Herz gebundenen Stückchens Hoffnung willen, das schwerer wiegt als der Ballen Yerbablätter.

Ja, das ist das Leben, mag man weit zurück oder weit voraus oder auch nur in die blinde Gegenwart blicken. Eine zähe Flamme im Röstofen der Knochen, der Drang, weiter zu gehen als unbedingt notwendig, auszuhalten bis zum Ende, eine Linie, eine Grenze zu überschreiten, jede Verzweiflung und jede Entsagung zu überdauern.

Das wissen Casiano und Natí, ohne viel Worte zu machen, zwischen einem toten Ahn und einem ungeborenen Kind. Nun wissen sie auch, warum ihr fernes Dorf auf Guaraní *Grito,* Schrei, heißt. Sie denken an das letzte Mal, als sie Sapukai sahen, von Bomben zerfetzt und zertrümmert.

Sie sind hellwach. Der Nachtwind rüttelt leise an den Pindówänden. Die Flußbrandung schlägt an die Steilufer.

»Wenn alles gut geht, kommen wir so rechtzeitig an, daß du dein Kind dort haben kannst ...«

Daher legte Casiano sich mächtig ins Zeug. Ich mache aus meinem Körper einen Arm, eine Hand, eine Faust ..., dachte er. Ich beiße die Zähne zusammen. Ich will, daß auf meinem Konto mein Haben das Soll übersteigt. Bestenfalls werde ich meinen Vorschuß von 300 Pacatones abarbeiten können. Bestenfalls wird das Tor aufgehen, wir werden entwischen und ohne einen Pfennig, aber mit unserem Sohn, der zur Welt kommen will, heimkehren.

»Das wäre schön!« murmelte Natí wie damals im Gasthaus, als sie den Kopf auf ihren leeren Teller senkte, wenn auch jetzt ohne die gleiche Zuversicht, nur damit Casiano nicht litt.

»Sie werden das Vergangene vergessen haben.«

»Vielleicht. Bald sind es zwei Jahre her, Casiano.«

»Ich kann wieder in der Ziegelei arbeiten, und wenn nicht, dann bei uns auf dem Feld. Baumwolle und Mais stehen sicher gut. Man kann's im Sumpfgebiet auch mit Reis versuchen.«

»Ja ...«

Sie versuchen sich zu täuschen, als träumten sie im Wachen. Aber der Bombenkrater tut sich vor ihnen auf und verschluckt das überwucherte oder gar vom Fiskus eingezogene Feld mit all dem, was der schändliche Rebell Casiano Jara dort hineingesteckt und gepflanzt hat.

Hier hörte der Traum für die beiden jedoch nicht auf, man könnte vielmehr sagen, daß er hier erst begann.

10

In dem verlassenen Dorf blieben nur einige Frauen zurück, gealterte, gänzlich heruntergekommene Huren oder Witwen, die diese ablösten.

Natürlich fiel Natí mit ihrer Jugendkraft und der neu erworbenen Frische auf, die ihr die schon sichtbare Mutterschaft verliehen hatte.

So warf Juan Cruz Chaparro ein Auge auf sie.

Kurusú ließ sich nicht aus der Ruhe bringen, er hatte Geduld. Er nahm sich Zeit. Wenn er zwei Jahre gebraucht hatte, um das hübsche Weibchen des Sapukaiers unter dem Ausschuß an alten Weibern zu entdecken, konnte er auch noch etwas länger warten. Zeit gab es für ihn in Takurú-Pukú überhaupt nicht. Außerdem gefiel ihm unter all dem allzu willfährigen Weibervolk die dralle, etwas widerspenstige Maid. Er würde sie sich schon gefügig machen wie das Maul einer Rennstute, aber behutsam, ohne aufzufallen, damit

Coronel mit seiner allbereiten Begehrlichkeit nicht auf seine Beute aufmerksam würde.

Das erste Ergebnis war, daß Casiano zum Brennholzsammeln für die Röstofen eingeteilt wurde – es war die härteste Arbeit der ganzen Pflanzung und viel anstrengender als das Schleppen von Mateblättern. Die Bündel wogen auch wenigstens acht Arroben, aber sie bestanden nicht aus sammetweichen Blättern, sondern Äste ritzten den Rücken des Trägers auf dem sich Legua um Legua hinziehenden Weg durch Schneisen und umwaldete Stauwasser.

Schon war es Casiano unmöglich, nachts unter dem gemeinsamen Palmdach neben Natí in Schlaf zu sinken. Statt dessen mußte er sich jeweils dort kleine Unterschlupfe aus Zweigen bauen, wo die Nacht oder ein Regenguß ihn überraschten. Nur hin und wieder kam er fiebergeschüttelt, mit wundgerissenen Schulterblättern, zerbissen von Schmeißfliegen und Zecken, heim zu ihr.

Noch argwöhnte er nicht, was gespielt wurde, und glaubte an eine verhängnisvolle Schicksalswendung, wie er sie immer befürchtet hatte.

»Es mußte so kommen. Wir haben es viel zu gut gehabt ...«, sagte er zu Natí, bemüht, sie und sich selbst zu trösten.

Aber sie kannte den Grund für diesen Umschwung. Wenn sie den blutigen Rücken ihres Mannes mit Heilkräutern und salzlosen Salben behandelte, sah sie nicht die Spuren der Holzscheite auf seinen Gliedern, sondern die blutigen Risse der Sporen Chaparros, der immer aufdringlicher wurde, wenngleich er ihr auf die langsame Art des Mata-Mata den Hof machte, der die Betäubung seines Opfers genießt, während er es mit Geiferfäden allmählich umgarnt und lähmt.

II

Eines Abends trabte er Casiano im Wald entgegen und hätte ihn dabei fast über den Haufen geritten.

Stark angetrunken rief er ihm zu:

»Jara, deine Frau gefällt mir. Ich geb dir dreihundert Patacones für sie ...«

Sein scheeles Auge war aschfahl. Casiano begann unter seiner Holzlast zu zittern.

»Vielleicht laß ich dich auch laufen ...«, fügte der Kommissar mit freundschaftlicher Geste hinzu, »wenn du deine Schulden zahlst.«

Nun schien Casianos Holzlast wie in einem Malariaanfall zu zittern, und er biß sich hinter seinen schwarzblauen Lippen auf die Zähne, die knirschten, als kaue er Erde.

»Sprich. Gefällt dir der Handel?«

»Nein ... nein ...«, stammelte Casiano mit so schwacher, ferner Stimme, daß Chaparro sich umdrehte, im Glauben, ein anderer spreche zu ihm.

»Warum denn nicht?«

»Sie ist ... meine ... Frau«, brachte er aus seiner zugeschnürten Kehle mühsam hervor.

»Ich weiß, Dummkopf. Drum biete ich dir auch dreihundert Silbermünzen ... Keine mehr und keine weniger. Genau deine Schulden bei der Verwaltung. Damit bist du sie los und kehrst in dein Tal heim. So ein Geschäft ist bisher keinem in Takurú-Pukú angeboten worden. Wenigstens nicht, seitdem ich hier zu sagen habe.«

»Nein ...«

»Greif zu! Was ist denn schon eine Konkubine!«

»Sie ist nicht meine Konkubine ... Sie ist meine Frau!«

Chaparro brach in schallendes Gelächter aus.

»Deine Frau! Na schön! Das ist doch dasselbe, du Dummkopf. Konkubine oder Ehefrau, das kommt hier aufs gleiche heraus. Nicht mehr als ein Weib. Mit einem Loch zwischen den Beinen, nur das zählt ... wenn sie hübsch ist ...«

»Sie bekommt ...«

»Was bekommt sie?«

»Ein Kind!« Die Stimme unter der Holzlast zitterte.

Es war ein lächerliches, absurdes Geständnis, etwas der gefühlvollen Schwäche eines Todgeweihten Verwandtes. Trotzdem tat es seine Wirkung, eine gleichfalls lächerliche, widersinnige Wirkung.

»Ein Kind?«

»Ja ... sie ist im vierten Monat ...«

»Das heißt also, daß ich auf beiden Augen schiele, weil ich nichts bemerkt habe ...«

Das Ganze hörte sich an wie der Sonntagsschwatz von Gevatterinnen vor einer Kirchentür.

»Dann warten wir eben noch ein Weilchen.«

Daraufhin machten sie sich durch die Schneise davon, Chaparro zu Pferd voran, ein Bein auf dem Sattelknauf, dahinter das Holzbündel, das wie auf den Beinen einer Kellerassel fast auf dem Erdboden hinterherkroch.

12

»Wir müssen fort von hier!« sagt er in derselben Nacht zu ihr.

Zitternd wiederholt er es mehrmals. Sie denkt zunächst, er rede im Fieber. Als aber der Anfall vorbei ist, wiederholt er es mit beharrlicher, heiserer Stimme.

»Wir müssen fort von hier! Und zwar so rasch wie möglich!«

»Aber wie denn um Gottes willen?«

»Ich weiß nicht ... aber weg müssen wir!«

Der Mund seines erdfahlen Gesichts ist mit hartnäckigen Blasen bedeckt.

»Unmöglich!« murmelt Natí, die neben ihrem abgezehrten Mann auf der Matte kniet.

Allmählich begreift sie. Wie ein Echo ihrer eigenen Gedanken hört sie Casiano sagen:

»Kurusú hat mit mir gesprochen ...«

Ihre Augen begegnen sich wie aus unendlicher Entfernung, die Natís schamerfüllt, die seinen ausweglos, verzweifelt.

»Er will dich mir abkaufen und hat mir dreihundert Silbermünzen geboten ...«

Wütend, ohnmächtig, lacht er auf.

»Der Vorschuß ...! Der Preis unserer Geldschuld ...!«

Er lacht wie wahnsinnig. Schaum tritt ihm vor den Mund. Ein neuer langsamer Fieberkrampf durchschauert ihn, bis sein von schleimigem Schweiß bedeckter Kopf auf die Seite sinkt und leblos liegenbleibt, während nur noch sein inneres Drängen wie ein Fingernagel in seiner Kehle kratzt.

Natí versucht ihn zu beruhigen, reibt ihm den ganzen Körper mit Essig ein und wickelt ihn in seinen Wollponcho und das flanellene Bettzeug, das noch zerrissener als der in Guairá gekaufte Poncho ist.

Natís feuchte Augen wachen über Casianos Traum, der schwerer auf ihm lastet als ein ganzer Wald von Bäumen, und starren hinaus in die Stille, in die unerbittliche Dunkelheit der Matepflanzung. Aber nichts ist so dunkel und still wie ihr eigenes Unglück.

Festen Auges blickt sie in die Nacht, bis sie ihren Herzschlag verstummen fühlt, bis sie nichts mehr empfindet.

Nichts als das schwache Stoßen, das von Zeit zu Zeit in ihrem Leib pulsiert.

13

Die Wahnidee der Flucht nistete sich in Casianos Gehirn ein wie ein zweites Fieber, das Natí ansteckte. In den seltenen Augenblicken, in denen sie sich sahen, pflegten sie es wie eine geheime Krankheit, die tödlicher als die andere sein konnte, die aber auch die einzige war, von der sie eine wiewohl zweifelhafte Rettung erwarten durften. Wenigstens setzte sie ihnen nicht mit den Fieberkrämpfen, den Ausbrüchen kalten

Schweißes und den ermatteten Knochen und Sehnen zu, die Casiano während der Perioden des Wechselfiebers zermürbten.

Das neue Fieber trat wenigstens nicht nach außen. Es äußerte sich nur durch eine gleichbleibend hohe Temperatur, die die Sinne betäubte, die Augenlider verbrannte, den Mund verschloß und mit dem Atem entwich.

Sie versuchten, andere für den Plan zu gewinnen, aber die meisten waren zu feige. Außerdem hatten sie die anfängliche Eifersucht noch nicht überwunden, mit der sie Casiano, der gelegentliche Vorteile genossen hatte, beargwöhnten. Vom Rädelsführer der Aufständischen in den fernen Ziegeleien von Costa Dulce war er hier zum vorübergehenden Ersatzmann des Vorarbeiters am Röstofen aufgestiegen. In den Matepflanzungen wußte man nie, wann der Augenblick gekommen war, in dem selbst der männlichste Mann zu Kreuze kroch.

»Seine Frau hat ihn weich gemacht«, tuschelten seine Mitdörfler hinter seinem Rücken.

Von einem solchen Plan wollte man nichts wissen, es war ja auch heller Wahnsinn. Die meisten seiner Freunde taten alles, um ihn davon abzubringen. Daher beschlossen Casiano und Natí, um des Kindes willen allein zu fliehen.

»Ich will nicht, daß es hier auf die Welt kommt ...«, dachte und sagte Casiano unablässig.

Auch in diesem Punkt stimmten die beiden überein.

Juan Cruz Chaparro seinerseits war offenbar entschlossen zu warten; wenigstens hatte er es dem Tagelöhner in der Schneise angedeutet. Seelenruhig sah er Natís Leib vom Nabel abwärts anschwellen, ohne sie weiter zu belästigen. Zuweilen warf er ihr nur ein spöttisches Lächeln zu wie einer, der von seinen eigenen Gedanken belustigt ist. Manchmal machte er sogar den Eindruck, als habe er sie völlig vergessen. Nur gelegentlich beleidigte er sie in angetrunkenem Zustand im Lagerhaus, als störe ihn ihre Schwangerschaft ebenso oder noch mehr als die Verworfenheit der Dirnen, die er unflätig beschimpfte, wenn sie ihm über den Weg liefen.

Casiano und Natí planten jede Einzelheit der Flucht bis ins letzte. Sie beobachteten die Bewegungen der Capangas, den Mechanismus der Überwachung, die möglichen Fluchtwege und Täuschungsmanöver, die vermutlichen Schwächen der Wachposten und ihre eigenen Grenzen. Nur diese offensichtliche Ohnmacht gab ihnen einen gewissen Vorteil. Wenn bewährte Männer nicht der riesigen Falle der Flüsse, Wälder und Sümpfe hatten entkommen können, wieviel weniger würde es dann einem malariazerfressenen Mann und einer schwangeren Frau gelingen.

Tage- und nächtelang durchirrten sie im Geist jenes Labyrinth, zu dem nur sie den Schlüssel besaßen. Aber auch ihnen entglitt bisweilen der Faden, dann stürzten sie in düstere Verzweiflung, fühlten sich bereits im Urwald verloren, von den Schweißhunden in die Sümpfe getrieben, von ihren Verfolgern mit Schüssen gejagt.

Vier Monate waren seit Casianos Begegnung mit Chaparro in der Schneise vergangen.

Der geeignete Augenblick schien gekommen, als Aguileo Coronel in unbekannten Geschäften nach Villa Encarnación fuhr und Juan Cruz Chaparro nach Foz de Yguasú reiste, um mit dem Leiter des Zollamts den Mateschmugglern aufzulauern, die dort von Zeit zu Zeit ihr Unwesen trieben.

Wenn sie diese Gelegenheit verstreichen ließen, würde sich auf lange Sicht keine neue ergeben. Vielleicht war die Chance zu schön, um wahr zu sein, eine Versuchung, die vom Teufel eingefädelt zu sein schien. In Takurú-Pukú hatte man es jahrelang nicht erlebt, daß der Bevollmächtigte und der Kommissar gleichzeitig abwesend waren. Stets war einer von ihnen dageblieben. Vielleicht sollte es auch eine Falle sein.

In dieser Nacht flohen Casiano und Natí.

14

Als der Morgen graute, bemerkte der Vorarbeiter der Brennholzträger die Abwesenheit des Sapukaiers. Er dachte sofort an einen Malariaanfall, wenn es auch nicht der Tag war, an dem sein Wechselfieber einzusetzen pflegte. Sicherheitshalber benachrichtigte er die Aufseher und das Kommissariat.

Sie brauchten nicht lange zu suchen. Wenige Leguas vom Dorf entfernt fanden sie ihn in einem alten Kahlschlag neben Natí kniend, die sich in Wehen krümmte.

Zuerst sahen die Männer die Frau nicht. Mit dem Gesicht zur Sonne gestikulierte Casiano flehend zu den Rappen auf. Neben ihm lag die Axt, aber kein Reisebündel, kein Proviant für einen langen Marsch. Nur die Kreißende, die sich mit zusammengebissenen Zähnen stöhnend im Gras wand.

Die Capangas wußten nicht, was sie tun sollten. Dieses Schauspiel ließ nicht auf Flucht schließen. Somit brauchten sie nicht von der Waffe Gebrauch zu machen. Sicherheitshalber ließen sie eine Wache zurück. Die anderen kehrten um und lachten aus vollem Halse über den Streich. Eine kurze Weile bildeten das Gelächter der abreitenden Aufseher und das Röcheln der Gebärenden einen merkwürdigen Gegensatz zu der Stille des Waldes.

Gegen Mittag kam ein Ochsenkarren angerattert. Angesichts dieses unbegreiflichen Anflugs von Menschlichkeit traute Casiano kaum seinen Augen. Fast kamen ihm vor Rührung die Tränen.

Gemeinsam mit dem Ochsentreiber, einem Taglöhner gleich ihm, hob er Natí, die noch immer in den Wehen lag, auf den Karren. Dann fuhren sie zurück, hinter ihnen ritt der Capanga als Bewachung.

Mitten im Geratter der Heimfahrt wurde das Kind geboren. Casiano riß sich die verschwitzten Fetzen vom Leib und wickelte das Neugeborene hinein.

»Cristóbal, Natí!«

Das Wimmern des Neugeborenen war schon ein leises, deutliches Schreien.

»Ja, ja, ja, mein Bübchen!«

Sogar das Gesicht des Aufsehers hoch zu Roß nahm einen fast menschlichen Ausdruck an, während sein Schatten auf die dahinholpernde Wiege fiel.

Casiano wurde auf alle Fälle in den Block des Kommissariats geworfen, bis der Chef und der Kommissar zurückkamen, da im Verhalten des Mensú trotz allem einige Verdachtsmomente festgestellt worden waren.

Im Block setzte das Wechselfieber dreimal seinen Knochen zu, aber auch dann ließ man ihn nicht laufen, geschweige denn, daß man ihm erlaubte, Frau und Kind zu sehen.

Zwischen Casianos Fieberanfällen kehrte Chaparro zurück, aber erst zehn Tage später kam der Bevollmächtigte in einer Barkasse an, die einen Transportkahn mit den flußabwärts neuangeworbenen Taglöhnern schleppte.

15

Ein soutanenähnlicher Schatten betrat Casianos Verlies. Suchend bewegte sich der schwarze Umriß durch die Dunkelheit.

»Wo bist du, mein Sohn? ...« murmelte er.

Sein Fuß stieß so gegen den schweren Block, daß ihm ein Kraftausdruck entfuhr, den er mit frommem Säuseln zu unterdrücken suchte. Um nicht zu fallen, stützte er sich beim Stolpern auf die kraftlos daliegende Gestalt des Gefangenen, hockte sich neben das stinkende Etwas und betastete den Fremden. Den Kopf im Block, flüsterte Casiano mit den Lippen, die ihm beim ersten Verhör ein Fußtritt des Kommissars zerquetscht hatte.

Der Mann beugte sich über ihn.

»Ich bin der Priester aus Encarnación, mein Sohn«, flüsterte die von übertriebener Frömmelei entstellte Stimme. »Man hat mich gerufen, um dir die Beichte abzunehmen ...«

Er brach ab. Der Gefangene rührte sich nicht und röchelte nur.

»Morgen früh wirst du hingerichtet, weil du fliehen wolltest. Ich habe versucht, dir das Leben zu retten, dich zu verteidigen. Aber es scheint keinen Ausweg zu geben. Man ist sehr böse auf dich ...« Von neuem brach er ab. »Wir müssen alle sterben, mein Sohn. Man stirbt nicht vorzeitig, sondern an dem Tag, den Gott bestimmt hat. Du mußt dich rüsten. Beichte mir alle deine Sünden ... Vertrau dich mir ganz an. Damit ich dir vergeben und mit dir beten kann, für die Erlösung deiner Seele ... Man wird dich auf den Ameisenhaufen werfen, damit sie dich bei lebendigem Leib auffressen. Wenn du mir aber erzählst, wer mit dir fliehen wollte, verspreche ich dir, daß ich deine Vorgesetzten davon abbringen werde. Und wenn du mir die ganze Wahrheit beichtest, werden sie dir vielleicht sogar das Leben schenken ...«

Der Gefangene hauchte seinem Besucher nur den stinkenden Atem seines zerquetschten Mundes entgegen. Der Pfarrer wich zurück und spuckte angeekelt aus.

»Du willst nicht sprechen? ... Du willst nicht bekennen?« verbesserte er sich rasch.

Nun begann der Häftling, sich im Block rührend, Worte hervorzustoßen, lange, unzusammenhängende Sätze, Befehle und innige Abschiedsworte, in denen Natís Name häufig wiederkehrte. Dann wieder entfesselte Kommandorufe, die für einen Überfall gemünzt schienen. Sein Hals schwoll von der Anstrengung so stark an, daß der enge Block ihn zu erwürgen drohte. Die Worte erstarben im Schaum, den sein Röcheln ihm auf die Lippen trieb.

Mit einer Gebärde, die weder Wut noch Gereiztheit, sondern nur Unmut, ja Langeweile verriet, stand der andere auf und überließ den Geknebelten, der wie umnachtet weiterfaselte, seinem Schicksal.

Draußen wartete Chaparro.

»Laßt ihn frei«, befahl der Bevollmächtigte schweißtriefend und riß sich die Soutane vom Leib. »Der ist durchgedrehter als mein Großmütterchen. Wir verlieren nur unsere Zeit mit ihm.«

»Wenn es auch richtiger wäre, ihn gleich jetzt zu erledigen«, schlug der Kommissar vor. »Er ist hier überflüssig und schlottert mehr, als daß er arbeitet. Um so mehr, als er den Verstand verloren hat. Es würde nicht schaden, ein Exempel für die anderen zu statuieren.«

»Nein«, sagte Coronel, »man stutuiert kein Exempel, wenn man mit einem Unglücksraben zu weit geht.«

»Nur um den Verdacht auszunützen ...«, beharrte Chaparro.

»Laßt ihn frei, sag' ich!« wetterte Coronel und setzte damit dem Streit ein Ende. Seine dicken, kahlen Mischlingslippen bebten zornig. Die Männer waren sprachlos.

Einen Augenblick später taumelte Casiano Jara aus der Kommissariatszelle, steif von den im Block verbrachten zwei Wochen, den Hals von der engen Öffnung des Holzblocks verbrannt. Geblendet vom Licht schnitt er seltsame Grimassen.

16

Dann und wann bekam Coronel Lust, auf seiner Gitarre zu zupfen und ein paar Polkas zu grölen, um »sich an alte Zeiten zu erinnern«.

An diesem Abend war er dazu aufgelegt und versuchte, seiner Zupfgeige und seinem Gedächtnis ein neues Lied zu entlocken, das er noch nicht völlig beherrschte.

Chaparro und die anderen Capangas, die gemeinsam die Rückkehr des Chefs feierten, hörten zotenreißend mit unterwürfigen Mienen zu. Chaparro scherzte über den Pfarrer und den Tagelöhner, der im Block den Verstand verloren hatte. Man sah, daß er den schlechten Eindruck vom Nachmittag zu verwischen und beim Chef wieder gut Wetter zu machen suchte. Dieser achtete jedoch nicht auf ihn und mühte sich mit seiner Gitarre ab.

Bei diesem Gelage wanderte die Schnapskruke von Hand zu Hand.

Draußen fiel ein sanfter Nachtregen.

»Hört zu, Leute ...«, sagte Coronel. »Ein neues Lied – ich werde es euch vorsingen, ich habe es in Villa Encarnación gelernt. Nagelneu. Erst kürzlich ist es dort aufgetaucht ... Besonders für uns komponiert ... Das Lied des Mensú. Ich kann's zwar noch nicht recht, aber etwas wird schon dabei herauskommen ...«

... Anivé angana, che compañero,
oré korazó reikyti asy ...
... Nicht weiter, nicht weiter, Gefährte,
grausam brichst du unser Herz ...

gluckste er mit schnapsseliger, schmachtender Stimme. Vielleicht dachte der Sänger an seine Jugend und spürte mit einem Mal sein totes Leben, das noch toter und verlorener war als das der Tagelöhner. Wie ein unaufmerksamer Schüler fiel er immer wieder stumpfsinnig in den Kehrreim zurück und brachte Worte durcheinander, die im Takt entweder fehlten oder überzählig waren.

»Das ist ja die reinste Propaganda!« meinte Chaparro. »Zur Belebung des Reiseverkehrs in den Matepflanzungen.«

Alle lachten schallend. Coronel, über das Griffbrett seiner Gitarre gebeugt, schwitzte und grölte sich heiser und verzog dabei Miene und Mund, als wollte er jeden Augenblick in Weinen ausbrechen, bemüht, Rhythmus und Reim des Liedes vom Tagelöhner zu finden.

Auf das Fenstersims gestützt, schaute eine Frau dem Treiben zu und lauschte dem Gesang. Offenes Haar fiel ihr auf die Schultern, ihr Gesicht war jedoch nicht zu sehen. Der Widerschein einer Laterne warf ihren Schatten vor die Füße der Männer, die von Zeit zu Zeit unauffällig zu ihr hinaufschielten.

Dann verschwand sie.

Der trübselige Gesang ging in der regenschraffierten Dunkelheit unter.

... ore korazó reikyti asy ...
... grausam brichst du unser Herz ...

17

In der Palmhütte kniend, nimmt Casiano sein Kind in die Arme, einen Augenblick zittert er angesichts des bebenden Stückchens Leben von seinem Leben, das da in seinen Armen schläft, dessen Geburt seine erste Flucht vereitelt und ihm den Block eingebracht hat. *Ich will nicht, daß es hier geboren wird ...* Und doch ist es hier geboren worden, mitten in der Matepflanzung, wie das Lied, das entkommen konnte, das jetzt aber von neuem aus dem schändlichen Munde ertönt.

Das Kind beginnt zu wimmern. Natí knotet eben das Proviantbündel für den Marsch fest, sie tut es langsam, als ringe sie mit zwei widerstreitenden Gefühlen.

»Los!« drängt Casiano.

»Und der Regen?«

»Macht nichts! Los!«

»Aber Cristóbal! Er ist noch zu klein!«

»Wir müssen ihn mitnehmen, von hier fortnehmen!«

Angesteckt von jenem anderen Fieber, das in den matten Augen ihres Mannes mit fast übermenschlicher Kraft glüht, senkt die Frau den Blick.

So treten sie hintereinander ins Freie, er mit dem Kind im Arm voraus, sie langsamer hinterher. Behutsam beschreiben ihre geduckten Schatten einen langen Umweg und tauchen im Wald unter.

Hinter ihnen lallt eine betrunkene Stimme:

... Oimé aveiko ore-kuera entero
ore sy mimí jha ore valle jhovy ...
... Auch wir haben eine Mutter
und ein heimatliches Tal ...

18

»Schluß mit der Musik!« sagte Coronel und stand auf.

Die anderen taten es ihm nach.

»Jetzt werde ich auf meiner anderen Gitarre spielen ...«, fügte der Bevollmächtigte hinzu und blickte sie dabei mit jener halb sadistischen, halb ohnmächtigen Miene an, die seinen Goldzahn entblößte. »Kommt, ich will euch das Mädel zeigen, das ich aus Encarnación mitgebracht habe ...«

Er trat ein. Chaparro und die anderen blieben auf der Schwelle stehen.

»Flaviana!« rief er.

Das Mädchen trat aus dem Nebenzimmer. Von ihrem fließenden Gewand umschmiegt, kam sie mit wiegendem Schritt näher. Das aufgelöste schwarze Haar ließ sie größer, üppiger erscheinen.

»Flaviana, ich möchte, daß meine Kumpane ein Auge auf Dich werfen. Komm näher ...«, befahl er und deutete auf die Lampe, die von der Decke hing.

Sie trat in den Lichtkreis. Ein Lächeln umspielte ihren großen, fleischigen, fast mulattenhaften Mund. Ihre Augen mußten tiefschwarz sein, da man sie nicht sah.

»Bei der hab ich mich nicht vergriffen!« prahlte der Bevollmächtigte. »Sie hat Titten wie aus Seide! Sie ist immer gut aufgelegt! ... Was, Flaviana?« schmeichelte er ihr und stubste sie dabei in den Bauch.

»Ich weiß nicht ...«, sagte sie mit einer Kopfbewegung, die ihr Haar auffliegen ließ. Die Stimme entsprach ihrem Wesen, warm, üppig, sinnlich.

Die an der Türe sich drängelnden Männer rührten sich nicht.

»Los, runter mit dem Fähnchen. Ich will, daß sie sehen, wie gut du gebaut bist ...«

Sie verzog keine Miene und zögerte einen Augenblick. Sie dachte, ihr Herr scherze vielleicht.

»Los, zieh dich aus ...«, befahl die schrille Stimme Coronels. »Aber ganz, es sind meine Freunde. Fort mit dem Fetzen ...«

Eigenhändig zerrte er an ihrem Rock, so daß die Träger rissen und die Brüste freigaben. Das Mädchen bückte sich ein wenig, das Haar fiel ihr ins Gesicht. Das Kleid sank herab und blieb auf ihren breiten Hüften hängen. Behende schüttelte sie es ab, so daß es auf ihren nackten Füßen liegenblieb. Völlig nackt stand sie da.

19

Sie marschierten die ganze Nacht hindurch. Sooft Casiano fiel, half Natí ihm wieder auf die Beine. Sie war es, die ihm Kraft einflößte und ihn unermüdlich auf diesem verzweifelten, wahnwitzigen Marsch durch Schneisen und Rodungen vorwärtsstieß.

Nach und nach verscheuchte der grauende Morgen die Dunkelheit, stellte triefende Bäume auf, färbte da und dort ein unverhofftes Stückchen Himmel und gab die beiden Schatten frei, die, vor dem wachsenden Licht fliehend, durch rote Regenbäche patschten.

Als sie aus der Lichtung traten, hörten sie ganz deutlich Hähnekrähen. Voller Hoffnung und Schrecken zugleich blickten sie einander in die Augen.

»Hörst du, Casiano?«

»Ja ... schon eine Weile. Ich wollte es nicht glauben.«

»Wir nähern uns bestimmt einem Dorf.«

»Nein, nein ... es fehlt noch viel.«

»Und die Hähne?«

»Ich weiß nicht ...«

Casiano senkte den Kopf, er war nahe daran, von neuem zusammenzubrechen. Auch Natí begriff mit einem Mal. Sie glaubten, sich weit von ihrem Ausgangspunkt entfernt zu haben, entdeckten jedoch jetzt, daß sie die ganze Zeit im Kreise um das Dorf Takurú-Pukú gelaufen waren, als seien sie an einen unsichtbaren Göpel und einen heillosen Zauberspuk gefesselt. Nun begriffen sie, warum die ganze Nacht hindurch das Hundebellen in der Regenferne verstummte und dann und wann in neuer Richtung wieder hörbar wurde, genau wie das Rauschen des Flusses. Zugleich hatten sie das merkwürdige Gefühl, daß die Erde unter dem Wasser wanderte und gummiartig um sich selbst kreiste, ohne irgendwohin zu gelangen.

Es war das einzige Detail, das sie nicht vorausgeplant hatten, das einzige, das weder zu erträumen noch zu ersinnen gewesen war.

Vielleicht rettete dieser Umstand die beiden trotz allem, jedenfalls zunächst, da die ausgezogenen Streifen sie fraglos weiter weg suchten als in einem Umkreis von nur fünf Kilometern, in dem kein Flüchtling zu bleiben wagte. Freilich waren Hunde vorhanden, und diese täuschten sich nicht so leicht.

So marschierten sie aufs Geratewohl weiter, immer auf der Flucht vor der mit den Morgengeräuschen wachsenden Helligkeit, vor den unheilvollen Trompetenstößen, die den Fliehenden den Anbruch ihres Untergangs ankündigten.

Sie versteckten sich in einem vom Nachtregen angeschwollenen Sumpf, unter dem vom Hochwasser hinterlassenes rötliches Schaumgeäder gärte.

Dann kamen die Flüchtlinge auf einen Waldstreifen, sanken knietief in den Schlamm ein und erstickten fast im Dunst, ohne auch nur den Versuch zu unternehmen, sich gegen die Stiche der zu Tausenden im scharlachroten Dampf summenden Insekten zu verteidigen. Natí trug das in die Fetzen ihres durchnäßten Umhangs gewickelte Kind. Casiano, der voranging, bahnte mit seinem Buschmesser einen Weg durch das Schnittgras.

»Ein Sumpf!« stöhnte Natí in der Vorahnung, sich, Kind und Mann im Morast versinken zu sehen.

»Nein, der Grund ist sandig ...«, log er, um sie zu beruhigen.

Auf einem Inselchen, dessen Gestrüpp mit Rizinus und Wegerich durchsetzt war, machten sie eine Atempause. Mit großer Anstrengung rupfte Natí einige Schößlinge aus. Casiano schaute mit offenem Mund zu, wie sie beim Bücken bis zur Hüfte in die stinkende Schlammbrühe einsank.

»Komm, laß uns weitergehen!« murmelte er.

»Ich will das mitnehmen, es ist gut für deine Wunden ...«

Plötzlich begann es im Gebüsch zu klappern, als würden mehrere Knochenringe in einem Horn geschüttelt. Sofort blickten Casiano und Natí einander an.

»Klapperschlange!« murmelten beide, wie aus einem Mund.

Das zornige Klappern ließ sie angstvoll auffahren und riß sie aus ihrer zeitweiligen Entspannung. Unwillkürlich hob Natí das Kind, um es gegen den Biß des Reptils zu schützen, denn sie sahen es schon auf sich losfahren. Casiano versuchte die Füße aus dem Sog zu ziehen, glitt dabei aus und verschwand.

Einen Augenblick, der ihr endlos schien, sah Natí von ihm nichts als ein paar schwammig platzende Blasen. Sie machte ein paar unsichere Schritte durch den schleimigen Grund, bemüht, ihr Kind nicht zu bespritzen, aber schon richtete sich Casiano schlammgeschwärzt, schwarzen Schlamm aus Nase und Mund prustend, wieder schwankend auf.

»Los, los ...!« stammelte er aufstoßend.

Sie arbeiteten sich bis zur Waldspitze vor, patschten durch das pechschwarze Wasser und wehrten sich gegen den rötlichgiftigen Dunst, der sie wie mit Pinselstrichen verwischte.

Allmählich schloß sich das Wasser über dem Kranz von Wasserblasen, die schleimig auf der morastigen Oberfläche tanzten. Am Inselrand waren nur noch die ausgerissenen Wegerichherzblätter zu sehen.

Rings um die Reste der mit Kolbenhieben und Fußtritten eingeschlagenen Palmhütte knurren die gekoppelten Hunde schnaubend und zähnefletschend.

Dabei gleichen sie mageren, ausgehungerten Schweinen, die, um ihr vermeintliches Fressen gebracht, sich in Hunde verwandeln und mit ihrer unfehlbaren Spürnase auch dann die Fährte der Flüchtlinge wittern, wenn diese sich über die gesamte Pflanzung verzweigt. Die blau angelaufenen Schnauzen durchstöbern die Kleiderreste, den zerlumpten Strohsack, der auf der Schlafmatte der Eltern dem Neugeborenen als Wiege diente, sie beschnüffeln einen Steingutteller, ein angeschlagenes Eisenkesselchen. Jaulend wittern sie die ausgehöhlte Form der verschwundenen Leiber, die körperlosen Umrisse derer, die einst hier geruht haben und die im blutrünstigen Instinkt der bernsteinfarbenen Hundepupillen, die auf dem feuchtschwarzen Erdreich hin- und herblitzen, wieder zu Fleisch und Blut zu werden scheinen.

Nicht nur die Handgelenke der Capangas, die von den zerrenden Hundeketten blau angelaufen sind, sondern auch die Gesichter sind bläulich geschwollen, insbesondere die Züge des Bevollmächtigten, die von Übernächtigkeit und übertriebenem Genuß von Schnaps und Liebe gedunsen scheinen. Besonders aber von der ohnmächtigen Wut, die die Flucht des Mensú, den er von Block und Tod befreit hat, in ihm auslöst.

Juan Cruz Chaparro wirft ihm einen Blick voll verstohlener Überheblichkeit zu.

Müde vom Herumkommandieren seiner Leute steht der untersetzte Aguilar Coronel breitbeinig in verbissenem Schweigen da, das er nur unterbricht, um von Zeit zu Zeit die kümmerlichen Reste des Ranchito mit einer Ladung gelblichen Speichels zu besprühen. Wüst und feindselig umherblikkend, fletscht er die Zähne, läßt seinen Goldzahn blitzen und ihn in teuflischem Grinsen vom Wind umspülen und trocknen. In Augenblicken guter Laune pflegt er zu sagen, daß er seinen Stiftzahn wie einen Telegraphenmast verwenden kann, in dem die Zeichen der Welt summen. Jetzt ist er zwar nicht gerade rosiger Stimmung, läßt aber erkennen, daß er auf ein Morsezeichen, auf ein aufschlußreiches Jucken in seinem Goldzahn wartet.

»Worauf wartet ihr, Hurenböcke?« stößt er mit einem Mal blechern hervor.

Sofort geraten die Aufseher in Bewegung und zerren an den Hundeketten. Inmitten des Hundegejaules brüllt Chaparro ihnen rasch ein paar Befehle zu.

»Das ganze Gelände südwärts, das gesamte Flußufer absuchen. Sie werden bestimmt überzusetzen versuchen! Ein Bote soll nach Morombí und alle Urwaldposten benachrichtigen! ... Kapiert, Lovera? Alles fertig? Also los!«

»Zu Befehl, Chef!« ruft der Angesprochene.

Die Männer eilen zum Kommissariat, wo die Pferde gesattelt warten.

»Leguí!« schreit Chaparro noch einmal hinter ihnen her.

Ein Mann mit breitkrempigem Strohhut bleibt prompt stehen und macht kehrt.

»Wir gehen zur Mondayfurt!«

»Jawohl, Chef!« antwortet der mit dem Strohhut, sichtlich zufrieden und stolz über eine Anweisung, die für ihn eine Auszeichnung bedeutet. Er hat eine Hasenscharte und spricht daher mühsam.

»Ich hab's Ihnen ja gesagt, Chef!« murmelt Chaparro, als er den Bevollmächtigten überholt.

Dieser antwortet nicht und geht langsam zum Verwaltungsgebäude zurück.

Bald hallt Takurú-Pukú in allen Himmelsrichtungen vom Pferdegetrappel, von den Schüssen der Winchesterpistolen und von Hundegebell wider.

Im Kommissariat sitzt der Wachposten im Block, der, statt zu wachen, heimlich zum Verwaltungsgebäude geschlichen ist, um durchs Fenster die nackte Dirne aus Encarnación zu bespähen.

Angelockt vom Lärm, schlurft auch sie schläfrig, mit dem Gesicht einer Trunkenen unter dem wirren Haarschopf, in den Vorraum hinaus, ohne zu begreifen, was vorgeht.

21

Statt südwärts zu ziehen, verfolgten die Hunde anfangs eine Spur in nördlicher Richtung auf den Umwegen, die die Flüchtlinge blindlings um das Dorf gemacht hatten.

Die Capangas waren fassungslos. Alles verlief entgegen ihren Erwartungen. Etwas Unerklärliches lähmte den üblichen Verlauf der Verfolgungsjagd. Zwar gelangten die Hunde bis zum vom Regen angeschwollenen Sumpfland, verloren jedoch dort im modrigen Dunst die Spur der Flüchtlinge. Nun ging die Suche von neuem los. Nach der dritten nutzlosen Umkehr wurden die Koppeln mit Peitschenhieben gezwungen, das Flußufer südwärts abzusuchen, immer weiter weg, um die undurchdringlichen Wälder und Sümpfe durchzukämmen.

Aber die Spukgestalten tauchten nirgends auf.

22

Innerhalb des bewaldeten Inselchens mündete der Sumpf in einen Bach. Casiano und Natí durchwateten ihn, ohne jedoch ein Plätzchen zu finden, das ihnen verhältnismäßig sicher schien. Schließlich machten sie an einer Biegung, in einem dichten Gewirr von Wasserpflanzen halt. Casiano konnte nicht weiter. Angesichts der übermenschlichen Anstrengung, die er sich zugemutet hatte, trat der Fieberanfall zu früh ein.

Ohne die Füße aus dem zwischen schlammigen Ufern

stagnierenden stinkenden Wasser zu ziehen, setzten sie sich auf die dicken Wurzeln eines Ingá, der seine tropfende Laubkrone über sie wölbte, so daß das Kind unter dem unvermuteten Sprühregen zu weinen begann. Immer noch keuchend, gab Natí ihm die Brust.

In diesem Augenblick hörten sie zum erstenmal das ferne Bellen auf der anderen Seite der Moore. Zwischen den schwarzklebrigen Wurzeln, die ihn wie eine Boa zu umgarnen schienen, schlotterte Casiano mit aufeinandergebissenen Zähnen unter Wolken von Moskitos und Stechfliegen, die Natí vergebens zu verscheuchen suchte. Selbst das Kind schaute still, gleichsam mitleidig, zu.

»Sie kriegen uns!«

»Sie gehen weg ...!« flüsterte sie verstört.

»Sie kriegen uns ... früher oder später!«

Das Gebell entfernte sich wirklich. Noch zweimal hörten sie es in gleichen Abständen aus derselben Richtung. Die Hunde liefen im Kreis. Später hörten sie sie nicht mehr, nur Casiano hörte sie in seinem Delirium noch, wenn er sich in der eisigbeißenden Hitze des Fieberkrampfes wand.

»Die Hunde ...! Hörst du die Hunde bellen ...?«

Natí drückte ihr Kind an sich, sie schmiegte sich an ihren Mann, bemüht, ihm in der tiefen Laubhöhle, die von der wiewohl unsichtbaren Sonne bereits wie ein Ofen glühte, ihre Wärme mitzuteilen. Schillernder Dunst schwelte im dämmrigen Laub.

Als das Fieber nachließ, bekam Casiano Hunger. Natí zog aus ihrem Bündel ein Stück Rauchfleisch heraus und reichte es ihm. Mit unwillkürlichem Widerwillen stieß er es zurück und rieb sich entsetzt die Handgelenke.

»Es ist doch bloß Trockenfleisch!«

Mit großer Überwindung nahm er zögernd den Streifen Trockenfleisch und begann mechanisch, aber trotz seiner geschwollenen, aufgesprungenen Lippen mit zunehmendem Appetit zu kauen. Dann aßen sie sich an den seidigen, süßsauren Früchten des Ingá satt.

Als er sich einigermaßen erholt hatte, beugte er sich über das schwarzschlammige Wasser. Sie glaubte, er wolle trinken. Er holte jedoch nur eine Handvoll Lehm vom Grund herauf und reichte ihn Natí, damit sie seine wunden Schultern, an denen die Moskitos sich gütlich taten, damit einreibe. Dann beschmierte er sich von Kopf bis Fuß mit dieser ekelerregenden Masse. Schließlich nahm er das Kind, damit auch Natí sich mit Schlamm einreiben könne. Sie schüttelte jedoch den Kopf.

»Noch habe ich ein Kleid«, sagte sie.

»Es ist nicht nur gegen die Moskitos«, beharrte er, »es ist auch gegen die Hunde ... damit sie uns nicht wittern ...« Jetzt schien er sich von dem Fieberfrost, der ihm vorübergehend den Verstand geraubt hatte, erholt zu haben.

Nun beugte sich auch Natí über das Wasser und brachte den mit Pflanzendunst durchtränkten Lehm an die Oberfläche. Damit bestrich sie ihr Kleid, ihr Gesicht, Arme und Beine, etwa so, wie man die geflochtene Wand einer Hütte bewirft. Nur die Brüste ließ sie frei.

So glichen die beiden zwei für das Sankt-Balthasar-Fest verkleideten Negern, zwei echten Cambarangáes, Männlein und Weiblein, mit allem Drum und Dran, die als Verzierung noch einen gestohlenen weißen Säugling für den Candombetanz hatten.

»Wir müssen weiter«, sagte er und gab ihr das Kind zurück.

»Aber wohin?« fragte sie einfältig.

Auch Casiano wußte es nicht, er hatte keine Ahnung, wo sie waren. Vielleicht war der Bach ein Nebenfluß des Paraná. Er konnte aber genausogut in eine simple Lagune, in einen anderen sonstwo gelegenen Sumpf münden.

Casiano bog das Blätterdach der Höhle auseinander und stellte, geblendet von der wütenden Helligkeit, blinzelnd den Stand der Sonne fest.

»Sie geht dort unter«, stammelte er, in die entgegengesetzte Richtung des Baches deutend. »Wir müssen nach Westen wandern. Vielleicht erreichen wir auf diese Weise die Mondayfurt. Das Paraná-Ufer wird stark bewacht sein. Wir müssen durch den Wald ...«

Seine Stimme stockte. Mit dem Licht überfiel ihn auch wieder die Angst und würgte ihn.

»Los!« stotterte er.

Sie verließen den Unterschlupf und stießen in den Wald vor, zwei jammervolle Gestalten mit ihrer scheußlichen Lehmverkleidung und dem Weiß ihrer Augen, das unablässig nach einer Bresche Ausschau hielt. Die eine schwankte mit dem Buschmesser voran, als übe sie sich in Bußverrenkungen, die andere zottelte hinterher, ein menschliches, stilles Etwas im Arm.

23

Ein Mann, der kaum mehr sein Buschmesser zu halten, und eine Frau, die mit Mühe und Not ihr Kind zu tragen vermag – so wagen die beiden zum zweiten Mal das Unmögliche und schleppen sich dem Sonnenuntergang entgegen.

Was ihr langsames Vordringen hemmt, ihren Schritt knebelt, ist weniger das undurchdringliche Dickicht, nicht so sehr die Erschöpfung, der Hunger, der Durst, die Auszehrung und die Anfälle von Mutlosigkeit als die Angst, eine Angst, die voll von feinsten Augen und Ohren ist, die in ihnen wächst und über sie hinauswächst. Sie stapfen durch einen Sumpf, einen Morast voll übelriechender Ausdünstungen, durchsetzt von mit Klapperschlangen verpesteten Inseln. Umsonst hasten sie vorwärts, um sich den moorigen Saugblasen zu entwinden. Ringsum starrt sie nur ihre eigene Angst an, starren Bilder ihrer Angst. Traumwach dringen sie unter der Fuchtel ihres Alptraums weiter. Plötzlich taucht der Bevollmächtigte auf seinem riesigen Apfelschimmel vor ihnen auf, er erscheint und verschwindet im Widerschein des Gebüsches mit seinem einzigen furchterregenden Goldzahn, der unter seinem Strohhut blitzt. Oder ist es der Umriß des

Kommissars Kurusú, der auf seinem wolfsfarbenen Pferd einhergaloppiert? Oder sind es die Capangas, die über das finstere Wasser setzen und, wild um sich schießend, durch den Urwald sprengen? Mag sein, daß die Trugbilder der beiden verschieden ausfallen, doch ist ihre Angst die gleiche, wie ihr Schicksal das gleiche ist.

Die Frau folgt dem Mann mit dem Bündel im Arm, aus dem von Zeit zu Zeit lautes Weinen ertönt. Dann und wann lassen sich beide ins Gras fallen und bleiben lange liegen, ohne einander anzublicken, da sonst das Entsetzen in jedem von ihnen nur überhandnimmt. Dann raffen sie sich wieder auf und setzen ihren nicht endenwollenden Marsch fort.

Stunden und Stunden, zwei bange Tage und Nächte lang, schleppen sie sich nun durch diesen Alptraum. Aber den Anfang haben sie bereits vergessen, vielleicht fliehen sie schon seit Anbeginn der Zeiten und wissen nicht mehr, ob sie sich wirklich entfernen oder blindlings um das tote Dorf der Matepflanzung kreisen, um einen buschüberwucherten Krater, mit vielen Hähnen, die plötzlich zu krähen anheben, einer über jedem Grab ...

24

Gefolgt von dem Capanga mit dem großen Strohhut reitet Juan Cruz Chaparro langsam voran, sein Scheelauge gleitet über das Gras der Pikade.

»Die werden den Paraná schon überquert haben«, meint der Aufseher Leguí gelangweilt. »Hierher wird sich keiner vorwagen. Warum reiten wir nicht nach Las Palmas, Chef?«

»Immer mit der Ruhe, Freundchen«, brummt der Kommissar, ohne den Blick vom Blattmoder zu lassen, der den Boden der Schneise bedeckt. »Das hier sieht mir nach frischen Spuren aus.«

»Ich sehe nichts«, gibt der Capanga zurück.

»Mußt halt hingucken, Jämmerling.«

»Hätten wir wenigstens Léon mitgenommen ...«

Nun hören sie ein unterdrücktes Wimmern. Mit gespitzten Ohren blicken die Männer einander an.

»Hört sich an wie Kinderweinen«, meint Leguí und spuckt einen Speichelstrahl durch die gespaltene Oberlippe.

Aber fast gleichzeitig mit dem Wimmern läßt sich jetzt das Brüllen eines Jaguars vernehmen, als sei es dem Kinderlaut entsprungen und wolle ihn mit seinem wütenden Fauchen übertönen.

»Yaguareté-í, Donnerwetter!« ruft der Kommissar, zieht seine Fünfundvierziger aus dem Futteral und zielt in die Richtung des Gebrülls.

25

Im Dornengestrüpp kauernd, hören Mann und Frau die Stimmen ihrer Verfolger und den Urlaut des Jaguars. Ihre Lehmmasken sind von Entsetzen entstellt.

Sie hält den Mund des Kindes mit ihren schlaffen Brüsten zu. Von ihrem Versteck aus können sie den auf der Astgabel eines Tataré sprungbereit kauernden Jaguar sehen, der fauchend seine scharfen Fänge zeigt und jeden Augenblick auf sie losspringen kann.

Sie sitzen zwischen zwei Feuern in der Falle, zwischen zwei Raubtierklauen, fast wünschen sie, lieber von dem Jaguar zerrissen zu werden.

Die Pupillen der Raubkatze glimmen im Dämmer des Laubwerks. Gepeitscht von seinem kurzen, beringten Schweif schwellen die gefleckten Flanken des Tieres erregt an und ab. Jetzt bleiben die leuchtenden Sehkreuze auf den Reitern haften und wittern die Gefahr.

Auch der Kommissar entdeckt das Tier, er drängt sein Pferd vorwärts, das vom Geruch des Tiers steigt.

»Vorwärts, Jämmerling!« knurrt der Kommissar und gibt ihm die Sporen. Er streckt den Revolverarm aus und visiert sein Ziel gelassen an mit seinem aschgrauen Auge, das die Gegenstände heranzuholen scheint. Als die Katze springt, drückt er ab. Mit einem tödlichen Kopfschuß stürzt der Jaguar wenige Meter vor dem Wolfsbraunen des Kommissars zu Boden, tut einen letzten Prankenhieb und bleibt mit zitternder, in der Luft verkrallter Tatze reglos liegen.

»Alle Achtung!« ruft Leguí staunend, reitet näher und spuckt einen wohlgezielten Speichelschuß auf das tote Tier. »Hättest du vorbeigeschossen, das Biest wäre uns ins Gesicht gesprungen ...«

»Ich schieße nie vorbei ... Pack ihn. Wir nehmen ihn mit!« befiehlt Chaparro und bläst mit befriedigter Eitelkeit auf die Trommel seiner Fünfundvierziger. »Wenigstens haben wir den Yaguareté-í.«

Der große Strohhut mit dem schwächlichen Reiter darunter steigt langsam vom Pferd. Er geht auf den Jaguar zu und betastet ihn vorsichtig, als sei er eine brennende Fackel und Leguí müsse befürchten, sich an ihm zu verbrennen.

»Feiger Hund! Los, pack ihn!« schreit der Kommissar.

Der Capanga beeilt sich wie unter einem Peitschenhieb. Er packt das gefleckte Tier an den Pfoten, stemmt es mühsam hoch und verschnürt es am Sattelring. Aber der Lederriemen lockert sich, so daß er zum Lasso greifen muß. Um die erlittene Demütigung loszuwerden, wickelt er die Beute mehrmals ruckartig und ärgerlich fest, denn die Kränkung des Kommissars hat ihn empfindlich getroffen. Wie eine lange Wurst hängt der Jaguar mit wackelndem Kopf an der Flanke des Pferdes.

»Auf geht's, Leguí!« schreit ihm von neuem Chaparro zu und macht auf der Stätte des raschen Todes kehrt, um auf dem gewundenen, vom Urwald halb zugewachsenen Hohlweg zur Pflanzung zurückzureiten.

Der Capanga sitzt auf und spornt sein Pferd sprungartig an, womit er seinen dumpfen Ärger verrät. Der tropfende Kopf mit seinen Fangzähnen baumelt an der Hinterhand.

26

Im Dornengestrüpp zusammengekauert, vermögen Casiano und Natí noch immer nicht die merkwürdige Schicksalswendung zu begreifen, in die Jaguar und Kommissar zu ihrer Rettung eingegriffen haben. Das geht Natí durch den Kopf, während sie die Hand vom Mund des halberstickten Kindes nimmt, dessen sofort einsetzendes Weinen sie in die Wirklichkeit zurückreißt. Nur sie allein, denn Casiano schwebt von neuem im Delirium, das ihm Schaum auf die Lippen treibt. Seine Augen glänzen erddunkel, aber nicht vor Fieber. Natí blickt ihn wehmütig an, während sie ihr Kind stillt. Sie hofft, dieser Zustand möge vorübergehen. Es ist die Asche des Todes, die sein Gemüt beschattet.

»Los, Natí!« zischt er zwischen den Zähnen, ein Todesfunkeln in den Augen.

»Was ist denn?«

»Der Zug fährt gleich ab.«

»Was für ein Zug denn?« Angstvoll bebt ihre Stimme.

»Morgen wird Asunción fallen! ...«

»Casiano!«

»Wir werden mit Feuer und Blut dreinschlagen!« keucht er mit aufgesprungenen Lippen hartnäckig im Fieberwahn.

»Ja, ja ...« Sie wagt nicht zu widersprechen.

»Wir werden um unser Land kämpfen, um ein Stückchen eigenes Land.«

»Ja, ja ...«

»Damit sie aufhören, mit uns Schindluder zu treiben! ...« Die Erregung verkrampft ihn vollends. »Dort, die Großkotzigen! Wir werden ihnen den Rest geben ...!«

Natí drängt sich an Casiano und umfängt die arme Erdmasse, die auf ihre Schulter sinkt.

27

Bei Anbruch der Nacht gelangten sie an den Fluß, warfen sich am Ufer nieder und tranken wie Tiere, gierig, lange. Natí erkannte die Mondayfurt, die sie auf dem Hinweg zur Pflanzung durchquert hatten. Jetzt dachte sie an Casianos damalige Worte. *Wir werden nicht lange bleiben* ... Noch wußte sie nicht, ob er recht behalten hatte.

Das Wasser löste die Lehmschicht der leichenhaften Masken, die wieder menschliche Züge annahmen. Natí badete ihr Kind an demselben Ort, an dem man ihnen beim Herweg zu baden verboten hatte.

Stumm blickte Casiano auf seinen Sohn und sagte kein Wort.

Nach einem langen Kampf mit den feuchtgewordenen Streichhölzern aus den Vorratskammern der Pflanzung gelang es Natí, Feuer zu machen. In einem Napf, den sie aus ihrem Bündel zog, bereitete sie ein Gebräu für Casianos Wunden. Sie lagerten in einer Senke des Steilufers, aber Natí hantierte wie in der Küche ihrer Hütte. Sie nahm das Buschmesser und stapfte ins Wasser, bis sie einige Wassermaispflanzen fand. Nachdem sie einige Knollen der Victoria Regia gegessen hatten, legten sie sich enggedrängt unter ein von Casiano behelfsmäßig verfertigtes Laubdach zum Schlafen nieder.

28

Im Morgengrauen schreckte Eisengeklapper die kleine Familie aus ihrem schweren Schlummer auf.

Natí dachte zuerst an Pferdehufe, aber dann erblickte sie durchs Gezweig die Ochsen eines Fuhrwerks, die in der Furt tranken. Es waren die Ringe des auf dem schwankenden Joch ruhenden Dornspeers, die das Gebimmel verursachten.

Natí stand auf und lief zum Picador, dem Kärrner, um ihn

zu bitten, sie mitzunehmen, sofern er in irgendein Dorf fuhr. Sie fand ihn nicht gleich. Er saß im Vordergestell des leeren Wagens; das Kinn auf der Brust, schien er zu schlafen. Er war ein uralter, verwitterter Mann. Um sich verständlich zu machen, mußte Natí die Stimme erheben.

»Wohin fährst du, Väterchen?«

»Sie glaubte »Itakuruví« verstanden zu haben. Ihr Herz machte einen Satz. Es war ein Dorf der Kordillere, unweit Sapukai. Aber der Alte hätte auch einen anderen Namen nennen können, seine Stimme war unverständlich und älter als er selbst. Sie glich keiner menschlichen Stimme, eher dem Gurgeln von Wind oder Wasser in einer Bergspalte.

»Wir sind zu zweit. Mein Mann und ich. Wir haben ein Wickelkind ... Willst du uns mitnehmen?« schrie sie ihm ins Ohr.

Der Alte nickte kaum merklich. Jetzt sah sie einen Augenblick seine Augen, deren fast jugendliches Leuchten die tiefen Falten, die Grabesstimme, die hundertjährige Langsamkeit seiner Glieder noch stärker hervortreten ließen. Aber Natí hatte jetzt keinen Blick für derartige Einzelheiten. Der Alte machte einen guten Eindruck, wenigstens trug er nicht den Stempel der Pflanzung, und das genügte ihr.

Sie lief, Casiano zu wecken. Aber der saß schon wach unter dem Blätterdach.

»Großvater Cristóbal ist gekommen, uns zu holen!« murmelte er seltsam erregt.

Jetzt bemerkte Natí, daß der Alte tatsächlich dem Großvater zum Verwechseln ähnelte.

»Komm!«

Sie nahm das Kind. Casiano folgte gefügig, wenn auch noch etwas unsicher auf den Beinen. Natí half ihm einsteigen. Dann holte sie das Buschmesser, brach die Behelfshütte ab und nahm sogar einen Armvoll Zweige mit, die sie als Unterlage für Casiano auf die Planken des Wagens breitete.

Mittlerweile hatte der Alte ein Kuhfell über die Deckstangen gespannt. Natí sah nicht, wie er es befestigte, so daß sie vermutete, er habe es getan, während sie ihr kleines Lager abbrach. Vielleicht war das Dach aber schon von Anfang an dagewesen und sie hatte es nur nicht bemerkt, da der Alte nicht so aussah, als habe er sich bewegt.

29

Der Ochsenkarren fuhr mit quietschenden Achsen den Abhang hinauf. Die mageren Tiere, eines graurot, das andere dunkel, bewegten sich langsam, aber unermüdlich vorwärts. Felder, Waldboden, Steppe glitten geruhsam unter ihren Hufen dahin. Das Ächzen der Achsen wechselte die Tonart je nach der Bodenbeschaffenheit und stieg auf Steilhängen zum Schrei des Kirikirí an.

Drei Tage lang rollte der Karren mit raubvogelgleich kreischenden Achsen und dem bimmelnden Picanadorn, der nicht ein einziges Mal den Nacken der Ochsen berührte. Der Alte hielt nur, damit Zugtiere und Fahrgäste an Furten trinken und von Mitternacht bis zum Tagesanbruch im Schutz der Bäume rasten konnten. Der Alte schien jedoch weder Schlaf noch Hunger noch Müdigkeit zu spüren. Auch sprach er nicht. Nicht ein Mal während der ganzen Reise hörte Natí seine Stimme. Dann und wann blickte sie ihn an und stellte in der Tat eine erstaunliche Ähnlichkeit mit dem toten Großvater fest, vielleicht auch nur, weil sie ihn mit Casianos Augen sah. Immer wurde sie an ihn erinnert.

So kam ihr diese Reise schließlich wie ein zweiter Traum vor, weil sie die meiste Zeit im sanften Geschaukel dahindämmerte, zwischen den zwei verschiedenen, eintönigen, unablässigen Geräuschen und den zwei seltsamen und doch so verschiedenen Schweigern, dem Alten auf dem Bock und dem bäuchlings auf den Zweigen ausgestreckten Casiano, der zwischen den Brettern die Erde vorübergleiten sah.

Über dem Kuhfell sah sie den blanken oder wolkigen

Himmel ziehen, der mit dem wechselnden Licht die Farbe wechselte. Manchmal kam es ihr vor, als führen vier Tote in einem rollenden Grab dahin. Wenn das Kind hungrig wimmerte, gab sie ihm die Brust, ohne den Kopf zu neigen, ohne den Blick von jenem Himmel abzuwenden, der über den Dahinschaukelnden wanderte.

Sie fuhren die roten Hänge des Kaaguasú hinauf und hinunter. Als der vierte Tag graute, deutete der Alte in die Weite. Casiano und Natí richteten sich auf ihrer Laubmatratze auf. In der Ferne öffnete sich schimmernd das Tal von Sapukai, in dessen Mitte der Kegel des Cerro Verde aufragte. Schon konnten sie das Dorf am Schienenstrang unterscheiden, die rußigen Trümmer, die Überreste des Revolutionszuges und den Bombenkrater, auf dem Menschen wie Ameisen wuselten.

Der Alte gab ihnen durch Zeichen zu verstehen, daß sie aussteigen sollten. Natí und Casiano waren zu ergriffen, als daß sie auch nur ein Dankeswort hätten stammeln können. Der Karren fuhr weiter und verschwand hinter einer Wegbiegung.

Sie stiegen zum Dorf hinab. Casino ging wie verzaubert voraus, die Sonne brannte ihm auf die narbigen Schultern. Bald erreichten sie die ersten Häuser. Die Leute schauten ihnen mit leerem Blick nach.

»Laß uns nach Costa Dulce, zu unserem Haus gehen!« sagte Natí flehend.

Casiano schien nicht zu hören. Steif stakste er voran, durchzuckt von jenem Wahn, der sich wie ein Granatsplitter in seinem Gehirn festgesetzt hatte und an seinem letzten Arbeitstag auf der Pflanzung in Tätigkeit getreten war.

Natí lief hinterher, sie wußte, daß seine Augen den Glanz der Besessenheit ausstrahlten und folgte ihm gehorsam. Am Ende einer Sackgasse, zwischen den durch Maschinengewehrfeuer gefällten und versengten Bäumen stand ein Eisenbahnwagen, der weniger beschädigt schien als die anderen.

Dorthin wandten sie den Schritt.

V
Das Heim

Etwa 20 Jahre später:
Beginn der Geschichte Christóbal Jaras

I

Nachdem er geraume Zeit über die ausgefahrene Landstraße, die sich zwischen Baumwollsträuchern und Zuckerrohr dahinschlängelte, geholpert war, bog er, etwa drei Leguas nach dem Dorf, plötzlich ab und steuerte den Lastwagen durch einen Seitenweg auf das vereinzelte Wäldchen zu, in dem die Ziegeleien lagen. Kurz vorher hatten wir das Lepraheim passiert, wo mehrere ausgezehrte Gestalten in den türlosen Eingängen der Ranchos aufgetaucht waren oder unter den Bäumen die unförmigen Köpfe vom Erdboden aufgehoben hatten, um uns heiser nachzuschreien:

»Lebwohl, Kiritó!«

Christóbal Jara winkte ihnen wortlos zu.

»Und die da?« fragte ich.

Er antwortete nicht, er schien mich nicht einmal zu hören. Ich drehte mich um. Eine Handvoll nackter Kinder mit riesigen Bäuchen liefen wie kranke Vögel aufgeregt kreischend ein Weilchen hinter dem Lastauto her.

Das im hinteren Teil des Wagens sitzende Männchen schnitt ihnen zuerst komische Grimassen, dann zog es Gebäck aus der Tasche und warf ihnen ein Stück nach dem anderen zu.

»Da, Kinder, da!« schrie es mehrmals.

Und schon blieben die dickbäuchigen Kleinen hinter dem Wagen zurück und balgten sich im Sand der Wagenspur um die Galletas.

Zwischen den Hütten tauchte das runde Bolzenhaus des russischen Arztes auf, der das Lepraheim vor vielen Jahren, eine ganze Weile vor seiner unerklärlichen Flucht, gegründet hatte. Wieder sah ich ihn vor mir, wie er, des versuchten Kinderraubs bezichtigt, von den aufgebrachten Fahrgästen mit Fußtritten und Fausthieben aus dem Zug gestoßen wurde und auf der roten Erde des Bahnsteigs von Sapukai in die Knie brach.

Dort stand sein Haus, unbeschädigt, vielleicht nur nachgedunkelt durch die Schuppenschicht, die die Zeit auf Holz hinterläßt. Nichts als ein Haus, denn er hatte sich verflüchtigt und kein Mensch wußte, wohin. Ringsum kauerten die übelriechenden Hütten der Leprakranken. Noch nach so vielen Jahren schienen die Überlebenden hartnäckig auf die Rückkehr ihres Wohltäters zu warten. Ein Beweis für dies hilflose Warten war die Hilflosigkeit der Geschöpfe, die inmitten von Aussatz zur Welt kamen und aufwuchsen, dieses unglücklichen Völkchens von Costa Dulce, das sich im Schmutz des anderen wie ein geschwollener Buckel im Busch vermehrte.

Ich dachte, daß in jedem Rancho sicherlich ein zerhacktes Bild als Reliquie zu finden sei, eines jener Schnitzwerke, denen der Doktor den Kopf abgehackt hatte, kurz bevor er genauso verschwand, wie er aufgetaucht war.

Das heftige Rattern des Lastwagens brachte mich in die Gegenwart zurück.

»Es heißt, die Aussätzigen kommen dann und wann ins Dorf zum Saufen? Stimmt das?«

Wieder schien mein Begleiter mich weder zu sehen noch zu hören.

Bald nach der Aussätzigenkolonie kam der Friedhof in Sicht, wo wir eine Frau damit beschäftigt sahen, das Unkraut zwischen den Kreuzen zu jäten. Dabei half ihr ein blondes, blauäugiges Bürschchen.

Auch dieser schrie das Männchen zu:

»Auf Wiedersehen, Maria Regalada!«

Der Wagen rumpelte eine gute Weile weiter. Schließlich

gelangten wir an eine zwischen Kokospalmen gelegene Lichtung, allem Anschein nach der übliche Parkplatz des Wagens, da die gerodete Stelle nach allen Richtungen von alten und neuen Reifenspuren durchfurcht war. Auf der anderen Seite des Wäldchens konnte ich das flache breite Strohdach der Ziegelei erkennen, den Ziegelofen und den Göpel, der die Tonerde zerkleinerte und zerrieb. Da und dort ragten die steinharten, rissigen Lehmhügel auf. Die Ankunft des Lasters verscheuchte eine Schar schwarzer Sperber, die mit mattem Flügelschlag aufstoben.

Weit und breit keine Rauchfahne, kein Feuer, kein Laut. Wegen der Dürre waren sämtliche Ziegeleien von Costa Dulce verlassen.

Jara schaltete den Motor aus und sprang vom Führersitz. Der andere löste sich von seinem Platz wie eine Raupe vom Blatt. Cristóbal Jara knurrte ihm einen Befehl zu. Mir gab er mit einer Handbewegung zu verstehen, daß es von hier aus zu Fuß weitergehe.

»Nur bis hierher?« fragte ich, von der Hitze ermattet, und deutete auf den Wagen.

»'s ist wegen dem Kaañavé«, erklärte das Männchen. »Er ist unpassierbar.«

Mein Führer setzte sich in Bewegung. Ich holte vom Wagensitz meinen Pistolengurt, den ich während der Fahrt abgeschnallt hatte. Das Männchen blickte mich mit unverhohlener Neugierde an. Während ich den Patronengürtel umschnallte, fragte ich:

»Kommen Sie nicht mit?«

»Nein. Ich bleibe hier. Will ein wenig aufpassen ...« Er zuckte zusammen, als bereute er, etwas verraten zu haben, was seine natürliche Mitteilsamkeit ihm entlockt hatte.

»Worauf denn?«

»Auf ... den Wagen«, warf er hin.

Ich lief dem Führer nach, erreichte ihn aber erst nach kräftigem Ausschreiten. Der rissige Lehmboden, den die von der Strahlenbrechung verkalkten Salpeterschichten ausgebleicht hatten, sowie die kantigen Einschnitte und Spalten mit ihrem Staub deuteten auf die Nähe von Wasser und zeigten gleichzeitig, daß es der gesamten verdunsteten Lagune daran mangelte.

In der beklemmenden Mittagshitze schrumpften allmählich unsere beiden Schatten und verschwanden schließlich unter seinen bloßen und meinen in Feldstiefeln steckenden Füßen.

2

Er sprach wenig und widerwillig, außerdem kein Wort Spanisch. Er antwortete einsilbig und blickte durch seine von der Helligkeit wie vernähten Augenschlitze stur geradeaus.

Ich wußte von ihm nur seinen Namen und einige Brocken jener merkwürdigen Geschichte, die man mir im Dorf über die phantastisch anmutende Fahrt des bombenzerstörten Eisenbahnwagens erzählt hatte.

Während der Fahrt im Ziegeleiauto versuchte ich, ihn zwischen Rütteln und Schütteln zum Sprechen zu bringen und sein Schweigen mit jenen harmlosen Mitteln zu brechen, die stets zum Erfolg führen und schließlich doch eine Beziehung von Mensch zu Mensch herstellen: ich legte ihm freundschaftlich die Hand auf die Schulter, ich schmeichelte ihm auf barsche Weise, ich stellte ihm Fangfragen. Es gelang mir sogar, ihm einen Schluck Schnaps aus meiner Flasche aufzudrängen. Und doch schien er seine Zutraulichkeit für eine andere Gelegenheit aufsparen zu wollen. Er verzog höchstens den Mund zu einer kaum merklichen Grimasse, die zwar kein Spott war, aber so aussah, weil sie das Lächeln jenes in ihm angesammelten Schweigens war, das er fraglos selbst nicht kannte, das ihn aber gänzlich erfüllte.

Das einzige, was ich aus ihm herausbekommen konnte, als wir am Bachufer im Schatten eines Tayí rasteten, war jene Einzelheit über die Quebrachoholzschienen, die sie zum Weiterschieben des Trümmergerippes aus Eisen und Holz benutzt haben mußten. Er verschränkte die knochigen Hände und schob sie so geruhsam, mit einer so aufreizenden Langsamkeit auf dem Erdboden hin und her, daß sie fast böswillig anmutete und mich, ohne es zu wollen, an einen ähnlichen Vorgang beim Brückenbau der Pioniere erinnerte. Diese Einzelheit rief mir auch die Erinnerung an meine nicht bestandene Prüfung in Logistik im letzten Ausbildungsjahr der Kadettenanstalt zurück, eine in Anbetracht der mittlerweile eingetretenen Ereignisse freilich widersinnige Gedankenverbindung.

Aber auch die Anspielung auf die Holzgleise mochte ein Gedanke von mir sein, da seine Handbewegung zweideutig gewesen war. Während er sprach, stützte er stets das vergilbte Kinn auf seine Knie und blickte in die Weite, in der das dunstige Licht auf dem Gestrüpp tanzte.

»Wie denn?« stachelte ich ihn an.

»Nach und nach ...«, sagte er, wobei er die schmalen Lippen kaum bewegte.

»Wie lange hat es gedauert?«

Er betrachtete die Finger seiner Hände, die er behutsam zu wägen schien. Wollte er damit nach einheimischer Art der Zeitzählung fünf oder zehn Monate oder Jahre andeuten oder einfach das unwägbare Maß an Mühe und Opfer bestimmen, das ein Paar Hände aufzubringen vermag?

»Habt ihr ihn hier langgeschoben?«

Er schwieg, scheu, und kratzte sich mit dem Fingernagel an der gewölbten Ferse. Es war unmöglich, ein weiteres Wort aus ihm herauszulocken, vermutlich wußte er nicht mehr oder hatte bereits alles gesagt.

Der Bach schien mir auch ohne Wasser ein unüberwindliches Hindernis, weniger für den Lastwagen als für den Eisenbahnwagen, sofern er ihn ohne Brücke, vielleicht an einer sehr seichten Furt, überquert haben sollte.

»Trocknet der Kaañavé oft aus?«

»Der Hauptlauf nie, das hier ist nur ein Arm.«

»Die Trockenheit dauert aber lange.«

»Ja.«

»Arbeiten deswegen die Ziegeleien nicht?«

»Ja.«

Im sandigen Flußbett glitzerten Geröll und da und dort ameisenbedeckte Fischgräten.

Ich dachte an das Schicksal des Baches. Im Kaañavé tranken und badeten die Aussätzigen. Es war das einzige Heilmittel, das sie für ihre Wunden hatten, der einzige Spiegel für ihre Häßlichkeit. Jetzt lag er trocken, er war es jedoch nicht immer. Der Nebenfluß suchte den Hauptarm. Dann floß der Bach sanft anderen Dörfern entgegen, und in seinen Windungen tranken und badeten die Gesunden, wuschen die Wäscherinnen von Akahay und Karapeguá ihre Wäsche.

Sicherlich war der Eisenbahnwagen ebenso unbekümmert um Lebende und Tote vorbeigezogen. Unwillkürlich blickte ich Cristóbal Jara an, der fraglos an etwas anderes dachte, das weder mit dem Flüßchen noch mit dem Eisenbahnwagen zu tun hatte. Er sagte jedoch keinen Ton und wartete vielleicht auf den passenden Augenblick.

Währenddessen war der Rüssel eines Gürteltieres in einem Uferloch aufgetaucht. Ich wartete, bis der Kopf ganz zum Vorschein kam, zückte die Pistole und schoß. Der Tatú rollte sich auf und blieb liegen. Ich hob das blutende Tier auf und steckte es in meinen Brotbeutel.

Er stand auf und schickte sich an, weiterzumarschieren, seine verhornten Fußsohlen knirschten auf dem Erdboden, eine jede glich dem flachen Hornpanzer, der an meinem Gürtel baumelte. Ich folgte ihm träge. Seine narbenbedeckten Schultern glänzten schweißig unter den Lumpen. Er mochte keine zwanzig Jahre alt sein, sah aber von hinten älter aus, fraglos durch die Narben und das Schweigen, das ihn auch von hinten verschlossen und wortkarg, schwerfällig und zugleich geschmeidig erscheinen ließ.

Stundenlang stapften wir durch das von Bremsen und Hitze summende Dickicht, durch unbestimmbare, zwischen zwei Kokoshainen, zwischen einem Wäldchen und dem nächsten ausgespannte Räume, Strecken, die wegen der Windungen schlecht zu bemessen waren. Kein Karren war zu sehen, kein Mensch, nicht einmal die Spur eines von Dorngebüsch und dem undurchdringlichen Blattgewirr der Karaguatás zugewachsenen Saumpfads. Nichts. Nur der weiße dichte Glast, der, von der flachen schwarzen Erde zurückgeworfen, noch immer den Waldsaum verbarg.

Vergeblich riß ich die Augen auf, das Wanderziel konnte doch nicht mehr weit sein.

Ich hatte bereits vergessen, in welche Himmelsrichtung wir uns vom Pueblo entfernten. Auch die Aussätzigenkolonie hätte ich nicht mehr zu bestimmen vermocht, von der Ziegelei und dem Bach ganz zu schweigen. Der Verdacht regte sich in mir, daß mein Führer mich unnötig umherhetzte. Vielleicht tat er es, um mir die Orientierung zu erschweren, vielleicht auch – wer weiß – um seinen Wert in meinen Augen zu erhöhen.

Vielleicht war es auch wirklich der richtige Weg.

3

Es fiel mir schwer, mir die Fahrt des Eisenbahnwagens durch diese dürre, rissige Ebene vorzustellen, die der Winterregen und der über seine Ufer tretende Bach in einen einzigen Sumpf verwandeln mußten. Noch schwerer fiel der Gedanke, daß der Wagen auf primitiven Holzgleisen fortbewegt worden war, aber nicht etwa von einem, von zwei, drei, ja auch vier Ochsengespannen gezogen, sondern einzig und allein von der verbissenen, besessenen Willenskraft eines Mannes, der nicht eher ruhte, als bis er ihn in den Urwald geschleppt hatte und ihn dort versteckt, ja buchstäblich überwuchert wußte.

Das heißt: doch! Jetzt, wo ich hinter dem gleichgültigen Führer einhertrottete, ohne eine andere Aussicht als seine vernarbten Schultern und die vernarbte Erde und darüber den trüben, asbestfarbenen Himmel – jetzt konnte ich mir womöglich die atem- und besinnungsraubende Reise des Wagens durch das Ödland vorstellen, eine Reise, die allem äußeren Anschein nach Ziel und Zweck entbehrte.

Ich sah den Mann vor mir, wie er geduldig das Gelände auswählte, wie er die Schwellen legte und die schweren Quebrachoschienen aneinanderfügte, wie er die Ochsen anschirrte, die er im Feld oder in Koppeln aufs Geratewohl einlassiert hatte. Ich sah ihn, wie er sie mit seiner Picana anstachelte, wie er den mageren Tieren abforderte, in wenigen Nachtstunden eine neue kurze Strecke auf den quietschenden Holzschienen zurückzulegen, wie er sie mit seiner erloschenen heiseren Stimme und mit der stillen Verbitterung seines besessenen Blicks antrieb. Und so Tag und Nacht, unter dem glühenden Sommerhimmel, in Regen und Frost des Winters, unerschütterlich in seiner Aufgabe aufgehend, die die Form seiner Besessenheit angenommen hatte. Und seine Frau neben ihm, mit ihm, angesteckt, bezwungen von der ungeheuren Kraft, die dem Mann wie eine dem Mut oder der unbewußten Weisheit der Vorbestimmung verwandte Tugend entkeimte. Sie kümmerte und sorgte sich um die tausend Einzelheiten der Reise, sie kümmerte und sorgte sich auch um ihren Mann und das wenige Monate alte Kind, jenes kleine menschliche Etwas, das in der Matepflanzung geboren und aus deren Umklammerung befreit worden war, und dessen Tage das schleichende und daher schwindelerregende Rollen der Eisenbahnzugräder abzählte. Aus dem Säugling wurde ein Krabbelkind, aus diesem ein junger Bursche, ein ausgewachsener Mann, der den Eltern über Meilen und Meilen, über Jahre und Jahre hin half, mit seinen ersten und dann wachsenden Kräften die zertrümmerte Arche zu schieben. Sicherlich war er unempfindlich gegen den Wahnwitz seines Erzeugers, so wie die Kinder der Aussätzigen oder Gesunden des Dorfes nicht zwangsläufig dazu verurteilt waren, auch angesteckt zu werden, da die Kraft des Menschen, sich zu schützen, unerschöpflich ist und bisweilen genügt, bestimmte, scheinbar unheilbare Makel zu tilgen oder zu verwandeln.

Alles war mit ein wenig Einbildungskraft zu verstehen.

Ich kannte die Geschichte, die nackten, armseligen Einzelheiten, die man von einer Geschichte wissen kann, die man nicht erlebt hat.

Begreifen konnte ich jedoch nicht, daß der Diebstahl des Wagens und seine anschließende Abfahrt nicht beachtet wurden. Die im Schneckentempo vor sich gehende, endlose Reise hätte die Aufmerksamkeit der Bevölkerung auf sich lenken, Jaras Wahnsinn hätte einer ständig wachsenden Anzahl von Leuten in die Augen springen müssen – so wie er seiner Frau in die Augen sprang; es erschien unverständlich, daß der Wagen seelenruhig querfeldein rollen oder fliehen konnte, ohne daß jemand etwas unternommen hätte, ihn zurückzuhalten – etwa der politische Leiter, der Richter oder der Pfarrer, ein jeder in seinem Amtsbereich, da bereits von Hexenspuk gemunkelt wurde. Die Anzeige eines einfachen Telegraphisten hatte genügt, das Manöver der Aufständischen zu vereiteln und die Katastrophe auszulösen. Im Falle des Eisenbahnwagens jedoch hielt ein jeder den Mund: der Stationschef, die Eisenbahninspektoren, die Aufseher der Streckenarbeiter. Dabei hätte irgendeiner, sogar der am wenigsten dazu Geeignete, schüchtern die warnende Stimme erheben können. Aber das war nicht der Fall. Mithin eine Unterlassung, die nach so vielen Jahren den Verdacht einer bewußten Komplizität oder zumindest das Phänomen einer Kollektivsuggestion, wenn nicht eine stillschweigende, unüberlegte Zustimmung zur Reise verwischt. Allerdings war der Wagen völlig wertlos und nicht mehr als ein Haufen Alteisen und faules Holz. Das Widersinnige war jedoch, daß er noch fahren, sich entfernen, verschwinden konnte und damit alle Gesetze des Eigentums, der Schwerkraft und des gesunden Menschenverstandes verletzte.

Das Entsetzen und der Exodus, das Massensterben, das die schreckliche Explosion verursachte, hinterließen genau wie der Bombenkrater lange Zeit eine erinnerungslose Dumpfheit und damit jene gleichgültige oder apathische Leere, die sich im menschlichen Gemüt ebenso langsam mit neuem Leben füllt wie der Krater mit Erde.

Nur so war es zu verstehen, daß niemand den Beginn der Reise bemerkte oder daß niemand von diesem an sich belanglosen, in seiner Auswirkung, in seiner Bedeutung jedoch unschätzbaren Ereignis betroffen wurde. Die Nacht des Zusammenbruchs hatte mehr als zwei Jahre gedauert. Für die Leute von Sapukai dauerte sie viel länger und artete in jene Art langsam-schmerzlicher, unaussprechlicher Betäubung und grollender Benommenheit aus, in die sich eine vergewaltigte Frau vergräbt.

Nur so war es zu erklären, daß es dem Mann, seiner Frau und dem Kind nach ihrer Rückkehr aus der Matepflanzung, am Ende ihrer unbegreiflichen Flucht durch die Wüste der Qual und des Todes, gelungen war, sich zunächst in den Eisenbahnwagen zu flüchten, diesen in ein Heim zu verwandeln und ihn dann langsam ins Feld hinauszubefördern, ohne daß es jemand bemerkte.

Zu Beginn dürften Mann und Frau im Schutz einer doppelten Dunkelheit gearbeitet haben, im Schutz der Niedergeschlagenheit und Leere und im Schutz der mondlosen Nächte. Sie werden zweifellos in Sturmnächten, in kältestarrenden Regen- und Frostnächten geschuftet haben. Nun wußte man bestimmte Einzelheiten oder reimte sie sich wenigstens zusammen.

So klebten sie Leuchtkäfer mit Waldbienenwachs an den Radrändern fest, um diese auf den Quebrachoschienen fortschieben zu können. Jetzt konnte man sich das unerbittliche Lächeln des Mannes vorstellen, als er die Räder im Dunkeln wie mit phosphoreszierenden Wimpern kreisen sah. Aus diesen irrlichternden Rädern war die Sage entstanden, daß der Wagen behext sei.

Tagsüber erweckte er den Eindruck, als weiche er nicht von der Stelle; was heimlich davonschlich oder davonzuschleichen schien, war wohl die Erde, wie es bei der langsamen Erosion der Flußufer der Fall war.

Endlich verschwand der Wagen.

Der Eindruck, daß er noch da war, hielt sich vermutlich durch den Einschnitt, der in die Waldsteppe hinauswuchs. Sinnestäuschung, Halluzination? Wer mag es wissen? Es mochte sich in gewisser Weise auch um ein Phänomen handeln, wie das toter Sterne, deren Licht noch Tausende von Jahren nach ihrem Erlöschen im Weltall leuchtet. Auf ähnliche Weise hatten die Sapukaier sich vielleicht daran gewöhnt, den Wagen zu sehen, ohne ihn in Wahrheit zu sehen, und seiner gespenstischen Gegenwart eine Dauer zu verleihen, die nicht mehr zu Recht bestand. Es sei denn, daß die Explosion ihn in die Luft gesprengt und ihn, Meilen und Abermeilen vom toten Gleis entfernt, hatte fallen lassen. Aber der Wagen flog nicht, sondern entfernte sich allmählich in kaum merklicher, zäher Fahrt auf den Quebrachoschienen. Vielleicht haben in dem wilden, gottverlassenen Ödland auch Landstreicher, Marodeure, Verfolgte und flüchtige Parias, ja die Aussätzigen der von dem russischen Arzt gegründeten Kolonie dem Mann, der Frau und dem Kind dabei geholfen, den Wagen zu schieben, nur um einen Augenblick an dem Trugbild eines Heims teilzuhaben, das in der Steppe vorrückte oder richtungs- und ziellos in eine Vergangenheit zurückwich, dabei aber eine siegreiche, unerschrocken-wilde, betörende Luft der Sicherheit, des Mutes und des Geheimnisses verbreitete, die auch all die Helfer verpflichtete, das Geheimnis zu wahren.

Bloße Mutmaßungen, willkürliche Lesarten, verwehter Widerhall? Vielleicht waren die Tatsachen viel einfacher. Jetzt war es unmöglich geworden, sie zu erfahren. Fest stand nur, daß sie zwanzig Jahre zurücklagen. Somit waren nur Spuren, Schatten, unzusammenhängende Zeugnisse übriggeblieben. Der Wagen, dem ich mit dem einzigen Ortskundigen entgegenfuhr, der mich dorthin bringen konnte, war eine jener unwirklichen Spuren der Geschichte. Ich erwartete nicht, ihn zu finden, ja, ich glaubte nicht einmal an sein Vorhandensein, an jenen Keim eines Mythos oder einer Legende, die jemand im Urwald begraben hatte.

4

Die glutheiße Luft beschwerte mir den Nacken. Das vom eigenen Blut und meinem Schweiß feuchte Gürteltier beschwerte meine Tasche. Verdrossen zog ich es an den kurzen, schuppigen Beinen heraus und schleuderte es, indem ich es über meinen Kopf schwang, weit fort. Mit dem trockendumpfen Geräusch, das ein Axthieb gegen einen Baum verursacht, fiel es ins Gebüsch. Cristóbal Jara wandte mir sein unergründliches Gesicht zu und blickte mich mit verengten Lidern und jenem leichten Grinsen an, von dem nicht zu sagen war, ob es Verständnis oder Spott bedeutete.

Wir gelangten an die Schneise. Der Abend fiel ein, aber die Hitze flimmerte noch im Buschwerk. Ich blieb einen Augenblick stehen, bemüht, mich zurechtzufinden. Ich rückte das Pistolenfutteral griffbereit nach vorne, über die Leiste. Wieder blickte der Führer mich an, vermutlich glaubte er, die Pikade flöße mir Furcht ein oder ich hege Argwohn gegen ihn. Sein erdiges Gesicht war bis zu den Bartstoppeln ein verkleinertes Abbild der Landschaft. Jetzt war das spöttisch entrückte Grinsen in seinem Mundwinkel noch augenfälliger. Vielleicht war es auch nur Verdruß, nur der Wunsch, rasch anzukommen und seinen Auftrag hinter sich zu bringen.

Womöglich war das sein wahrer Beruf und nicht das Fahren des Ziegeleilastwagens, so daß er die Fahrten zu den Ziegeleien von Costa Dulce nur benutzte, um mit Erlaubnis seines Chefs einen neugierigen Müßiggänger mitzunehmen, der den im Wald versteckten Eisenbahnwagen sehen wollte. Wahrscheinlich verschaffte der Ziegeleibesitzer selbst seinem Fahrer diese kleinen Fremdenführerdienste, zumal jetzt, wo er angesichts der Dürre die meiste Zeit in der Pension oder in der Kneipe zubrachte und die letzten Einnahmen des Ziegelbrennens vertrank.

Cristóbal Jara, gleichmütig wie er war, diente als Fremdenführer, vielleicht ohne sich dessen bewußt zu sein, daß er etwas feilbot, was ein unsinniger Traum als totes Wahrzeichen am Berg hinterlassen hatte. Vielleicht empfand er es auch auf seine Weise und war stolz darauf, jene nutzlose heilige Sache vorzuzeigen, die – wie ich später erfuhr – sein eignes Blut anging.

Das ahnte ich an jenem Morgen, als ich in dem Hause abgeholt wurde, in dem ich abgestiegen war – in jener Pension am Waldrand, deren Eigentümerin, die füllige klatschsüchtige, beliebte Doña Lolé, eine Art lebenslängliches Matriarchat über alle Leute ausübte, die durch Sapukai reisten.

Ich war erst kürzlich ins Dorf gekommen und erinnerte mich nicht, diese Fahrt vereinbart zu haben. Das untersetzte Männchen kam einfach in mein Zimmer und weckte mich. Plötzlich sah ich ihn mit seinem pausbäckigen Gesicht im Halbdunkel um mein Bett geistern, dicht herankommen und mir ins Ohr flüstern:

»Kommen Sie, Kiritó erwartet Sie ...«

Dann ging er in die Küche und holte mir meinen Morgenmate. Ich hörte, wie die Dienstmädchen sich im Flur über ihn lustig machten. Einige nannten ihn Gamarra; andere »Halber Meter«, ein Spitzname, der am besten zu ihm paßte. Das schweratmige Keifen aus Doña Lolés Zimmer brachte das dem Gackern eines Huhnes gleichende Gekakel zum Verstummen. Gleich darauf trat »Halber Meter« mit meinem Mate ein. Langsam zog ich mich an, während ich, im Mund den bitteren Nachgeschmack vom Schnaps, im Kopf das Dröhnen von der mit Unbekannten aus dem Pueblo in der Kneipe verbrachten Nacht, den Tee aus der Bombilla schlürfte. Daher wollte ich das Männchen nicht um Auskunft bitten.

Draußen wartete der Lastwagen, ein uralter Ford, auf dem

der Name der Ziegelei und des Besitzers in groben Buchstaben zu lesen war. Auf den Rand des Daches war der Kehrreim eines Guaraníliedes in grüner, kindlicher, derber Druckschrift gemalt.

Ich stieg neben dem Fahrer ein, und schon ging es los. Unterwegs meldete ich im Polizeirevier pflichtgemäß meine unvorhergesehene Ausfahrt an, da ich nicht den Eindruck erwecken wollte, als sei ich gleich nach meiner Ankunft geflohen.

In der reinen, frischen Morgenluft rekelte ich mich genießerisch. Es schien mir, als sähe ich den Pueblo zum erstenmal. Wie in jener fernen Nacht in meiner Kindheit, die wir inmitten der Trümmer des bombenzerstörten Bahnhofs zugebracht hatten, schien Sapukai nach wie vor einen seltsamen Einfluß auf mich auszuüben.

»Wo lag der alte Bahnhof?« fragte ich den Fahrer.

Er deutete auf einen unbebauten Fleck zwischen dem neuen Stationsgebäude und der Eisenbahnwerkstatt, auf dem noch ein paar verrußte Steine sichtbar waren. Dort, in einer Nacht vor etwa zwanzig Jahren, hatte ich mich auf meiner ersten Reise in die Hauptstadt neben Damiana Dávalos hingelegt, um wie die anderen Fahrgäste auf den Anschlußzug im Morgengrauen zu warten. Jene ferne Nacht am Rande des riesigen Bombenkraters, aus dem sie all ihr lastendes Dunkel zu holen schien, war wieder in meinem Gedächtnis wach. Eine Weile hatte der Mond geschienen, aber bald darauf hatte das schwarze Loch ihn wieder verschluckt.

Zwischen den von der Nachmittagssonne noch warmen Steinen an die Waschfrau geschmiegt, die mit dem kranken Kind im Arm schlummerte, konnte ich lange nicht einschlafen. Ich drückte mich näher an sie, aber auch so fand ich den Schlaf nicht. Ihr weicher Frauenkörper verwirrte meine erwachende Jugend. Irgendwo erzählte die stammelnde Stimme eines Greises unablässig die Einzelheiten der Explosion. Als der Alte verstummte, ließen sich hinter einer eingestürzten Wand das Girren und Geschäker, das Lachen und unterdrückte Stöhnen eines blutjungen Paares vernehmen, dessen Knie dumpf gegen die Wandreste schlugen. Somit war an Schlaf nicht zu denken. Auch Damiana Dávalos seufzte und regte sich von Zeit zu Zeit unter meinen Annäherungsversuchen. Hier, zwischen Tod und Erinnerung an die Schrecken, zwischen Hunger und Schlafbedürfnis, zwischen all dem, was ich nicht wußte und nur ahnte, saugte ich im Dunkeln ihre Brust und raubte dem kranken, in ihren Armen schlummernden Kind die Milch, hier betrog ich halb und halb auch ihren im Kerker schmachtenden Ehemann. So entdeckte ich in der düsteren Nachbarschaft von Trümmern die traurige Liebe wie ein Schänder oder ein nächtlicher Dieb.

Vielleicht hatte in jenem Augenblick, in einer fernen Palmhütte der Matepflanzung, derselbe Cristóbal Jara, der jetzt als ausgewachsener Mann neben mir ging, mit seinem ersten Wimmern die Muttermilch eingesogen, während der Hals des Vaters im Block des Kommissariats anschwoll. Zwanzig Jahre nach jener Nacht konnte ich nach einem langen Umweg eine Geschichte beenden, die mir weniger gehörte als ein Traum, in der ich jedoch immer noch mitspielte wie in einem Traum.

Er spuckte seinen Kautabak aus und drang ins Dickicht ein, das den alten Hohlweg überwucherte. Von Zeit zu Zeit teilte er nach rechts und links treffsichere Messerhiebe aus und bahnte sich auf diese Weise einen Weg.

5

Als der Bauernaufstand des Jahres 1912 nahezu niedergeschlagen war, sammelten und verschanzten sich die Aufständischen nach einem gefahrvollen Rückzug in dem jüngst gegründeten Sapukai, in jenem Pueblo, dessen Geburt der unheilvolle Komet beglänzt hatte und der jetzt seine Blut- und Feuertaufe erleben sollte.

Hauptmann Elizardo Díaz, der den Aufstand der Bauern

mit seinem im Paraguarí aufgestellten Regiment unterstützt hatte, übernahm den Befehl über die Aufständischen, die sich des Bahnhofs und eines dort stehenden, vollkommen bemannten Zuges bemächtigten. Nun blieb ihm nur noch der Schienenstrang übrig, um einen letzten Schlag gegen die Hauptstadt zu führen. In einem so dreisten, so verzweifelten Plan wie diesem versprach nur die Überraschung eine gewisse Aussicht auf Erfolg; möglicherweise konnte ein tollkühner Überfall die Stellungen der Regierung überrumpeln und diese damit zu Fall zu bringen. Dies waren fraglos vage Aussichten, aber den Revolutionären blieb in diesem Fall keine andere Wahl. In jedem Fall war ihnen der Tod sicher.

So befahl Hauptmann Díaz, daß der Zug an jenem 1. März bei Einbruch der Nacht mit sämtlichen Truppen, seinem ganzen Regiment und über tausend in aller Eile bewaffneten freiwilligen Bauern abfahren solle.

In seiner Ansprache an die Kampftruppe erwähnte der Rebellenkommandeur den historischen Todestag des Marschalls López, der gegen Ende des Großen Krieges am Cerro Korá in Erfüllung seiner Vaterlandspflicht ruhmreich gefallen war.

»Auch wir werden ehrenhaft *siegen oder sterben*!« rief er ihnen mahnend zu.

Casiano Jara hatte unter den Peones der Ziegeleien von Costa Dulce etwa hundert Männer angeworben, meist Reservisten, die ihren Militärdienst in der Kampftruppe geleistet hatten. Kurz vorher hatte Casiano Natividad Espinoza geheiratet. Sie hatten einen Gemüsegarten, der auf staatlichem Gelände lag. Natí bestellte den Boden, Casiano arbeitete beim Ziegelschneiden und -brennen, zögerte jedoch keinen Augenblick, sich zum Kampf gegen die Politikaster und Militärclique der Hauptstadt zu stellen, die das ganze Land aussaugten. Daher fiel es ihm nicht schwer, die Ziegeleiarbeiter zur Teilnahme zu überreden. In Korporalschaften angetreten, stellten sie sich wie ein Mann diesem tüchtigen Armeehauptmann zur Verfügung, der sich von den anderen grundlegend unterschied und nicht gezaudert hatte, zur Verteidigung der Ausgebeuteten und Unterdrückten herbeizueilen. Díaz empfing sie wie ein Bruder, nicht wie ein Vorgesetzter, er teilte sie nach seinem Schlachtplan ein und ernannte den lebhaften tatkräftigen Burschen, der zu seiner rechten Hand wurde, zum Zugführer der Ziegeleikameraden.

Rasch waren die Vorbereitungen des selbstmörderischen Unternehmens beendet.

Mittlerweile gelang es dem Telegraphisten Atanasio Galván, unbemerkt das geplante Manöver und sogar die Abfahrtsstunde des Zuges verschlüsselt weiterzugeben. Weder dumm noch faul, traf der regierungstreue Oberbefehl seine Vorkehrungen. So wurde auf der Station Paraguarí eine Lokomotive mit Tender bis zur äußersten Tragfähigkeit mit hochpotenzierten Bomben beladen, zur verabredeten Zeit unter Dampf gesetzt und auf der einzigen möglichen Strecke am Fuß der Berge auf den Weg geschickt, so daß der mörderische Zusammenprall auf halber Strecke, gleich nach der Station Escobar, erfolgen sollte.

Im letzten Augenblick jedoch ergab sich jene unvorhergesehene Verwicklung, die das Unglück noch verschlimmern sollte. Der Lokomotivführer verließ seinen Posten und floh. Dies verzögerte die Abfahrt des Zuges. In der mondlosen Nacht strömte die Bevölkerung in Massen zum Bahnhof, um von den Expeditionssoldaten Abschied zu nehmen. Das Stationsgebäude und seine nächste Umgebung wimmelte von einer freudig erregten Menschenmenge. Die Mädchen küßten die Rebellen, die alten Frauen reichten ihnen Wasserkühler, Chipáfladen und Tabak, Bananenkolben und Orangen. Am ganzen Zug entlang ertönten Kriegslieder und feurige Rufe. *»Land und Freiheit!«* war der Wahlspruch, der in der stillen Märznacht immer wieder aus Tausenden heiserer Kehlen erscholl.

Plötzlich wurde das Stimmengewirr vom Getöse des heranschnaubenden funkensprühenden Ungetüms übertönt. Tödliche Stille trat ein, die von dem wachsenden Lokomotivengerassel verschluckt wurde. Wenige Sekunden später zerriß eine fürchterliche Entladung die Nacht, Blitze stoben zum Himmel, und schon war die Feuersbrunst da.

Schön und gut. Der Krater mußte auf irgendeine Weise aufgefüllt werden. In zwanzig Jahren wuchs die Wunde zu, mit neuer Erde, mit neuen Menschen, mit neuen Ereignissen. Das Leben ist gierig und vergeßlich. Wieder fuhren Eisenbahnzüge durch Sapukai, ohne daß ihre schrillen Pfiffe den friedlichen Abendtrubel des Bahnhofs, die einzige allwöchentliche Ablenkung der Dorfbewohner, zu erschrekken vermocht hätten.

6

Aber nicht alle vergaßen, nicht alle konnten vergessen.

Zwei Jahre nach jener unheilvollen Nacht kehrten Casiano Jara und seine Frau Natividad mit ihrem Kind aus der Matepflanzung zurück und schlossen so den Kreis einer gnadenlosen Flucht. Seit jener Zeit war ihr Heim der Eisenbahnwagen, den die Explosion mit solcher Kraft bis ans Ende eines toten Gleises geschleudert hatte, daß er mit Jara und den Seinen weiterrollte und abergläubischem Gerede zufolge sogar weiterflog. So kam es, daß Casiano Jara, im Standesamt schon zwei Jahre als tot geführt und, wenn auch nicht durch Bombeneinwirkung, so doch durch den Federstrich eines zerstreuten oder gelangweilten Beamten aus der Welt der Lebenden gelöscht, zu neuem Leben erstanden, mit Frau und Sohn seine Reise begann, eine Reise, die Jahre dauern sollte, drei winzige menschliche Ameisen, die jenes Gerippe aus Eisen und Holz über die dürstende, rissige Steppe schleppten.

Ich schritt hinter dem Dritten im Bunde einher. Ich sah seine narbenbedeckten Schultern. Aber auch so, auch wenn ich ihn als Wesen aus Fleisch und Blut vor mir gehen sah, war und blieb die Geschichte eine Gespenstergeschichte und vielleicht nur deshalb ungereimt und unglaubhaft, weil sie noch nicht zu Ende war.

7

Das Schlimmste war, daß der Wagen dort auftauchte, wo ich ihn am wenigsten erwartet hatte: in einer Lichtung.

Im schräg einfallenden Licht, das durch das Blattwerk träufelte, glitt er langsam auf uns zu, einsam, gespenstisch. Zuerst sah ich die im Unkraut eingesunkenen Räder, die mächtigen, maulbeerfarbenen Backsteinstützen unter den Achsen, die verhindern sollten, daß das Gefährt ganz im Pflanzenschlamm versank. Dann tauchte das wurmstichige, lianen- und moosbedeckte Gerüst auf. Die Umklammerung des Urwalds, der ihn bei sich behalten, ihn erdrücken wollte, schien ebenso zäh zu sein wie es der Wille des Unteroffiziers gewesen war, ihn hierherzuschaffen. Den Löchern im Balkenwerk entwuchsen großgezackte Nesselblätter. Die Plattformen waren rostzerfressen, die Messingbeschläge mit Grünspan überzogen, die Fensterlöcher von Spinnweben und Schlingpflanzen überwebt. In einem Winkel des beschmutzten Falzes war noch die halbverlöschte, mit der Messerspitze in großen kindlichen Buchstaben eingeritzte stolze Inschrift zu lesen:

Uffz. Casiano Amoité – I. Kompagnie – Schlacht von Asunción.

Ein halb veränderter, wie vom Grünspan des Vergessens verschlungener Name: *Amoité* statt Jara bedeutete in der Indianersprache alles, was fern war, nicht nur die Ferne selbst, sondern auch das, was jenseits von Vision und Wille in Raum und Zeit lag.

Das war alles, was von dem Freiheitskämpfer übriggeblieben war, der hier bis ins Altern und Sterben hinein von jener Schlacht träumte, die nie geschlagen werden würde, die er jedenfalls nicht hatte schlagen können.

Ich kletterte auf die Plattform, der eine Staubwolke entwich. Spinnweben verfingen sich in meinem Gesicht. Ich mußte aber in das grüne Gedämmer eindringen. An dem Wrack hingen riesige Wespennester, und die roten Wespen schwirrten in dem widerlichen, süßlich-herben Brodem umher. Auf einem Gesimsrest sah ich einen Frauenkamm. Auf einem Petroleumkanister stand ein verrußter Kerzenstummel, auch die Talgtränen ringsum waren schwarz vom Schimmel. Dort hatte Unteroffizier Amoité seine Schlachtskizzen entworfen und unermüdlich verbessert. Dumpfes Schweigen umhüllte alles und hielt auch mich gefangen, als ich durch seine Stimme aufgeschreckt wurde:

»Man erwartet Sie. Man will mit Ihnen sprechen.«

»Wer?« Meine Bestürzung schmeckte bitter auf der Zunge.

Er antwortete nicht, er sah mich gleichmütig an und fächelte sich mit seinem Strohhut geruhsam Kühlung zu. Zum ersten Mal sah ich sein ganzes Gesicht. Nun schienen seine Augen blaß wie das Moos, das den Wagen bedeckte. Die Augen seiner Mutter, dachte ich. Die Faust am Pistolengriff, trat ich hinter ihm auf die meinem Einstieg gegenüberliegende Plattform.

In einem Halbkreis standen etwa fünfzig Männer im Gras. Als sie mich erblickten, grüßten sie gleichzeitig mit einem kurzen Gemurmel. Mechanisch hob ich die Hand zum Hutrand, als besichtigte ich eine militärische Einheit.

Einer von ihnen, der größte und dickste, trat vor und sagte:

»Ich bin Silvestre Aquino.« Seine Stimme klang kameradschaftlich, aber bestimmt. »Das sind meine Gefährten. Männer aus mehreren Kompanien des Pueblo. Wir haben Cristóbal gebeten, Sie hierherzubringen. Wir möchten, daß Sie uns helfen.«

Ich war fassungslos, wie vor Richtern, die mich eines mir unbekannten oder noch unbegangenen Verbrechens bezichtigten.

»Wobei soll ich euch helfen?«

Silvestre Aquino antwortete nicht gleich.

»Wir wissen, daß Sie Offizier sind.«

»Ja«, gab ich widerwillig zu.

»Und daß man Sie als Verbannten nach Sapukai geschickt hat.«

»Ja ...«

»Wir wissen auch, daß man Sie beinahe erschossen hätte, als die Verschwörung der Kriegsschule entdeckt wurde.«

Ich blickte ihnen ins Gesicht, einem nach dem anderen, es waren feste, knochige Gesichter von Dörflern, von Arbeitern, sicherlich zumeist Analphabeten, aber ihres Wollens gewiß und von einem harten, inneren Licht erleuchtet.

Sie wußten alles, was sie von mir wissen mußten. Tatsächlich erübrigten sich meine Antworten auf ihre Fragen.

»Sie hätten ins Ausland gehen können, zogen aber vor, hierherzukommen.«

Ich dachte, daß ihnen vielleicht nur der Grund dieser meiner Wahl unbekannt war. Aber auch ich wußte ihn nicht.

»Bald wird die Revolution im ganzen Land ausbrechen«, sagte Silvestre Aquino. »Wir werden hier unseren Revolutionstrupp bilden und möchten, daß Sie uns führen ... uns ausbilden«, verbesserte er sich sofort.

»Ich werde von der Polizei überwacht«, entgegnete ich. »Ich nehme an, daß Sie das auch wissen.«

»Ja. Aber Sie können hier gelegentlich auf die Jagd gehen. Die Erlaubnis dazu wird man Ihnen nicht verweigern. Jara fährt Sie im Lastwagen her und bringt Sie wieder zurück.«

Es entstand ein langes Schweigen. Hundert Augen maßen mich von Kopf bis Fuß.

»Haben Sie Waffen?«

»Ein paar, für den Anfang. Wenn der Augenblick gekommen ist, werden wir die Polizeiwache überfallen.«

Die Hände ballten sich zu Fäusten, zu Klumpen trockenen Lehms, die wie ihre Gesichter die kreidige Farbe des Sumpfes hatten.

»Was sagen Sie dazu?« fragte unerschrocken jener, der sich als Silvestre Aquino vorgestellt hatte.

»Ich weiß nicht. Lassen Sie mich die Sache überlegen ...«

Ich wußte jedoch bereits, daß ich früher oder später zusagen würde. Der Kreis kam von neuem in Bewegung und schloß mich von neuem ein. Das ahnte ich in vorgefühlter Entsagung. War es demnach unmöglich, beiseitezustehen?

Ich wandte mich an Cristóbal Jara, der an der modrigen, bemoosten Wagenwand lehnte. Ein junger Mann von zwanzig Jahren, oder von hundert. Fest blickte er mich an. Die roten Wespen umsummten ihn in der erhitzten Harzluft. Das wachsende Dämmerlicht sank wellig auf den Wald.

Ich stieg von der Plattform herab und sagte zu ihm:

»Fahren wir ...«

VI
Fiesta

Nach dem Aufstand von 1931

I

Der Junge hakte die Kette los und stieß langsam das Friedhofstor auf, als tue er etwas ihm Ungewohntes oder trete heimlich ein. Das Kreischen ließ ihn auffahren. Mit der Hand auf dem Querriegel blieb er reglos stehen. Die lebhaften himmelblauen Augen spähten behutsam in alle Richtungen. In der glühenden, schweigenden Mittagsruhe dämmerten sogar die Kasuarinen, die Köpfe im Sonnenglast wiegend, still dahin. Die Tiere suchten Schatten im Wald, der Weg zum Dorf war verlassen. Der Kleine linste zu dem zwischen Orangenbäumen halbversteckten Ranchito hin. Eine Frau erschien unter dem Vordach und gab ihm von weitem ein Zeichen, er solle kommen. Ermutigt blies er sich eine Haartolle fort, die ihm halb über ein Auge hing, und stieß das Törchen weiter auf, diesmal jedoch noch langsamer. Das Kreischen wurde vernehmlicher, verstummte aber alsbald. Dann hob er das Bündel und die Hacke auf, die er auf den Boden gelegt hatte, und trat ein.

Ein Weilchen schlenderte er zwischen den Gräbern hindurch und stieß mit der Hacke da und dort zerstreut ins Unkraut. Dann stellte er in einem buschbedeckten Winkel seine vorgetäuschte Arbeit ein und ging, den würzigen Duft der Beifußblätter tief einatmend, geradeswegs auf die entfernteste Ecke des Camposanto zu.

Der Mann lag zwischen den Kreuzen im Schatten eines dichtbelaubten Lorbeerbaums. Der Kleine trat auf ihn zu und blieb, ihn anblickend, stehen, ohne zu wagen, ihn zu wecken, vielleicht weil er dachte, daß er einem ausgegrabenen oder gar noch unbestatteten Toten glich. Dann rief er ihn leise, wie einen Toten.

»Kiritó ...«

Zweimal mußte er mit erhobener Stimme rufen. Plötzlich richtete dieser sich, den Schlaf abschüttelnd, auf. Die Augen des Mannes, grün wie ein algenbedecktes Boot, hefteten sich ängstlich blinzelnd auf den Jungen.

»Was ist los, Alejo?«

»Mama schickt dir etwas zu essen.« Er hielt ihm das runde Bündel hin, dem man ansah, daß es ein in ein Tuch eingeknoteter Teller war, dem ein wenig Dampf entströmte.

Der Mann machte eine Gebärde des Widerwillens.

»Es ist nur ein bißchen Yopará«, sagte der Junge.

»Warum hast du das gebracht? Und wenn sie dich gesehen haben? Kein Mensch wird dir glauben, daß du den Toten zu essen bringst.«

Die weitaufgerissenen Augen des Burschen wurden dunkel. Er ließ den Kopf hängen und scharrte eine Brennessel mit dem Fuß ein.

»Mama dachte nicht ...«

»Ich hab ihr gesagt, sie soll nichts schicken. Sie gefährdet sich schon genug damit, daß sie mich hier sein läßt.«

»Du mußt aber etwas essen, Kiritó. Schon zwei Tage hast du nichts mehr in den Magen gekriegt!« Wieder hielt der Junge ihm das Bündel hin, das der Mann unlustig entgegennahm; dann zog er aus jeder Tasche zwei Orangen und reichte sie ihm.

Der Mann band die Knoten auf. In dem zerbeulten Teller dampfte das Bohnen- und Trockenfleischgericht, ein Löffel und ein Stück Maniok lagen dabei. Gierig begann er zu essen und fragte, mit vollem Mund kauend:

»Hat sie was rausgekriegt?«

»Silvestre und die anderen hat man heute nachmittag gefesselt in den Zug verfrachtet.«

»Weißt du wohin?«

»Nein. Sicherlich nach Paraguarí. Die Begleitmannschaft stammt aus der dortigen Schwadron.«

»Fuhren alle mit?«

»Ja, außer denen, die gestorben sind ...«

Der Mann blickte ihn düster an. Der Blechlöffel stieß an seine Zähne.

»Die Hiesigen brachten ihnen zu essen, aber die Soldaten ließen sie nicht näherkommen. Sie wollten nicht, daß man mit ihnen spricht.«

Plötzlich verging dem Mann seine Eßlust.

»Ich ging mit Mama zum Bahnhof«, fuhr der Kleine in unschuldigem Stolz fort. »Ich habe die Gefangenen gesehen. Silvestre blutete stark am Bein, sie fesselten ihn aber trotzdem, und zwar an Gamarra. Ich warf ihm eine Orange zu, die ihm zwischen die Beine fiel. Als der Zug abfuhr, aßen er und Gamarra die Orange, jeder eine Hälfte.«

»Was hat sie sonst noch in Erfahrung gebracht?« fragte der Mann und schluckte seine Bissen herunter, ohne sie zu kauen.

»Sie sagt, daß man dich im Wald sucht. Gestern haben sie den Wagen verbrannt. Vom Bach aus sieht man noch den Rauch. Sie sagt, bevor sie ihn in Brand steckten, hätten sie alles ringsum umgegraben, sicherlich um nachzusehen, ob nicht auch Waffen vergraben sind.«

Der Mann blinzelte unmerklich und ließ einen Augenblick den Löffel ruhen. Sein Gesicht wurde trübe, als habe sich der Rauch des brennenden Wagens plötzlich darübergelegt. Es war aber nur der fettige, undurchsichtige Dampf des Yoparágerichts.

»Im Dorf wirst du schon nicht mehr gesucht. Sie haben Haus für Haus durchwühlt, sie haben aus Versehen Cleto Rodas umgebracht, der sich im Brunnen versteckt hatte. Sie schossen ihn von oben tot. Sie haben, scheint's, gemeint, du wärst es gewesen. Sie schrien ihm dauernd zu: ›Ergib dich, Cristóbal Jara ... es gibt keine Rettung mehr für dich ...!‹ Dann zogen sie ihn tot heraus und du warst es nicht ...«

»Was weiß sie noch?« fragte der Mann ungeduldig.

»Sie sagt, vorläufig sei die Aussätzigenkolonie noch von Wachen umstellt.«

»Hätte ich mich doch bei ihnen versteckt«, sagte der Mann wie zu sich. »Zum mindesten, bis sie abziehen!«

»Mama hat ihnen heute früh zu essen gebracht. Sie sagt, die Wachposten hätten einen weiten Bogen um die Ranchos gemacht.«

»Klar, dort trauen sie sich nicht hinein.«

»Aber dich würden sie auch nicht hereinlassen. Dein Gesicht ist noch zu heil, Kiritó. Dich würden sie gleich entdekken.«

»Weißt du, ob der Weg zum Dorf bewacht ist?«

»Nicht mehr. Dort haben sie schon alles durchgestöbert. Es fehlt noch dies hier ...« Er deutete mit einer Kopfbewegung auf den Friedhof. »Aber sie werden nicht glauben ...«

»Was noch?« murmelte der Mann und schabte den Teller mit dem Löffel rein.

»Mama sagt auch, die Gemeinde wird einen Ball geben.«

»Einen Ball?« Das zitronengelbe Gesicht verkrampfte sich von neuem, und die grünspanfarbenen Augen leuchteten auf.

»Ja, für die Offiziere der Schwadron.«

»Wann wird der Ball stattfinden?« fragte der Mann nach einer Weile, plötzlich gefesselt.

»Samstag abend.«

»Morgen?«

»Ja, morgen.«

Der Mann wurde wieder nachdenklich. Neugierig blickte ihn der Kleine an, ohne zu wagen, sein Schweigen zu unterbrechen.

»Alejo, sag deiner Mutter, sie soll mir Kleider besorgen. Ich werde auf den Ball gehen.«

»Zum Schwadronsball?« rief der junge Bursche ungläubig, ohne zu wissen, ob er lachen sollte.

»Warum nicht?«

»Nimm dich bloß in acht!«

»Sag deiner Mutter nur, sie soll mir einen Anzug beschaffen. Alles weitere findet sich. Ich muß hier weg ...«

Der Junge, der geistesabwesend durchs Bambusrohr blickte, sprang mit einem Satz auf.

»Schau dort, Kiritó.«

Die harten, empfindsamen Augen des Flüchtlings wanderten in die von dem Jungen angezeigte Richtung. Auf dem Wege kamen drei Reiter mit umgehängtem Gewehr im Schritt dahergeritten. Man sah, daß sie plauderten und scherzten. Dann und wann war ihr Lachen und das Gerassel der an die Steigbügel schlagenden Säbel zu vernehmen.

Im Schutz des Gebüschs beobachteten Mann und Junge unbeweglich das Schauspiel. Zwar konnten sie von weitem nicht gesehen werden, sie wußten aber auch weder das Ziel noch die Absicht des sorglosen Spähtrupps. Der Mann grub Eßbesteck und Speisereste ein und ließ sich von neuem in das Unkraut sinken, das in der alten Grabsenke wuchs, bis er vollkommen verschwand, als habe ihn die Erde wirklich von neuem verschluckt. Der Kleine fing zu hacken an und entfernte sich ganz allmählich, um die Aufmerksamkeit von der Stelle abzulenken.

Ohne den Friedhof eines Blickes zu würdigen, ritten die Soldaten weiter.

2

Zwei Leguas entfernt lag ein anderer Mann in der Untersuchungszelle der Polizeiwache auf dem Fußboden ausgestreckt. Die halbgeöffnete Zellentür warf einen staubflirrenden Sonnenstab auf seine Brust, der den Körper in zwei dunkle Hälften teilte. Er hatte das Gesicht abgewandt und fast an die Wand gedrückt, man sah nur sein zerzaustes, verklebtes Haar. Er war barfuß, seine Füße waren nicht die eines Landmannes. Die Sonne beleuchtete die feingliedrigen Finger und den blaugeäderten Handrücken seiner Faust, die er auf der Brust geballt hielt. Zwei Männer, der eine davon in Landwehruniform, standen die Rücken zum Licht und musterten ihn gespannt. Die lehmverkrusteten Grenadierstiefel stelzten nervös um ihn herum. Die Gamaschen des Zivilisten warteten weiter hinten. Die Stimme des Uniformierten klang rauh und schrill und suchte ihre Wut zu verbergen.

»Ich sag's zum letztenmal. Es ist zu Ihrem Wohl. Sie spielen mit Ihrem Leben. Sagen Sie mir endgültig, was Sie wissen – und die Sache ist erledigt.«

Die beiden Hälften des Liegenden rührten sich nicht, nur die geballte Faust stieg und sank mit dem Atem.

»Oberleutnant Vera! ...«, schnaubte der Offizier. »Haben Sie mich gehört?« Er stieß ihn mit dem Fuß an.

»Ich weiß von nichts ...«, sagte der nur, ohne den zerzausten Kopf herumzudrehen; es war eine neutrale Stimme, die sich weder aus Furcht noch aus Müdigkeit, sondern aus einer völligen, der Verzweiflung verwandten Lustlosigkeit hören ließ.

»Sie wissen ganz genau, was ich von Ihnen wissen will. Den Unwissenden zu spielen, wird Ihnen nichts nützen. Sie selbst haben in jener Nacht alles erzählt ...« Er wandte sich an den Zivilisten. »Nicht wahr, Herr Chef?«

»Klar, Hauptmann! Ich weiß nicht, warum er sich weigert, die Einzelheiten anzugeben.« Dabei beugte er sich über ihn. »An jenem Abend, in der Kneipe von Don Matías Sosa, waren Sie betrunken, aber Sie haben mir die Hauptsache mitgeteilt.«

»Was man im Suff sagt, hat keinen Wert«, sagte er gegen die Ziegelwand, die den Klang seiner dumpfen Stimme noch mehr dämpfte.

»Trotzdem haben Sie die Wahrheit gesprochen!« stotterte der Hauptmann. »Wollen Sie damit etwa sagen, daß Sie angetrunken mehr Würde besitzen als mit klarem Kopf? Sie waren wegen Meuterei hierher verbannt. Sie hatten Ihr Ehrenwort gegeben, Gesetze und Dienstreglement zu beachten. Sie, Miguel Vera, als Musteroffizier der Kriegsschule!« Der

Hauptmann wurde aufgeregt. »So haben Sie Ihre Bürger- und Soldatenpflicht erfüllt? Sich mit Banditen einzulassen, die Tod und Ruin in diesem friedlichen Dorf säen wollten! ...« Mühsam beherrschte er sich. »Gut, daß Sie sie wenigstens angezeigt haben.«

»Ich habe diese Leute nicht angezeigt ...«, sagte die eintönige ferne Stimme, die von der anderen Seite der Wand zu kommen schien, von neuem.

»Im Gegenteil, Sie haben sie denunziert. Damit haben Sie nur Ihre Pflicht erfüllt«, sagte der Offizier, wie um ihm zu helfen.

»Ich war betrunken ...«

»Nein!« schrie er. »Ein Betrunkener mag lügen! Dagegen hat sich alles, was Sie gesagt haben, als richtig erwiesen. Der Revolutionstrupp existierte tatsächlich ... Sie selbst haben sich bereit erklärt, die Bösewichter zu drillen, Sie haben sie im Nahkampf ausgebildet und sogar in der Anfertigung von Sprengstoff unterwiesen! Das ist mehr als belastend!«

»Sie sind im Wald untergetaucht mit dem Vorwand, zu jagen und haben mich, der für Sie geradestand, hinters Licht geführt!« warf der Polizeichef von neuem ein. »Gottlob haben Sie im Suff ...«

»Nein«, unterbrach der Offizier und sah ihn bedeutsam an. »Sie waren weder betrunken, noch sind Sie ein Denunziant. Ich möchte eher annehmen, daß Sie sich vor Ihrem eigenen Gewissen rechtfertigen wollten ...«

Etwas kaum Hörbares, ein unverständliches Gemurmel, ließ sich am Boden vernehmen.

»Wie ... was sagen Sie?«

Er wiederholte es nicht und beabsichtigte auch nicht zu erklären, was er gesagt hatte, wenn er überhaupt etwas gesagt hatte. Die Faust fiel auf eine Seite. Im Sonnenlicht zeichneten sich auf der atmenden Brust unter dem aufgeknöpften schmutzigen Hemd die Rippen ab.

»Merken Sie denn nicht, daß ich Ihnen als Kameraden helfen will? Wir müssen mildernde Umstände finden und

Ihre Lage verbessern, ehe es zu spät ist. Sonst glaube ich kaum, daß ein Kriegsgericht Sie begnadigen wird ...«

Wieder hörte man das Murmeln, die beiden Teile des Mannes verharrten jedoch reglos, bis auf jenes langsame Auf und Ab der Brust unter dem Sonnenstreifen, in dem sein Atem winzige Sonnenstäubchen zum Wirbeln brachte.

»Ich rate Ihnen, zu sprechen, Oberleutnant Vera«, sagte der politische Leiter mit Nachdruck. »Das Vertrauen tötet. Sie haben uns den Kopf der Schlange in die Hände gespielt, behalten Sie daher nicht ihren Schwanz in der Tasche.«

»Was ich wissen muß, sind die Ausläufer des Verschwörerkerns. Sie, der Sie ihn begründet haben, werden wohl etwas darüber wissen ...«

»Ich weiß nichts ...«

»Sie müssen zumindest wissen, wo der Flüchtige sich versteckt hat. Er wird ja nicht aus dem Sack gehüpft sein. Meine Leute haben ihn zum letztenmal hinter einem toten Pferd verschanzt gesehen, als er die Flucht seiner Leute deckte. Geben Sie mir eine Fährte. Cristóbal Jara war einer Ihrer Vertrauensleute. Sagen Sie mir, wo er steckt.«

»Ich weiß nichts ...! Lassen Sie mich zufrieden!« wiederholte die farblose, von Bitternis und Ekel getrübte Stimme.

»Sie sind ein erbärmlicher Wicht!« schimpfte der Hauptmann. »Ich werde Sie dem Militärgericht ausliefern. Dort werden wir ja sehen, wie Sie sich herausreden.« Nachdem er mit den Hacken geknallt hatte, verließ er in Begleitung des politischen Führers die Zelle.

Die Wache schloß die Tür, und der Häftling blieb wieder im Dunkeln.

3

Die Verfolgung ging unermüdlich weiter. Drei Tage vorher war die letzte Gruppe gestellt worden, die in einem Ziegeleiofen Widerstand geleistet hatte, bis ihr die Munition ausging.

Mit Schüssen wurden sie aus ihrem Versteck gejagt. Unter den Überlebenden befand sich Silvestre Aquino, der Anführer des Revolutionstrupps, durch Schenkelschuß verwundet. Man mißhandelte ihn tierisch, man tat sogar so, als wolle man ihn erschießen, brachte damit jedoch nichts Nennenswertes ans Tageslicht.

Von diesem Augenblick an durchpirschte die kriegsstarke Schwadron stündlich Sümpfe und Waldungen des Kaañavé in einem Umkreis von mehreren Leguas rings um den zertrümmerten Wagen, der das Geheimzentrum der Aufständischen gewesen war. Noch immer rauchten die verrußten Reste des Eisenbahnwagens im Wald. Vor dem Eisenskelett, das nun einem toten, wiewohl noch gereckten Wächter glich, stand ein Posten Wache. Die Ersatzeinheiten staffelten sich in Abständen zu einem regelrechten Gürtel um das Moorland, während die berittenen Spähtrupps die Windungen des Flüßchens von einem Ende zum anderen durchkämmten.

Sie durchsuchten die Ranchos von Costa Dulce eine nach der anderen. Nur vor den schmutzigen Hütten der Aussätzigen machten sie halt, wenn auch die Offiziere und ihre Ordonnanzen sie von den Wachposten aus, die die Kolonie flankierten, scharf beobachteten.

Das in Viehwagen verladene Rebellenfleisch war bereits unterwegs. Aber noch immer wurde nach dem einzigen Mann gefahndet, der ihnen entwischt war und somit der in Paraguarí stationierten, blitzartig eingreifenden Kavallerie einen Teil ihres Ruhmes geraubt hatte.

Auch wurde alles unternommen, um die Greise, die Frauen und Kinder der Ziegeleien und Reisfelder mit Drohungen und Versprechungen von Lebensmitteln und Geld zum Sprechen zu bringen. Doch entweder wußte niemand etwas, oder niemand tat den Mund auf, zum einen aus Wut über das jüngst Erlebte und zum anderen aus altem Groll über jene Niederwerfung des Bauernaufstandes im Jahre 1912, die im Gedächtnis der Erwachsenen wachgeblieben war, hatte sie doch das Flußgebiet so entvölkert, wie es auch jetzt wieder geschah.

Die Reiter durchstöberten auch die Häuser des Pueblo und kehrten dort alles von unten nach oben. Außerdem suchten sie die Kirchen, die Viehkoppeln und die Brunnen bis zur letzten Zisterne ab. In einem bestimmten Augenblick machten sie den Eindruck, als seien sie einer wertvollen, von der Gemeinde versteckten Beute auf der Spur und nicht einem Mann, der den uralten Lastwagen einer Ziegelei fuhr, deren Besitzer natürlich auch nichts wußte. Seit neuestem betrank sich Don Bruno Menoret schlimmer als sonst. Den lieben langen Tag konnte man ihn auf einem Stuhl in Matías Sosas Kneipe hocken sehen und sich lallend über den großen Schaden beklagen hören, den die Ziegeleiarbeiter mit ihrem Aufstand ihm eingebracht hatten. Was der Schwadronschef ihm zu entlocken vermochte, war für niemanden ein Geheimnis.

»Sehen Sie, Herr General ...«, sagte der Katalane mit seiner gutturalen Aussprache starrköpfig zu ihm.

»Hauptmann ... Hauptmann Mareco«, berichtigte gelangweilt der andere.

»Seien Sie nicht böse, wenn ich Ihnen zwei oder drei Ränge mehr gebe ... Sie werden ohnehin bald befördert. Prost!« Er leerte ein imaginäres Glas. »Schön, also hören Sie, Herr Hauptmann ... Dieser Cristóbal Jara war ein braver Junge, wissen Sie. Ein Arbeiter wie es keinen zweiten gibt. Der tat seine Pflicht. Ich verstehe nicht, wie er sich zu so etwas hergeben konnte. Manchmal fuhr er Touristen und Tagediebe, die den Eisenbahnwagen sehen wollten, mit dem Lastwagen in den Wald. Er tat es aber mit meiner Erlaubnis, um sich ein Trinkgeld zu verdienen. Wie sollte ich da von der anderen Sache wissen! Dieser Eisenbahnwagen, den Casiano Jara, Cristóbals Vater, vor zwanzig Jahren ohne Schienen in den Wald geschafft hat, ist eine Erinnerung an den früheren Aufstand. Damals waren Sie wohl noch ein Schulbub, haben aber vermutlich davon gehört, oder nicht? Der Wagen ist die Sehenswürdigkeit des Ortes ... Kein Mensch weiß, wie der

Verrückte das zustande gebracht hat. Die Fremden zahlen gerne ihren Nickel, um ihn zu sehen, und der Sohn ist stolz darauf, ihn zu zeigen. Ich konnte ihm das unmöglich verbieten ...«

»Was ich wissen will, ist, ob er den hier in Verbannung lebenden Offizier hingefahren hat«, unterbrach ihn wütend der Hauptmann mit den dicken Lippen und dem grünlichen Gesicht, mit den von Schlaflosigkeit und der Aufregung des bestandenen Kampfes geröteten Augen, erfüllt von seiner Machtbefugnis und mit allzu jugendlichem, stolzem Befehlsdrang.

»Ja, er fuhr ihn hin ... Ich glaube sogar, er fuhr ihn mit der Genehmigung des politischen Leiters hin. Ich weiß es nicht genau. Der Oberleutnant hat ja selbst hier erzählt, was die jungen Leute im Moor vorbereiteten. Warum fragen Sie ihn nicht? Der Politiker hat auch zugehört ... Dafür seid ihr doch da, oder nicht? Ich weiß von nichts ... Wie soll ich diese Dinge wissen? Ich bin ein Mensch der Arbeit ... Ich hab mich nie in die Politik gemischt.«

Der Hauptmann stand ruckartig auf und verließ die Schenke, fraglos vermutend, daß der Katalane sich hinter einer geheuchelten Betrunkenheit verschanzte, um sich über ihn lustig zu machen.

Er bestieg seinen feurigen Fuchs und galoppierte davon, um die Wachposten abzureiten.

4

In der Nähe der Brennöfen stand der leere Lastwagen an derselben Stelle, an der er an dem Tag vor dem Überfall verlassen worden war. An der Kabinenwand stand in groben Buchstaben zu lesen:

Ziegelei DIE HOFFNUNG
Sapukai

Am Dachrand leuchtete in unbeholfener, wie mit dem Finger hingepinselter Schrift der Wahlspruch:

Mba' éve nda cheapurai ..., avavé nda cheyokoi ...

Nichts kann mich hetzen ... Nichts kann mich hemmen ...

Der Name und der Kehrreim auf dem alten Ratterkasten zwischen leeren Schuppen und Göpeln, inmitten der trostlosen Sumpflandschaft mit ihren trockenen Lehmhügelchen und ihren mondkraterartigen Löchern, muteten wie ein Scherz, wie eine von Lausbuben vorbereitete Überraschung an. Jeden Augenblick glaubte man, den Fahrer lachend hinter einem Lehmhaufen hervorspringen zu sehen. Aber die beiden Wachposten, die, den Karabiner zwischen den Beinen, auf dem Führersitz dösten, störten diesen Anblick und gaben ihm ein fast düsteres Gepräge. An einen Guayabobusch gebunden, fraßen die gesattelten Pferde das ärmliche Gras und schnaubten alle Augenblicke vernehmlich, um die in ihre Nüstern krabbelnden Waldwanzen fortzublasen.

»Möcht wissen, bis wann wir hier noch aushalten sollen ...«, meinte einer der Soldaten und kratzte sich kräftig unter seiner Mütze. Sein seitwärts hängender Säbel scheuerte dabei an der Karosserie des Lastautos. »Wir können nicht mal im Bach baden, nur wegen der verdammten Aussätzigen.«

»Der Hauptmann hat die Wut im Bauch, weil der Peón entwischt ist«, erwiderte der andere. »Er ist bestimmt fortgeflogen, weil er keine Spur hinterlassen hat ...« Seine zerrissene Feldbluse zeigte die unbehaarte Brust.

»Und wir?«

»Er ist ja erst kürzlich befördert worden und will sich dicke tun.«

»Wir haben ja alle geschnappt. Was will er mehr?«

»Der eine Entwischte juckt ihm im Fell. Scheint wahrhaftig ein Spuk zu sein!«

»Der eine macht uns mehr Arbeit als die neunzig, die wir lebend erwischt haben.« Mit Daumen- und Zeigefingernagel lauste er sein hartes schwarzes Haar; drunter mahlte noch immer sanft der Sand.

»Jetzt wird er bald im Hoch-Paraná sein, wo mehr Partisanen nur auf das Zeichen zum gemeinsamen Aufstand warten.«

»Aber dort spüren auch mehr Heeresverbände die Revolutionsherde auf. Weißt du nicht, daß sie eine neue Schwadron unseres Regiments zur Verstärkung in den Süden geschickt haben?«

»Dann wird er dort fallen«, sagte der in der zerschlissenen Feldbluse hilflos, ohne Überzeugung. »Sie werden ihn sicherlich fassen. Warum hat er es dann so eilig?«

»Aber unsere Schwadron ist die beste von ganz Paraguarí. Darum ist der Hauptmann auch so verärgert. Schließlich will er ihn schnappen. Hast du gehört, was er gestern gesagt hat? Wie will ein trostloser Peón uns entkommen!«

»Der Hauptmann Mareco ist gebildet und aus gutem Hause. Drum ist er so stolz.«

»Er mag stolz sein, aber ich habe einen aufgerittenen Arsch, Scheiße noch eins!« sagte der sich unter seiner Mütze Lausende und knackte seine Beute mit den Zähnen.

Der andere lachte.

Dann verstummten beide und sahen zu, wie der Abend zwischen den Kokospalmen glühte und die riesige Sonne den wolkenlosen Himmel zu füllen schien. Fern über dem Wald stieg senkrecht eine kleine Rauchsäule auf.

»Dauert, bis der Wagen verbrannt ist, was?« meinte der Jüngere. »Ob er wirklich nicht verhext ist?«

»Hast du bemerkt, Juandé, daß es in Sapukai keine jungen Weiber gibt?« sagte der mit den Läusen, um das Thema zu wechseln.

»Wird's schon geben, aber die haben bestimmt Manschetten. Ich hab nur alte gesehen.«

»Oder sie haben sich aus Angst vor uns versteckt.«

»Wir haben so um die zehn von den Ziegeleiburschen totgeschlagen. Und wo die Männer ins Gras beißen, werden die Weiber sofort alt. In der Revolution war es in meinem Dorf das gleiche. Ich war klein, hab's aber mitgekriegt. Als sie Papa totschlugen, bekam Mama sofort weiße Haare.«

Der andere hörte dem dumpfen, hartnäckigen Bericht wortlos zu.

»Ich hätte jetzt gern eine Fünfzehnjährige, um mich ein bißchen zu vergnügen ...«, dabei zog er sich die Mütze über die Augen, lehnte sich zurück und klemmte den Karabiner zwischen die Beine. »Es heißt, daß unter den Leprakranken eine Lehrerin aus Karapeguá sei, die Tochter eines Franzosen. Soll noch ganz hübsch sein. Ein paar haben sie bei den Ranchos gesehen, als sie zum Bach ging. Wir scharrten gerade die Toten ein.«

Es entstand eine längere Pause, in der nur das Malmen der Pferdemäuler zu vernehmen war. Die Bremsen umschwirrten sie hartnäckig.

»Ich weiß eigentlich nicht, warum wir unsere eigenen Leute umgelegt haben«, sagte der mit der unbehaarten Brust gleichsam zu sich selbst. »Ihnen einfach eine Kugel in den Wanst zu jagen! Sie hatten ja noch gar nichts ausgefressen.«

»Befehl ist Befehl!« erwiderte der andere, der unter seiner Mütze zu dösen schien. »Wir dienen dem Vaterland und damit hat sich's. Warum sollen wir uns wegen nichts und wieder nichts den Kopf zerbrechen.«

»Versteh ich nicht, Luchí. Dem Vaterland dienen heißt also, daß wir uns gegenseitig totschlagen?«

»Die wollten aber gegen die Regierung rebellieren.«

»Weil die Regierung sie von oben drückt.«

»Dazu ist sie ja Regierung.«

»Aber ihre eigene Partei unterdrückt sie nicht.«

»So siehst du aus! Papa ist liberal und Großpapa war es auch. Dabei sind sie aber nicht reich geworden. Unser Landgütchen in Limpio wird immer kleiner, weil wir mehr Esser sind und das Land nicht größer wird.«

»Papa war weder liberal noch rot, und trotzdem haben sie ihn umgebracht, nur weil er sein Pferd vor den Regierungsleuten verstecken wollte, sozusagen vor Leuten, wie wir sie jetzt sind.«

»Sein Pferd verstecken?«

»Ein Rennpferd mit Blesse, wie es kein zweites in ganz Kaaguasú gegeben hat. Als die Soldaten kamen, genau wie wir jetzt, sperrte er es in die Stube ein. Papa versteckte sich bei seinem Pferd im Hinterzimmer. Drei Tage steckten sie dort, in der Hoffnung, die Truppen würden abziehen. Eines Abends wieherte die Stute. Sogleich stürzten die Soldaten herbei und wollten beide mitnehmen. Papa wehrte sich, da schossen sie ihn über den Haufen und nahmen den Gaul mit. Ich erinnere mich noch, wie Mama über der Leiche weinte und die Soldaten verfluchte. Papa hatte die Augen offen und blickte nach draußen. Ich glaubte, er sähe zu, wie der reitende Unteroffizier sein Pferd den Schritt wechseln ließ, ohne etwas dagegen einwenden zu können. Er war aber schon tot, und die Fliegen sammelten sich um die Blutlache auf dem Boden.«

»Wäre er liberal gewesen, Juandé, hätten sie ihn wenigstens nicht umgebracht.«

»Nein, Luchí. Es geht nicht um liberal oder rot. Es geht nur um die feinen Pinkel und die armen Schlucker. Um die oben und die unten. Nur darum geht es ...« Seine unbehaarte Brust atmete heftig unter der zerschlissenen Feldbluse.

»Und was können wir daran ändern?« brummte die Stimme unter der Mütze.

»Man drückt dir eine Mauser in die Faust und befiehlt dir: Feuer! Und du hast gegen die Gegner der Regierung zu feuern. Auch wenn es gegen deinen eigenen Vater ist.«

»Dafür stehen wir im Heer ...«

»Jawoll, Befehl ist Befehl. Man ist Rekrut, nicht mehr ...« Die braunen Augen des jungen Mannes hefteten sich lebendiger auf den schläfrigen Kameraden; nach einer Pause fügte er halb vertraulich, halb argwöhnisch hinzu: »Ich werde dir was sagen, Luchí ...«

»Was?«

»Ich habe im Schwemmland losgeballert ...« sagte er und deutete mit einer Gebärde auf den über dem Pampasgras tanzenden düsteren Glanz. »Ich knallte los, klar, aber nicht auf sie.«

Der andere richtete sich blinzelnd auf.

»Gegen wen denn dann?«

»Ich feuerte meine gesamte Ladung in die Luft. Niemand hat was gemerkt.«

»Aber ...« Er war so wütend und erschrocken zugleich, daß er keine Worte fand. »Warum ... hast du das getan?«

»Es kam mir plötzlich so vor, als käme Papa auf seinem Schecken irgendwo her. Ich kroch zwischen die Bromelien, um ihn nicht zu sehen. Ich wußte, daß wenn ich die Augen aufsperrte, ich ihn mit seinen toten Augen und seiner blutverschmierten Brust sehen würde. Drum hielt ich mein Schießeisen in die Luft, um ihn nicht zu treffen ...«

»Du bist ja durchgedreht, Juandé!« schnaubte der andere. »Wenn das der Hauptmann erfährt, gibt es kein Pardon für dich!«

»Du kannst's ihm erzählen, wenn du willst. Mir ist es gleich ...«

»Ich werd's ihm nicht erzählen. Und wenn er dich gesehen hätte? Schließlich ging es dabei um töten oder getötet werden. Die Partisanen hätten dich umbringen können.«

»Aber warum haben wir uns aufgemacht, sie umzubringen? Wir laufen barfuß wie sie ...«

»Jetzt nicht mehr«, unterbrach Luchí ihn. »Jetzt sind wir eingekleidet.«

Juandé schaute in die funkelnde Ferne, ohne einen Ruhepunkt für seine Augen zu finden.

5

Die Gefangenen wurden in den Güterwagen gepfercht, dessen Rolltüren mit Vorhängeschlössern verriegelt waren. Im staubigen, dichten, vom Räderrasseln widerhallenden Halbdunkel waren die Gesichter kaum zu erkennen. Die meisten Gefangenen lagen auf dem Boden und versuchten keuchend zu schlafen; einige lehnten gekrümmt an den unebenen, aus Holz und Eisen gefertigten Zwischenwänden ihrer schlingernden Haftzelle, die sie einem unbekannten Ziel entgegentrug. Wenn sie sich bewegten, hörten sie mitten im Rattern das dumpfe Kettengeklirr, da je zwei Männer an den Fußgelenken mit Stücken von Eisenbahnschienen aneinandergefesselt waren, mit primitiven, in der Eisenbahnwerkstatt geschweißten Fußfesseln, die die Riemen und Schlösser der Türen, die nur dazu vorhanden zu sein schienen, um die Gefangenen vor äußerer Ansteckung zu bewahren, überflüssig machten.

Viele Stunden hatten sie nichts zu essen und zu trinken bekommen. Seit der letzten Nacht waren sie in den Güterwagen gepfercht. Paarweise hatte man sie hineingestoßen; während die deutschen Schweißer unter der persönlichen Aufsicht Marecos in der Werkstatt die Fußfesseln vernieteten, ließen die Wachposten sie aus demselben fettigen Maschinenöleimer trinken, mit dem sie über den Gelenken die laut zischenden Lötstellen kühlten, eine Arbeit, die den ganzen Nachmittag in Anspruch nahm. Seither hatten sie außer ihrer ohnmächtigen Wut, die ihnen mit dem immer spärlicher werdenden Speichel auf der Zunge lag, nichts zu kauen bekommen. Die stickige Luft des Viehwagens, ein aus Schweiß und Urin gegorener, unerträglicher Gestank, vermehrte nur ihren Durst. Der staubige Dunst trocknete ihren Mund aus, reizte ihre Kehle, und sie mußten husten, als seien sie eine Ladung von Asthmatikern und Schwindsüchtigen. Die Verwundeten stöhnten dumpf und suchten damit weniger ihre Schmerzen als die Atmung zu erleichtern.

Als sie in Escobar, der hinter Sapukai liegenden Station, einliefen, merkten sie, daß sie an den Personenzug angehängt wurden. Der Zug hielt nur ein paar Augenblicke. Die Gefangenen hörten das Treiben der wenigen Menschen auf dem Bahnsteig, besonders die Rufe der Limonadeweiber, ja, diese meinten sie aus verzweifelter Ferne zu vernehmen.

Jetzt färbte sich der flimmernde Staub in den Ritzen rötlich. Es wurde wohl Abend. Unter den klobigen Schatten fiel einer wegen der Beharrlichkeit auf, mit der er durch die Spalten im Balkenwerk spähte. Sein bärtiges Gesicht hing auf die Brust herab. In seinen Augen war weder Resignation noch Angst und kaum etwas von dem ohnmächtigen, verkrampften Trübsinn von Gefangenen, die nichts über ihr bevorstehendes Schicksal wissen, vielleicht nur eine Art sanfter, fast spöttischer Verbissenheit, als betrachte er sein Verhängnis nur von der humoristischen Seite. Nach dem Oberkörper zu schließen, mußte er ein großer, kräftiger Mann sein. Ein Bein war unter seinen Lumpen auf Kniehöhe verbunden. Neben ihm lag sein Fesselkamerad ausgestreckt, ein kleiner, untersetzter Mann, der sein vom Druck der Kette geschwollenes Fußgelenk behutsam rieb.

»Wohin bringen sie uns? ...« fragte er plötzlich, aber seine Worte gingen im Rasseln der Räder unter.

Der Bärtige blickte weiterhin angestrengt durch ein helles Loch, in dem die Schraube fehlte. Nach einer geraumen Weile, als es schien, das rundliche Männchen habe sein Anliegen vergessen, drehte es dem anderen den Kopf zu und fragte von neuem:

»Was denkst du, Silvestre?«

»Ich weiß nicht«, antwortete der, ohne ihn anzusehen. »Ich habe dir doch gesagt, *Halber Meter*: Abwarten und Teetrinken!«

»Meinetwegen sollen sie uns in Paraguarí lassen. Es heißt, im Reiterregiment seien die Zellen anständig.«

»Hätten Sie uns doch zu Fuß hingebracht. Von Sapukai bis nach Paraguarí sind es nur zehn Leguas. Dann hätten sie uns nicht diese verdammten Ketten anzuschmieden brauchen«, sagte Silvestre, zog das gesunde Bein an und ließ die Kette klirren.

»Hoffentlich lassen sie uns in Paraguarí.«

»Was spielt das schon für eine Rolle! Als wolltest du zu einer Kirchweih oder sonstwas! Je länger die Reise dauert, desto besser. Überhaupt fahren wir ja umsonst.«

»Ich habe wahnsinnigen Durst!«

»In Paraguarí wird die Kavallerie kein Bier spendieren.«

»Ich mach mir auch Sorgen wegen deines Beines.«

»Du brauchst dich nicht um meine Gesundheit zu kümmern.«

Der mit dem Spitznamen *Halber Meter* Angeredete verstummte und verschränkte die Arme über der Brust. In seinem halbgeöffneten Mund bewegte sich etwas, anscheinend suchte die Zunge Speichel, und schon saugte er kraftvoll die Zähne ab.

»Ich denke an Kiritó«, sagte er nach einem Augenblick, ohne die Augen zu öffnen. »Was ist wohl aus ihm geworden? Sie werden ihn mittlerweile geschnappt haben.«

»Den schnappen sie nicht!« meinte der Bärtige.

»Kiritó ist gerissen«, lobte der Kleine.

»Für den ist die Kavallerie ein Kinderspiel. Der ist schon Schlimmerem entwischt. Er tut seit seiner Geburt nichts anderes. Die khakiuniformierten Hunde des Vaterlands werden ihn nie zu fassen kriegen. Dazu müssen sie schlauer sein als Kiritó.«

»Wenn ich denke, daß ich sie anscheißen wollte, als sie mir mit dem Trick vom Erschießen auf den Leib rückten! ›Ich werde dir zeigen, Herr Hauptmann, wo der Jara steckt!‹ schrie ich ihm zu und kniff, von meiner Stuhlverstopfung geheilt, die Arschbacken zusammen. Das zumindest verdanke ich ihnen!«

Andere Schattenrisse wandten die Köpfe und hörten zu. Einige Gesichter lächelten sogar in der von flirrenden Lichtstreifen schraffierten Dunkelheit.

»Erinnert ihr euch an den vom Blitz versengten Timbóbaum an den Flußgräben von Camacho-kue?« fuhr er, sich aufrichtend, fort, als er merkte, daß er Zuhörer hatte, und suchte sie mit den Augen. »Dieser Timbó ist hohl.«

»Das wissen wir, Gamarra«, erwiderte einer.

»Dorthin gingen wir, ich voran, als Wegführer des Spähtrupps. Mit dem Messer, das sie mir gaben, machte ich das mit Grünzeug verstopfte Loch frei. ›Hier hat er sich versteckt‹, sagte ich, um etwas zu sagen. Das hat der kleine Hauptmann mir kaum geglaubt. ›Du willst dich wohl über uns lustig machen, du Schießbudenfigur?‹ sagte er und ließ seine Schweinshauer sehen. Ich spürte, wie ich mir vor Angst in die Hosen machte. ›Nein, Herr Hauptmann! Hier hab ich Jara hineinkriechen sehen!‹ ...« Er versuchte, Gebärdenspiel und das rauhe Organ des Schwadronschefs nachzuahmen. »›Wie soll er da hineinpassen?‹ ›Gewiß, Herr Hauptmann!‹ sagte ich. ›Jara schlüpft sogar in das Loch eines Gürteltiers ...‹ ›In das deiner Schwester bestimmt!‹ sagte er darauf. Ich fühlte, daß ich ihn nicht überzeugen konnte und daß sie mich jetzt bestimmt niederknallen würden. ›Ich hab keine Schwester, Herr General! Jara hat sich hier versteckt. Nachher hab ich ihn nicht mehr gesehen!‹ Der Hauptmann gab mir einen Fußtritt. ›Kriech doch du hinein!‹ meinte er und traktierte mich unter dem allgemeinen Gelächter weiter, als wolle er mich gewaltsam in das Baumloch zwängen.«

»Hätte er dich doch hineingestopft!« brummte Silvestre Aquino, ohne eine Miene zu verziehen, und streckte ruckartig das Bein aus, an das der Kleine gefesselt war. »Verdammter Kuppler!«

»Nein, Silvestre. Ich hab den Hauptmann angelogen. Um ihn noch mehr zu verwirren ...«

»Du hast ihn nicht angelogen«, unterbrach der Bärtige. »Kiritó hat sich dort gegen Abend versteckt, als wir schon alle erledigt waren.«

»Nein«, sagte Gamarra mit weit aufgerissenen Augen.

»Wenn sie ihn geschnappt haben, bist du schuld!«

»Ich glaubte ...«

»Sie hätten dich mit dem Oberleutnant Vera zusammenkoppeln sollen«, schnaubte Silvestre angewidert. »Dem macht es auch nichts aus, seine Kameraden zu verpfeifen.«

»Aber ihn haben sie auch verhaftet ...«

»Nur zum Schein. Er ist ein als Revolutionär getarnter Lackaffe! Ich hätte ihm vom ersten Augenblick an mißtrauen sollen.«

»Silvestre!« sagte der Kleine bestürzt. »Glaubst du wirklich, daß er uns angezeigt hat? Er, der drauf und dran war, als Verschwörer erschossen zu werden ...?«

Der Bärtige antwortete nicht und schaute wieder angestrengt durch das Nietenloch, durch das eine stetig blasser werdende Rauchfahne eindrang. Auch die anderen verstummten. Dann donnerte der Wagen über eine Brücke.

Nach einer Weile verringerte der Zug seine Geschwindigkeit. Schließlich hielt er, begleitet vom Zusammenstoßen der Puffer, das sich durch die gesamte Wagenreihe fortsetzte. Wieder lärmten draußen die Menschen auf dem Bahnsteig. Man hörte, diesmal näher, das Geschrei der Limonade- und Chipáverkäuferinnen. Die Gefangenen richteten sich in dem säuerlich riechenden Dunkel auf, dabei ihre Ketten und Flüche vermengend. Die Angst preßte ihre Gesichter an die Wandritzen. Gamarra spähte geduckt durchs Bohrloch, so daß er vom Gürtel abwärts einem halbierten Menschen glich, und sah die riesige Kaserne, die sich im violetten Bergschatten erstreckte.

»Aha ... wir sind in Paraguarí, Silvestre!« sagte er, ohne das Auge fortzudrehen. »Es scheint, daß wir nicht hier ausgeladen werden, sonst hätten sie schon die Türe aufgerollt.«

Der Bärtige brummte etwas Unverständliches und wandte sich mit einem unterdrückten Stöhnen ab.

»Hmmm ... die große Limonadenkanne dort. Junge, Junge!« rief Gamarra und fuhr mit der Zunge über die Lippen. »Ich wär imstande, sie in einem Zuge auszusaufen.«

Eine zweite Schattengestalt kroch herbei und drängte ihn von seinem Guckloch ab. Im Halbdunkel des Wagens wimmelte es von Leibern und Gesichtern, die sich begierig an die Planken drückten. Ganz nahe sahen sie die Chipá- und Getränkeweiber vorbeischlendern und streckten ihre Hände nach ihnen aus. Einige bekratzten und behämmerten die Wagenwände und schrien sich wütend heiser.

In einer Pause hörten sie, wie jemand, anscheinend einer der Wachsoldaten, vor den Verkäuferinnen prahlte, während er sich an einer Chipá verschluckte:

»Denen haben wir's im Moorgebiet des Kaañavé gegeben. Jetzt werden sie im Kerker von Asunción verrotten. Oder sie kommen hin, wo sie hingehören, in den Chaco, damit sie aufhören, sich in Dinge zu mischen, die sie nichts angehen ...« Der Rest ging im Lärm unter.

»Warum verfrachtet man sie denn so? Sie sind doch kein Vieh!« ereiferte sich eine von ihnen.

»Banditen sind's!« murmelte der Wachsoldat.

»Ein Revolutionär ist kein Bandit«, konterte das Weib.

Sie konnten die Sprecherin nicht sehen, fühlten aber ihre Gegenwart; sie versuchten sie durch die Ritzen zu erspähen, vermochten es jedoch nicht. Sie merkten nur, daß mehr Menschen vor dem Wagen zusammenliefen, und zwar nicht nur aus Neugierde. Es wollte ihnen scheinen, als bringe die Stimme der Unbekannten, wer diese auch sein mochte, alle anderen auf ihre Seite. Die Wachposten unternahmen keinen Versuch, die Gaffer zu zerstreuen, und kauten mit der Miene geringschätziger Überheblichkeit weiter.

»Es sind unsere Mitmenschen, Männer wie Sie alle!« fuhr das Weib fort.

»Daß dich bloß nicht mein Oberst Ramírez hört!« schnauzte der Soldat halb scherzend, halb ernsthaft, mit dem Kopf nach der Kaserne deutend.

»Mit deinem Oberst Ramírez bin ich seit langem befreundet«, sagte das Weib. »Seine Frau trinkt ihren süßen Mate nie, ohne meine Chipás dazu zu essen.«

»Dich nehmen wir auch noch mit!« mischte sich jetzt der Wachunteroffizier zur allgemeinen Heiterkeit ein.

Der Ton der Unterhaltung hatte sich verändert, schon war sie ein freimütiges Wortgefecht zwischen der immer spöttischer werdenden Verkäuferin und der Wachmannschaft.

»Weswegen willst du mich denn mitnehmen? Damit du meine Chipás umsonst fressen kannst ...«

Sie näherte sich dem Wagen und erzwang dadurch einen Abstand von der wachsenden Menschenmenge. Sie war eine rundliche Landfrau unbestimmten Alters. Das Abendlicht schien voll in ihr brünettes, ebenmäßiges Gesicht. Sie trug den riesigen Korb auf dem Kopf, in dessen Schatten ihre Augen hin und wieder in sanfter Spottlust aufleuchteten. In der einen Hand hielt sie den vollen Limonadekanister und näherte sich ganz allmählich, wie unwillkürlich, dem Wagen.

»Es heißt, die Paranárebellen haben gestern nacht gegen Villa Encarnación und Kaí Puente losgeschlagen ... Stimmt es, daß der ganze Süden in Aufruhr ist?« fragte sie, possierliche, harmlose Mißbilligung vortäuschend.

Die Gefangenen blickten einander an und hörten einen Augenblick auf, gegen die Bretterwände zu hämmern.

»Hört doch, Kinder!« sagte Gamarra, vor dem Guckloch kniend.

Eine zitternde Pause entstand, in der nur die Ketten klirrten und der Staub flirrte. Von neuem preßten sich die Gesichter an die Ritzen. Sie sahen, daß der Korporal auf die Frau zuging.

»Halt lieber den Schnabel und gib mir einen Becher, aber gut voll«, hörten sie ihn sagen.

»Schön, aber nur, wenn ich auch den Gefangenen etwas geben darf.«

Der Korporal war nahe daran, ihr einen Kolbenstoß zu versetzen, beherrschte sich jedoch angesichts ihrer Überlegenheit und der flammenden Blicke des kupferfarbenen Gesichts.

»Wie kann ein so guter Junge so böse dreinblicken! Los, laß den Wagen aufmachen, dann stimmt die Sache wieder!«

Silvestre Aquino winkte den anderen zu. Von neuem setzten Geschrei und Gehämmer mit ohrenbetäubendem Lärm ein. Sie begannen, mit den Ketten, ja mit den Schienenteilen gegen die Wände zu schlagen. Die dunklen Gesichter drängten sich an den Ritzen zusammen. Inmitten des Trubels sahen sie die Wachposten mit den Verkäuferinnen streiten. Eine kleine, festgefügte Menge hatte sich gebildet. Schon kam ein Kavallerieoffizier herangesprengt und bahnte sich mit seinem Pferd einen Weg in den Kreis. Der Korporal lief auf ihn zu und erstattete ihm schlotternd Bericht. Die Verkäuferinnen mit ihren Körben und Kanistern standen vor dem Wagen, dahinter drängten sich erwartungsvoll die Leute, in ihrer Mehrzahl Frauen, während die Limonadeverkäuferin sich dem Offizier näherte. Wieder sahen die Gefangenen, wie sie beherrscht, aber fest, voller Mitgefühl und Kraft, auftrat. Sie konnten ahnen, was sie sagte. Der Offizier blickte unentschlossen nach der einen und nach der anderen Seite und stand mit geblähter Brust in den Steigbügeln auf. Es war zu erkennen, daß die Frau da unten ihn genau wie den Korporal mächtig beeindruckte. Schließlich gab er ihm mit einer unmißverständlichen Geste einen Befehl. Mit gesenktem Kopf holte der Korporal die Schlüssel aus seiner Patronentasche und schritt mißmutig auf den Viehwagen zu, der wie ein Massengrab, in dem hundert Auferstandene vor Durst heulten, dumpf widerhallte. Schon begannen einige der Bretter nachzugeben und unter den als Rammen benutzten Schienenstücken zu zersplittern.

Plötzlich verstummten sie, als der Korporal den Schlüssel in ein Hängeschloß steckte. Hinter ihm bildete die Wachmannschaft eine Schutzkette. Die Stille war so vollständig, daß das Knarren des Riegels und das Quietschen der schweren Tür zu hören war, deren sandverkrustete Rollen sperrten, so daß alle mitwuchten mußten. Endlich ging die Tür metallisch kreischend auf, als jaule auch sie vor Durst.

Das sanfte Abendlicht fiel plötzlich auf die schmutzigen Schatten und blendete sie wie Wetterleuchten. Rottenweise bewegten sie sich auf die Öffnung zu und blinzelten kettenrasselnd und verstört ins Freie. Die Soldaten wollten sie mit ihren Gewehrkolben zurückstoßen, aber die Limonadeweiber kamen ihnen zuvor und hoben ihre Kanister auf den Wagenboden. Mehrere Jungen kletterten affenartig hinauf, um zu helfen, sowie zwei oder drei Soldaten, um Ordnung zu halten. Dann sah man sie trinken, als täten sie es zum ersten Mal in ihrem Leben. Einige zerbissen sogar den Becherrand, so daß die Limonade über ihre geschwollenen oder verzerrten Gesichter floß. Bald war der Wagenboden klebrig und schlüpfrig. Von außen sah man, wie das süße Naß durch die Fugen auf das Gras hinunterrieselte. Silvestre Aquino wollte als letzter trinken. Gamarra hielt ihm den Kanister hin und flößte ihm den Rest des Getränks nach und nach in den Rachen. Mittlerweile verteilten die Frauen die goldbraunen, duftenden Chipáringe, die die Gefangenen gierig verschlangen. Die Verkäuferin mit dem kräftigen braunen Gesicht, der es gelungen war, das Öffnen der Tür zu erwirken, stand die ganze Zeit mitten in der Öffnung und ermunterte die Männer mit ihren schelmischen, heiteren Reden, als handle es sich statt der zusammengeschmiedeten Gefangenen in Wirklichkeit um eine lärmende Versammlung von Männern auf dem Jahrmarkt oder bei einer Kirchweih. Die Gassenbuben schafften jetzt die leeren Körbe und Kanister auf den Bahnsteig hinunter.

Vor dem Kasernentor richtete ein beleibter Offizier – vermutlich der Garnisonskommandeur – seinen Fernstecher auf den Eisenbahnwagen. Neben ihm stand der Offizier, der den Befehl zum Öffnen erteilt hatte. Ein Weilchen später wurde die Türe wieder verriegelt. Der Kommandeur trat in die Kaserne zurück. Der Wachposten präsentierte das Gewehr.

Der Personenzug, der durch das unvorgesehene Ereignis aufgehalten worden war, setzte sich von neuem in Bewegung und entfernte sich mit Volldampf in Richtung des Cerro León, wo die Nacht einfiel.

6

Die Aussätzigen durften nicht verhört werden, ein Vorrecht, dem sie eine gewisse Würde des Auftretens entlehnten. Absichtlich blieben sie den ganzen Tag im Freien und stellten ihre verstümmelten halbnackten Körper zur Schau, die gleichzeitig ihre Freibriefe waren.

Die Posten sahen sie aus der Ferne, wie sie mit einem Anflug von überheblicher und fast spöttischer Immunität unter den Bäumen umher- oder zum Bach hinunterschlenderten. Schon suchten sie unter den stolzen Schatten nicht mehr die geschmeidige, jugendliche Gestalt Cristóbal Jaras, und unter den zerfressenen Gesichtern, die in den Feldstechern der Offiziere allzu deutlich hervorstachen, nicht mehr sein knochiges, unversehrtes Gesicht. Sie wußten, daß sie ihn dort nicht finden würden, vielleicht hatten sie den Flüchtling auch schon halb vergessen. Trotzdem blickten sie, zumal Unteroffiziere und Mannschaften, beharrlich nach den Ranchos hinüber, vielleicht weil sie immer wieder hofften, die blonde Frau zu sehen, die von weitem jugendlich frisch und schön aussah.

Sie hatten sie nur einmal kurz gesehen, als sie an einem der ersten Tage gegen Abend zum Bach hinuntereilte und alsbald im Waldweg verschwand. Daraufhin durchkämmten die Soldaten stillschweigend den Busch ringsum, bekamen aber nur die Kranken beim Baden oder Waschen ihrer Wunden zu Gesicht; sie selbst war nicht zu sehen. So bewahrten sie den Eindruck ihrer flüchtigen Erscheinung, ihrer für eine Aussätzige undenkbar schmiegsamen Körperformen und ihres seidig gewellten Haares. So wurde die sagenhafte Iris, Tochter des Franzosen, die frühere Lehrerin von Karapeguá, die von ihren Angehörigen hier unbarmherzig ihrem Schicksal überlassen worden war, zum Lieblingsthema der Wachposten. Die Phantasie tat das übrige. Einsamkeit, Langeweile, der Pesthauch des Todes, die den gesündesten Instinkt zum Wahnsinn treiben, gingen den Soldaten auf die Nerven.

Nachts sahen sie den Mond mit grüngeflecktem Antlitz aufgehen, und schon kam er ihnen krank vor wie jene Frau. Aber sie tauchte nicht mehr auf.

An dem Nachmittag, an dem die Gefangenen in dem Viehwagen verschickt wurden, befand sich zufällig Hauptmann Mareco bei einem der Posten, die die Leprakolonie bewachten. Plötzlich entstand Unruhe unter den Leuten. Der Korporal machte seinem Vorgesetzten ein Zeichen.

»Sehen Sie, Herr Hauptmann! Dort geht sie!«

Mareco drehte sich geschwind auf seinem Pferd um. In der Ferne verließ die Frau ein Rancho und ging langsam zwischen den Kokospalmen dahin. Die Gesichter der Soldaten regten sich nicht. Die mißmutige Miene des Hauptmanns, der sicherlich etwas anderes erwartet hatte, glättete sich und wurde ebenso gespannt wie die seiner Untergebenen.

Im Gegenlicht der untergehenden Sonne, verschönt durch die Entfernung und die Tage des Wartens, glich die Frau tatsächlich einer Erscheinung, die ebenso geheimnisvoll verschwinden konnte, wie sie kam. Der Schritt ihrer langen Beine war beschwingt, die Luft wellte ihr auf die Schultern herabfallendes Haar. Ihre Kleiderfetzen ließen die Kniekehlen, die festen Schenkel, die schmiegsame, schlanke Taille sehen. Die Kokospalmen hielten über die Dahinschreitende den Schatten ihrer Helmbüsche, so daß die Gestalt hin und wieder zum bloßen Umriß verwischte. In den Augen derjenigen, die zuschauten, rangen sicherlich Wahn und Wirklichkeit miteinander um Verschmelzung der gegensätzlichen Bilder.

In diesem Augenblick gelangte die Frau an eine Wegbiegung, so daß sie Schritt für Schritt auf die Soldaten zukam und damit deren Erwartung aufs höchste steigerte. Andere Schatten wurden um die Ranchos sichtbar, aber aller Augen blieben auf der Frau haften, die federnden Ganges und leicht geneigten Hauptes an ihnen vorbeischritt. Schon sahen sie ihr Profil, gleich würden sie ihr Gesicht sehen, bevor das Gebüsch sie ihren Blicken entzog.

Hauptmann Mareco hob das Fernglas an die Augen, stellte

die Entfernung ein und stand in den Steigbügeln auf. Die fleischigen Lippen bebten leise, und die Flügel seiner Adlernase zogen sich zwischen den Ferngläsern zusammen. Nach einem Augenblick ließ er sie mit der Miene unbeschreiblichen Abscheus auf die Brust sinken und stieß einen Fluch aus. Erschrocken fuhren die Männer aus ihrer Versunkenheit auf, der Korporal klappte geräuschvoll die Hacken zusammen in der Annahme, sein Vorgesetzter habe sie zur Ordnung gerufen.

Die Frau war verschwunden. Erst in diesem Augenblick verspürten sie wieder den Pesthauch, den der Wind von den Ranchos herübertrug.

Der Rittmeister gab seinem Pferd die Sporen und ritt mißgelaunt dem Dorf zu, seine Ordonnanzen trabten in einigem Abstand hinterher.

Als er sich dem Friedhof näherte, der auf halbem Wege zwischen Sumpfland und Dorf liegt, fiel die Nacht ein. Trotz seiner verdrießlichen Zerstreutheit konnte er auf einem Seitenweg einen verdächtigen Klumpen unterscheiden. Er riß sein Pferd jäh zurück und rief, die Pistole zückend: *»Halt!«* Die Masse bewegte sich vorsichtig. Und schon drückte der Rittmeister ab, mußte jedoch vorbeigeschossen haben, da die Masse, merkwürdige Haken schlagend, sich durchs Buschgras entfernte, wie ein geduckter Schatten, der möglichst wenig Ziel zu bieten trachtet. In seiner Erregung schoß der Rittmeister, fast ohne zu zielen, sein Magazin leer und brachte den Fliehenden mit den letzten Schüssen am Friedhofszaun zur Strecke. Rasch galoppierte er hinterher. Der Schatten krümmte sich noch im Todeskampf. Die herbeitrabenden Ordonnanzen gaben ihm den Rest.

»Endlich haben wir den Elenden!« schrie der Rittmeister zornig.

Alle wußten, wen er meinte. Im Augenblick freilich waren sie fassungslos. In der einfallenden Dämmerung schien der Gejagte nicht die Gestalt eines Mannes zu haben, zumindest nicht des Mannes, den sie suchten. Sie glaubten vielleicht, durch die Schüsse verkrümmt, habe er sich unter seinen Poncho verkrochen, der ihn völlig bedeckte.

»Absitzen und feststellen, wer es ist, verdammt noch mal!« wetterte der Rittmeister.

Zwei Soldaten sprangen von ihren Pferden und untersuchten den Leichnam mit vorgehaltenen Revolvern. Zuerst erschienen schwache, zerbrechliche Pfoten, dann der gedunsene Bauch und endlich der gehörnte Schädel mit dem von blutigem Schaum bedeckten Bart.

»Es ist ein Ziegenbock, Herr Rittmeister!« stammelte einer der Reiter, einen durchnäßten Tuchzipfel in der Hand haltend.

Dem Schwadronschef blieb ein wütender Fluch in der Kehle stecken. Zum erstenmal sahen seine Untergebenen, daß er buchstäblich die Steigbügel verlor. Seine Stiefelspitzen suchten blind nach ihren Stützen, so daß seine Sporen klirrten und das Pferd stieg.

»Der gehört mir!« rief eine Frauenstimme hinter ihm.

Der Rittmeister fuhr im Sattel herum.

»Wer seid ihr?«

»Maria Regalada Caceré.«

Die dunkle kleine Gestalt ragte furchtlos zwischen den Pferden und Männern auf.

»Du willst dich wohl über uns lustig machen?« fauchte der Rittmeister wütend.

»Nein! Der Bock gehört mir«, sagte sie nochmals, ohne ihren Tonfall zu ändern.

»Woher willst du wissen, daß es deiner ist?«

»Durch den Rupfensack.«

»Warum hast du ihn zugedeckt? Hast du Angst, daß wir ihn dir wegnehmen?«

»Er war von der Schießerei so erschreckt«, sagte Maria Regalada nach einigem Nachdenken. »Deshalb hab ich ihm eine Decke übergelegt und ihn eingesperrt.«

»Und nun hast du ihn mir in den Weg geschickt. Um mich zu verhöhnen.«

»Nein. Er ist einfach ausgerückt, hat seinen Strick abgestreift und das Weite gesucht.«

»Wo wohnst du?« Die Stimme des Rittmeisters beruhigte sich.

»Dort drüben.«

»Auf dem Friedhof?«

»Daneben.«

»Hast du keine Angst?«

»Nein. Ich bin hier geboren. Ich bin die Totengräberin.«

»Caramba! Eine, die ihren Mann steht!« lachte der Rittmeister, und seine Untergebenen fühlten sich verpflichtet, einzustimmen.

»Jawohl, Herr Rittmeister«, bestätigte einer der Ordonnanzen. »Sie ist die Totengräberin.«

»Und jetzt wirst du den Ziegenbock einbuddeln?«

»Da Sie ihn totgeschossen haben, kann ich ihn nur schlachten und zu Rauchfleisch machen.«

»Ist das nicht zuviel Fleisch für eine Person?«

»Ich betreue auch die Kranken. Hier in der Gegend gibt es nicht viel Fleisch. Nur Elend, viel Elend. Bald wird's noch mehr geben.«

In der eintretenden Pause bebte die Stille des Waldes. Auf einem nahen Baum schrie ein Käuzchen. Der Mond mit seinem aussätzigen Gesicht ging über dem Moor auf.

»Schafft den Bock in ihr Haus!« befahl der Rittmeister und trabte davon.

Eine halbe Stunde später ritt er in den Pueblo ein. Als er beim Gemeindehaus vorbeikam, fiel ihm eine ungewöhnliche Geschäftigkeit auf. Mehrere Weiber waren dabei, dem mit einem Überfluß von dreifarbenen Bändern und Zweigen geschmückten Gemeindesaal den letzten Staat zu verleihen. An der Decke und an den Weingeländern im Hof hingen Laternen und Lampions, die freilich noch nicht angezündet waren.

Als sie den Rittmeister vorbeireiten sahen, taten die Mädchen noch geschäftiger, obwohl die Arbeit längst beendet war. Sie rannten einander aufs Geratewohl in den Weg und stellten dabei eine unbewußte Gefallsucht zur Schau.

Der Verwaltungsleiter ging ihm entgegen.

»Wie geht's, Rittmeister?«

Mareco brummte einen undeutlichen Gruß.

»Vorhin hörten wir Schüsse am Friedhof. Gibt's irgend etwas Neues?«

»Nein, nichts. Falscher Alarm.«

Der Politiker deutete auf das Gebäude, das die unermüdlichen Frauen herausgeputzt hatten.

»Haben Sie schon gesehen, Rittmeister? Die Begeisterung für das heutige Fest ist groß.«

»Fest?« wiederholte er mechanisch.

»Nanu! Sie haben's doch nicht vergessen? Die Huldigung, die Sapukai Ihnen zu bringen gedenkt!«

»Ach so! ...«

»Die Damen des Kirchenausschusses und die Lehrerinnen haben wie wahnsinnig geschuftet. Sie möchten vor Ihnen glänzen. Und die jungen Mädchen machen sich Hoffnungen auf Ihre Offiziere. Sie wissen ja, eine Frau versäumt keine Gelegenheit! Sogar die Frauen des Dritten Ordens kommen! ...« Er lachte vielsagend und trat vor die Flanke des Pferdes, um mit dem Handrücken auf den Stiefel des Rittmeisters zu trommeln.

»Kommen Sie mit zur Kneipe?« gab dieser statt jeder Bemerkung zurück. »Ich muß unbedingt einen halben Liter Schnaps hinter die Binde gießen.«

»Mit Vergnügen!«

Enttäuscht sahen die Mädchen den Sieger des Moors zusammengesunken davonreiten.

7

Im rauchigen Licht der Petroleumfunzel, die unter dem Ranchovordach qualmte, pökelte Maria Regalada die Rippenstücke des Ziegenbocks ein. Daneben kauerte ihr Sohn und säuberte die Eingeweide.

Das Gesicht des Kleinen verzog sich sofort zu einer Grimasse, als er mit dem Messer in der Leber des Tieres stocherte.

»Hier ist noch eine Kugel!« Er holte sie heraus und warf sie weit ins Halbdunkel.

Geschickt zerlegte Maria Regalada die Fleischstücke. Die kleinen Augen des Jungen wanderten zu ihr und suchten eine engere Beziehung, da das Schweigen und die Schatten mit ihrem beklemmenden Gewicht auf ihm lasteten.

»Zuerst dachte ich, sie hätten ihn erwischt. Die Schüsse schienen mitten aus dem Friedhof zu kommen.«

Die Mutter gab ihm ein Zeichen.

»Man kann uns hören ... Ich hab dir's doch gesagt, Alejo«, flüsterte sie.

Nachdem er einen Blick in die Runde geworfen hatte, fuhr der Kleine leiser, fast murmelnd fort:

»Ich kam mit den anderen Jungen aus der Schule. Als ich die Schüsse hörte, entfuhr mir das Wort ›Kiritó‹. Die anderen liefen davon und ließen mich allein. Als ich zum Friedhof kam, verlockte es mich, hineinzugehen. Ich sah aber die Pferde am Zaun. Langsam schlich ich näher und sah dich mit ihnen sprechen. Hast du keine Angst gehabt, Mamita?«

»Nein.«

»Und wenn sie dich mitgenommen hätten?«

»Warum sollten sie mich mitnehmen?«

»Die Soldaten nehmen jeden mit ...« Die himmelblauen Pupillen glichen in der Dämmerung zwei in glühender Bewunderung auf seine Mutter gerichteten Wasserfleckchen.

»Wäre ich nicht hingegangen, die Sache hätte schlimm ausgehen können.«

»Warum?«

»Sie hätten den Eigentümer des Bocks gesucht. Sie hätten überall nachgestöbert. Vielleicht hätten sie dabei Kiritó gefunden. Ich bin hingelaufen, um sie abzuschütteln.«

»Und sie haben dir sogar den Bock gegeben.«

»Der Bock gehört uns.«

»Ja, aber der Soldat war verärgert. Ich hörte, wie er sagte: ›Du hast dich über mich lustig gemacht.‹ Sie hätten ihn auch für sich schlachten können.«

»Sie haben ihn mir sogar hergeschleppt. Und Kiritó ist nichts passiert.«

Nun drückte der kleine Junge mechanisch die kot- und blutgefüllten Därme aus.

»Ich verstehe nicht, daß sie ihn noch nicht gefunden haben ...«, sagte der Junge besorgt. »Nur hier haben sie noch nicht gesucht!«

»Er weiß, was er tut.«

»Weiß er, daß sie ihn hier nicht suchen?«

»Er weiß es. Als ich ihn heute früh im Unterholz traf, erschrak ich. Ich glaubte, einer hätte sich ausgegraben. Es war doch kein Regen gefallen. Er sagte zu mir: ›Reg dich nicht auf, Maria Regalada. Wenn du mich hier läßt, finden sie mich nicht. Sie suchen einen Lebendigen, aber hier sind nur Tote. Das sage ich mir immer ...‹ Tatsächlich, in der Erde der Toten glich er einem Toten. Drum suchen sie ihn nicht hier.«

Das kleine Gehirn des Jungen bemühte sich, die für ihn unverständliche verteufelte Taktik des Flüchtlings zu begreifen.

Schon schnitt Maria Regalada von einer Keule die Streifen für das Trockenfleisch ab. Sie verstand sie dünn wie Orangenschalen abzuziehen, was besonders schwierig war, weil das Fleisch des Bocks weich und fast reiner Schaum war. Außerdem unterbrachen ausgebrannte Schußlöcher immer wieder die Streifen.

Der Geruch des Bocks erfüllte den von Apfelsinenbäumen umschatteten Patio. Alejo stand auf, um das Gekröse fortzutragen und blieb eine Weile aus. Die Mutter hörte, wie er an der Grube urinierte. Die Beine nachziehend, kam er zurück, sein mondbeschienenes Haar schimmerte bläulich, seine Sommersprossen glänzten wie aufgeklebte Glimmerplättchen, das ganze Gesicht war in jenes Geheimnis getaucht, das von Kindern ausgeht, die längst schlafen sollten.

Sie arbeiteten weiter, bis der Mond auf der anderen Himmelshälfte zur Ruhe ging, drüben, in der Tiefe des Ypoá-Sees, wie Alejo wußte, weit hinter den fernen Bergen. Von Zeit zu Zeit hörte man vom Moor, von den Posten her, Schüsse, die im Dunkel aufblitzten wie die Feuerzungen eines Streichholzes.

Maria Regalada schaute noch nach dem Ofen, in dem ein gleichmäßiges Feuer glimmte. Sie legte etwas Glut auf einen Ziegel und erhitzte darauf ein poliertes, mit einem rohen Holzgriff versehenes Stück Eisen.

Dann gingen sie ins Haus. Drinnen stand ein großes Bild von San Ignatio, dessen Alter an den Rissen des schwarzen Holzes abzulesen war. Auch kleinere, durch Axthiebe verstümmelte Schnitzereien waren da, die Spuren jenes Mannes, des ausländischen Arztes, der die Aussätzigenkolonie gegründet hatte, nachher verschwand und statt dessen den wohltuenden und zugleich schauerlichen Schatten seines Wahnsinns, seine Gegenwart und sein hartnäckiges Andenken in der Frau zurückließ. Maria Regalada wartete fraglos noch immer auf Alexis Dubrowsky. Zahllose Kerzenstummel und die von Talgtropfen bedeckte Konsole zeugten weniger von einer ungeduldigen Hingabe als von einer unerschütterlichen Hoffnung, die die Gewißheit eines Glaubens, der stärker war als alles Mißgeschick, in eine ungewisse Zukunft rückte, weil sein Gegenstand allzu schlicht und allzu menschlich war. War die Hoffnung für Maria Regalada wirklich mehr als »die Erinnerung an das, was sie nie besessen hatte«? Eine fleischgewordene Erinnerung in dem Kind, das an ihrer Seite heranwuchs und auch auf seinen ihm unbekannten Vater wartete.

Maria Regalada wühlte in einem Lederkasten und brachte ein paar Männerkleider zum Vorschein. Sie hob das erhitzte, als Bügeleisen dienende Schienenstück aus der Glut und begann die Stücke zu bügeln. Alejo schaute ihr mit einem plötzlichen Interesse zu, das seine müden Gesichtszüge belebte.

»Gehört das Papa?«

»Nein. Deinem Großvater.«

Der Junge wußte auch nicht, daß die Dynastie der Caceré, deren männliche Mitglieder seit dem Großen Kriege die Totengräber des Friedhofs von Costa Dulce gestellt hatten, sich in ihm verzweigte. Nun beschäftigten ihn andere Dinge, und der Friedhof war nicht mehr die Erde der Toten, sondern das Versteck des Mannes aus dem Moor, der, koste es, was es wolle, dem Tod entrinnen mußte.

»Willst du sie Kiritó geben?«

»Ja.«

»Wird er damit einfach zum Ball gehen?«

»Ja.«

»Aber das Fest ist doch für die Schwadron, Mamita!« rief er zuinnerst empört. »Sie werden ihn sofort festnehmen.«

»Er will aber hingehen. Er weiß, was er tut, und wir müssen ihm dabei helfen. Er kann nicht länger auf dem Friedhof bleiben. Wenn einer im Dorf stirbt, wird er hier beerdigt. Don Clímaco Cabanas ist schon lange krank. Er kann jeden Tag sterben. Und da er Friedensrichter ist, wird er eine große Trauergemeinde haben.«

»Wenn er zum Fest geht, werden sie ihn schnappen!« wiederholte der Junge in seiner tiefen Besorgnis, die ihn älter machte.

»Gerade dort werden sie ihn nicht suchen. Der Weg zum Dorf ist der einzig unbewachte.«

»Und wenn ihm das gleiche zustößt wie dem Ziegenbock?« fragte er ohne einen Anflug von Ironie, dafür aber mit unwiderlegbarer Logik.

»Er weiß, was er tut«, beharrte sie einsilbig; man merkte,

daß sie ihn von der Beschäftigung mit dem Wahnsinnsplan, der im Grunde unbesonnenem Kinderspiel tief verwandt war, abbringen wollte.

»Kiritó hat mir gestern gesagt, daß er sich bei den Aussätzigen verstecken wollte. Zumindest so lange, bis die Truppen abziehen – sagte er mir.«

»Aber dort kommt er nicht hinein. Die Kolonie ist bewacht. Nur mich lassen sie zu den Ranchos.«

»Dann ...«, gähnte der Junge, wie mit dem Unabänderlichen ausgesöhnt. »Dann will er heute nacht sicherlich noch bis in die Berge, hinter der Eisenbahn ...«

»Ja, mein Bub. Er muß leben, um seine Pflicht zu erfüllen.«

»Und was ist seine Pflicht, Mamita?«

»Kämpfen, damit das anders wird ... Nun geh schlafen ...«

Alejo stand todmüde auf und sank auf seine Pritsche.

Er schlief sofort ein. Es war etwas von Verkündigung in diesem Jungen, der in der Einsamkeit seines Schlafs geschützt war wie in einem unzugänglichen Bereich, in dem sich die Grenzen von Vergangenheit und Zukunft schnitten. Durch Schändung gezeugt, war er dennoch auf der Welt, um die Unschuld zu bezeugen, die unverwesliche Reinheit des Menschengeschlechts, da in ihm die Zeit wieder von vorne begann.

Die Mutter blickte ihn einen Augenblick an. Nachdem sie Rock und Hose gebügelt hatte, öffnete sie die Truhe und zog ein Kleid heraus, dessen Falten sie nachdenklich glättete. Die Stille lastete auf ihr, daher befeuchtete sie einen Finger mit der Zunge und fuhr sich damit über die Schläfen. Dann prüfte sie das Eisen, das nicht mehr zischte.

Sie ging hinaus und wusch sich in der Dunkelheit in einem Bottich. Der Rancho lag im Dunkel. Die Schreckschüsse der Wachposten blitzten jetzt in weiter Ferne auf. Sie hörte die abgelösten Soldaten, die gruppenweise zum Fest ritten. Ihr Lachen und das Hufgeklapper hallten an ihrer Hütte wider.

Sie begann sich anzukleiden. Mechanisch kämmte sie sich

das Haar und lauschte dabei angestrengt in die Nacht. Nachdem sie ihren Sohn mit der zerschlissenen Decke zugedeckt hatte, nahm sie die Männerkleider, löschte das Licht und schloß die Tür hinter sich zu. In einem großen Bogen machte sie sich auf den Weg zum Friedhof.

8

Das Fest war auf seinem Höhepunkt. Im Gemeindesaal und im Hof wogte es von Menschen. Da und dort herrschten die Uniformen vor. Alle waren unrasiert, ihre khakifarbenen Feldblusen und Stiefel strotzten von Lehm, sie rochen nach Pferdeschweiß, nach eigenem Schweiß und der Fäulnis der Sümpfe. Trotzdem waren alle fröhlich und ausgelassen, als hielten sie sich auf ihr Biwakaroma etwas zugute, was bei Licht besehen dem Fest seine besondere Würze verlieh. Es war die Huldigung an die Helden aus dem Moor, und diese männliche Witterung bildete denn auch ihr würdigstes Gala, dessen penetranter Geruch die Frauen erregte wie der Gestank der Beutelratte den Hühnerstall.

In dem von Karbidlampen erhellten Saal waren die Offiziere und Unteroffiziere von der besten Pueblogesellschaft umringt. Hier gaben sich alle Viehzüchter der Umgebung, die Pächter und Kaufleute des Gemeinderats ein Stelldichein. Es fehlten nicht einmal die Eisenbahnbeamten. Natürlich hatte sich auch der Pfarrer eingefunden. Am Kopfende des Saals hatte sich ein höflicher Zirkel um den Schwadronschef mit seinen blutunterlaufenen Augen und seiner stammelnden Zunge gebildet.

Die Damen des Kirchenausschusses machten die Honneurs und warteten mit Hilfe der Lehrerinnen und der jungen Mädchen, die abwechselnd die Gäste bedienten, gewandt am kalten Büffet auf. Die Jüngsten, lächelnd und erregt in ihren duftigen Musselinkleidern, umschwärmten die drei blutjungen Leutnants, kokettierten mit ihnen und ließen sie nicht mehr los. Die weniger jungen und anziehenden weiblichen Wesen begnügten sich mit den zahlreicheren und zugänglicheren Unteroffizieren. Die am Buffet Beschäftigten schlängelten sich zwischen den neidisch beäugten Paaren hindurch und lauerten nur auf eine Gelegenheit, den Gläsern und Platten mit Gebäck und Pasteten zu entfliehen, in denen bewimpelte Zahnstocher staken.

Rittmeister Mareco tanzte nicht, sehr zur Enttäuschung von jung und alt, da er noch ein junger Mann war, dem Stellung und Umstände eine künstliche Reife aufzwangen. Sie hatten beobachtet, daß der kleine Rittmeister sich in die Brust warf und seine Jugend mit der typischen Überlegenheit der »Höherstehenden« zu überspielen suchte. Er beschränkte sich also darauf, das Festgewoge zu beobachten und zwischen dem einen und dem anderen Plauderwort einen Kennerblick auf die tanzenden jungen Mädchen zu werfen, ohne indes bei einer Dorfschönen zu verweilen. Immer wieder wurde sein Glas gefüllt, das er immer wieder leerte, doch niemand hätte zu behaupten vermocht, daß der Schwadronschef sich in Gesellschaft nicht zu benehmen wußte.

Der Lärm übertönte die Musik des kleinen, aus einer Geige, einer Harfe und drei Gitarren bestehenden Orchesters, das auf einem Podium eine Polka nach der anderen spielte. Der augenscheinlich blinde Harfner war der Munterste von allen, da er auch in den Pausen auf seinem Instrument präludierte, das Gesicht über die Saiten gebeugt, als sei er obendrein taub.

Im Hof drängten sich die Gaffer und Gäste zweiter Kategorie, die aus den verschiedensten Gründen herbeigeströmt waren, vor allem aber, um die Herren Kavalleristen aus der Nähe zu bewundern. Hier tanzten die Reiter, nicht weniger als hundert Mann, die sich nur ihrer Impedimente entledigt hatten und deren Krummsäbel an ihren Wehrgehängen baumelten. Im bunten Schummerschein der lampionbeleuchteten Weinlauben walzten sie engumschlungen mit barfüßigen Mädchen. Staubwolken stiegen von dem festgestampften

Lehmboden auf und umwogten die Schattenpaare, verwischten die bärtigen oder bartlosen Gesichter und die unergründlichen Mienen der Frauen, die in den Armen der Soldaten dahinschwebten.

Hier war die Musik, die spärlich aus dem Saale sickerte, kaum zu hören, so daß die Soldaten, die Augen trüb vor Begierde, ihre Tänzerinnen fast nach dem Gedächtnis, nach dem Takt ihrer Eingebung führen mußten, mit Händen, die gewohnt waren, die Koppel umzuschnallen oder rasch in die Kruppe zu greifen. Jetzt entströmte der scharfe Feldgeruch den verschwitzten Uniformierten noch stärker als bisher.

In dieser Stunde entdeckte Don Bruno Menoret, der umherschlendernd das von ihm so betitelte »Militärtamtam« betrachtete, plötzlich eine bekannte Gestalt oder glaubte, sie im schwachen Lampionlicht zu entdecken, die einzige Figur, die er hier am wenigsten vermutet hätte. Er trat näher und sah zu seiner Verblüffung seinen Fahrer mit der Totengräberin tanzen, zwischen den wenigen barfuß tanzenden Zivilisten, die die Strohhüte tief in die Stirn gezogen hatten, als schämten sie sich, dabei zu sein. Schwankend wandte der Katalane sich ab, als habe er sich just in diesem Augenblick schwer betrunken, ein Tatbestand, der seine Bekannten nicht weiter verwunderte. Nur einige hörten ihn zwischen den Zähnen stammeln: »Der ist ja verrückt ... vollkommen verrückt.«

Es mußte auf Mitternacht gehen, denn der Priester erhob sich in einer Tanzpause und verabschiedete sich von der gefeierten Hauptperson.

»Das Fest ist wirklich gelungen. Aber morgen in aller Frühe muß ich eine Messe lesen.«

»Das kann ich verstehen. Ich danke Ihnen sehr, daß Sie gekommen sind«, gab der Rittmeister zurück.

»Ich werde Ihre gute Sache in mein Gebet einschließen.« Er schüttelte ihm herzlich die Hand. »Möge Gott Ihnen weiterhin seinen Segen geben.«

»Besten Dank, Hochwürden.« Der Angeredete schlug leicht die Sporen zusammen.

Der Pfarrer verließ den Saal, hinter ihm trippelten frommen Blickes die Schwestern des Dritten Ordens, die in einer Ecke vergnüglich geklatscht hatten.

Sie begegneten Don Bruno, der hereingestürzt kam und mit verstörten Blicken den Rittmeister suchte. Mit Hilfe seiner Ellbogen bahnte er sich einen Weg, stieß schließlich bis zu ihm vor und nahm ihn – was Beamten und Kaufleuten nicht entging – geheimnisvoll und feige zugleich am Arm zur Seite.

»Hören Sie zu, Herr Rittmeister ... Ich weiß, wo der Mann ist«, sagte er torkelnd.

»Wer?« Der Schwadronschef heftete seine blutunterlaufenen Augen auf ihn, als suchten sie einen verschwommenen Schattenriß zu erkennen.

»Christóbal Jara ... mein Fahrer. Der Mann, den Sie suchen!«

»Wo ist er?«

Der Katalane bekam Bedenken und blickte zu Boden, als öffne sich vor ihm ein flammender Abgrund. Niemand wußte – vielleicht wußte er selbst nicht einmal –, ob er in diesem Augenblick Cristóbal Jara anzeigen wollte oder im Gegenteil im Begriff war, einen verrückten Schwindel anzuzetteln und ihm damit ein unglaubliches, ungereimtes Alibi zu verschaffen, das noch unglaublicher und ungereimter war als die Tatsache, daß der Mann hierhergekommen war und mit dem Mut der Verzweiflung seinen sämtlichen Feinden die Spitze zu bieten wagte. Vielleicht hatte der Katalane plötzlich das Ausmaß dieses Wahnsinns begriffen und beschlossen, Jaras Leben aufs Spiel zu setzen, um es zu verteidigen und ihm einen Triumph zu gewähren, der alle Vorstellungen überbot.

Niemand erfuhr es und niemand wird es je erfahren, weil in diesem Augenblick der Patio und die zusammengeströmte Gaffermenge in unbeschreiblichen lärmenden Aufruhr gerieten.

»Die Aussätzigen ... Die Aussätzigen!« kreischten die entsetzten Frauen.

Eine schwindelerregende Auflösung folgte, deren Strudel die Offiziere, die Soldaten und die Musiker mitriß. Nur der Harfner spielte, taub und blind für das Geschehen, sorglos weiter. Rittmeister Mareco blieb einen Augenblick blinzelnd inmitten der verzweifelt Flüchtenden stehen. Dann sah er wie in einem Alptraum mehrere Tanzpaare, deren gedunsene, zernagte Körper sich in dem bleichen Licht grotesk drehten.

Im Dämmerlicht der Pergola tanzten Cristóbal und Maria Regalada zwischen Löwenhäuptern und entstellten Leibern. Rasch wich der Biwakgeruch dem neuen süßlich-wilden Pesthauch. Man umdrängte sie, vielleicht vermochte Cristóbal Jara in den eitrigen Larven, die sie in einem sich zusehends verengenden Kreise umringten, sogar ein Verschwörerlächeln zu unterscheiden. Maria Regalada trug einen stillvergnügten, geheimnisvollen Gesichtsausdruck zur Schau.

Ohne Hast und von ihrer Leibgarde lebendiger Gespenster beschützt, traten sie auf die Straße, während der unentwegte Harfenspieler in dem verlassenen Gemeindesaal einen munteren Galopp aufspielte.

VII
Die Berufenen

Miguel Veras Tagebuch und der Gran-Chaco-Krieg von 1932

I

1. Januar (1932)

Neujahr. Hier, in der Militärstrafkolonie Peña Hermosa, spüren wir kaum den Ablauf der Zeit. Die Tage vergehen eintönig, gleichförmig für die etwa fünfzig Strafgefangenen der kleinen Insel. Wir sind mitten in dem langsamen, tigergefleckten, über einen Kilometer breiten Strom verankert, der jetzt, bei ablaufendem Wasser, nach sonnenheißem Schlamm stinkt. Wenn man ihn zu gewissen Stunden betrachtet, scheint er ein stehendes Gewässer zu sein, reglos, tot. Dann gewinnt man den Eindruck, der Felsen gleite zwischen den fernen, funkelnden Ufern den Fluß hinauf.

Einmal im Monat kommt das Wachboot mit Lebensmitteln und Post. Manchmal bringt es auch einen neuen Kostgänger. Vergangenen Monat kam der letzte, Facundo Medina, ein Studentenführer, der wegen seiner linken Anschauungen den Spitznamen *Zurdo*, »Linkser«, trägt. Er war offenbar in die Ereignisse des vergangenen Oktober verwickelt, die im Niedermähen der Studenten vor dem Regierungspalast gipfelten, als sie in einer Massenkundgebung die Verteidigung des Chacos gegen dessen fortschreitende Besetzung durch die Bolivianer verlangten.

Mit Zurdo Medina haben wir ein halbes Dutzend Zivilgefangene. Sie sind gewissermaßen überzählig. Da wir aber fast alle in Unterhosen gehen, fällt der Unterschied nicht auf.

Gestern abend gab es ein feuchtfröhliches Mahl für alle. Es

wurden drei auf Umlage gekaufte Hammel geschlachtet, die der Bootsmann letzte Woche mitgebracht hatte. Sträflinge und Wärter feierten am gemeinsamen Tisch, selbst der Kommandant aß und trank mit uns. Dabei ließ er eine patriotische Ansprache vom Stapel; sie schloß mit Glückwünschen »für die Kameraden im Unglück, die auf ihre Rehabilitierung warten«. Dann vergaß er seine Vorgesetztenwürde und begann mit uns zu saufen. Schlag Mitternacht, schon angeheitert und redselig, löschte er eine Petroleumlampe mit einem Schuß und gab damit das Zeichen zum Angriff auf den Hammelspießbraten. Hauptmann Zayas liebt es, sich über die Zeit seiner Meisterschaft im Pistolenschießen zu verbreiten, zumal jetzt, wo man ihn als Gefangenenwärter zur Reserve abgeschoben hat. Auch die Wachablösung gab ihre Karabinerschüsse ab. Die heftige Schießerei weckte natürlich den Papagei, dessen ängstliches Kreischen sich erst nach und nach beruhigte.

Nach dem Braten spielte Miño auf seinem Akkordeon und gab zum besten, was ihm in den Sinn kam. Ein Rekrut begleitete ihn auf der Gitarre. Das Ergebnis: Polka und Schnaps. Man bildete Paare, eine groteske Tanzparodie männlicher Partner. Die getrübten Augen, die ungelenken Hände ließen trotz der Witzeleien das Fehlen der Frauen durchblicken. Hier gibt es nicht einmal die Chulupí-Frauen, von denen es bis Puerto Casado wimmelt. Zayas feister Wanst bebte vor Lachen, bis er sich, halb getragen vom Korporal und zwei Soldaten, zur Nachtruhe zurückzog.

Im Dunkeln an einen Baum gelehnt, betrachtete ich das Gelage von Ferne. Ich hatte mich zurückgezogen, um nicht weitertrinken zu müssen. Zuckerrohrschnaps bekommt mir schlecht, schon sein Geruch widersteht mir. Vielleicht wegen meiner trüben Erfahrungen. Ich gab alles von mir, was ich getrunken hatte, um nicht aus der Reihe zu tanzen, und fühlte mich sogleich besser. Als ich meine Kameraden in angeheitertem Zustand sah, dachte ich an die vor einiger Zeit geplante Flucht. Vielleicht war heute die Gelegenheit günstig. Alles schien gelegen zu kommen. Vermutlich hätte die Wachmannschaft leicht überrumpelt werden können; ein guter Teil, zumindest die Nichtschwimmer, hätten im Boot der Strafkolonie Platz gefunden. Aber die Fluchtwilligen waren ebenso oder stärker betrunken als die Wärter.

Neben mir stöhnte jemand im Gras, es war das dumpf anhaltende Stöhnen eines gegen den Boden gepreßten Mundes. Er erbrach sich mehrmals und stöhnte weiter. Ich rührte mich nicht. Ich wußte, daß es Jiménez war. Ihm war nicht zu helfen. Er ist zu fünf Jahren verdonnert, weil er seine Ordonnanz über den Haufen geknallt hat, als er entdeckte, daß diese mit seiner Frau angebändelt hatte. Es gibt Nächte, in denen er laut von ihr träumt. Oder er wimmert leise, wie gestern nacht. Er schreibt lange Briefe, die er nie abschickt. Immer wieder kleben neue Brieffetzen in der Latrine.

»Schöner Briefkasten für Liebesbriefe!« sagte Noguera einmal.

Man verspottet ihn hinter seinem Rücken, verachtet ihn aber wenigstens nicht.

Während die anderen wie Tote schlafen, bin ich ans Ufer gegangen und habe geschwommen, bis ich müde und den bitteren Geschmack im Munde los war. Vom Wachstand aus hält die Ersatzwache ein Auge auf mich, warum, weiß ich nicht. Ich denke nicht mehr an Flucht. Ich bin hier gut aufgehoben. Jetzt würde ich mich überall wohlfühlen. Ob Sapukai oder Peña Hermosa, mir ist alles gleich. Ich erwarte nichts, ich erhoffe nichts. Ich vegetiere nur dahin und rieche vermutlich nach Schlamm, nach Schweiß.

Kein Lufthauch regt sich. Lastende, völlige Stille, die dann und wann der schrille Schrei des Papageis unterbricht. Ich habe das Empfinden, auf einer verlassenen Insel zu sein. Ich sehe meinen Körper dampfen, während ich diese Gedanken in mein Notizbuch kritzle. Wozu tue ich es? Vielleicht, um sie später aufs Geratewohl wieder zu lesen. Dann werden sie auf belustigende Weise unwirklich klingen, als habe jemand anderes sie geschrieben. Ich werde sie mir laut vorlesen, als spräche ich mit jemandem, als erzähle mir jemand Dinge, die mir unbekannt sind. Trotzdem ermüdet mich das Schreiben, und oft fehlt mir die Lust dazu.

Das kalte Wasser hat mich von meinen Kopfschmerzen befreit, dafür aber meine Abgespanntheit vermehrt. Heute könnte ich nicht einmal lesen. Das Buchpaket, das ich letzten Monat von zu Hause bekam, habe ich nicht einmal aufgeschnürt. Da ist es besser, den Körper bis zur Fühllosigkeit auf dem Sandstein auszustrecken wie damals, als ich mich als Kind am Steilufer des Tebikuary mit dem Kopf nach unten legte, um den Fluß, der vom Nordwind gegen den Strom getrieben wurde, umgekehrt sprühen zu sehen.

Aber dieser hier ist nicht der Fluß meiner Kindheit, der flinke, gewundene, mir vertraute, mit seinem Sandufer, das zu dieser Stunde bevölkert war von Wäscherinnen, von furtenden Ochsenkarren, von trinkenden Tieren, von Schreien, Stimmen, von Gestalten, die, die Beine gegen den von Kriegsbränden verrauchten Himmel gestreckt, dahinmarschierten.

Dies hier ist der von den Guaranís vergötterte priesterliche *Kronenfluß*, der schließlich ein Lasttier wurde und dem Vaterland seinen Namen gab. Der niedrige Wasserstand läßt das Riff sehen. In der Ferne, unter der aufgehenden Sonne, schimmern die Kalkufer wie reiner Glimmer. Die Flußinsel wirft los und beginnt kaum merklich, ohne Hast, den Fluß hinaufzugleiten.

6. Januar

Die kleinen, unauffälligen Feindseligkeiten beginnen von neuem. Beim Erwachen fand ich eine tote Kreuzotter in einem meiner Hanfschuhe. Ein Geschenk von Reyes, vielleicht eine symbolische Anspielung. Vor Tagen war meine Uhr verschwunden, die ich schließlich in einer Ritze der Lehmziegelwand fand. Oder mein Moskitonetz war an verschiedenen Stellen zerrissen, oder mein Yerbabecher war mit

Urin gefüllt. Sie tun so, als wüßten sie von nichts, verraten sich aber durch ein gelegentliches Verschwörerblinzeln.

Sie haben auch mein Bücherpaket durchstöbert. Sie wollen mich ihre Abneigung fühlen lassen und mich insgeheim demütigen.

Der einzige, der sich mir verhältnismäßig unbekümmert nähert, ist »Linkser«. Versuche ideologischer Proselytenmacherei. Er tut es jedoch jedesmal mit geringerer Überzeugungskraft, wie von vorneherein beschämt.

»Seien Sie doch kein fanatischer Milizmensch!« sagte er gestern mit erzwungener Vertraulichkeit zu mir. »Das Alte stirbt, das Neue entsteht. Sogar in Ihnen ...«

Wenigstens ist er einer, der mit mir spricht. Ich weiß, daß er dafür hinterher Vorwürfe erntet.

»Bilde dir keine Schwachheiten ein, Linkser! Der macht bei deiner sozialen Revolution nicht mit!« hat ihm das Negerlein Noguera zu bedenken gegeben.

Der frühere Kadett verabscheut mich mehr als die anderen. Seine gute Laune und seine Sympathie sollen das nur verbergen. Ich merke, daß er die Hand bei den geringsten Provozierungen im Spiel hat, selbst wenn sie den Stempel des Kollektivs tragen. Trotzdem kann ich sie ihm nicht übelnehmen. Die Namenlosigkeit erheischt Achtung, wie verächtlich auch die Aufgeblasenheit sein mag, die sich hinter ihr versteckt. Indes wagt man nicht, mir offen die Stirn zu bieten ...

10. Januar

Heute, Sonntag, packte ich die Bücher aus. Einige alte Zeitungen aus Asuncíon mit Berichten über das Maschinengewehrfeuer, das die Studenten niedermähte. Es heißt, die Palastwache habe sich zu diesem äußersten Hilfsmittel gezwungen gesehen, um die Lawine der Aufrührer aufzuhalten, die, aufgehetzt von Terroristen, die sich in die Reihen der Studenten eingeschmuggelt hatten, den Präsidenten und seine Minister ermorden wollten. Ich legte die Zeitungen auf Zurdos

Pritsche, der sich vermutlich für dergleichen Beweisführungen erwärmen würde.

Verschiedene Romane und die Erinnerungen des Pater Maíz, die sicherlich Delmis Mann, der Lópezgegner, ins Paket gelegt hatte. Lektüre auf Monate, vielleicht auf Jahre hinaus. Zerstreut durchblätterte ich *Krieg und Frieden* und dachte an das erste Mal, als ich während meiner Kriegsschulzeit Tolstois Roman bei einem Erholungsurlaub in Itapé nach meiner Erkrankung am Sumpffieber las. Ich hatte ihn damals in der Annahme gekauft, er habe etwas mit der Kriegskunst zu tun. Es ist dasselbe von mir stellenweise unterstrichene Exemplar. Eine schlechte Angewohnheit. Rotstiftzäune um fremde Gedanken, die in uns später Schmarotzerpflanzen treiben.

Ich konnte mich nur auf einige unzusammenhängende Stellen besinnen. Dagegen rief der Name des russischen Dichters die Erinnerung an einige seiner Worte über einen seit langem ausgestorbenen Volksstamm wach, die ich irgendwo gelesen habe. Dort sagt einer: »Alle Atzuren sind tot. Es gibt hier aber einen Papagei, der noch einige Worte ihrer Sprache kennt ...« Auf welche Art des Überlebens spielte Tolstoi an? Ich weiß nicht, warum ich diese Stelle behalten habe. Vermutlich handelt es sich in Wahrheit um eine durch das Kreischen des Papageis hervorgerufene Gedankenverbindung. Den ganzen Nachmittag hat er bis Sonnenuntergang mit schnarrender Greisenstimme die einzigen ihm bekannten Sätze gekrächzt: »*Yapiä-ke! ... Yapiä-paiteke!* – Laßt uns fliehen ... Laßt uns alle fliehen!« Zwischen dem einen oder anderen Gemurmel und einer Zote laust er sich träge und schaukelt in dem verrosteten Faßreifen hin und her. Er ist ein blauer, orange-marmorierter Makai – auf Guaraní *Araräkä*, Himmelszweig. Angeblich ist er einer der ältesten Bewohner der Strafinsel. Wer hat ihm wohl seine ironischen Sätze beigebracht, die er wie spottend aufsagt?

17. Januar

Ein Platzregen hat uns für den Rest des Nachmittags in die Baracke gesperrt. Zahlreiche Gruppen von Glücks- und Kartenspielern lärmen in der von Dampf und feuchter Hitze geschwängerten Luft und trinken zahllose Hörner mit kaltem Mate. Linkser nutzt die Zeit für kulturpolitischen »Unterricht« unter denen, die weder Karten spielen noch kiebitzen. Miño spielt auf seinem Akkordeon aus dem Stegreif ein nicht enden wollendes Lied, in dem er volkstümliche Kehrreime, anstößige Redensarten und Liebesweissagungen verwebt. Augenblicke lang ahmt er die stotternde Stimme des Papageis nach und wetteifert mit ihm in Zoten, welche die Kiebitze auf ihre Weise beklatschen und feiern. Plötzlich murmelt Miño mit Greisenstimme:

... Reikove puku haguä
nde tuja mante vaerä ...
... Wenn du lange leben willst,
brauchst du nur zu altern ...

Die Stimme des Sängers ging in Gelächter und in Speichelschüssen unter. Der Papagei kreischte erschrocken und steckte den Kopf unter seinen Flügel, wie wenn er ein Schimpfwort krächzt.

Ich notiere den Satz für langlebige Angsthasen. Ich meinerseits werde nicht alt werden. Ach, das Alter. Kranken-Alter. Krankheit, die einzige unheilbare ...

Mitten im Lärm habe ich, auf meiner Pritsche ausgestreckt, vergeblich versucht, das schamlose und zugleich zynische Bekenntnis Fidel Maiz' zu lesen, in dem er auf der Schwelle zum neunzigsten Lebensjahr sein Verhalten während des Großen Krieges in den Truppenlagern von López zu rechtfertigen sucht, seine »Etappen« knechtischer Unterwerfung unter den Marschall und seine spätere Verstoßung und Verurteilung. Für ihn ist López auf der Höhe seiner Macht der *Christus des paraguayischen Volkes*. Seit der Ermordung in

Cerro-Corá durch Brasiliens Affen stößt er gegen ihn seine Verwünschungen aus, verflucht er das »blutrünstige Ungeheuer«, das sein Volk in die Vernichtung stürzte und schließlich um seine eigene Grabschrift flehte, und zwar mit der todessüchtigen Verleumdung *Ich sterbe mit meinem Vaterland!*, die zu der nicht enden wollenden Polemik darüber führte, ob der von der Lanze des brasilianischen Korporals *Chico Diavo* durchbohrte Marschall ausgerufen habe *Ich sterbe mit ...* oder *ich sterbe für* mein Vaterland! Jedenfalls müßte festgehalten werden, daß der Sinn des Satzes nicht auf dem Verhältniswort fußte, sondern auf dem achtunggebietenderen Tatbestand, daß der Führer einer Nation dem Todesstoß der Eindringlinge *für das und mit dem* Vaterland erlag. Welch Spott der nachgelassenen Worte!

López, Maíz – einer wie der andere. López treibt sein Volk in den kollektiven Selbstmord, wie ein Held fällt er in den Wassern von Aquidabán-nigüí durch den hinterhältigen Lanzenwurf eines brasilianischen Korporals. Maíz überlebt und nimmt ganz allein, als Priester und Blutzöllner, das fürchterliche Erbe Tausender von Männern, Frauen und Kindern auf sich, die, durch Kriegsgerichte hingerichtet oder zu Tode gefoltert, starben. Der Gegenheld, wie er im Buch steht.

Noch immer glaube ich ihn zu hören und zu sehen, wie er an einem Karfreitagnachmittag vor zwanzig Jahren den Kalvarienberg auf der Bergkuppe von Itapé mit dem aussätzigen Christus von Gaspar Mora einweihte. Noch immer krönte die schicksalhafte Aureole die aufrechte Gestalt. Noch erbebte sein unerbittlicher Fanatismus, gemildert nur von seiner Patriarchenstimme. Seine von geheuchelter Frömmigkeit und vorgetäuschter Gedächtnisschwäche strotzenden Worte sanken auf die am Fuß des Felsvorsprungs versammelten Gläubigen des ketzerischen Christus nieder. Der alte Papagei der heiligen Redekunst im düsteren Ornat der Passion krächzte die Predigt über die Sieben Worte von der Höhe herab auf das von der untergehenden Sonne gerötete freie Feld. Und niemand hätte damals behaupten können, daß

Pater Maíz diese aus dem religiösen Instinkt des kleinen Volkes entstandene, die Evangelien umstürzende Zeremonie mißbilligt hätte. Hatte er selbst nicht nach dem Blutbad sich an einem ähnlichen Unternehmen versucht, auf andere Weise freilich, doch mit demselben Ziel einer unmöglichen Erlösung? Hatte nicht der Priester Maíz, diesmal er allein und in der größten Verworfenheit, gegen die Besatzungsmächte Krieg geführt, gegen die Staatskanzleien von Rio de Janeiro und Buenos Aires, gegen das Kapuzinerheer, das die Kirche von Paraguay widerrechtlich der Freiheit beraubte, sogar gegen den Vatikan, der ihn schließlich in die Knie zwang? Und genau besehen: setzte Maíz' einsamer Krieg sich schließlich nicht doch durch, als er nur noch ein in sein Geburtsdorf von Arroyos und Esteros verbannter schlichter Bauer war, als er, fast hundertjährig, noch immer seinen Pflug durch sein Ackerstück lenken und die ABC-Schüler unterrichten konnte in dem Schulstübchen, das er im Pfarrhaus eingerichtet hatte, wo er mit seinen drei Konkubinen, von denen eine seine verwitwete Schwägerin war, und der Schar seiner unehelichen Kinder lebte?

An jenem fernen Abend in Itapé, angesichts des aussätzigen Christus auf dem Hügelhang, sah meine kindliche Bewunderung in ihm den Verkünder der Religion der Niedrigen und Unterdrückten. Ich tat oder sagte etwas, was mir den Tadel meines Vaters, des einstigen Seminaristen und späteren armen Angestellten der Zuckermühle, eintrug. Jetzt und hier in der Strafanstalt, nach der Lektüre von Tolstois Roman, kommt es mir vor, als hätte der alte Priester und einstige Blutzöllner nichts anderes getan als genau wie der Papagei der Atzuren einige Worte der erloschenen Sprache eines erloschenen Volkes zu wiederholen. Unwiderstehliche Müdigkeit hat mich befallen. Vielleicht bin ich eine Weile eingedöst. Plötzlich habe ich den Regen wieder auf das Strohdach prasseln hören, zwischen den Ausrufen der Spieler und dem unauslöschlichen Duett von Miño und dem Papageien. Ich habe Durst. Keiner hat sich die Mühe gemacht, mir einen Krug mit Mate zu reichen. Von neuem versuche ich, mich in die verworrene *Mea Culpa* des Paters Maíz zu versenken, doch es will mir nicht gelingen, mich auch nur auf das Geringste zu konzentrieren.

18. Januar

Nichts besonderes, außer der Feuerscheibe, die auf das Inselchen drückt. Miño und Noguera sind heute morgen beim Frühstück wegen ein paar Stück Zwieback aneinander geraten. Zivil- und Militärgefangene fanden eine Weile Gefallen an dem unverhofften Faustkampf und spornten die Gegner an, indem sie ihnen in gekochtem Mate aufgeweichte Kekse zuwarfen. Linkser wollte eingreifen, um die beiden zu trennen, aber das Negerlein Noguera versetzte ihm einen Fußtritt in die Hoden, so daß er sich in einem Winkel wand wie ein von einem Spaten mittendurch gehauener Regenwurm.

Zayas brummte den Dreien zehn Tage Einzelzelle auf. Bevor sie in die Baracke abgeführt wurden, versöhnten Maíz und Noguera sich in einer schwulen Posse von Küssen und Umarmungen, die ihnen neues Beifallklatschen und Gelächter einbrachte sowie ein letztes vaterländisches Hurra auf die »Eintopflöwen«.

Eine Zeitlang mußten wir ohne Nogueras Witze und ohne Miños vom Akkordeon begleiteten Kehrreimsalat auskommen. Zayas wandelte die Strafe Linksers um, vielleicht wegen seines Zustands; dieser verbringt jetzt unter der geduldigen Bewachung des Postens seine Stunden mit Sitzbädern.

21. Januar

Fidel Maíz' Gestalt bedrängt mich unablässig in den vom Fluß aufsteigenden trüben Dämpfen. Augenblicke lang erscheint er mir zwischen aufblitzendem Widerschein im Talar.

Sankt Fidel Maíz, Sankt Pedro I. der wiedereroberten Kirche Paraguays, wandelt auf den Wassern, die den Felsvorsprung des Gefängnisses umspülen! Offensichtlich besitzt das Gedächtnis im Hintergrund – oder Vordergrund – seine Rhetorik der Gemeinplätze, der Kirchenbilder, die uns die kulturbringende Evangelisation vermacht hat. Die Rückstrahlungen des Neuen Testaments erreichen mit Volldampf die schwieligen Schichten des religiösen Empfindens, – den wahren Keim unserer Mischlingskultur. Die gesamte spanische und Guaraní-Sprache, oder auch ihr Gemisch, ist »bekehrt« worden. Sie ist eine Gefangene des Heiligen Grabes in den Ausdünstungen der Erlösung geworden. Wir können nicht entkommen.

22. Januar

Ich möchte aus dem Vergessen erwachen, wiederholte mein Vater oftmals einen Satz, den er dem Heiligen Augustin zuschrieb, wenn der Geist seine einstige Tonsur zum Schwitzen brachte. Trotz meiner Anstrengungen gelingt es mir nicht, mich vom Priester Maíz zu befreien. Sein Rätsel läßt mich nicht los.

Welche Beweggründe brachten ihn dazu, sich der Präsidentschaft von Solano López beim Tod von Don Carlos zu widersetzen, dem er *manu militari* nachfolgte, als dessen Leichnam noch nicht erkaltet war? Maíz wird es später erklären und sich dabei selbst rechtfertigen: es war die Angst, daß López das Land unter einer despotischen Willkürherrschaft knebeln würde, ohne die Vorteile derjenigen von Don Carlos oder des Allmächtigen, Francias selbst, jedoch mit allen Gefahren, die der junge feurige General, der betört von seiner Reise nach Europa und den Prahlereien des Zweiten Kaiserreichs heimgekehrt war, für seine Herrschaft einkalkulierte. Die Tatsachen gaben ihm recht und entzogen ihm das Recht wieder.

López läßt seinen ehemaligen Schulmeister verhaften. Maíz ist nur wenige Jahre »älter« als sein ehemaliger Schüler. López läßt ihm Fußschellen anlegen und ihn sechs Jahre im Gefängnis schmoren. Nach dem Ausbruch des Krieges, dessen Los gleich nach dem anfänglichen Desaster von Uruguayana unwiderruflich gegen López besiegelt ist, ordnet dieser die Freilassung des Dissidentenpriesters an. Er läßt ihn aus Asunción in sein Hauptquartier kommen und ernennt ihn zum Generalkaplan seines Heeres über den Kopf und die Befugnis des Bischofs Palacios hinweg, der, der Verschwörung und Unterstützung des Feindes verdächtigt, in Paso-Pucú einsitzt und keinerlei Autorität mehr besitzt. López beauftragt Pater Maíz mit dem Aufbau und der Leitung der Kriegsgerichte. Der frischgebackene Kaplan und Blutzöllner verpflichtet sic auf das Bekenntnis *in articulo mortis* im Geistlichen sowie auf den Block von Uruguayana und unvorstellbare Foltern im Körperlichen. Höchstpersönlich führt er den Prozeß gegen den Bischof Palacios und ordnet seinen Erschießungstod als Verschwörer gemeinsam mit anderen hohen Beamten und Verwandten von López an.

Fünf Jahre lang läßt er Tausende von Personen im Hagel der echten oder erfundenen Verschwörungen gegen López foltern und hinrichten. Nachdem dieser in Cerro-Corá ermordet und sein Leichnam von der feindlichen Soldateska geschändet worden ist, bittet der Kriegsgefangene Fidel Maíz beim Grafen d'Eu, Generalissimus der Angriffsheere, und durch dessen Vermittlung bei Don Pedro II., Kaiser von Brasilien, um Gnade und Erbarmen. Sein Gnadengesuch ist das seltsamste und ergreifendste Schriftstück, das ich in meinem Leben gelesen habe. »Herr« – schreibt der ehemalige Blutzöllner zerknirscht –: »In meiner Eigenschaft als Kriegsgefangener *der sieg- und ruhmreichen Truppen Brasiliens* (von der zitternden Hand des Bittstellers unterstrichen) unter dem Oberbefehl Euer Hoheit, erlaube ich mir, diese Eingabe an Euch zu richten mit der Bitte an Eure Hoheit – die ich mit aller Hochachtung vorbringe –, *mich dieser Eigenschaft gü-*

tigst nicht zu entledigen (wiederum flehentlich unterstrichen) und mir zu gestatten, als solcher dem Kaiserreich zur Verfügung von Eurer Majestät, dem Erhabenen Kaiser D. PEDRO II., übergeben zu werden, *auf dessen einzige Güte ich meine Zukunft gründe*, so wie ich augenblicklich erkenne, daß ich *mein Leben* EINZIG UND ALLEIN DER GNADE Eurer Hoheit *verdanke* ...«

Maíz ist in seinem Bittgesuch freimütig und unendlich zweideutig. Zu Beginn, zwischen Unterstrichenem, Sätzen in Großbuchstaben und theatralischen Ausrufen der Demut und Schande, prangt dick und verrutscht das Wort *Eingabe*. Das nämlich tut der schlaue, aber ehrliche Gefangene die ganze Zeit: er *gibt* eine niederträchtige Parodie ab und *vor*, deren Übertriebenheit gerade ihre Widerlegung ist. Maíz stellt wie ein vollendeter Schauspieler seine Lage als armer Teufel in Todesangst dar. Demütig bezeugt er seine Ehrfurcht vor den sieg- und ruhmreichen brasilianischen Truppen, die Seine Durchlaucht der Herr Graf d'Eu zum Triumph geführt hat. Er verkündet, daß er sein Leben seiner Gnade verdanke und rühmt fast weihevoll die einzigartige und hoheitsvolle Nachsicht des Kaisers. Und all das wozu? Einzig aus Feigheit, aus Furcht, aus Niedertracht? Das wäre noch schlimmer als zu verurteilen, das hieße, über die geheimen Absichten von Maíz voreilig zu urteilen. Erhoffte er vielleicht, ein Leben, das seine, unter der Hundertschaft von »Gespensterhäftlingen« (so sagen die hurrapatriotischen Chroniken), oder besser ausgedrückt, unter den fetten besoffenen Gefangenen, die von López' stolzem Heer übriggeblieben waren, zu retten? Hoffte ausgerechnet er, der keines verschont hatte, es zu retten? Nichts dergleichen.

Man müßte sich somit vorstellen, daß er das widersinnige Bestreben, sein Leben zu retten, in seine Berechnungen überhaupt nicht einbezog, daß er vielmehr um die Sicherstellung von etwas weit Wichtigerem bat: um eine *Zukunft*, wie er es selbst ausdrückte. Eine Zukunft, die ihm sogleich die wahre Sache enthüllt, für die er sich fortan schlagen muß. Und diese

Zukunft, das heißt, ein Platz in der Zeit, in der die genannte Sache vollzogen werden muß, gründet er auf den Großmut des siegreichen Feindes. Er verpflichtet ihn damit, diesen unter Beweis zu stellen, oder anders ausgedrückt: er verlangt von ihm, daß er sich grundlegend ändert.

Das Gnadengesuch von Maíz ist eine unerhörte Herausforderung, eine wahrhafte Kriegserklärung in dem äußersten Grenzbereich, in den er gedrängt wurde. Der ehemalige Ankläger hält bis zum Schluß die Folgerichtigkeit und Würde seiner Rolle inmitten der offensichtlich abscheulichsten Erbärmlichkeit aufrecht. Er verkörpert sie und rechtfertigt sie philosophisch mit fernen Anklängen an den Pater Lacordaire. – *»So erblickte ich in jenem Mann das personifizierte Vaterland ...«* – schreibt oder zitiert oder beschwört er schon auf Knien in Gegenwart des großmütigen Grafen seine Abscheu gegen López. Das Gegenteil behaupten, wäre praktisch ein Hirngespinst. Und nicht die Zeiten erkennen, um die Tatbestände und Menschen zu beurteilen, bedeutet rundweg, sich dem Irrtum hinzugeben. Die Großmut, die nie über die Gewißheit der Ereignisse hinausgeht, urteilt für gewöhnlich nach den Eindrücken des Augenblicks und läßt sich von der Woge der herrschenden Leidenschaften mitreißen. *Demütig und unterwürfig* – schließt Maíz – erhoffe ich mir, *daß Euer Gnaden einen barmherzigen Blick auf einen armen Gefangenen werfen*, der DIE FÜSSE EURER HOHEIT KÜSST ...«

Hier sehen wir die Grundlagen der menschlichen Gerechtigkeit von einem Blutzöllner dargelegt, der viel von seinem Beruf und Lehramt verstand. Irgend jemand sollte eines Tages die Geschichte von Menschen wie Maíz schreiben, wird doch der Tag kommen, an dem galgengesichtige Beamte sich das Recht herausnehmen werden, dieses Volk zu verurteilen und zu verdammen, als bestehe es ausschließlich aus Schwachköpfen und Bastarden.

3. Februar

Die Barkasse mit Post und Lebensmitteln ist angekommen. Ich habe zugesehen, wie die Männer die Köpfe vorstreckten und ihre Gesichter über ihre Briefe wie über etwas Lebendes beugten, nicht wie über leblose, von der Zensur geschändete Bogen beschriebenen Papiers. Ich schreibe weder, noch erhalte ich Briefe.

Ich habe eine fast neue Angelschnur mit einem guten Haken vom Bootsmann erstanden, die er am Bug zum Trocknen aufgehängt hatte. Er feilschte lange, ließ sich aber dann erweichen. Ich gab ihm die letzten mir verbliebenen Pesos.

Ich hörte, wie von neuen Unruhen in Asunción gemunkelt wurde. Heute wird dort wohl der Tag des Sankt Blasius, des Schutzpatrons von Paraguay, festlich begangen werden. In Itapé pflegen wir sogar Stierkämpfe und Maskenspiele zu veranstalten.

Nachmittags kam Jiménez zu der Stelle des Flusses herunter, an der ich angelte. Er setzte sich auf einen Stein, ließ die Beine bis zum Knie im Wasser baumeln und betrachtete gespannt den Fluß. So, mit seinen Beinstümpfen auf der Wasserfläche, glich er einem Verstümmelten. Mehrmals setzte er zum Sprechen an, besann sich jedoch stets eines Besseren. Ich glaubte, er wollte mir etwas anvertrauen. Schließlich fragte er:

»Was haben Sie als Köder?«

»Ein Stückchen Rauchfleisch.«

»Das taugt nicht für die Goldbrassen. Da beißen nur die Pirañas an.«

»Ich angle nur zum Vergnügen«, antwortete ich, ohne ihn anzusehen, überdies unmutig, weil mir einfiel, daß ich in Itapé nie auf den Gedanken gekommen war, zu angeln.

»Ach so ...«, sagte er und blickte unseren Worten nach, die auf dem Wasser zu kreisen schienen, das glatt war wie ein bunter Spiegel.

Er spie zwischen seinen Beinen hinein, der Spiegel zerriß.

Eine Weile später läutete es zum Rancho, zum Abendessen. Das Gebimmel des Schienenstücks prallte von den braunen Uferhängen ab, so daß es von weit her, vom anderen Ufer herzutönen schien. Schweigend stiegen wir hinauf. Mehrmals drehte er sich um und sah mit verstörtem Blick das Wasser an. Er schien geschwächt und ausgezehrt zu sein. Es heißt, nichts setze einem Mann mehr zu, als wenn eine Frau ihn nicht etwa geschlechtlich, sondern seelisch beherrscht.

5. Februar

Ich fing eine Alse. Einige aßen sie, in Aschenglut gebraten, statt des erbärmlichen Anstaltsfraßes. Ich lag eine Weile schlotternd auf meiner Pritsche. Hin und wieder sucht mich mein altes Sumpffieber mit Venen- und Nervenschmerzen heim. Hinterher macht es mich eine Weile seltsam hellsichtig, als erinnere oder sähe ich völlig vergessene Dinge. Das ist der einzige Nachteil.

7. Februar

Jemand hat in der Latrine die Seite einer kürzlich eingetroffenen Zeitung verwendet. Darauf ist noch ein Teil der Reportage zu entziffern, die von einer sonderbaren Erscheinung in Sapukai berichtet: dem Auftritt einer Frau, die sich von Gott gesandt glaubt und sich Prophetin vom Cerro Verde nennen läßt oder so genannt wird.

Mit Mühe lassen sich auf dem zerknüllten Blatt Fetzen der Chronik entziffern. Jeden Abend bei Sonnenuntergang ersteigt die Frau eine auf dem Osthang gelegene Art von Terrasse. Von dieser in einen Vorhof, in eine natürliche Kanzel zwischen den Felsen verwandelten Plattform aus spricht sie mit unbeweglich gekreuzten Armen zu der am Fuß des Hügels lagernden Pilgerschaft. »Sie kommen aus allen Gegenden«, berichtet der Chronist. »Immer zahlreicher strömen die Pilger herbei. Greise, Frauen, Kinder, Kranke, Krüppel, herbeigeschleppt auf Karren und Tragbahren, zu Pferd und zu Esel, kommen unaufhörlich heran. Sie haben Behelfszelte und kleine Staketenhütten gebaut, sie kochen ihr Essen, verrichten ihre Gebete und lauschen kniend den abendlichen Predigten der Prophetin. Alles in vollkommener Ordnung und tiefer Andacht. Ein neues Dorf entsteht so im Tal mit dem Rücken zu dem Ort, dessen Bahnstation vor zwanzig Jahren durch die Explosion zerstört wurde. Die Prophetin spricht die meiste Zeit Guaraní; manchmal in einem Gemisch, wesentlich reiner als das unseres städtischen *Jopará*, und für Augenblicke, stets gegen das Ende ihrer Predigt, in einer von lateinisch klingenden Brocken – wie mir scheint – oder von einem Stammesdialekt krampfartig durchsetzten gestenreichen Sprache. Die männliche, wohltönende Stimme gerät dann in ein fast kindliches Zittern wie die eines Menschenkindes, das weinen will. Der Schattenriß der Frau zerfließt im Sonnenuntergang. Sobald die Nacht einfällt, verschwindet sie, man weiß nicht wie noch wohin, inmitten des dumpfen Gebetgemurmels und Gewimmers der Pilger. In der Tiefe des Hügels muß irgendeine unbekannte Spalte oder Höhle vorhanden sein. Ich habe mich vergebens bemüht, die Frau aufzuspüren und zu befragen. Polizei und Priester wissen von nichts oder wollen vorläufig keine Stellung beziehen. Auch der Regierungsvertreter nicht, der strengstes Stillschweigen bewahrt. Jedenfalls glaube ich, daß sie sich rundweg geweigert hätte, mit der Presse zu reden, selbst wenn ich sie gefunden hätte. Ich konnte nur diese Aufnahme aus der Entfernung machen ...«

Das Foto ist herausgeschnitten; nur das Loch ist übrig, herausgerissen von den Fingern, die sepiafarbene Flecken auf dem zerknitterten Zeitungsblatt hinterlassen haben. Ich habe es bestmöglich geglättet und so an die Tür geheftet, daß es für die nächsten Benutzer fast eine »Pflichtlektüre« in Hockstellung wird. Das *Memento* der Endzeitpredigt ist hier angebrachter und sittenfestigender als irgendwo anders.

Ich stelle eine mehr oder minder getarnte Untersuchung an. Ich versuche zu erfahren oder zu erahnen, wer das Foto der Prophetin behalten hat. Meine Nachforschungen haben mich dahin gebracht, Linkser zu verdächtigen. Heute während der Mittagsruhe, zwischen einem Mate und dem nächsten, habe ich ihn unversehens gefragt: »Hast du das Foto der Prophetin gesehen?« Er blickte mich gleichsam taub an und murmelte eine nichtssagende Antwort. Darauf fragte ich ihn, ob er die an die Klosettüre geheftete Chronik gelesen habe. Er bejahte und sagte, die für das Aufhängen der Schmähschrift gewählte Stelle scheine ihm ausgezeichnet; dabei klang er selbstsicher und wie üblich »doktrinär«. Das ist keine Schmähschrift, sagte ich und versuchte ihm damit ein wenig auf den Leib zu rücken. »Wieso nicht!« erregte er sich, freilich ohne Überzeugung. »Es ist eine Schmähschrift gegen die Regierung oder gegen die Priester, die immerfort diese Possenreißereien der Propheten und Prophetinnen vom Zaune brechen, um die Leute abzulenken. Einige der Nutznießer des Regimes besitzen sicherlich Ländereien im Sumpfgebiet von Sapukai und sind dabei, sie auszuwerten.«

Letzten Endes könnte Linkser recht haben. Ich erinnerte mich an Atanasio Galván, den ehemaligen Telegraphisten, der mit seiner Anzeige die Katastrophe von Sapukai ausgelöst hat, dank derer er den Posten als Regierungsvertreter der Region errang und heute dort ein reicher Landbesitzer ist.

Linkser warf den Zigarettenstummel in eine Ecke und sagte seelenruhig: »Die Propheten und Prophetinnen kommen immer aus den Latrinen, um den Augenblick vorauszusagen, in dem die Scheiße zäher wird.« »Auch Marx?« fragte ich ihn. »Du behauptest immer, Marx sei der einzige ernstzunehmende Prophet der letzten hundert Jahre.« »Klar, auch er«, sagte er, ohne seinen Tonfall zu verändern. »Marx stieg aus der Latrine des Kapitalismus, um seinen Verfall vorauszusagen … so eine Scheiße!«

Er kramte in seiner Gesäßtasche und reichte mir das Stück Zeitungspapier mit dem fein gefältelten Foto: »Da, nimm's, wenn es das ist, was du suchst«, sagte er mit seinem trostlos gelbzahnigen Lächeln. »Es reicht nicht einmal für eine anständige Wichstour! ...«

9. Februar

Während ich die Angelleine mit den Zähnen halte, schreibe ich in mein im Sand liegendes Heft. Warum zeichne ich diese Dinge auf? Ich habe nicht vor, ein persönliches Tagebuch zu führen wie die Päderasten oder die berühmten Lesben, die mit ihrem Elend kokettieren.

Altes Laster, das des Schreibens. Ein Höllenkreis, der ein Tugendkreis wird, wenn er sich gegen die Außenwelt abschirmt. Eine gute Art, aus der Ortslosigkeit in den dauerhaften Raum der Zeichen zu fliehen, eine Art und Weise, den Ort zu suchen, der unseren Ort an einen anderen Ort führt. Und ist das nicht vielleicht der wahre Sinn des Utopischen? Die Utopie des Verlorenen Sohns, der zu dem Heim zurückkehrt, das es schon nicht mehr gibt; die der Geächteten, der Verbannten und der Deportierten, die drangvoll zu dem Platz zurückkehren wollen, von dem sie fortgerissen worden sind, und wissen, daß dieser nicht mehr der ihre sein wird, auch wenn sie dorthin zurückfinden. Daher ist der Mensch selbst die vollkommene Utopie. Um ihr zu entkommen, unternimmt man Reisen, ist man immerfort irgendwohin unterwegs, flieht man rückwärts oder vorwärts, immer weiter fort. Selbst in Träumen oder zwischen vier Wänden, hier auf der Flußinsel der Strafanstalt Peña Hermosa, die jemand auf einem Stück Brett mit Kohle neu getauft hat: Strafanstalt Das Paradies – bis der Regen die Inschrift wieder löscht.

2

20. Februar

Jiménez hat vor Tagesanbruch versucht, im Fischerboot zu fliehen. Ein sinnloses Unterfangen. Das längst außer Betrieb gesetzte Boot leckte an mehreren Stellen, er selbst kann nicht schwimmen. Er sank, bevor er noch an die Klippen gelangte. Fünf Soldaten, gute Schwimmer, zogen den halbertrunkenen Jiménez aus dem Wasser und brachten ihn auf dem gekenterten Boot in Sicherheit. Im Grunde war es ein recht lächerlicher Anblick. Einige, wie Noguera und Miño, vermochten ihr Gelächter und ihre bissigen Randbemerkungen nicht zu unterdrücken, besonders, als sie Zayas' ansichtig wurden, der, wie ein Besessener brüllend, vom Ufer aus den Fang oder die Rettung des Flüchtigen leitete.

Unmittelbare Folge: dreißig Tage Einzelhaft für Jiménez. Wir anderen dürfen von heute ab nur gemeinsam und in Begleitung zum Baden an den Fluß.

»Das hat man von seiner Gutmütigkeit«, fauchte Zayas beim Appell.

Jetzt ist es mit meinem einsamen Morgenbad und meinen nachmittäglichen Angelsitzungen aus. Jiménez' Schwachsinn hat uns die einzigen Freiheiten gekostet, die wir besaßen.

29. Februar

Am Morgen war Jiménez tot. Als er Fieber bekam, ließ Zayas ihn aus der Zelle holen und in sein Feldbett in der Baracke legen. Die letzten drei Tage starrte er bewußtlos an die Decke. Da das Fischerboot in Reparatur und das Wachboot erst in den Märztagen fällig ist, konnte er nicht ins Krankenhaus übergesetzt werden, solange es noch Zeit war. Ebensowenig konnte seine Leiche, die bei der Hitze rasch in Verwesung überging, überführt werden.

Noguera meinte, Jiménez habe sich außerdem in seinem Todestag geirrt.

»Wenn es kein Schaltjahr wäre«, sagte er, »hätte er wenigstens den Heldengedenktag[1] gewählt ...«

Auch seine Beerdigung hatte etwas Groteskes. Sein Sarg wurde aus Kistenholz gezimmert, so daß auf dem Deckel Seifen- und Petroleummarken zu lesen waren. Auch mußte an zwei oder drei Stellen gegraben werden, bis man auf einen weniger harten Sandstein stieß, in dem sich ein einigermaßen tiefes Grab schaufeln ließ. Zayas versuchte eine Grabrede aus dem Stegreif zu halten, mußte jedoch nach wenigen Worten abbrechen, weil der Papagei das Trommelfell des Nachmittags unablässig mit besessenem Krächzen und Fuhrmannsflüchen zerriß, so daß ein Wachsoldat hingehen und den Vogel, der die Aufmerksamkeit mit Hohngelächter quittierte, mit einen Kolbenhieb zum Schweigen bringen mußte.

Armer Jiménez! Während die Erdschollen auf den Flicksarg polterten, dachte ich an das, was er mir an jenem Nachmittag hatte sagen wollen. Ich wußte, daß es nichts mit Ködern oder Raubfischen zu tun hatte. Vielleicht hätte ich ihm helfen können. Er war bereits halb erstickt und bedurfte dringend künstlicher Atmung. Ein einziger mitfühlender Blick vermag mitunter ein Menschenleben zu retten. Aber seine unheilbare Sturheit ging mir auf die Nerven. Ich erriet ohne einen Hinweis von ihm, wozu er fliehen wollte. Wäre es ihm gelungen, es hätte ihm in der furchtbaren Einsamkeit, in die er sich vergraben hatte, wenig geholfen. So ruht er wenigstens aus.

Morgen soll das Verhör beginnen. Von allem wird die Rede sein, nur nicht von diesem Punkt. Zayas hat in diesem Fall wenig Klarsicht bewiesen. Sicherheitshalber hat er seine Haltung geändert. Er rechnet fraglos nicht mit unseren Erklärungen, um seine Lage damit verbessern zu können. Zum erstenmal ist ein Mann auf der Flußinsel gestorben, seitdem sie als Strafkolonie dient.

1 Anm. d. Ü.: 1. März: Cerro Corá.

20. März

Heute traf der neue Kommandant in Begleitung des Untersuchungsrichters ein. Zayas empfing sie am Angelplatz mit einer angesichts seiner Demütigung falschen Liebenswürdigkeit.

Hauptmann Quiñónez hat keine Zeit verloren. Als erste Maßnahme wurde trotz des Sonntags jeder Gefangene samt seiner Ausrüstung, seinen Büchern und persönlichen Schriftstücken eingehend untersucht.

Ich kenne Quiñónez seit der Zeit der Kriegsschule. Er wurde zwar vor mir Offizier, nach einigen Jahren gehörten wir jedoch beide zum Ausbildungsstab der Anstalt. Wir wurden sogar Freunde und duzten uns. Jetzt will er davon nichts mehr wissen. Das erleichtert die Sache für beide. Kurz vor der Verschwörung wurde Quiñónez auf seinen Wunsch in eine Garnison des Nordens versetzt. Von dort hat man ihn nach Peña Hermosa geschickt, um den trägen Zayas abzulösen. Auch von Quiñónez kann man nicht behaupten, daß er Karriere gemacht hat. Er scheint jedoch keinen gesteigerten Wert darauf zu legen. Er ist ein Mann, der die Reglements achtet, die Disziplin, die Rangordnung.

23. März

Das Verhör ist von neuem eröffnet. Der Richter hat jeden einzelnen vernommen. Der einzige, der ungeschoren geblieben ist, obgleich er die Aufmerksamkeit des Untersuchungsbeamten durch sein mitwissendes Geplapper auf sich lenkte, war der Papagei.

Zwischenfall mit Linkser. Erregt sagte dieser bei seiner Zeugenaussage:

»Leutnant Jiménez ist ein Opfer der paraguayischen Strafordnung geworden! Wenn man so in einer Militärstrafanstalt verreckt, können Sie sich wohl vorstellen, wie es in den Zivilgefängnissen zugehen muß, Herr Richter!« ... Dabei blickte sein mageres, trübes Pferdegesicht den pflichtbewußten Beamten funkelnd an, als mache er ihn für das Geschehene verantwortlich.

Die Entgleisung brachte ihm mehrere Tage Einzelhaft ein. Außerdem wurden die Zivilgefangenen abgetrennt und bewohnen seit heute einen eigenen Schlafsaal. Die Anweisungen von Quiñónez sind streng. Nur die Mahlzeiten und die Badezeit werden sie mit den politischen Gefangenen teilen.

3. April

Heute morgen ließ Quiñónez mich rufen. Er hat nicht als früherer Bekannter oder Freund mit mir gesprochen, sondern als Leiter der Strafkolonie, der trotzdem bereit ist, meinen Fall mit gewissem Wohlwollen zu behandeln.

»Ich habe mich mit Ihren Akten beschäftigt«, sagte er eingangs und heftete seine ruhigen braunen Augen fest auf mich. »Ich glaube, die Richter haben Ihnen die Sache der Kriegsschule zu Unrecht in die Schuhe geschoben. Ja, noch mehr: ich weiß, daß Sie nichts mit dieser Gaunerei zu tun haben, trotz der vorliegenden Gegenbeweise ...« Sein Blick wich nicht von mir, während er mir eine Zigarette anbot. Nach einer Pause fuhr er fort: »Wie steht's aber mit der Geschichte von Sapukai, wo Sie sich anscheinend mit einigen Revolutionären aus dem Moor zusammengetan haben? Ich beabsichtige nicht, Ihre Verurteilung zu revidieren. Das ist nicht meine Sache. Aber es wäre kein Nachteil, wenn wir uns verstünden. Ich kann nicht glauben, daß Sie ...«

Er mußte meinen geheimen Unwillen merken, denn er brach ab. Es verbitterte mich, daß jemand, wenn auch in guter Absicht, die alte Sache aufrühren wollte. Was konnte ich über das hinaus, was ich bereits anderen, wiewohl unter physischem oder moralischem Druck, ausgesagt oder verschwiegen hatte, noch verschweigen oder aussagen? Mehr als das, was ich mir selber die ganze Zeit lang gesagt, verschwiegen oder abgestritten habe? In meiner Prozeßakte ist auch von dem allgemeinen Verdacht die Rede, ich hätte die Männer der Ziegeleien als Pfand für meine Freiheit denunziert. Freiheit ... für mich ein lächerliches Wort! Jenes Gerede war die einzige Zeugenaussage gegen mich und jene Schuld der einzige Milderungsgrund zu meinen Gunsten, die ich beide von Anfang bis zu Ende verworfen habe. Welches Interesse hätte ich haben können, die armen Teufel aus dem Moor zu verkaufen! Wenn auch diejenigen, die so dachten, vielleicht recht hatten, weil ich dadurch, daß ich mich in jener Nacht betrank, gleichsam zu einem Verräter wurde, zumindest vor meinem eigenen Gewissen. Aber gerade das kann ich niemandem erklären, am allerwenigsten Quiñónez, dem Abbild eines Ehrenmannes, dem Muster menschlicher wie beruflicher Kälte. Er ist kein Soldat wie ich, der seine Berufung der Verführung durch eine Kadettenuniform verdankt.

»Ich habe das Urteil angenommen«, sagte ich nur. »Ich bin hier und verbüße meine Strafe. Ich bitte um keinerlei Vorrechte.«

Er drang nicht länger in mich und ließ mich ohne ein weiteres Wort gehen. Die Unterhaltung hat trotzdem meine wunde Stelle berührt. Was ist wohl aus jenen Männern geworden, von denen einige meinen vermeintlichen Verrat mit dem Tod bezahlt haben? Ich habe das Gefühl, sie wie an jenem Nachmittag von der Plattform des verrotteten, im Urwald von Costa Dulce gestrandeten Eisenbahnwagens aus zu sehen. Manchmal, wie heute, möchte ich glauben, daß *das* sich niemals zugetragen hat. Aber gerade dann wächst mein Unbehagen.

3

27. April

Unmerklich, aber eisern hat Quiñónez sein System durchgesetzt. Dadurch fällt es Linkser ziemlich schwer, in den seltenen Augenblicken, die politische und Strafgefangene zusammen verbringen, seine aufrührerischen Ideen an den Mann zu bringen.

»Zu schade!« meinte Noguera. »Denn das gegenseitige Verständnis zwischen Heer und Volk machte Fortschritte, zumindest auf unserer Insel.«

Trotzdem hat der Fluchtplan, von dem ich sogar einige Einzelheiten kenne, wieder Boden gewonnen. Die Motorschaluppe, das jetzige Fahrzeug der Anstalt, kann von großem Nutzen sein. Natürlich lassen mich die einen und anderen aus dem Spiel und hüten sich sogar, in meiner Nähe davon zu sprechen.

14. Mai

Feldmesse, Flaggen und Fahneneid zur Feier des Unabhängigkeitstages. Der – dazu ausdrücklich aus Puerto Casado eingeladene – Kaplan und Quiñónez verbreiteten sich nacheinander über die Liebe zu Gott und Vaterland, über die Heldenverehrung und die Freiheit – eine zu einer Strafanstalt vorbildlich passende Zeremonie.

Vorsichtshalber wurde der Papagei schon am gestrigen Nachmittag, als der Kaplan den Abendmahlsgängern die Beichte abnahm, in Einzelhaft gesteckt, damit er nicht mit seiner hinterhältigen Sturmglocke die Ordnung und Andacht störte.

Es war unausweichlich, daß der Kaplan mich an Pater Maíz als sein Gegenstück erinnerte. Jedenfalls war Maíz als Antiheld die Widerlegung unseres berühmten paraguayischen »Heldentums«. Ein Extrembeispiel für alle, die, verblendet vom politischen oder religiösen Fanatismus oder verblödet von der Hohlheit bestimmter großer Worte, die stets in Großbuchstaben erscheinen, noch immer guten oder bösen Glaubens meinen, Heldentum, Opfermut oder Verzicht seien nützliche Taten und die manichäische Teilung zwischen Verdammten und Erwählten, zwischen Richtern und Gerichteten, habe einen gewissen Sinn.

13. Juni

Das Foto meiner Eltern mit einer Widmung Mamas und die Glück- und Segenswünsche beider zu meinem Geburtstag, die ich in mein Notizbuch gelegt habe, haben mich wieder auf das Datum verwiesen, das ich gern vergessen hätte.

Lange habe ich Mamas lächelnde und Papas ernste, feierlich blickende Augen betrachtet, bis ich zu meiner Kindheit gelangt bin und zu dem, was vor und hinter ihr liegt. Ich habe tiefe Traurigkeit empfunden, habe mich aber fast geschämt, als ich feststellte, daß dieses Gefühl sogleich in Gleichgültigkeit, in Entfremdung von allem Gelebten umschlug. Die Erinnerung an eine glückliche Kindheit ist fast unerträglich.

17. Juni

Beim Zapfenstreich gab Quiñónez bekannt, das paraguayische Fort Pitiantuta sei einer starken bolivianischen Truppeneinheit in die Hände gefallen, die seine aus einem Korporal und fünf Soldaten bestehende kleine Garnison niedergemacht habe. Unsere hiesige Wachmannschaft dagegen beläuft sich auf zwanzig Mann.

Bestürzung und Erregung. Beim Essen hatte Linkser genügend Gesprächsstoff.

»Seht euch unsere pazifistische Regierung an!« schrie er. »Sie schaut zu, wie die Bolivianer im Chaco unsere Besatzungen vernichten, dafür metzelt sie in Asunción die Jugend nieder, die Waffen zu ihrer Verteidigung fordert!«

»Dann sind Sie also Militarist?« fragte Valdez hämisch.

»Nein!« entgegnete Linkser. »Wenn aber der Krieg ausbricht, kämpfen ja nicht nur die Militärs.«

»Wir gehen alle«, meinte der sonst mürrische Artillerist Martínez barsch und schob seinen leeren Teller weg. »Es ist unser Land. Alle müssen wir es verteidigen.«

»Die Bolis sagen, es gehöre ihnen«, warf Linkser ein.

»Es ist alles eine Frage der Besitztitel«, meinte Valdez.

»Oder der Maden«, fügte Noguera feierlich hinzu.

»Wieso Maden?« wollte Miño wissen.

»Die Maden der Hochgerichtsakten von Charcas«, gab der kleine Neger zurück. »Erinnern Sie sich nicht an den Geschichtsunterricht in der Schule? Und an die Maden der Archive von Chuquisaca und Asunción?«

»Ich weiß nicht, was das damit zu tun hat! Maden ...«, schnaubte Martínez gereizt.

»Klar. Diese Tierchen durchlöcherten nämlich die königlichen Urkunden. Sie fraßen die ursprünglichen Grenzlinien, die Marksteine, das *uti possidetis* auf, sie tranken die Flüsse aus, alles! Und nun weiß kein Mensch mehr, woran wir sind. Nicht mal unsere Landvermesser. Nicht mal die der anderen ...«

Die gestaute Heiterkeit entlud sich in schallendem Gelächter.

»Dann werden wir also wegen einer Handvoll Eigentumsurkunden kämpfen!« Linkser fuchtelte im allgemeinen Getöse wild mit den Armen. »Aber nicht für die von den Maden von Charcas und Chuquisaca zerfressenen Urkunden, wie Noguera sagt ...«

»Für welche denn sonst?« unterbrach dieser.

»Für die funkelnagelneuen Urkunden und Aktien in den Stahlkammern der Tanninkönige. Jeder dieser Herren ist mächtiger als unsere Regierung, als unser Vaterland. Was sagt ihr beispielsweise zu Casado? Mitten im Chaco stehen wir noch auf dem Grund seiner Latifundien. Jetzt werden wir ihn um Erlaubnis bitten müssen, damit wir für seine Ländereien sterben dürfen, und die mit der Eisenbahn fahren, werden ihre Fahrkarten bezahlen müssen.«

»Das verstehe ich nicht!« sagte ein blutjunger Verwaltungsoffizier und schüttelte die Fäuste wie ein dicker Affe. »Warum sollen so viele Junggesellen für einen Señor Casado – einen Verheirateten[2] – ins Gras beißen!«

2 Anm. d. Ü.: »casado« bedeutet im Spanischen »verheiratet«.

Diesmal hatte er wegen seines kindischen Wortspiels die Lacher auf seiner Seite. Linkser wartete geduldig auf seine Chance und gab bei jeder Gelegenheit seinen Senf dazu.

»Aber nicht nur für die Urkunden und Aktien der Großgrundbesitzer auf unserer Seite, wir werden auch für Besitztitel und Aktien der Petroleumgesellschaften der anderen Seite kämpfen und sterben.«

»Wir werden aus Vaterlandsliebe kämpfen und sterben!« schrie Martínez.

»Aber unsere Vaterlandsliebe wird schließlich nach Petroleum riechen!« rief Linkser mit verzerrtem Mund. »Die großen Unternehmer haben einen guten Riecher. Sie wittern von weitem das im Chaco vergrabene Ölmeer.«

»Gerade darum müssen wir ihn verteidigen, verdammt noch mal!« wetterte der Artillerist. »Oder wollt ihr das Petroleum den Bolivianern schenken?«

»Auch sie werden's nicht bekommen!« gab Linkser zurück. »Und wenn sie den ganzen Chaco behalten. Drum müssen wir die Kriegshetzer an den Pranger stellen, Leute!« fügte er hinzu, die Stimme hebend und auf den Tisch trommelnd. »Die bei uns und die drüben! Die Standard-Oil, die Casados und Konsorten!«

»Leg mal 'ne neue Platte auf, Linkser ...« raunte ihm Noguera zu und deutete verstohlen auf den nähertretenden Kommandanten.

Quiñónez' Anwesenheit beendete jäh die Unterhaltung. Trotz Spott und Scherz scheint die Möglichkeit eines Krieges, wenngleich im Augenblick noch einigermaßen abstrakt und hypothetisch, nicht mehr fern zu sein, auch nicht für uns.

3. August

Als der Fluchtplan sich bereits in wirre Besorgnis aufzulösen begann, trafen Begnadigung und Versetzungsbefehl ein. Und zwar für alle. Die allgemeine Mobilmachung ist ausgerufen worden. Der Krieg scheint unvermeidbar. Am 31. Juli ist das

Fort Boquerón in die Hände einer starken Kampfeinheit des Gegners gefallen. Quiñónez las uns den in Concepción empfangenen Drahtbericht des Oberbefehls vor. Diesmal handelt es sich nicht mehr um ein einfaches Scharmützel. Offenbar zielt der bolivianische Überfall darauf ab, den Rio Paraguay, unser verwundbares Wasserrückgrat, abzuschneiden. Wenn es ihnen gelingt, den Fluß unter Kontrolle zu bekommen, können sie das Land zweiteilen und bequem in die Tasche stecken.

Wir werden in den Chaco abkommandiert, wo wir uns nützlicher machen können als hier. Linksers Vorhersagen erfüllen sich, aber auch die der anderen, so daß alle Meinungsverschiedenheiten mit einem Mal überbrückt sind. Schon gibt es keine politischen Diskussionen mehr. Rote, Liberale und Unpolitische haben Frieden geschlossen, desgleichen Kriegshetzer und Kriegsgegner. Alle sind sich einig und hochgestimmt, als hätten wir tatsächlich die Freiheit wiedergewonnen. Sie sprechen sogar wieder mit mir. Quiñónez behandelt uns wieder wie Kameraden.

5. August

Ein Motorboot ist gekommen, um uns abzuholen. Gegen Nachmittag fahren wir ab. In der praktisch aufgelösten Strafanstalt bleiben nur ein Korporal und zwei Mann zurück. Außerdem der Papagei, stockheiser vom Kreischen und sichtlich angesteckt von den hastigen Reisevorbereitungen. Mit einer letzten Geste der Liebkosung, einem Kuß auf seinen krummen Hornschnabel, verabschiedet sich Noguera von ihm, inmitten von schallendem Gelächter und vaterländischen Hochrufen. Der Araräkä quittierte seine Annäherung, indem er wie immer seinen behaarten Kopf unter den Flügeln versteckte. Wenn die Strafanstalt wieder leer ist, wird nur der Papagei seinen heiseren Grabspruch über Jiménez Ruhestätte krächzen.

Die lärmende Fröhlichkeit ging auf dem Schiff weiter. Ich

saß am Heck und sah zu, wie wir uns von der kleinen Insel entfernten. Nun schien sie tatsächlich den Strom rasch und sicher hinaufzufahren. Zum letzten Mal glaubte ich am rötlichen Himmel zwischen den Bäumen sanften blauen Flügelschlag wahrzunehmen.

4

13. August

Nach einer endlosen Fahrt kommen wir gegen Mitternacht bei Kilometer 145 der Eisenbahnlinie von Puerto Casado an. Von dort geht es ohne Unterbrechung auf abgenutzten requirierten Fahrzeugen zur Operationsbasis weiter. Unterwegs, vorbei an Rastorten mit friedlich-wehmütigen Namen wie *Landhaus, Blauer Brunnen, Lager Hoffnung*, begegnen wir unablässig Truppenformationen und Proviantzügen. Im Scheinwerferlicht tauchen sie auf und in Staubwolken unter. Als Mittel gegen den Schlaf kritzle ich diese Aufzeichnungen an den Haltepunkten nieder.

Bei Tagesanbruch wird die Garnison Islo Po'í auf einem kleinen Sandhügel sichtbar. Im Hintergrund, in der spärlich bewachsenen Niederung funkelt die von Lichtschuppen geäderte Lagune.

Eine Oase in der kalkigen Ebene scheint behelfsmäßig in einen tätigen Krater verwandelt zu sein, dessen gieriger Schlund die bestaubten Karawanen verschluckt. Hier wird fieberhaft die Gegenoffensive vorbereitet.

14. August

Wir von der Strafinsel sind in alle Winde zerstreut. Ich bin dem in Aufstellung begriffenen Regiment X zugeteilt und angewiesen, das schwitzende Kanonenfutter im Geiste der Felddienstordnung zu drillen.

Männer in Uniformen von der Farbe dürren Laubs wimmeln massenweise in dieser Wüste herum wie Würmer, die ein gärender Käse erzeugt hat. Aber diese Männer sind nicht von der porösen grenzenlosen Erde dieses Wüstenkäses erzeugt, sondern mit den Fahrzeugen und Lasttieren requiriert und hier wie Gefangene zusammengetrieben worden.

20. August

Seit heute habe ich den Soldaten Niño Nacimiento – der neugeborene Knabe – González mit dem Spitznamen »Krippe« als Burschen. Ich fand ihn in einem der von den Kantonierungsquartieren Asuncións hergeschickten Rekrutenkontingente. Dabei stellt sich heraus, daß er der Sohn der Lágrima González ist. Ich habe es von Anfang an vermutet, als ich seinen Namen in der Mobilmachungsliste las. Sie hatte mir einmal versichert, daß sie ihren Sohn, sollte sie jemals einen bekommen, so nennen würde. Ein Scherz, eine Laune, wie sie uns mitunter einfallen. Viel Zeit ist seither vergangen. Wieviel? ... Ein Leben.

Kurz vor der Verschwörung besuchte ich Lágrima eines Abends in dem großen Haus der Calle General Díaz, Nummer 512, einem in der Nähe des Militärkrankenhauses gelegenen Bordell. Jemand hatte mir von ihr gesprochen. Ich hatte gerade eine der zahlreichen Nachbehandlungen meiner alten Malaria hinter mir. Als sie mich erblickte, war sie es, die zu zittern begann. Wir betraten ihren Lattenverschlag. Schamhaft versteckte sie ihre Kleider hinter einem Wandschirm und lachte dabei nervös und wehrlos, als wolle sie ein Schulmädchen nachahmen. Aber auch ihr Lachen war gealtert. Während der zwei tarifmäßig festgesetzten Stunden setzten wir uns aufs Bett wie schüchterne, gehemmte Brautleute. Wir sprachen von Itapé, von der Schule, von Bekannten und verschwisterten uns allmählich in allem, was uns verband und gleichzeitig trennte. Erst zum Schluß fragte sie, ob wir zusammen schlafen wollten. Ich sagte nein. Es wäre für mich

Blutschande gewesen. Ich überließ ihr einen Ring, den ich von meinem Großvater geerbt hatte, und trat verbittert, leer und gealtert auf die Straße.

»Krippe« kennt mich nicht, auch wußte ich nichts von seiner Existenz, bevor ich ihn sah. Er hat die dunklen, lachenden Augen der Mutter. Er hätte mein Sohn sein können und ist doch nur meine Ordonnanz. Der Krieg hat ihn zufällig meiner Obhut anvertraut. Die unbeugsamen Gesetze des Zufalls wählen anscheinend den Schoß des Chaos, um sich zu erfüllen, wenn es sich vielleicht auch nur um ein merkwürdiges Zusammentreffen handelt und »Krippe« als Sohn der Lágrima González einmal mehr eine Spielerei meiner Einbildungskraft ist.

25. August

Die feindliche Luftwaffe ließ sich zum ersten Mal blicken. Eine Maschine überflog unsere Basis und belegte sie mit Maschinengewehrfeuer und etlichen Bomben. Es hat keine Verluste gegeben. Belustigt verfolgte die Truppe die Windungen der einsamen *Junkers*. Viele der bäuerlichen Gelegenheitssoldaten haben nie in ihrem Leben ein Flugzeug gesehen. Eine halbe Stunde nach seinem Verschwinden kamen zwei paraguayische *Potez*-Maschinen mit asthmatisch schnaufenden Auspuffrohren herangeflogen, um das Getöse zu erhöhen. Es fehlte nicht an höhnischem Pfeifen, als diese zwei Luftlastkarren verspätet den Himmel über der Basis wie zwei Waldtruthähne zwischen Perlhühnern in Besitz nahmen.

In aller Eile werden Unterstände ausgehoben, tiefe, breite Gräben mit Palisadendächern.

31. August

Während der Instruktionsstunde der Rekruten fuhr ein Wassertransport in nächster Nähe vorbei. Unter den für das Hauptquartier requirierten Lastwagen erkannte ich sofort den Klapperkasten der Sapukaier Ziegelei, den die Staubwolke alsbald verschlang. Am Steuer saß, wie zu erwarten war, Cristóbal Jara, der einzige Entkommene aus dem Mooraufstand. Ein knochiger, schwacher Schattenriß. Es war auch nicht verwunderlich, daß Silvestre Aquino und die anderen »Schnüffler« aus Sapukai aus dem Gefängnis geholt und dem vaterländischen Kreuzzug eingegliedert worden waren, um den in den Besitz der Bolivianer geratenen Chaco zurückzuerobern. Der Krieg hat somit auch sie losgekauft und den »subversiven Abschaum« in Wasserträger für die Kampffront umgewandelt, wo die Ehre der Nation reingewaschen werden soll.

Einen Augenblick lang habe ich unseren Scheinangriff auf einen in der Nähe der Lagune ausgehobenen feindlichen Schützengraben aus den Augen gelassen. Die Schüsse rissen mich in die Wirklichkeit zurück. Ein heftiger Schmerz in der linken Hand strahlte auf den ganzen Arm über; sie war blutüberströmt. Ich hatte mich mit der Browning verletzt, als ich den Sturmangriff befahl. Weihevoller Mißgriff für die Feuertaufe des besten Schützen seines Jahrgangs im letzten Lehrgang der Kadettenanstalt! Zum Entsetzen der Rekruten, die nicht wußten, was passiert war, lachte ich schallend heraus.

1. September

Im Feldlazarett hat mich eine junge Ärztin behandelt. Sie hat kaum mit mir gesprochen, ohne Fragen zu stellen oder Befremden über meine »Selbstverwundung« zu zeigen. Sie versucht nicht zu verbergen, daß sie neu im Beruf ist, bemüht sich aber, mit der Ruhe eines erfahrenen Chirurgen zu arbeiten. Ein leichtes Schürzen der Lippen und Brauen war alles, was ihre Konzentration beim Umgang mit dem Operationsmesser verriet. Der Streifschuß hat mir den Rand der Handfläche abgerissen. »Ich muß Sie morgen wieder ansehen«, sagte sie, als ich fortging. »Das wird rasch heilen, zum Glück ist kein Knochen verletzt.« Unter ihrer weißen Kopfbedekkung wirkt ihr ovales Gesicht frühreif; vielleicht bemüht sie sich auch nur um eine den Umständen entsprechende Haltung, um Selbstbeherrschung und Tüchtigkeit wie bei einer Prüfung, doch nun in Erwartung des drohenden Andrangs von Verwundeten. Ich habe die Krankenschwestern nach ihrem Namen gefragt. Eine von ihnen hat mir unter einem mit ihren Kolleginnen ausgetauschten Verschwörerlächeln verraten, ich sei der erste Kriegsverletzte der Frau Dr. Monzón.

Ich kehrte zu meiner Rekrutenausbildung zurück, und alles verlief wie gewohnt.

3. September

Während der Behandlung zeigte Frau Dr. Monzón sich etwas liebenswürdiger; ich erlaubte mir eine etwas bissige Anspielung auf Selbstverletzungen, und lächelte in mich hinein ohne die Absicht, mich dabei zu grämen. Ich war nahe daran, ihr zu sagen, ich hätte mich verwundet, um den Dienst des Feldlazaretts auf die Probe zu stellen, oder vielleicht auch, um ihr erster Patient zu werden. Doch ich beherrschte mich, um mich nicht lächerlich zu machen, und sah ihrer Arbeit stumm zu. Ihre gelben feuchten Handschuhe blendeten leicht unter der durchs Fenster hineinströmenden Sonne. Sie sah mich blinzeln und fragte mich, ob es weh täte. Ich verneinte. Ihre feinen langen Finger beendeten den Verband. »Seien Sie das nächste Mal vorsichtiger«, sagte sie und stand auf, als spräche sie zu jemand anderem. Sie verabschiedete sich wortkarg und ging ohne Hast zwischen den Feldbetten hinaus, aufmerksam um sich blickend. Die Oberschwester und zwei Schwestern traten zu ihr, und sie sprachen miteinander wie auf einer noch leeren Bühne. Ich verschwand wortlos durch den Hintereingang.

Draußen siedet der Betrieb des Militärstützpunkts dumpf im kühlen sonnigen Morgen, der nach nassem Gras, nach Benzin und Pferdeschweiß riecht.

Nach dem Zapfenstreich bis in die tiefen Nachtstunden summt die Operationsbasis neuerdings geschäftig wie ein Bienenschwarm. Im Kasino, in den Materialschuppen, in den Baracken, in den Hütten schreiben die nicht Dienst tuenden Männer fieberhaft. Die allgemeine Schreibsucht, welche die künftigen Kämpfer wie eine verfrühte Malaria ergriffen hat, ist einer im Entstehen begriffenen Einrichtung zu verdanken: der Kriegspatenschaft.

Offiziere, Unteroffiziere und Mannschaften schreiben an ihre Patinnen, und die, welche noch keine Patin haben, bitten um eine in ihren Städten, Dörfern und ferngelegenen Weilern. Im Widerschein des Feuers und der Laternen vertiefen die träumerischen Gesichter sich in das, was ihre Hände in einem rauschähnlichen Zustand schreiben; andere glänzen in begehrlicher Gemütsbewegung; manchen merkt man die Ohnmacht an, das Begehrte oder Gefühlte auszudrücken. In der Haltung des »Patenkindes« liegt so etwas wie eine blutschänderische Beziehung: es erbittet (oder schreibt an) eine Braut in der fernen Frau, die als Mutter und Schutzengel amtieren wird. Ein komplizierter Mechanismus von Stellvertretungen und Machtübertragungen.

Die Briefe an die Kriegspatinnen sind somit Versuche von Heiratsanträgen, von Hochzeitsfesten. Uraltes Schutzlosigkeitsgejammer des Mannes vor der Frau als Mutter und Geliebte, vom Patensohn ohne tatsächlichen Nutzen angestimmt.

Die für das Eintreffen dieser Briefe bei ihren Empfängerinnen und die Ankunft der Antworten bei ihren Absendern benötigte Zeit ist eine Zeit außerhalb der Zeit, die sich diejenigen genehmigen, die das »barbarische Amt« beginnen. Der einer Kriegspatin »entgegengeschleuderte« Brief ist somit ein wohltuender, verschwörerischer Bumerang; dieser Bumerang kommt in der Gestalt eines gegen die Einsamkeit in der Horde, gegen die panische Grabenangst, sogar gegen den Tod wirksamen Amuletts aus der Zukunft zurück.

Die Gierigsten sind daher natürlich diejenigen, die nicht eine, sondern viele Patenbräute haben, ja besitzen wollen: einen wahren Harem von Kriegspatinnen für jedweden Dienst. Sie schreiben Briefe in die vier Himmelsrichtungen. Dieser Blütenstaub der Wüste wird Früchte tragen; die Patinnen werden ihre Antworten schicken, ihre Körper, ihre Seelen. Der Kriegsteilnehmer will bis zur Nicht-Zukunft, die ihn an der Front erwartet, wohl ausgerüstet sein: er will in seinem Marschgepäck diesen Briefharem mitführen, der ihm zumindest einen mäßigen Unterhalt gewährleistet wie den alten Siedlern von Mohammeds Paradies.

Und es gibt natürlich auch die, welche weder lesen noch schreiben können; sie diktieren ihre Sehnsüchte einem Kameraden, der seinen eigenen Brief bereits in einen Umschlag gesteckt und diesen verschlossen hat und so mit einem letzten Zungenlecken noch durch diese seltsame Hochzeit des Mannes mit dem Tod an der unbekannten Frau teilhat.

5. September

Zusammenkunft im überfüllten Offizierskasino, in dem keine Nadel zu Boden fallen kann. Der Oberkommandierende wünscht persönlich die Truppenteile zu begrüßen, die mit der Rückeroberung des Chaco begonnen haben. Das fast utopische Unternehmen des utopischen Träumers einer Idee, deretwegen bis vor kurzem Menschen durch Maschinengewehrfeuer niedergemäht wurden. Klein und umsichtig, versucht Oberstleutnant Estigarribia nicht, durch seine Erscheinung aufzufallen. Die Uniform ohne Ordensschnallen ist ihm zu weit. Er macht den Eindruck eines guten Familienvaters, der in der Uniform zu einer etwas unmenschlichen, unheilvollen Größe angewachsen ist. »Dieser Krieg wird ein Krieg der Verbindungslinien«, sagt er sofort mit der bedächtigen, näselnden Stimme des einstigen Schülers von Foch, als führe er ein Selbstgespräch. »Siegen wird das Heer, dem es gelingt, die Verbindungslinien des Feindes in Schach zu halten. Insbesondere, wer seine Stellungen mit Wasser versorgen kann. Denn dieser Krieg wird auch der *Krieg des Durstes* sein ...«, fügt er nach einer Pause, die letzten Worte deutlich betonend, hinzu. »Ich trinke auf unseren Sieg!« Seltsamer Trinkspruch. Seltsame Taktik. Seltsamer Befehlshaber.

Auf der anderen Seite befehligt Kundt, der deutsche Söldnerführer. Zwei europäische Schulen stehen sich in einer wilden amerikanischen Wüste in einem Kampf gegenüber, der zwar mit primitiven Mitteln, aber um weniger primitive Interessen ausgetragen werden soll. Auch eine Art und Weise, die Zivilisation in eine Umwelt zu verpflanzen, die seit dem ersten Schöpfungstag im Rückstand ist.

»Krippe« schaut mir, in der Nase bohrend, aufmerksam zu, während ich schreibe. Ich blicke ihn an; sofort macht er, mechanisch die Hacken knallend, kehrt. Statt zu schreiben, hätte ich lieber mit ihm geplaudert und ihm Fragen gestellt ... Das Reglement untersagt jedoch Vertraulichkeiten mit Untergebenen. Die Moral der Truppe lebt im Feld von diesem Mißtrauen.

7. September

Unser Regiment stellt einen Teil von einer fünftausend Mann starken Kampftruppe dar, deren Ziel die Rückeroberung des Forts Boquerón ist. Der allgemeine Aufmarschbefehl hat uns der ersten Heeressäule – dem Gros der Abteilung – zugeteilt, die auf dem Camino Viejo, dem Alten Weg, vorrücken wird. Die zweite Säule soll auf dem Camino Recto, dem Geraden Weg, vorstoßen. Im vorgesehenen Augenblick werden sie das Fort gemeinsam umklammern und wie eine Kokosnuß aufbrechen. Ich habe die einhundertsechsunddreißig Mann meiner Kompanie, alles gutwillige Neulinge, Zug um Zug gemustert und den Zug- und Rottenführern entsprechende Weisung erteilt. Alles ist auf dem laufenden.

Bei Tagesanbruch soll es losgehen. Es ist bald soweit.

Schon graut der Morgen. Es tagt zwar noch nicht, aber die Nacht weicht kaum merklich. Der dumpfe Lärm der Operationsbasis, der die ganze Nacht nicht verstummt ist, hat sich in Erwartung des Marschsignals zu schwüler Stille verdichtet. Langsam treten im schlaflos-zähen Staub die Silhouetten der Schuppen, die Umrisse von Menschen und Material schattenbleich hervor. In der Nähe lodert das Biwakfeuer, auf dem die Matekessel für die Mannschaften summen. Viele sind wach. Viele haben, wie ich, die ganze Nacht kein Auge zugetan und spähen den malvenfarbenen Horizont ab, der sich für Augenblicke entwölkt, vor allem jedoch die zwischen Wasserwegerich und Binsen brennende Helle, die Lagune: die Lagune von Isla Po'í, die bereits mit dem anspruchsvollen Namen »Siegeslagune« getauft ist. Im ganzen Abschnitt gibt es keine andere Wasserstelle. An ihrem Rande zeichnen sich winzige Flecken, die Wasserlastwagen, ab, die ihre Tanks füllen. Mehr noch als am Himmel ist das erwachende Licht im halbvollen Teich sichtbar, dessen Entstehung und dessen Wasser ein Rätsel sind. Dort zittert der See im Unterleib des Hügels, in der Gabelung zweier Wege, die zum Schlachtfeld führen. Im Dämmer des Tagesanbruchs gleicht er einer unendlich zarten, vom Haar der Wasserpflanzen gesäumten Scheide, die, unter großen Schimmelflecken gärend, fast einen Geschlechtsgeruch verströmt. Dieser Teich ist das einzige Anzeichen von etwas Lebendigem mitten im dürren Flachland. Jetzt kreisen wie düstere Vorboten Schwärme früherwachter Wasserhühner durstig kreischend darüber. Von dieser bebenden Scheide hängt die Entscheidung des Kampfes ab ...

5

9. September (vor Boquerón)

Die Feuertaufe ist uns teuer zu stehen gekommen. Die Umklammerung hat gegen uns ausgeschlagen. Unsere massierten ungedeckten Angriffe sind an den ersten Verteidigungslinien des Gegners zusammengebrochen, ohne daß wir dabei die im Wald versteckte Befestigung überhaupt lokalisiert hätten. Vor uns, im Südosten, liegt eine über tausend Meter breite, halbmondförmige Bucht, eben und sauber wie ein Dorfplatz. Eine Waldspitze reicht auf dem nackten Feld bis zum Hals des Cañadón heran. Immer wieder griffen die Divisionseinheiten unbesonnen an und wurden von dem aus getarnten Schießscharten speienden Trommelfeuer wie Maiskolben entkörnt, zumal vor dem feuergespickten Felsgrat der Punta Brava. Unsere eigenen Batterien trugen mit ihrem aufs Geratewohl gezielten Beschuß zu dem Gemetzel bei. Statt die feindlichen Stellungen zu treffen, schlugen die Granaten unserer Mörser und Haubitzen tiefe Breschen in unsere Angriffsstaffel, so daß die aufgerollten Flügel der Regimenter sich ineinanderschoben, sich verwirrten und in dem entstehenden Höllenwirbel aufeinander einhieben. Auch unser in Reserve gehaltenes Bataillon wurde in die aufgelöste Frontlinie geworfen und geriet alsbald in wilde Auflösung, die wir nicht einmal mit Schreckschüssen aufhalten konnten. Meine Kompanie wurde beim ersten Sturmangriff dezimiert. Unter den Vermißten ist mein Bursche.

Am frühen Vormittag war der Frontalangriff völlig zum Erliegen gekommen. Im Waldengpaß ist ein Volk von Toten liegengeblieben, soweit man mit dem Glas erkennen kann. Den ganzen Tag zitterten sie unter dem schweren bolivianischen Feuer immer wieder wie im Fieber. Lange suchte ich mit dem Feldstecher den in seltsamen Stellungen übereinandergehäuften Menschenhaufen ab, und bin fast sicher, daß mein Bursche nicht unter den Toten ist, die in der glühenden Sonne vibrieren.

Anhaltendes Störfeuer. Unsere blinden Kanonen donnern nach wie vor im Dickicht mit ihrem hochtrabenden, aber nutzlosen Dröhnen, und die Granatwerfer lassen zwischen dem Geknatter des Gewehr- und Maschinengewehrfeuers ihre *Stokes* heiser husten. Schlangen von Verwundeten verstopfen die Saumpfade und fluten bleich und blutend in die Nachhut zurück.

Die Nacht fällt ein. Demoralisation. Erschöpfung. Ohnmacht. Wut. Wolken von bremsengroßen Moskitos, gegen die es keine Verteidigung gibt, setzen uns unermüdlich zu. Mein Ellbogen brennt von einem während des Rückzuggefechts erhaltenen Streifschuß. Heftiger freilich brennt der Durst in der Kehle, in der Brust – eine frische Wunde tief in meinem Innern. Das Wasser ist noch nicht bis zur Front gelangt. In Erwartung der kostbaren Flüssigkeit spucken wir Staub.

10. September

Unerschrocken hat der Befehlshaber die Entfaltung des Umfassungsmanövers befohlen. Die mit Krummen und Lahmen aufgefüllten Einheiten werden von neuem in den Kampf geworfen, zwar mit größerer Vorsicht als gestern, dafür aber mit dem gleichen Ergebnis. Allerdings können wir heute mit einem zusätzlichen Schutz rechnen: mit den auf der hufeisenförmigen Blöße aufgehäuften Leichen. Im Schutz der stinkenden Brustwehr kriechen wir, so gut es geht, vorwärts und suchen aufs Geratewohl das Herz der Feldschanze. Alle zerbrechen sich den Kopf, wo das Fort liegen mag. Vor der stachligen Mauer, die Boquerón schützt, kommen wir uns wie beim Blindekuhspielen vor. Tanz und Kontertanz im Engpaß des Todes, zu den Klängen einer haarsträubenden Hintergrundmusik, deren Feuer- und Kugelwellen uns unbarmherzig rupfen. Von oben laden die Flugzeuge mit ihrem goldgrünen Kennzeichen im Sturzflug ihre Bombenreihen auf uns ab und lassen ihre Maschinengewehre speien. Dafür werfen sie über dem halb belagerten Fort für dessen Besatzung kleine Fallschirme mit tropfenden Eispaketen ab, die anmutig herniederschweben. Das bolivianische Kommando sorgt für das Wohl seiner Leute. Einer dieser sägespan- und sackleinwandumwickelten Ballen landete in unseren Reihen.

Die Wirkung des Eisblocks war fast ebenso verheerend wie der Abwurf einer Bombe.

11. September

Sengende Hitze. Jedes Staubkorn, ja die Luft selbst scheint in irrsinniger Verbrennung anzuschwellen, die uns wie ein feuriger, durchsichtiger Block niederdrückt. Der Durst, der *weiße Tod*, geht Hand in Hand mit dem anderen, dem *roten* – beide gehen in staubigen Kapuzen. Wie die Bahrenträger kommen auch die Wasserträger nicht zur Ruhe, ohne dabei ihren Anforderungen auch nur im geringsten zu genügen. Es werden kaum mehr als zehn Lastwagen sein, die das kostbare Naß für die Kampfeinheiten der beiden Divisionen heranfahren. Von der Proviantbasis schleppen die Träger die Kanister geschultert auf verschlungenen Umwegen des Waldes herbei, wobei ein großer Teil des Inhalts verdunstet, verschüttet oder veruntreut wird. In achtundvierzig Stunden haben vier Offiziere je eine halbe Feldflasche und die Truppe lediglich einen halben Becher fast kochenden Wassers pro Mann bekommen. Das Büchsenfleisch der eisernen Ration beflügelt die Mannschaften nur auf sehr sonderbare Art. Ganze Züge desertieren besessen aus der Feuerlinie, um die Wasserfahrzeuge oder die mutigen Wasserkulis zu überfallen und zu überrumpeln. Zwei von ihnen wurden wenige Meter von unserer Stellung mit Bajonettstichen erpreßt. Als warnendes Beispiel mußte erbarmungslos ein Maschinengewehrstoß auf die Wasserdiebe abgegeben werden, die noch über den leeren Blechkanistern knieten und das blutige Wasser schlürften, das bei dem Überfall entstanden war. Estigarribias Trinkspruch beginnt sich mit bewunderungswürdiger Genauigkeit zu erfüllen.

Gegen Abend erschien »Krippe« wieder an der Front. In aller Ruhe erzählte er seine Geschichte. Ihr zufolge ist er von dem verhängnisvollen Anfang an im Waldlabyrinth umhergeirrt und von einer zur anderen Stellung gewandert, bis er seine eigene finden konnte. In seinen dunklen Augen blinkt trotzige Genugtuung. Seltsamerweise scheint die Pilgerschaft seinen Durst gestillt zu haben.

12. September

Unsere Stellungen sind auf ziemlich brenzlige Weise stabil geworden. Ein eher unzuverlässiges Gleichgewicht. Fahnenflucht und Wasserdiebstahl haben nach den strengen Abschreckungsmaßnahmen abgenommen. Inzwischen hat sich eine neue Form der Freibeuterei entwickelt, die »Selbstverwundung«, durch die die Leute in den Genuß der rechtmäßigen Vorrechte zu kommen suchen: Abtransport oder Wasserration. Wasserdiebe, Deserteure und Selbstverwunder werden kurz und bündig erschossen. Allmählich setzt sich die Disziplin wieder durch.

Alles deutet auf eine lange Belagerung hin. Die Offiziere vom Bataillonskommandeur aufwärts haben in ihren Stellungen den Bau von Einzelunterständen angeordnet, einen Meter tief, balkenverstärkte Erdlöcher. »Krippe« berichtet mir frech, unser Kommandant habe sein Loch drei Meter tief ausheben lassen.

»Tiefer, tiefer!« soll dieser laut »Krippe« seinen Burschen zugebrummt haben.

»Dann kommt aber gleich Petroleum, Herr Major!« habe einer von ihnen geantwortet.

Es ist nicht nur »Krippes« Schlauheit und sein verschmitzter Sinn für Humor. Es sind die Ausdünstungen von Auflehnung und Mutlosigkeit, die den Geist der Truppe verseuchen.

»Petroleum gibt's, aber kein Wasser!« Ich sehe wieder die verdreckten Soldaten der Heeressäule von Isla Po'í auf dem Camino Viejo vor mir, erdrückt vom Marschgepäck und unfähig, von der grünglitzernden Lagune, die für die Belagerungstruppen ein größerer Wunschtraum geworden ist als die Rückeroberung des eigenen Forts, weg in die eigene Marschrichtung zu blicken.

13. September

Spähtrupp. Der Yujraweg, der wichtigste Zugang zur feindlichen Feldschanze, ist von unseren Truppen abgeschnitten worden. Die Vereinigung mit unserem nördlichen Flügel steht bevor. Der Oberbefehl muß Ort und Stärke der Verteidigungen in diesem Abschnitt der feindlichen Nachhut erfahren, um die Umklammerung beenden zu können. Die Bolivianer haben jedoch das Hinterteil, die Rückfront von Boquerón, gut getarnt; man könnte geradezu sagen, ihr Schamgefühl sei übertrieben groß.

Langsames Vorwärtskriechen auf glühend heißer Erde, gut einen Kilometer lang, wundgescheuert von der trockenen Flamme des Schnittgrases und dem dornigen Dickicht. Zwanzig ausgesuchte Leute, außer ihrer zerlumpten olivgrünen Uniform ohne jeglichen Schutz, krochen vor mir her, verkleistert vom dampfenden Schweiß. Bei der Aufklärung kam zwar nicht viel heraus, dafür entdeckten wir eine andere erbauliche Seite des Durstdramas. Auf einer Binseninsel, im Niemandsland, liegt das Wässerchen eines Indiobrunnens, der von einem bolivianischen Vorposten und paraguayischen Ersatztruppen heftig beschossen wurde. Von meinem Versteck aus beobachtete ich mit dem Feldstecher dieses Vorbild eines Stillebens: Im Schußwinkel rings um den Brunnen liegt ein Haufen Leichen. Einigen von ihnen ist es noch gelungen, das Gesicht in das Tümpelchen zu tauchen: nun trinken sie in dieser Stellung bis in die Ewigkeit. Andere liegen still und gestillt, innig umschlungen – khakibraune und olivgrüne Uniformen, vom geronnenen Blut zu einer unzerstörbaren Bruderschaft zusammengeschweißt.

14. September

Unser Bataillonskommandeur ist gefallen. Augenblicke zuvor hatten wir wegen des heftigen Schußwechsels schreiend gesprochen, richtiger gesagt, wir hatten recht derb gestritten.

Ich war mit der Bitte um die Erlaubnis zu ihm gekommen, meine Kompagnie aus einer reichlich hoffnungslosen Stellung zurückziehen zu dürfen. Er wies mich schroff ab. Ich verstand nicht, was er sagte. Er war äußerst gereizt. Doch plötzlich sehe ich ihn die Arme ausbreiten und mit einer fast weiblichen Sanftmut die Augen schließen. Langsam neigt er sich mir entgegen und fällt mir um den Hals. Bestürzt über diesen plötzlichen Gesinnungswandel, konnte ich mir nicht vorstellen, was vorging, bis meine Hände auf seinem Rücken in die unverwechselbare Melasse des Bluts eintauchten.

Da ich der dienstälteste und einzige Offizier des Bataillons bin, der nicht aus der Reserve stammt, habe ich seinen Posten und sein Erdloch übernehmen müssen.

15. September

Anzeichen des Erlahmens bei den Belagerten. Die grüngelben Flugzeuge werfen mit ihren Fallschirmen kein Stangeneis mehr ab, sondern Medikamente und Lebensmittel, die größtenteils in unsere Reihen fallen.

16. September

Die Sprungfedern der doppelten Umklammerung sind fest vernietet. Die letzten Lücken sind durch beträchtlichen Nachschub, der unsere anfängliche Kampfstärke verdoppelt hat, großzügig aufgefüllt. Nicht weniger als zehntausend Mann und ein riesiges Aufgebot an Material setzen der verriegelten Festung zu, die wie eine Katze sieben Leben zu haben scheint. In Wirklichkeit kommt sie uns wie ein gewaltiger, hungriger und durstiger Tiger vor, der, auf seinen Hinterpfoten lauernd, seine Wunden leckt, unsichtbar im brennenden Urwald, aber imstande, schließlich über die ihm gestellte Falle hinwegzusetzen, um sich im Rausch kosmischer Gewalt aufzulösen, die die Raubtiere über den Tod hinausschleudert.

Das Oberkommando hat befohlen, im Rücken der feindlichen Front anzugreifen. In dieser entscheidenden Operation wird das gesamte Potential von Norden nach Süden eingesetzt und soll seine konzentrischen Ringe zusammenziehen wie eine Boa, die sich um ihre Beute wickelt.

Das von mir befehligte Bataillon soll auf der linken Flanke angreifen, um die Abschnürung der von Corrales besetzten Straße nach Yujra zu verstärken und die mutmaßlichen Infiltrationswege des Gegners in dem wenig bekannten Abschnitt des Forts Acre zu erkunden. Der Auftrag zeugt von notorischer Begriffsschwäche. Jedenfalls umfaßt er zwei verschiedene Ziele, denen meine Kräfte nicht gewachsen sind. Der mündliche Befehl ist unklar, weshalb ich meinen Adjutanten zur Einholung einer schriftlichen Order weggeschickt habe. Das Bataillon ist eine Kommode, über die jeder nach Belieben verfügt. Manchmal steht es in der Reservestaffel, bisweilen wird es auch als Manövriereinheit, als Mädchen für alles verwendet.

17. September

Eine Beendigung der Schlacht um Fort Boquerón ist nicht im entferntesten abzusehen. Die Angriffswucht hat sich von neuem in sich selbst erschöpft. Boquerón ist in der Tat eine harte Nuß. Die peristaltische Bewegung unserer Linien müht sich vergeblich, sie zu verschlingen. Von der Handvoll unsichtbarer Verteidiger, die ihre Waldschanze mit teuflischer Besessenheit halten, geht etwas Magisches aus. Wir haben den Eindruck, gegen Gespenster zu kämpfen, die geladen sind mit einer tödlichen, krankhaft tückischen Kraft und alle Grenzen der Auszehrung, Vernichtung und Verzweiflung längst überwunden haben.

Als Junge trug mir der Vater einmal auf, einen wurmkranken Kater zu beseitigen. Voller Widerwillen wußte ich nichts Besseres als ihn in einen Sack zu stecken und mit dem Buschmesser blindlings auf ihn einzustechen, bis mir die Arme erlahmten. Der Sack ging auf, das Tier sprang mit heraushängenden Eingeweiden heraus und umtanzte mich betäubt Dastehenden mit gräßlichem Geschrei, das mir den Leib zerriß.

6

18. September

Anstrengender Nachtmarsch. Bei Tagesanbruch fingen wir eine feindliche Abteilung ab, die sich offensichtlich nach Boquerón durchzuschlagen suchte. Nach kurzem Geplänkel zog sie den Rückzug vor und hinterließ uns einige Gefallene und ein verendendes Maultier. Wir waren am Rande der Vernichtung. In der Flanke angegriffen, fiel die Vorhutkompanie in Unordnung zurück und drohte in ihrer Flucht die gesamte Einheit mitzureißen. Glücklicherweise erlaubte der zurückweichende Feind uns, unsere Kampfsäule zu sammeln, als die allgemeine Auflösung drohte. Wir hatten fünf Verluste, darunter den Offizier, der die versagende Einheit befehligte. Ich habe meinen Adjutanten als Ersatzmann eingesetzt. Die Demoralisation begann gestern nacht, als die Spitzenspähtrupps auf eine feindliche Deckung stießen, die sie mit weitreichender Leuchtmunition beschoß. Dieses Mißgeschick zwang uns, einen Richtungswechsel vorzunehmen. So gelangten wir hierher, ohne genau zu wissen, wo wir waren. Es ist ein von einer frischgeschlagenen Pikade durchzogener Engpaß mitten im verkümmertsten dornigsten Gehölz, dem wir je begegnet sind. Vermutlich ist es einer der Verbindungswege der Achse Arce-Platanillos. Nach dem fernen Kanonendonner im Nordosten zu schließen, befinden wir uns etwa zwanzig Kilometer von Boquerón entfernt. In der Annahme, daß es sich dabei um einen verhältnismäßig wichtigen Operationsweg handelt, haben wir beschlossen, ihn vorläufig besetzt zu halten. Zwei Patrouillen sind ausgesandt, ein Spähtrupp nach Yujra, der andere zum Oberbefehl mit der Bitte um Instruktionen und Wasser, vor allem Wasser, sofern wir hierbleiben sollten.

Die versprengten Abteilungen sammeln sich wieder. Ich habe die Toten begraben lassen, die unsrigen und die des Gegners, und zwar in einem mit dem Seitengewehr ausgehobenen Massengrab in der sandigen Erde, deren Salzschichten in der Lichtbrechung wie Stärke aussehen. Dank der halbvollen Feldflaschen der Gefallenen konnten wir einen Schluck Wasser unter die Verwundeten verteilen. Wir anderen mußten uns nach zweitägigem Fasten mit einem Teller Maultierfleisch begnügen.

19. September

Die Patrouillen sind noch nicht zurück. Neue Zusammenkunft der Offiziere. Die These, daß das Bataillon auf der verkümmerten Waldinsel »mit oder ohne Wasser Stellung beziehen soll«, hat sich durchgesetzt. Einer der Kameraden ließ sogar heiser das Vaterland hochleben, mit trüben Augen, in denen die alte Begeisterung erloschen ist.

Nachdem wir die nächste Umgebung erkundet haben, bereiten wir die Verteidigung des Cañadóns an zwei Fronten vor und machen so eine erträgliche Naturfestung daraus. Die Zugänge sind mit Nestern schwerer Maschinengewehre und einzelnen Gräben befestigt worden. Vorgerückte Beobachtungsposten und stufenweise aufgestellte Feldwachen grenzen die Linien ab. An den äußersten Enden haben wir »Schleusen« eingerichtet, um Gefangene machen zu können. Angesichts der anderen Gefahr erweisen sich diese äußersten Sicherheitsvorkehrungen als lächerlich.

Unweit des Engpasses mündet der Wald in eine mit Schwemmresten bedeckte Schlucht, vielleicht ist es ein altes Flußbett oder ein in der Frühzeit ausgetrockneter See. Durch diese trockene Furt sind wir vermutlich vorgestern abend marschiert. Aus dem knochenbleichen Sand ragt ein Steinende in Pilzform, von der Farbe eines alten Bronzebarrens, in dem sich anscheinend das Licht fängt, weil es nicht widerstrahlt. Da es in diesem Teil des Chaco keine Steine gibt, muß es ein Meteorstein sein.

7

20. September

Die »Stellung« des Bataillons in der voreiszeitlichen Schlucht bringt die ersten Früchte. Drei Verwundete haben aufgehört zu leiden. Ich habe den Überblick über Kampfkräfte und Ausfälle meiner Einheit verloren. Aber sie scheint nicht zu schrumpfen, sondern nur von einem Zustand in den anderen überzugehen, solange die Verzweiflung nicht auch noch Raum gewinnt.

Meine Leute haben mir unter einem Samuhú, hinter einem Maschinengewehrnest, einen Unterstand gebaut. Von meinem Erdloch habe ich eine gute Aussicht auf das staubige Amphitheater mit seinen kränklichen, halbnackten, knochenhageren Gestalten, alles gealterte, schorf- und narbenentstellte Männer. Durch das Netzwerk des unbelaubten Gezweigs betrachtet, gleichen sie Bühnengespenstern, die berauscht einherwanken und nach der Vorstellung vergeblich den Heimweg suchen. Wenn ich die Linien abschreite, erkenne ich sie nicht wieder, immer dieselben verstörten, verbrannten, verkrusteten Gesichter von der Farbe alten Leders, die Pupillen staubverklebt unter dem struppigen Scheitel.

Die Bombardierung bebt nordwärts unterirdisch weiter, entfernt sich immer mehr und täuscht das Donnergrollen eines unmöglichen Regengusses vor. Von den Spähtrupps keine Neuigkeiten. Man hat einen neuen mit dem ausschließlichen Auftrag losgeschickt, ohne Rücksicht auf Verluste Nachschub zu holen. Die drei Männer unter dem Befehl eines Unteroffiziers sind fast kriechend, aber froh abgezogen. Ich habe meinen Kompaß hervorgezogen, um ihn ihnen mitzugeben. Aber die Nadelspitze, entmagnetisiert oder durch irgendeine geheimnisvolle Induktion blockiert, bewegt sich nicht. Die Männer werden sich nach dem unterirdischen Kanonendonner richten.

Meines Wissens setzt León Pinelos Buch glaubwürdig auseinander, daß hier, im Mittelpunkt der neuen Welt, im Herzen des Indiokontinents, das Paradies gelegen habe wie ein »körperlich echter, wahrhafter« Ort, daß hier der erste Mensch entstanden sei. Jeder der hiesigen Bäume könnte der Baum des Lebens und der Baum der Erkenntnis von Gut und Böse sein. Auch könnte man sich unschwer vorstellen, daß Adam und Eva, geblendet von den Wundern des ersten Gartens, in der Lagune von Isla Po'í gebadet haben. Wenn der Kosmograph und Theologe von Chuquisaca recht hat, wäre dies hier die Asche des durch die erste Strafe in Brand gesetzten Gartens Eden, auf dem heute die Söhne Kains in khakibraunen und olivgrünen Uniformen einherwanken.

Aus ihrem Lehm entstand dieser Staub.

21. September

Wieder hat der Feind einen Durchbruch versucht und als Zoll seines Scheiterns eine Anzahl Toter und in den Schleusen einen schönen Fischzug Gefangener zurückgelassen. Ein dürftiger Beitrag für unsere Chance, zu überleben. Mit der Wut wasserscheuer Hunde stürzten sich meine Männer auf die einen und die anderen. Auch hier mußte ich drastisch eingreifen, damit das Wasser ihrer Feldflaschen gleichmäßig verteilt wurde: einen Schluck pro Bart. Einige verschütteten ihre Ration durch Hast und Ungeduld. Die Gäste bekamen nichts und werden von jetzt ab unserer Enthaltsamkeit nacheifern.

Wieder wurde das Massengrab geöffnet. Diesmal tiefer und breiter. Man hat eine Schicht Erde auf die Toten geschüttet. Noch ist Platz übrig. Die Gefangenen waren für diese kleinen Hilfsdienste gut genug.

Im heutigen Gefecht hat sich mein Bursche wieder einmal durch einen seiner typischen, halb tollkühnen, halb verschmitzten Einfälle hervorgetan. Auf dem Höhepunkt des feindlichen Angriffs wurde das in nächster Nähe meines Unterstands eingebaute Maschinengewehr, das den Zugang zum Engpaß bestreicht, heiß und hatte eine Ladehemmung. Der Schütze war ratlos. »Krippe« kletterte aus seinem Loch, pißte auf das weißglühende Rohr und schrie halb ernst, halb scherzhaft:

– *Takuarú-mí nde kuarto-re, guaimí tepotí! ... Tombo-piró'-y-mí mba'é! ...*

»Ich besprenge dir die Schenkel, Scheißvettel, damit du wieder auf Touren kommst!«

Zufall oder nicht, das Maschinengewehr schoß wieder. »Krippe« kann nichts für sein Genie.

So also hat in diesem Lustgarten für uns der Frühling begonnen. Nur auf dem Wipfel der Karaguatás, dem Federbusch der stachligen Bromelien mit ihren harten, gezackten Blättern, öffnet sich früh morgens die eine oder andere kleine maulbeerfarbene Blüte, die wie die Lippen Sterbender schwillt und sich aufwölbt. Ihre Pracht währt nur wenige Stunden. Offensichtlich nähren sich die Fliegen von ihr, denn sie verströmen ihren zarten Duft.

22. September

Der Feuerblock setzt uns immer mehr zu, jetzt sogar mit dem ganzen Himmel, mit einem Himmel aus Lauge, die unbarmherzig durchs Blattwerk sickert. Die Bäume bieten kein Fleckchen Schatten. In Erwartung des Wassers kauen die Männer das faserige Fleisch der Kakteen, die unverdaulichen Knollen des Sauerklees oder die ätzenden Wurzeln der Bromelie. Natürlich stillen diese Genüsse nicht den Durst und rufen nur Ekel, Aufstoßen und Erbrechen hervor. Ich habe den einen und anderen beobachtet, der die von anderen vorgekauten Wurzeln mit törichter Besitzbefriedigung wiederkaute, als hätte er soeben etwas Wertvolles gestohlen. Andere bemühen sich, mit den samtweichen Blütenmützen des Karaguatá ihren erbrochenen Schaum wieder einzusammeln. Am Morgen des vierten Fasttages haben die Findigsten begonnen, die weichen Enden ihrer Lederriemen anzuknabbern – ein allerdings wenig nahrhaftes Trockenfleisch.

23. September

Man hat uns vergessen. Sogar der Feind, der nicht mehr durch den Wald heranrückt, um uns einige Tote, einige Feldflaschen zu bescheren oder uns endgültig niederzumachen. Jetzt würde es ihm leichtfallen. Die, welche bei uns sind, haben aufgehört, Feinde zu sein. Nackt, ebenso leichenhaft wie unsere Männer, unterscheiden sie sich nicht mehr von diesen. Wenn ich sie sehe, wie sie, gleichsam Schulter an Schulter, den Tod erwarten, muß ich an das einsame, stille Menschengewirr im Niemandsland, am Rande jenes Gewässers im Binsengestrüpp im Rücken von Boquerón denken. Uns erwartet das gleiche Los. Mittlerweile spielen wir Belagerungszustand im kleinen, nur daß wir hier, Paraguayer und Bolivianer, in der gleichen Falle sitzen, gefesselt an ein unabänderliches Schicksal, blindlings gegen einen gesichtslosen Feind kämpfend, der keine Unterschiede kennt.

Wir werden keine Kundschafter mehr aussenden. Wir haben alle Hoffnung aufgegeben, daß der Wasserwagen kommt, aber auch die, aus diesem Engpaß, den wir so verbissen verteidigen, jemals herauszukommen. Der rüstigste unter uns könnte keine hundert Schritte weit gehen, ohne wie vom Blitz getroffen zusammenzubrechen. Die Ausdünstungen der Kieselerde haben unsere letzten Schweißtropfen ausgesaugt, ja unsere Tränendrüsen ausgetrocknet. Wer noch einen Rest Urin in der Blase hat, kann von Glück sagen. Mit diesem Saft wird eifrig Handel getrieben. »Krippe« schleppte sich mit seinem Becher in der Hand von Mann zu Mann, ohne einen einzigen Tropfen im Tausch gegen einen unbegreiflichen

Mundvorrat zu erhandeln, den er aus seinem Brotbeutel zutage förderte: zwei steinharte, halbzernagte Maisfladen. Nun warf er sie in die Kakteen, ließ sich auf die Knie fallen und kratzte wie von Sinnen den Sand auf. Dann steckte er den Kopf in die Höhlung und blieb, von krampfhaftem Schluchzen durchzuckt, wie ein Enthaupteter liegen. In wenigen Tagen sind wir Tausende von Jahren rückwärtsgeschritten. Nur ein Wunder kann uns retten. Aber in diesem verlassenen, verwünschten Eden ist kein Wunder möglich.

Die Fliegen riechen jetzt nach Ammoniak. Es sind grünliche, behende, quecksilbrige Insekten, die uns helfen, die betäubende Schlafsucht zu bekämpfen, die uns befallen hat. Vor einer Weile schaukelte eine vor meinen Augen und funkelte wie eine Miniatursonne. Ich fing sie im Fluge. Es war das goldene Kreuz meiner Halskette.

24. September

Die Luft geht zu Ende. Eingezwängt in den Busch macht der bleiche, schlaffe, der ewige Staub des Chaco die Falten der porösen Leere sichtbar, die unsere Lungen immer noch einpumpen. Er ist der Rost dieses fossilen Lichts, der sich im Engpaß windet und das dumpfe Geheul seiner Rückstrahlung verströmt. Unsere Sinneswahrnehmungen stumpfen immer mehr ab. Die Umwelt verschwimmt und verflacht. Wir verschweben und verschwinden in der kreisenden, übelriechenden, undurchsichtigen Luftströmung. Nur das Leiden hält an. Das Leiden hat eine seltene Zähigkeit.

25. September

Waffen, Marschgepäck und Bestände liegen in alle Himmelsrichtungen verstreut. Von Zeit zu Zeit verwischen sie sich in meinem Blickfeld und tauchen an einer anderen Stelle wieder auf. Ob ich die Augen schließe und öffne, ob ich meine Stellung verändere, ohne es zu merken? Ich habe Ohrensausen. Zwischen Gaumen und korkigen Kiefern findet meine Zunge keinen Platz mehr, sie muß von Ameisen bedeckt sein. Diese Halluzinationen beginnen mich einzukreisen. Wie Nadelstiche zucken sie auf. Die feurigen Stacheln dringen mir in den Nacken, trepanieren mein Gehirn und hinterlassen an den Extremitäten scheinbar sehr tiefe, eiskalte Brandwunden. Vor einem Augenblick glaubte ich eine brennende Ampel im Gebüsch zu sehen. Caramba! ... dachte ich. Mit feierlicher Aufbahrung und allem Drum und Dran! ... Es war kein ewiges Licht. Die Sonne brannte wie eine dunkle, feste Flamme im Rohr des Maschinengewehrs. Ich werde nicht mehr laut denken, denn meine Stimme klingt seltsam, wie die Stimme eines Toten ... Mit einem Mal verliert der Engpaß seinen grünen Saum und spiegelt. Es ist die Lagune von Isla Po'í, die mich lockt zwischen den halbverfaulten Bäumen, die schillernd in ihr baden ... Nur einen Schritt von unserer Zuflucht! ... Ich schleppe mich vorwärts, tauche den Kopf in die lauwarme, pochende Scheide und versuche, in ihrer dunklen, sanften Tiefe zu verharren. Aber schon ersticke ich fast und finde mich verstoßen, Erde und Schmutz spuckend, während die Lagune gleich einer Seifenblase zerplatzt. Dann und wann lasse ich den Waldengpaß hinter mir und sehe mich wieder auf der Strafinsel, wie ich mit Jiménez plaudere, auf dessen Schulter der Papagei sitzt, den Kopf in den blendend blauen Flügeln verborgen. Oder ich gehe weiter zurück in meine Kindheit und meine Jugendzeit. Das klebrige Fleisch der Kakteen erneuert in mir den Geschmack von Damiana Dávalos' Brustwarzen, die meine Lippen in jener Nacht zwischen den Bahnhofstrümmern bissen und deren Milch sie zullten. Oder es ist der alte Macario Francia, der, winzig und gekrümmt auf der unendlichen Steppe daherschleichend, mir in seinen Handschalen Wasser aus dem Tebikuary bringt. Er geht und geht ... Schließlich kommt er bei mir an, ich bücke mich zum Trinken und finde in seiner Handfläche nur das schwarze Loch der gestohlenen Goldmünze ...

Schon besteht zwischen Lebenden und Toten kein großer Unterschied mehr, abgesehen von der größeren Unbeweglichkeit der zweiten. Anfangs bestatteten wir die Leichen. Nun ist das ein überflüssiger Luxus geworden. Wir riechen den Gestank der Toten nicht mehr. Auf jeden Fall ist es *unser* Gestank. Heute früh waren wieder drei tot. Wer hätte noch die Kraft, sie bis in die Grube zu schleppen und sie mit einer Schicht Erde zu bedecken? Hart und still schwellen sie im Gestrüpp an. In der Nähe meines Unterstands liegt mein Bursche mit blauen, aufgestülpten Lippen in seinem letzten Gesicht. Mit verkrampften Fingern hält er mir immer noch den Blechbecher hin und zeigt dabei die erdverkrusteten Zähne. Grüne Fliegen gehen in seinen Nasenflügeln aus und ein. Von Zeit zu Zeit schwirrt eine auf und unternimmt einen raschen Erkundungsflug in meine Umgebung, um zu sehen, ob ich schon reif bin. Vermutlich gehen ihr meine Langsamkeit, mein Widerstand auf die Nerven. Das liegt jedoch daran, daß ich das Maß ihrer Geduld nicht abzuschätzen vermag. Diese Fliegen verfügen zur Durchführung ihrer Arbeit über unbegrenzte Zeit. Eine von ihnen hat sich soeben auf das Blatt meines Heftes gesetzt und zwischen zwei Zeilen eine feuchte Spur hinterlassen, die im Nu trocknet. Jetzt springt sie auf meinen Handrücken. Ihre in zahllosen Facetten geschnittenen Augen blicken mich starr an. Ich fühle, vor ihr kann ich nichts verbergen. Sie weiß viel mehr von mir als ich selbst. In diesem Tropfen aus Obsidian haust alle Erinnerung der Welt. Sie mustert mich und biegt dabei langsam die ungeheuren schillernden Polyeder, die den ganzen Cañadón füllen, während sie ihren Rüssel mit den Fadenbeinen reibt, von denen jedes einzelne mich mit der Stärke von zehn Tigern in der Schwebe halten könnte. Warum soll ich sie fortjagen? Sie wird wiederkommen, wieder und wieder bohren wie ein Nagel in einer Narbe, bis das rote Pünktchen hervorquillt. Es ist nicht nur diese eine, es gibt Millionen ihrer Gattung. Der gesamte Waldengpaß summt wie ein Bienenstock.

27. September

Im übrigen darf ich nicht den Kopf verlieren. *Noch* bin ich der Chef meiner Truppe. Ich muß bis zum Schluß über das Schicksal meiner Leute wachen. Ich sehe ihre verwischten Silhouetten, die Klumpen, die in dieser steten, glühenden Finsternis aufblitzen. Inmitten des Gesumms, das mein Trommelfell zu sprengen droht, höre ich sie stöhnen und halb erstickt röcheln. Bisweilen ist es ein wollüstig keuchendes Stöhnen, das einem Orgasmus zu entspringen scheint. Mir ist der Gedanke lieb, daß das Leiden sich dieser Klage entzogen hat. Alles ist unwirklich geworden. Ich bewahre mich bis zum Schluß auf, klammere mich hartnäckig an diesen letzten Geistesblitz, an diesen Bleistiftstummel. Er wiegt immer schwerer in meiner Hand, als schriebe ich mit einem verkohlten Baumstumpf. Hin und wieder fällt er mir herunter, so daß ich lange brauche, bis ich ihn wiederfinde.

28. September

Der *weiße* Tod ist eine unersättliche Dirne. Man sieht sie nicht, aber sie ist da, unzüchtig und durchscheinend. Sie hat sich zu uns gelegt. Schwer von Hitze und Schweigen belauert sie uns. Ihr gelbliches Lustauge zittert im Dornengestrüpp. Wir fühlen, daß sie über uns hinschreitet und uns mit ihren Fieberfingern betastet. Sie schleppt sich mit ihrem Salpetergestank von einem zum anderen. Kaum ist sie mit einem fertig, bändelt sie schon mit einem anderen oder mit mehreren zugleich an, während ihre Schlangenaugen den nächsten Geliebten für die neue Verknotung suchen und erwählen. Zuerst hypnotisiert und umgarnt sie ihn mit ihren Fangarmen, bis sie ihm das Rückgrat bricht. Das Krampfgestrampel dauert nur einen Augenblick, und die Totenklage verstummt in den maulbeerfarbenen, geschwollenen Lippen. Keine Keuschheit vermag sich gegen sie zu behaupten. So warf sie sich auf meinen Burschen, der fast noch ein Kind ist, aber sie bekam ihn nicht, weil ich ihn ihr mit einer Kugel entriß. »Krippe« selbst hatte mich darum gebeten. Er litt unsäglich. Jetzt weiß er, was auf der anderen Seite liegt. Nach seinem Grinsen zu schließen, muß es etwas sehr Lustiges sein ...

29. September

Dagegen ist das hier wirklich ein höllischer Todeskampf, vielleicht noch etwas Schlimmeres. Lieber gleich Schluß machen ... Aber wie schwer ist es, zu sterben! Ich scheine ewig zu dauern. Ich habe die Pistole hervorgeholt, meine Halskette abgerissen und in den Lauf gestopft, bis das Kreuz auf der blau angelaufenen Kimme glänzte. Als ich sie mit einer nicht endenwollenden Bewegung an die Schläfe setzte, hörte ich immer noch Stöhnen. Mit meinen letzten Kräften kroch ich bis zum Maschinengewehr. Ich umklammerte den Griff, drückte auf den Abzug und bestrich den Engpaß mit mehreren Feuerstößen, um die Klagelaute aus dem Jenseits zum Verstummen zu bringen. In der eintretenden Stille hörte ich das Rattern eines Lastwagens, das stetig näher kam. Schließlich ist der Wagen am Ende der Pikade aufgetaucht. Es ist ein Wassertankwagen ... *Sie* versucht mich weiter. Ihre List, ihr Spott ist unberechenbar. In einer Staubwolke schwankt der Wagen mit brennenden Rädern im Zickzack durch den Engpaß heran. Auch auf ihn habe ich mehrere Garben, den ganzen Ladestreifen abgegeben, ohne ihn zum Stehen zu bringen, ohne das Ungeheuer meines eigenen Deliriums vernichten zu können. Aufrecht zwischen den Flammen lebendiger Wasserstrahlen rückt er mit dem schwankenden Tank näher, bis er gegen einen Baum stößt. Sie ist da ... sie ruft mich ...

VIII
Sonderauftrag

Die Geschichte Cristóbal Jaras
und Salu'ís im Gran Chaco

I

»Warum sind Sie nicht sofort gekommen?«

Man hörte wenig. Das Strohdach und die Lehmziegel vermochten den von außen eindringenden Lärm nicht abzuhalten. Der ganze geräumige, niedrige Schuppen, in dem das Hauptquartier untergebracht war, vibrierte vom Lagerlärm. Hinter einer Bretterwand lagen die Lagerräume und Werkstätten, auch dort wurde fieberhaft gearbeitet. Telefongeklingel. Gejaule des Funkgeräts auf Wellensuche. Schreibmaschinengeklapper. Laden und Entladen von Lebensmitteln und Kriegsgerät. Betrieb von eilig aus- und eintretenden Hilfskräften. Außerdem der ferne, farblose, eintönige Kanonendonner, der vom Westen herüberdröhnte.

In seinem kleinen Büro mußte der Chef seine Stimme erheben, vielleicht weniger wegen des Lärms als wegen seiner eigenen Nervosität, und schrie den korpulenten, bärtigen Mann, der mit dem Arm in der Schlinge schuldbewußt vor seinem Schreibtisch stand, fast an.

»Warum haben Sie sich nicht sofort gemeldet, Unteroffizier Aquino?«

»Ich war im Lazarett in Behandlung, Herr Major ...«, antwortete er, auf den Verband deutend, mit bescheidenem Stolz.

»Wo wurden Sie verwundet?«

»Bei Pozo Valencia.«

»Wie?«

»Und ... Herr Major ...« Er brach ab und kratzte sich, nach Worten suchend, den zerzausten Bart.

Der Unteroffizier hatte Mühe, sich auf Spanisch auszudrücken. Zwischen jedem Satz machte er eine Pause, als übersetze er zuerst im Geiste, was er zu sagen beabsichtigte.

»Wie wurden Sie verwundet?«

»Sie griffen uns an«, erwiderte der Leiter des Wassertransports bestürzt. »Ein ganzer Zug. Wir konnten sie nicht aufhalten. Es waren Soldaten aus unseren eigenen Reihen. Die Flugzeuge und die Maschinengewehre der Bolis sind nicht so gefährlich wie unsere eigenen Leute ...« Wieder wurden seine Worte unverständlich.

Hinter der Bretterwand stritten die Adjutanten in höchster Tonstärke. Der Chef sprang von seinem Hocker auf, trat an den Ausschnitt in der Wand und brüllte hinein:

»Maul halten, Carajo!«

Sofort brach der Lärm ab. Nur die Morsetaste pickte ihre Punkt- und Strichsprache auf der Lärmkulisse des Lagers weiter. Durch das als Fenster dienende Loch sah man die lichtgefleckte Lagune aus der Niederung herauffunkeln. Der Bärtige warf den am Ufer tankenden Lastwagen einen verstohlenen Blick zu und drehte sich dann wieder um. Der Chef des Hauptquartiers durchmaß den Raum mit langen Schritten. Er war viel kleiner als der Unteroffizier, aber seine unruhigen braunen Augen speicherten große Tatkraft und fraglos unerbittliches Pflichtgefühl. Er setzte sich wieder auf seinen Schemel. Das glanzlose, von einer vorzeitigen Glatze überragte Gesicht schien sich zu beruhigen. Er prüfte die Papiere. Einige von ihnen, Frontberichte und Meldungen, waren beschmutzt und zerknittert. Er beklopfte sie mit dem Handrücken, als wolle er sie säubern und glätten.

»Ich habe Sie rufen lassen, weil ich Ihnen einen Sonderauftrag anvertrauen muß. Man hat mich soeben um einen Wassertransport gebeten. Und zwar dringend. Er muß sofort abfahren.«

»Drunten wird gerade getankt, Herr Major.«

»Ich brauche nur einen Wagen«, unterbrach dieser trocken. »Und ich brauche einen guten Fahrer.«

»Jawohl ... den haben wir ...«

»Welchen Ihrer Leute empfehlen Sie?«

»Den Rangältesten nach mir, Korporal Cristóbal Jara«, antwortete er ohne Zögern.

»Er muß ein kampferprobter, entschlossener Mann sein.«

»Sie können sich auf ihn verlassen, Herr Major. Wir stammen aus demselben Dorf. Ich kenne ihn gut. Der wird mich nicht aufsitzen lassen.«

»Es ist ein schwieriger Auftrag.«

»Ich stehe für ihn gerade.«

»Er muß einem im Rücken des Boquerón völlig isolierten Bataillon Wasser und ärztliche Hilfe bringen. Der Wagen muß die Front durchqueren. Wer den Auftrag übernimmt, muß damit rechnen, nicht zurückzukehren. Vermutlich wird er nicht einmal hingelangen.«

»Ich bitte darum, selbst fahren zu dürfen«, sagte der Unteroffizier plötzlich.

»Sie sind der Gruppenchef. Rufen Sie Ihren Vertrauensmann und geben Sie diesen Befehl auf dem Weg im Lazarett ab. Man soll sofort einen Sanitätswagen fertigmachen.«

»Zu Befehl!«

Er stand stramm und verließ die Schreibstube.

2

Auf der ausgebrannten Steppe hob sich der Hügel von Isla Po'í gegen den rötlichen Abendhimmel ab wie ein Termitennest, über das ein Karrenrad gerollt ist. Nur daß es statt von Ameisen in der stickig-klebrigen Luft unablässig von Menschen wimmelte, die sich mit Lastwagen, Kanonen, Karren, Pferden, Maultieren und Rindern in einem Gewirr von Schreien, Befehlen, Gewieher und Motorenlärm vermengten. Unter einem Samuhú spielte oder übte eine Musikkapelle

Marschmusik. Nichts erwies sich in diesem Hexenkessel widersinniger als dieser Anschein von Militärparade, die den Schritt von Soldaten zu begleiten schien, die wirklich in die Schlacht zogen. Die nackten Füße waren aus Erde, desgleichen die Gesichter. Die Erde stieg in Wellen hoch und begann sie gierig zu verschlingen. Sie waren nicht mehr als dies: Ameisen des Krieges, das Gewehr geschultert, Tornister auf dem Rücken, im Vormarsch auf die feindlichen Linien.

Der Unteroffizier wandte sich dem Lazarett zu. Phenolgeruch schlug ihm ins Gesicht. Krankenbahren und Lumpenlager, aus Zweigen geflochtene Tragen waren rings um das große überfüllte Zelt verstreut, auf dem lasch das an ein Riesenbambusrohr gebundene weiße Laken mit dem Roten Kreuz wehte. Etliche Verwundete lagen auf dem Boden. Andere wurden von den Sanitätern aus dem Haufen abgeladen, den ein in eine Ambulanz verwandelter Brotlieferwagen herbeigebracht hatte. Wieder andere unter ihren Umhängen bereits reglose Leiber wurden ans äußerste Ende des Feldes geschleppt.

Der Unteroffizier machte einen Bogen um den stöhnenden Haufen und trat ein. In der als Anmeldezimmer benutzten Vorhalle händigte er seinen Befehl einem Praktikanten aus.

»Sanitätswagen ... Woher nehmen?« murmelte dieser und stieß einen leisen Pfiff aus, nachdem er den Befehl mit überheblicher Miene gelesen hatte.

»Es eilt«, sagte der Unteroffizier.

»Es fehlt nur der Wagen«, gab der Praktikant laut zurück, und auf den Lieferwagen deutend, der gerade entladen wurde, fügte er hinzu:

»Das ist der einzige. Die anderen sind unterwegs.«

»Er soll sofort fertiggemacht werden.«

»Er wird dann fahren, wenn er kann. Versprechen kann ich nichts.«

»Befehl ist Befehl.«

»Sprechen Sie mit dem Chef vom Dienst ...« Mißmutig stand er auf, um ihn zu rufen.

Eine Krankenschwester erschien im Gang und trat verstohlen auf den Bärtigen zu.

»Was macht der Arm, Silvestre?« fragte sie auf Guaraní.

»Tadellos.«

»Was suchst du dann hier?«

»Ein Sanitätsauto.«

»Ich dachte, du wolltest einen Internierungsschein.«

Der Unteroffizier lachte schallend heraus.

»Für diesen Kratzer? Nicht einmal tot möchte ich hier eingesperrt sein! ... Obgleich es mir hier gefallen würde«, fügte er in verändertem Tonfall hinzu. »Um bei dir sein zu können, Salu'í ... Ich meine, kräftig und gesund ... Was meinst du?«

Das Mädchen stellte sich taub. Ihr kleines, rundbäckiges Gesicht schien vorzeitig gealtert, zerknittert und hatte einen fast verkommenen, geistesabwesenden Ausdruck. Nur wenn sie lächelte, gewannen ihre Züge eine beinahe kindliche Einfalt wieder. Ihre Schürze strotzte vor alten und neuen Flekken, auf denen sich die Fliegen tummelten. Als Kopftuch trug sie einen Lappen, der nicht weniger beschmutzt war als ihre Schürze. Die blauschwarzen, metallisch schimmernden Zöpfe fielen ihr auf den Rücken.

»Wozu der Sanitätswagen?«

»Sonderauftrag. Willst du nicht mit, Salu'í? Es werden Freiwillige gesucht.«

Sie zuckte die Achseln.

»Weißt du, wen sie schicken?«

»Wen?« fragte sie ohne Neugierde.

»Kiritó.«

Ihr Gesichtsausdruck veränderte sich kaum merklich. Ihre großen welken Augen wandten sich ihm langsam zu.

»Wohin?« fragte sie mit gespielter Gleichgültigkeit.

»Hinter die feindlichen Linien ... Hübscher Ausflug! Fahrkarte wird nur für die Hinfahrt ausgestellt!« spöttelte der Unteroffizier grinsend.

»Warum schicken sie gerade ihn?«

»Irgend jemand muß doch fahren ...«

Die Krankenschwester wurde nachdenklich. Der Praktikant kehrte mit dem Chef vom Dienst zurück, der mit dem Unteroffizier zu verhandeln begann.

Verstohlen, wie sie gekommen war, schlich sie fort.

3

Am Ufer füllten die Wasserträger die auf die Karosserien alter Lastwagen montierten Tanks, die bei Kriegsausbruch beschlagnahmt worden waren. Die Herkunft dieser Fahrzeuge war nur zu erraten. Einige trugen noch ihre Aufschriften aus der Friedenszeit, Namen, Firmenzeichen oder Werbetexte. Auf anderen waren Sprichwörter oder lustige Kehrreime zu lesen.

Die zur Kette formierten Soldaten reichten einander die wassergefüllten Benzinkanister, die der auf dem Tank kauernde letzte in die Öffnung leerte. Etwa zehn Wasserlaster standen am Lagunenrand. Die Wasserträger bewegten sich geschmeidig im Gleichschritt. Ihre nackten, ausgezehrten Oberkörper ließen die Rippen sehen. Die nassen Umrisse schimmerten im Gegenlicht. Bissige Bemerkungen und Gelächter drangen aus den Reihen, ohne daß das Hin und Her der Kanister auch nur einen Augenblick nachgelassen oder gar aufgehört hätte. Sie stiegen vom grünlichen Wasserrand herauf, glitten, von Hand zu Hand weitergereicht, wieder zu ihm hinunter. Dabei schillerte es auf den von fettigen Stoffhüten verdunkelten Gesichtern. Am Ende der Kette stand ein kleiner, abgenutzter Ford, auf dessen Nummernschild zu lesen stand: *Sapukai – 1931*. Rittlings auf dem Tank sitzend, leerte ein Mann den Inhalt der ihm gereichten Kanister hinein. Er war mager und sehnig, hatte eckige Gesichtszüge. Er arbeitete schweigsam, ohne sich an den Scherzen der anderen zu beteiligen. Seine kupferfarbenen Schultern waren narbenbedeckt.

Jetzt tauchte der Unteroffizier auf und stieg den Abhang

hinunter. Die Gegenwart des Vorgesetzten ließ das Geschwätz verstummen, und die Kanister kreisten noch rascher.

»Korporal Jara ... beim Kommando melden!«

Der Mann auf dem Tank drehte sich ungläubig dem Sprecher zu. Der drängte ihn mit einer Handbewegung. Nun gab Jara den Kanister dem rundlichen, untersetzten Mann ab, der neben ihm stand, sprang von der Plattform, hob sein Hemd vom Boden auf und ging.

Der Rundliche kletterte an seiner Stelle auf den Tank, spuckte in die Hände und nahm den neuen, ihm gereichten Kanister entgegen, den er mühsam leerte.

»Dunnerknispel, Gamarra ... Dunnerknispel, *Halber Meter!*« ... riefen ihm seine Kameraden spöttisch zu.

»Schnauze!« donnerte der Unteroffizier, der verstohlen dem sich am Hang entfernenden Jara nachblickte.

Die Kette der Träger setzte ihre rhythmische Arbeit fort – die Kanister kamen und gingen, die glänzenden Leiber neigten sich hin und her.

4

Sie betrachteten die auf dem Tisch ausgebreiteten Landkarten und Skizzen. Die mit einem roten Bleistift bewaffnete Hand zeichnete ein Kreuz auf eine Karte und umrandete es deutlich.

»Hier ...«, sagte er. »Hier muß es sein. Kurz hinter dem Weg nach Yujra. In diesem Ausläufer des Waldes muß der Cañadón liegen.«

Cristóbal Jara blickte schweigend auf die Skizze.

»Wald und Wüste«, setzte der Major hinzu. »Der ganze Abschnitt ist vom Feind besetzt, der dauernd vorstößt, damit seine Verstärkungen nach Boquerón gelangen können.«

Er brach ab, heftete unverwandt seine Rebhuhnaugen auf seinen Untergebenen und fragte streng:

»Trauen Sie sich's zu?«

»Jawohl, Herr Major.«

»Gut. So gefallen Sie mir.« Seine Stimme schlug einen scherzhaften Ton an. »Somit haben wir zumindest beim Transport noch ein paar echte Männer … Machen Sie sich fertig. Sie nehmen Ihren Wagen und einen Sanitätswagen mit Arzneimitteln und Proviant mit. Im Divisionshauptquartier in Isla Samuhú bekommen Sie die letzten Anweisungen. Dort nehmen Sie auch den Mann aus dem Spähtrupp mit, dem es gelungen ist, durchzukommen.«

Cristóbal Jara nickte zustimmend.

»Fahren Sie so rasch wie möglich ab. Auf dem Camino Viejo. Keine Freiwilligen anfordern. Besser, wenn keiner davon erfährt. Suchen Sie sich selbst Ihre Leute aus. Also los, und viel Glück … Ah, und passen Sie mir auf den Wagen auf …«

Jara stand stramm und machte kehrt. Beeindruckt blickte der Chef ihm nach, machte eine kaum merkliche Gebärde, wie um ihn zurückzurufen, besann sich jedoch eines besseren und kehrte an seinen Schreibtisch zurück.

5

Die Krankenschwester stellte die beiden Eimer mit abgekochtem Wasser auf den Fußboden, zog das Sackleinen auseinander, das den Eingang zum Operations-»Saal« verschloß und spähte hinein. Im scheidenden Licht des Spätnachmittags, das durchs Fenster drang, operierte der Chirurg weiter. Sie sah die schimmernden Instrumente, die ihm gereicht wurden, die schweißbedeckten, erschöpften Gesichter. Unter den geröteten Handschuhen bebte ein der Länge nach geöffneter Bauch wie der Leib eines soeben geschlachteten Tiers. Därme und innere Organe hingen auf einer Seite heraus. Die wenigen Ärzte arbeiteten seit dem Beginn der Offensive ohne Unterlaß, Tag und Nacht. Die Belagerung von Boquerón brachte eine Flut von Verwundeten mit sich, die sich aus den überlasteten Verbandplätzen der Front in das Standortlazarett ergoß, so daß auch dieses zu einem Schlachtfeld wurde.

Auch hier war kein Ende abzusehen. Soeben brachten die Träger ein neues erd- und blutverklebtes Bündel herein.

Salu'í ließ den Sackrupfen fallen und drehte sich um. Einen Augenblick später war sie in der Küche. Sie trat auf eine andere Frau zu, die sich am Herd zu schaffen machte, eine Bäuerin, die wohl einmal schön und kräftig gewesen war. Jetzt war auch sie von einer Schicht Häßlichkeit und Schmutz überzogen.

»Nein?« ... fragte sie, den Blick auf die lange Reihe der Evakuierten geheftet.

»Nein«, antwortete Salu'í. »Sein Name ist nicht dabei. Es sind etwa zweihundert.«

»Ich weiß nicht, wie mir ist ...«, sagte die Frau halb geängstigt, halb beruhigt. »Ich möchte und möchte auch wieder nicht, daß Crisanto unter denen ist, die von der Front kommen. Manchmal will ich, daß er kommt, wenn ich aber sehe, wie sie zurückkommen, möchte ich's wieder nicht und lieber weiter warten ...«

»Ich glaub, ich geh jetzt, Juana Rosa«, sagte Salu'í nach einer Weile und legte ihr eine Hand auf die Schulter, ohne den Blick von dem zur Lagune abfallenden Hang zu wenden.

»Wohin willst du?«

»Ich will versuchen, mit ihm zu fahren. Ich weiß nicht, ob man mich läßt. Ich will's aber versuchen. Man schickt ihn weit fort. Ich weiß, daß er nicht zurückkommt ... Ich will mich als Freiwillige melden. Sei so gut und übernimm meine Stelle, Juana Rosa. Ich hab's der Ärztin schon gesagt.«

»Ja, Salu'í.«

»Ich muß mit ihm fahren ...«

»Hast du's ihm schon gesagt?«

»Noch nicht ... Ich warte auf ihn.«

»Wann soll es losgehen?«

»Jetzt gleich ... Wenn wir uns nicht wiedersehen, so nimm mein Bündel Kleider an dich. Mein bißchen Schmuck ist drin und etwas Geld. Kauf davon deinem Kind etwas zum Anziehen, wenn du in dein Tal kommst.«

Juana Rosa zog aus ihrem Rock ein Päckchen Zigarillos und reichte es ihr mit feuchten Augen. Salu'í zündete einen am Herdfeuer an und tat ein paar Züge.

»Ich werde beten, daß du deinen Mann wiedersiehst, Juana Rosa«, sagte sie, und der Rauch verhüllte ihr Gesicht.

Sie verabschiedeten sich wie Schwestern. Der Küchengefreite und einige Soldaten kamen lärmend mit dem Kessel herein. Der Gefreite richtete ein paar saftige Scherzworte an die Frauen, die geistesabwesend dastanden. Salu'í ging wortlos hinaus. Draußen kam Cristóbal Jara vorbei.

6

»Cristóbal!« rief sie.

Er ging schweigend weiter und schien ihre Gegenwart nicht zu bemerken. Jetzt beschleunigte er den Schritt, auch Salu'í ging rascher, sie konnte ihn kaum einholen.

»Ich muß mit dir sprechen.«

»Ich habe keine Zeit.«

»Ich weiß, daß du weit fort mußt ...«

Jaras Gesichtsausdruck verhärtete sich zu sichtlichem Widerwillen. Jetzt fügte sie hinzu:

»Und daß du Bahrenträger brauchst. Es gibt nicht viele im Lazarett. Ich will als Freiwillige mitgehen ...«

»Ich brauche keine Freiwilligen«, sagte er barsch und musterte sie von oben bis unten. »Am allerwenigsten eine ... eine Frau ...« Die flüchtige Unterbrechung verlieh dem Satz etwas Verletzendes, das er vielleicht nicht beabsichtigt hatte.

»Ich will mit dir fahren, Cristóbal.«

»Jeder auf seinem Posten«, sagte er, ohne sie nochmals anzublicken.

»Und wenn ich dich bitte, mich mitzunehmen?«

»Auf Hemmschuhe lege ich keinen Wert.«

Er ließ sie stehen. Sie sah ihm nach, wie er sich mit seinen langen, geschmeidigen Schritten entfernte und blieb wie gelähmt stehen. Als er in die Nähe der Lagune kam, sah sie ihn plötzlich loslaufen. Aber dort bewegte sich jedermann rascher. Zuerst ahnte sie nicht, was geschehen würde. In diesem Augenblick war sie weit, sehr weit weg, als habe Cristóbals Kränkung sie in eine Zeit der Demütigung und Erniedrigung zurückgestoßen. Sie fühlte nicht mehr die Erde unter ihren Füßen. Trotzdem veränderte sich ihr Gesichtsausdruck, ein unmerkliches Lächeln huschte über ihre Mundwinkel. Sogar ihre Augen waren nicht mehr so umflort wie sonst, sie weiteten sich groß, starr, ohne die drei brummenden Kometen zu sehen, die den Himmel der Basis überflogen.

In diesem Augenblick wuchs sie wie in einer Vorahnung über sich selbst hinaus.

Niemand hätte mit Bestimmtheit etwas über sie auszusagen vermocht, vielleicht nicht einmal sie selbst. Sie hatte alles vergessen, was hinter ihr lag, sogar ihren alten Namen, Maria Encarnacíon. Verschiedene Versionen, die bereits zum Legendenschatz des Standorts gehörten, waren über sie im Umlauf. Einigen zufolge war sie mit der ersten Abteilung Frauen gekommen, die anläßlich der ersten Mobilmachung des Jahres 1928 ihren Männern nachgereist waren. Damals keimten aber noch kaum ihre Kinderbrüste. Eine andere Lesart wollte wissen, die Frau eines Offiziers habe sie als Kinderschwester mitgebracht und hinterher hinausgeworfen, weil ... Gut. Hier verwischten sich die Dinge. Ihr Ruf als Abenteurerin war jedenfalls dadurch entstanden, daß sie wie weggeworfenes Gerümpel in einem Winkel des Lagers hauste und trotz ihrer Schönheit noch zu jung, zu kindlich war, um in einer Garnison verdorben zu werden. Wenn man sie daher fragte, wieso sie hier sei, antwortete sie nur:

»Ich bin hierhergekommen, um mir das Theater anzuschauen, und bin halt geblieben ...«

Sicher war, daß der Krieg sie, wie der Sommer die Schlangen, genau in dem Augenblick verändert hatte, als der blutige Mond listig über dem Chaco aufging.

Eine Zeitlang vorher, als das untere »Viertel« an der Lagune entstand, verstand sie es, sich die strohgedeckte Lehmhütte zuzuschanzen. Auf der anderen Seite, im oberen Teil, standen die von den Familien der Offiziere und Kommandeure bewohnten Backsteinhäuser. Nachmittags gingen die Frauen mit ihren weiblichen Verwandten auf dem Platz um den Fahnenmast spazieren. Dann sah sie von unten dem Korso der anständigen »schnieken« Damen zu, sie sah die Silhouetten der zur Militärmusik umherschlendernden Mädchen, wie sie sich gegen den staubigen, violetten Himmel abhoben. Vielleicht beneidete sie sie um ihre hochhackigen Schuhe, um die bunten Kleider, die sich eng um die Hüften schmiegten, vielleicht beneidete sie auch die schwangeren Ehefrauen, »die den Nabel herausstreckten«, um ihre vorstehenden Bäuche. In mondhellen Nächten sah sie oben die erleuchteten Fenster und hörte Gesang und Tanzmusik der häuslichen Veranstaltungen. Sie besaß nicht viel mehr als ihre unzüchtige Beliebtheit, die in ihrem am Lagunenufer gelegenen Ranchito insgeheim wuchs. Wenn die Temperatur sank, bewegte der Wüstenwind die Türmatte und schabte an ihr wie ein trockener Finger. Kauernde Schatten warteten im Mond vor dem Binsenvorhang, bis sie an die Reihe kamen, und verbargen sich im Gesträuch vor dem Wachposten, der seine Runde ritt. Aber auch der Wachposten kam, stieg vom Pferd und wartete mit den anderen oder machte seine Autorität geltend, stellte sich an die Spitze der Schlange, nahe beim Eingang, um die gedämpften Laute dahinter zu belauschen, die männlichen Liebkosungen, Salu'ís neckisches Gelächter, mitunter auch die kleinen Ohrfeigen, die das keuchende Schweigen einleiteten oder beschleunigten. Von Zeit zu Zeit trat sie halbnackt heraus, um Luft zu schnappen, das Haar zerzaust, zierlich, aber in den Augen der geilen Männer eine üppige Gestalt, Bauch und Brüste unter dem zerschlissenen, schweißgefleckten Unterrock prall vom Mondlicht. Jemand bot ihr eine Zigarette an. Andere überreichten ihr im voraus die »Geschenke«, die sie für sie in der Intendanz stahlen. Maisfladen, Mate, Mehl, Büchsenfleisch und sogar die eine oder andere Flasche Bier. Sie nahm die Gaben entgegen ohne ein Wort des Dankes, als habe sie Anspruch darauf. War sie schlechter Laune, jagte sie die Spender fort und verschwand gähnend, mit heiserer Stimme Unverständliches murrend, in ihrer Hütte. Bisweilen brachten die Männer vor ihrer Tür Ständchen mit Gitarren und Harfen, das gefiel ihr am besten. Doch dann hob sich der Vorhang für niemanden und der türlose Ranchito wurde uneinnehmbar wie eine schwerbestückte Kasematte.

Als einige ihrer Stammgäste krank wurden, tauften sie sie mit Schnaps und Fröhlichkeit auf den Spitznamen *Salu'í*, der sie am besten charakterisierte und sie auch nicht verstimmte. Der Gedanke, daß man sich, wenn auch nur seinen Namen, ändern konnte, gefiel ihr. Noch war sie keine Krankenpflegerin, sondern vorerst nur eine *Krankmacherin*, wie ihre vermeintlichen Opfer mit spätem Tadel klagten und sie ironisch auf *Kleine Gesundheit* umtauften. Sie erbettelte diese Zusammenkünfte jedoch nicht. Wer Lust hatte, kam, vergütete ihr aber die genossene Gunst nicht immer mit barer Münze.

All das konnte sie vergessen. Alles, was bis zu seiner Ankunft in Isla Po'í, vor einem Jahr, geschehen war. Bis zu diesem Augenblick, der ihr Leben verändern sollte, konnte sie ihre gesamten Erinnerungen verscheuchen wie Läuse vom Kopf. Sie war wieder rein und neu. Sie fühlte ihr verkümmertes Frauentum von neuem keimen, eine dem Gefühl des Kriegsversehrten verwandte Empfindung, der einige Zeit in der Täuschung lebt, das amputierte Glied hänge noch an dem zerstörten Fleisch. In ihrer tiefsten Erniedrigung fühlte sie ihre Jungfräulichkeit von neuem erwachen, wachsen und sich läutern in dem sie überstürzenden Gefühl, das keineswegs Verblendung oder Selbsttäuschung war.

Die Mobilmachung und die Beschlagnahme von Fahrzeugen brachten den Ziegelbrenner von Sakupai zwangsläufig ins Feldlager. Die anderen Revolutionäre aus dem Moor, die schon seit einiger Zeit in der Garnison waren, empfingen ihn im Triumph. Sie sah, wie er ausstieg, ohne seine Ruhe zu verlieren, wie er seine Kameraden mit einem knappen Lächeln begrüßte, groß, hager, einsilbig und dunkelhäutig, mit seiner stillen Sicherheit, die der auf den Rand seines Klapperkastens gemalte Kehrreim für den, der ihn ernst nahm, wie Spott erscheinen ließ.

Anfangs lachte auch sie wie einige andere über Cristóbal Jara. Aber dann ließ das Bild des Sapukaiers mit den harten, schmalen Lippen und den grünspangeäderten Augen sie nicht mehr los. Nun heftete sie sich an seine Fersen. Er ging jedoch nicht darauf ein und war der einzige unter den Fahrern, der sich nicht vor ihre Binsentüre kauerte. Nachts wartete sie auf ihn und ließ ihn mit Silvestre Aquino und den anderen rufen. Aber er zog vor, nach dem Zapfenstreich im Intendanzschuppen Karten zu spielen oder ins Zeltdorf des Macká-Stammes zu gehen, wo er in dessen harter, einsilbiger Mundart seine Freizeit mit dem Kaziken Kanaití verplauderte. So machte er sich rar, ohne es zu wissen. Dadurch verbittert und auf unbestimmte Weise böse mit sich selbst, hielt sie sich an den anderen schadlos, aber nicht für lange Zeit.

Es war keine Verachtung, es war etwas Schlimmeres. Mangel an Interesse? Teilnahmslosigkeit? Sie hätte es nicht zu sagen vermocht, und das quälte sie, wie auch, daß sie seine Unnahbarkeit nicht durchbrechen konnte. Was wußte sie von einem Mann, wenn sie die Männer nur in ihrem entmenschtesten Augenblick kannte, diese durch die Einsamkeit des Lagerlebens betäubten, durch die ewige Verlassenheit der Einöde verrohten Männer. Was wußte sie von diesen Männern, die alle gleich waren, zuerst vor ihrer Tür kauernde Schatten, sodann gesichtslose Schatten, die mit ihrem ganzen Gewicht auf ihrer Nacktheit lasteten und bei ihr nur ihren Durst stillten, als tränken sie einen Becher Wasser aus der Lagune. Männer, die sich bei ihr nur ein Trugbild der Liebe, vielleicht sogar eine Geschlechtskrankheit holten.

Und doch begann in einem für alle unvorhergesehenen Augenblick ihre unfaßbare Wiedergeburt. Der unverwesliche Keim erneuerte sich in ihrer vernichteten, verbrennenden

Weiblichkeit. Zwar trat fortan kein Mann mehr über ihre Schwelle, aber es glaubte auch keiner an ihren Läuterungswillen. Ihre unreine, nahe Vergangenheit hielt sie gefangen wie der Käfig einen Papagei. Bisher hatten sie sie nicht verurteilt; jetzt, als sie eine andere geworden war, taten sie es. Salu'í war für alle nach wie vor die kleine Hure von der Lagune, das liederliche Papageienweibchen aus dem Viertel »Papageienkrankheit«, das auch ihr seinen Namen verdankte. Nun wollte man sie aus dem Lager jagen. So bemühte sich das obere Viertel mit seiner Ehrbarkeit, Druck auf die Lotterbude des Lagunenviertels auszuüben. Eine Abordnung von sonnenschirmgeschützten Damen legte Beschwerde bei der Kommandantur der Garnison ein. Aber dann brach der Krieg aus, und die Evakuierung der Zivilbevölkerung rettete die Sünderin vor der Verbannung.

So entführten die Transportzüge die verstörten Damen, die vor der Bombengefahr nach Puerto Casado flohen. Die einzige, die im Standort verblieb, war eben diejenige, die einige Tage vorher wie ein tollwütiger Hund verjagt werden sollte. Sie erinnerte sich daran, weil an jenem Tag, zu Beginn der Trockenheit, der große Schmetterlingsschwarm das Lager überfiel, Millionen und Abermillionen, die in Wellen herbeigeflattert kamen. Und schon zitterte die Steppe unter dem golden flatternden Lavamantel, unter dem selbst das Grün der Lagune sich gelb verfärbte. Die Luft wurde so zäh, daß man zu ersticken glaubte. Und die Damen fuhren hustend und Schmetterlinge spuckend in den Lastwagen ab.

Am darauffolgenden Tag begann Salu'í ihre Tätigkeit in dem noch leeren Lazarett, das mit dem Beginn der Belagerung von Boquerón reichlich mit Kanonenfutter gespeist wurde. Bald darauf kam Juana Rosa an, so daß sie zu zweit waren, zwei dralle Geschöpfe in der Flut aschgrauer Männer.

Nun stand sie auf dem Hang, inmitten des blitzenden Fliegerbeschusses.

Der ganze Zug geriet in blinde, ungeordnete Bewegung. Und Cristóbal ging fort und ließ sie allein. Sie machte ein paar

Schritte, blieb aber unschlüssig stehen. Dann wandte sie der Lagune den Rücken und lief ins Lazarett hinauf.

7

Der Himmel bebte. Rauh und hohl hallte er vom Brummen der Flugzeuge und vom Krachen der abgeworfenen Bomben wider. Drei bolivianische *Junkers* überflogen den Stützpunkt in geschlossener Formation und warfen ihre Bomben ab. Der Boden brach überall in brennende Erd- und Maschinengewehrgarben auf. Menschen, Fahrzeuge und Tiere prallten in den überraschenden Ausbrüchen gegeneinander. Zum Schluß stießen die Eindringlinge herab und durchkämmten den Wirbel im Tiefflug mit Maschinengewehrsalven. Mit und gegen den Strich. Von oben mußten sie den Bergkamm der Insel Po'í wie einen fröhlichen Ameisenhaufen, einen mit Bombentreffern ausgeweideten Takurú sehen können.

Die behelfsmäßig angelegten Bollwerke taten allmählich ihren Dienst, verfügten aber über keine echten Flugabwehrbatterien, sondern lediglich über einige wenige Schnellfeuergeschütze, die ganze Patronengurte mit *Dumdum*geschossen abfeuerten. Von ihnen war kein sonderliches Ergebnis zu erwarten. Trotzdem entfalteten die *Junkers* sich fächerförmig, hartnäckig verfolgt von dem in ihrem Umkreis platzenden Kugelhagel. Eine von ihnen entfernte sich mit rauchendem Heck. Die übrigen gewannen Höhe und beschrieben weiterhin verwickelte Figuren, von der Abendsonnenglut blutrot bemalt. Die Propeller mahlten reines Feuer, noch röter als die Zungenschläge ihrer Maschinengewehre.

Jetzt führten die Bomben ihr Zerstörungswerk mit verminderter Genauigkeit fort und gaben beliebige Feuerstöße ab, die sich in einen dichten Regen aus Erdreich und Materialteilen verwandelten. Zwei Bomben fielen nahe beisammen in die Lagune, und entrissen ihr eine einzige orangenfarbene Wasserhose. Ein paar Treffer fielen auf freies Feld und verursachten im trockenen Gras züngelnde Brände, die an den feierlichen Brauch eines Indiostammes erinnerten.

Jetzt schlug die Panik des ersten Augenblicks in eine überstürzte Rettungsaktion um. Die Truppeneinheiten halfen den Bahrenträgern, die Verwundeten in die Unterstände zu schaffen, so daß die Bahren Hals über Kopf in die Finsternis wanderten. Im Nu waren die Gräben voll. Nun wurden die Pritschen in den Wald geschafft. Da und dort rissen Kakteen und Dornen Decken und Verbände von den schaukelnden Bahren und entblößten frisch genähte Stümpfe. Eine Bombe fiel auf diese Ansammlung hingestreckter Gespenster. Zwar waren sie teilweise durch das dichte Gebüsch geschützt, dennoch flog eine Tragbahre in die Luft und blieb in der Krone eines Samuhú hängen, wobei ein Arm in das verbogene Eisengerüst geklemmt wurde.

Die Bahrenträger ließen sich jedoch nicht entmutigen und packten zu. Gebückt, fast am Erdboden klebend, schleppten sie die stöhnenden Bündel, dazwischen schlängelte sich die beherzte Salu'í, waghalsiger als alle, hierhin und dorthin. Sie trug Bahren, sie leitete, ordnete an und unterwies die anderen wie ein Zugführer auf dem Schlachtfeld. Abgezehrt und mit glühenden Augen wuchs ihre kleine Gestalt in Staub und Rauch über sich hinaus. In einem gegebenen Augenblick faßte sie einen an beiden Beinen amputierten Mann, zerrte ihn unter die Bäume und bettete ihn dort. Mit einer Blechbüchse versehen kam und ging sie und gab den Bedürftigsten zu trinken. Sie verteilte Tabletten zum Stillen der Blutungen und wechselte so gut sie konnte die Verbände. Ein ausgemergelter Junge, der in den letzten Zügen lag, klammerte sich an ihre Hand und murmelte:

»Mama ... Mamita! ... Laß mich nicht allein!«

Sie schloß die Augen. Aus dem Abgrund des Todes rief sie jemand mit diesem für sie kaum glaublichen Namen. Dann ließ die aus Haut und Knochen bestehende Kralle los. Sanft entzog sie ihr die Hand. Sie drückte die Lider über die glasigen Augäpfel und lief weg.

Mittlerweile hatte sich der Wassertransportzug unversehrt in das Wäldchen gerettet, es fehlte kein einziger Wagen.

Allmählich hörte der Veitstanz auf. Die gelben Maschinen zogen ab. Die Bomber, die sich ihrer tödlichen Ladung entledigt hatten, entfernten sich erst, als die langsamen *Potez* wie verspätete Zuschauer am Horizont auftauchten und von einem zwischen den Trümmern aufsteigenden Jammergeschrei empfangen wurden.

8

Jäh fiel die Nacht. Pulvergestank und Brandgeruch schwelten in der Luft. Die Betriebsamkeit hielt an. Männer in Gruppen preschten in alle Richtungen, schleppten Lasten, löschten schließlich die Feuerherde oder räumten Schutt weg. Die Verwundeten waren wiederum aus den Unterständen und den Behelfsunterschlupfen vom Wald ins Lazarett befördert worden. Nur die Leichen ruhten still an den Stellen, wo sie gefallen waren. Stocklaternen und Taschenlampen durchzuckten die Dunkelheit. Plötzlich, wenn sie ins Scheinwerferlicht der Lastwagen gerieten, wurden die Schattenrisse weiß.

Am Saum des dornigen Wäldchens bewegte sich ein Schatten, der weder Lampe noch Laterne trug, vielmehr schien er vor der Helle zu fliehen. Es war Salu'í, die etwas bei den Leichen zu suchen schien. Plötzlich bückte sie sich über einen Toten, verließ ihn jedoch zugunsten eines weniger erd- und blutverschmierten, der das Gewehr geschultert trug. Nach einem kurzen Blick in die Runde packte sie den Toten am Arm und zog ihn in das schützende Gestrüpp.

Dort nahm sie ihm sein Gewehr ab und begann ihn zu entkleiden.

9

Langsam setzte sich der Zug in Bewegung. Hintereinander fuhren die Laster an der Lagune entlang, auf der Suche nach der Einfahrt zum Camino Viejo. Noch immer brannten ein paar Uferranchos in weißglühenden Haufen, die sich im Seespiegel verdoppelten, als würden sie unter Wasser weiterbrennen.

Silvestre Aquino führte den Trupp an, die Scheinwerfer seines Wagens streuten gelbliches Licht auf den Weg und vermittelten den Eindruck, als leerte der Wagen massenweise faule Eier vor sich aus; Cristóbal Jara beschloß mit seinem Klapperkasten den Zug. Auf seinem Sitz zusammengekauert, noch kleiner und untersetzter als sonst, versuchte Gamarra trotz der Schaukelei zu schlafen. Vor ihnen fuhr der Sanitätslieferwagen, gesteuert von Rivas, neben ihm Arguello als Sanitäter. Sie waren die beiden von Jara ausgesuchten »Freiwilligen«. Alle drei waren seine Sapukaier Dorfgenossen. So hatte auch Silvestre Aquino ihn gewählt, als der Wassertransportzug kurz nach seiner Ankunft im Stützpunkt gebildet wurde, so daß die geächteten Moorrevolutionäre dank des Krieges von neuem »Soldaten des Vaterlandes« geworden waren.

Nichts schmiedet in Notzeiten so zusammen wie die Tatsache, Landsleute, ein Stück derselben Heimaterde, zu sein. Es gab keine bessere Grundlage als das gegenseitige Vertrauen. Jara wählte sie mit einer schlichten Handbewegung, er nannte sie nicht einmal mit Namen, fragte sie auch nicht, ob sie Lust zu der Unternehmung hatten. Er bezeichnete sie einfach mit seiner Hand und dem barschen persönlichen Fürwort, das von diesem Augenblick an einen unpersönlichen Wert besaß.

»Nde ... jha nde ... jha nde ...«

»Du ... und du ... und du ...«

Die Schneise schloß sich hinter ihnen, und die Fahrt ging langsamer, ermüdender weiter. Der unregelmäßige Hohlweg wich vor den Wagen zurück. Der durch die Scheinwerfer verbundene Zug bildete in der Steppe eine einzige Kette falscher Leuchtwürmer, die sich durchs Unterholz dahinschlängelte, bis ein Holzweg oder ein Waldschlag sie verschluckte. Dann fuhr jeder Laster durch sein privates Stückchen Nacht weiter. Mitunter glitt an einer Wegbiegung ein Samuhú mit seinem wassersüchtigen Bauch auf den Wagen zu, oder es tauchten menschenähnliche Schatten aus dem Gestrüpp auf, die sich jedoch als Kakteen oder staubige Dornbüsche erwiesen, die im Scheinwerferlicht wuchsen. Dann und wann säumten Wagentrümmer oder Tiergerippe die von der feindlichen Luftwaffe beschossenen Gefahrenpunkte der Strecke.

Auf freiem Felde und in Waldengpässen war die Nacht anders, sie roch nach Wind, nach Harz und feuchten Binsen. Dann, nach der stickigen Luft in den staub- und mückengeschwängerten, vom Gestank der Waldwanzen und dem Urin der Beutelratten verpesteten Indiofährten, atmeten die Fahrer mit geweiteten Lungen. Oben, im grünschwarzen Himmel, flimmerten die Sterne, unten auf dem Kamm flimmerten die Feuerfliegen so, als ob Sterne und Leuchtkäfer eins wären, während der weite Raum hinter ihnen sanft kreiste. Je weiter sie jedoch fuhren, desto trockener wurde die Erde. Die Räder rutschten im Sand. Die alten Motoren keuchten krampfartig und liefen die meiste Zeit auf höchsten Touren. Das Differentialgehäuse pflügte die Erde zwischen den Radspuren oder blieb in Unebenheiten stecken, so daß man aussteigen und es mit Hacke und Spaten freilegen mußte. Die Fahrer ließen die Hand nicht wieder vom Ganghebel. Bald durch Stöße, bald durch Scheuern gehemmt, entließ der Getriebekasten ein unablässiges Quietschen. So mußten sie alle Geschicklichkeit des Schaltens und Steuerns aufbieten, um sich den weichen, aber feindseligen Fangarmen der Strecke zu entwinden, die sie hemmen und festhalten wollten. Langsam aber sicher fraßen sie sich durch den Hohlweg, der sie seinerseits mit seinen faserigen staubigen Schlünden fraß. Mehr als zwei Stunden hatten sie zu den eineinhalb Leguas gebraucht, mindestens fünfzehn Leguas lagen bis zum Divisionskommando noch vor ihnen. Diese Strapazen waren jedoch nicht alles. Sie hatten auch mit Strauchdieben und Wegelagerern, feindlichen wie eigenen, zu rechnen, deren die Fahrer sich nur mit einem kurzen, verrosteten Karabiner und einigen in ihren Brotbeuteln verwahrten Handgranaten erwehren konnten.

Erschöpfung und Schlaf begannen ihnen zuzusetzen. Außer einem Becher wäßrigen Mates hatten sie vor der Abfahrt nichts zu sich genommen, denn wegen des Bombenangriffs war das Essen ausgefallen.

Jetzt fuhren sie in einen Cañadón ein, glatt und breit wie ein See. Die Scheinwerferspur des Führerwagens suchte weit voraus den Durchgang. Cristóbal Jara bemerkte, daß der Wagen vor der Einfahrt zum Engpaß hielt. Kurz darauf schien es, daß seine Scheinwerfer beharrlich auf- und abblendeten.

»Was ist mit Aquino los?« fragte Gamarra und rekelte sich auf seinem Sitz. »Er scheint Blinkzeichen zu geben.«

Jara antwortete nicht. Er starrte stur geradeaus. Sein Gesicht war von der Beleuchtung des Armaturenbretts mit Schatten ausgehöhlt.

10

Staubumwölkt tauchte die Silhouette auf und stellte sich mit erhobenen Armen dem Lastwagen in den Weg. Diesmal war es keine Erscheinung. Die menschliche Gestalt wurde im schleimigen Scheinwerferlicht immer deutlicher. Silvestre Aquino bremste ruckartig.

»Verdammt noch mal!« brummte er. »Bestimmt ein Deserteur.«

»Oder ein bolivianischer Buschräuber«, meinte sein Beifahrer Otazú, nach seinem Karabiner greifend und auf den Fremden anlegend.

Aquino ließ die Scheinwerfer blinken, um den Unbekannten besser anzustrahlen, der langsam, ohne die Arme sinken zu lassen, näherkam.

»Haalt!« brüllte Otazú, der nervös am Abzug spielte.

Der Mensch blieb stehen, seine Arme fielen herab, ohne daß seine Haltung aggressiv oder befremdend gewirkt hätte. Er war ein untersetzter Soldat ohne Kampfausrüstung und besaß nicht einmal einen Karabiner.

»*Mävaiko-nde?*« Aquino rief das uralte Losungswort auf Guaraní und wiederholte es auf Spanisch.

»Wer bist du?«

Der Soldat antwortete nicht.

»Freund oder Feind?« fragte Aquino hartnäckig weiter.

Man sah, wie er den Mund öffnete, aber kein Wort hervorbrachte. Von neuem ging er auf den Wagen zu. Jetzt lehnte Aquino sich zurück, in seinem Gesicht mischte sich Verwunderung mit einer fast heiteren Gelassenheit.

»Ich drücke ab!« stammelte Otazú.

»Nicht notwendig.«

»Warum nicht, Herr Unteroffizier?«

Der kleine Soldat, dessen Gesicht in dem gelblichen Licht von unruhiger und zugleich entschlossener Gespanntheit zu sein schien, rückte immer näher. Zwei Schritte vor dem Wagen blieb er von neuem stehen. In diesem Augenblick erkannten sie Salu'í. Die mit dem Messer abgeschnittenen Haare schauten in weißen Strähnen unter dem Hut hervor. Die Uniform des toten Soldaten hing um ihre Glieder und schimmerte fahl im abgeblendeten Licht.

»Wo willst du hin, Salu'í?« fragte Aquino fast väterlich.

»Kann ich einsteigen?« fragte sie nur.

»Wolltest du eine Erholungsfahrt machen?« fragte Otazú bissig.

Sie würdigte ihn keines Blickes und wartete nur darauf, daß man ihr Platz machte.

»Mach ihr Platz!« befahl Aquino.

Widerwillig, feindselig trat Otazú aufs Trittbrett.

Der Wagen fuhr in die Pikade ein, gleichzeitig setzte sich

auch der Lastzug in Bewegung. Die Scheinwerfer gruben sich schraubend in die kompakte Staubmasse, um den schwarzen Kästen den Weg zu bahnen. Aquino und Otazú banden sich Lappen vors Gesicht.

Sie saß wortlos auf ihrem Sitz, zog unablässig an den Zigarillos, die sie von Juana Rosa erhalten hatte, und ließ sich zwischen den beiden Maskierten vom Wagen schaukeln und stoßen. Von Zeit zu Zeit hustete sie, nach Luft ringend.

»Wie hast du dich nur getraut, so loszulaufen?« fragte Silvestre sie mit belegter Stimme.

»Es gab keine andere Möglichkeit.«

»Weiß Kiritó, daß du gekommen bist?«

»Er hat sich geweigert, mich mitzunehmen.«

»Warum hast du mir nicht gesagt, daß du mitkommen wolltest?«

»Er ist der Chef.«

»Was willst du nun tun, Salu'í?«

»Mitfahren, so weit es geht.«

»Mit ihm?«

»Deswegen bin ich gekommen.«

»Jetzt kann er nicht mehr nein sagen.«

»Jetzt kann er mich erschießen lassen.«

»Erschießen tut man nur Deserteure«, gab Aquino lachend zur Antwort.

»Ich bin ein Deserteur ...«, sagte sie ernst.

»Man desertiert nicht, wenn man zur Feuertaufe geht.«

Sie antwortete nicht, sondern sah, ohne sich dessen bewußt zu werden, wie der Waldschlund vor der schwefelbedeckten Motorhaube des vorwärtsschaukelnden Wagens zurückwich. Sie wollte etwas fragen, bekam aber wieder einen Hustenanfall. Aquino reichte ihr ein zerrissenes Taschentuch. Sie warf den Zigarrenstummel in die Dunkelheit hinaus und band es sich vors Gesicht.

11

Auch Jaras Wagen röchelte in der engen Schneise. Schwärme von Mücken, fett wie Wespen, drangen in die Kabine. Mechanisch versuchte er sich der wütend zirpenden Insekten zu erwehren, die ihm in Gesicht und Arme stachen. Gamarra, seine Decke wie einen Taucheranzug über den Kopf gezogen, schlief trotz des Gerüttels und der peitschenden Zweige.

Cristóbal Jara war fraglos ein guter Fahrer. Er schien ein Stück des Wagens zu sein, ein lebendig fühlender Teil, der den Metallsehnen und -nerven des uralten Fahrzeugs Kraft und Stärke einzuhauchen verstand. Seine Erfahrung war bei der Operationsbasis und den Etappenposten genügend bekannt. Zwar strotzte sein Klapperkasten von Flick- und Nietstellen, ließ sich aber auf der Landstraße nie lumpen und machte nie Zicken. Schon belächelte man nicht mehr den aufs Dach gemalten Wahlspruch. Sein Ruf, er verstehe sein Gefährt mittels eines Drahtes und sogar ohne Benzin in Bewegung zu setzen, war halb scherzhaft, halb ernsthaft begründet. Kurz vor der Abfahrt hatte er ihn mit größerer Sorgfalt als sonst überholt, zumal diesmal die Verantwortung für einen Sonderauftrag ausschließlich auf seinen Schultern lag. Hier handelte es sich nicht mehr darum, eine Ladung gebrannter Ziegel von Costa Dulce nach Sapukai zu befördern.

Kurz vor der Abfahrt war Silvestre Aquino auf ihn zugetreten und hatte gesagt:

»Das Kommando hat mich gefragt, ob ich einen fähigen Mann weiß. Ich habe deinen Namen gesagt. Hätte ich gewußt, worum es geht, ich hätte dich nicht genannt ...«

Jara schien nicht zugehört zu haben, sondern fuhr fort, den Wagen rasch und eingehend nachzusehen. Eine lockere Schraube, eine verrußte Zündkerze, ein schwach aufgepumpter Reifen konnten unvorhergesehene Aufenthalte hervorrufen. Er wußte, was sie auf der gewundenen Strecke des Camino Viejo bedeuteten. Die schmalen Wege ließen keinen Gegenverkehr zu, einer von zwei sich begegnenden Wagen mußte stets bis zum nächsten Cañadón oder freien Platz zurückfahren. Dadurch war unter den Fahrern schon viel Zank um das Vorfahrtsrecht entstanden. Die Wasserfahrer hatten nämlich auf der Strecke nach Boquerón das unbestrittene Recht auf Vorfahrt, das sie nur den Verwundetenambulanzen abzutreten hatten. Eines Nachts stieß Aquinos Laster kurz nach Beginn der Offensive in einer Auffahrtsschneise bei Isla Samuhú auf einen Lieferwagen des Generalstabs, dessen Fahrer absprang und auf Aquinos Wagen zulief:

»Zurück!« befahl er entschlossen und anmaßend, »laß mich durch! Ich fahre den Oberkommandierenden.«

Ungläubig verschränkte Aquino die Arme auf dem Lenkrad.

»Du fährst den Oberkommandierenden«, meinte er, »aber ich fahre Wasser!«

»Zurück! Zurück! Wir haben's eilig!«

»Ich auch ...«

In diesem Augenblick sahen sie im Scheinwerferlicht einen Mann mittlerer Statur in zerknitterter Uniform ohne Aufschläge, das Gesicht dunkel unter dem weißen Helm, aus dem Wagen steigen. Sofort sprang Aquino vom Sitz und stand angesichts der unverkennbaren Erscheinung stramm.

»Die Pikade gehört allem Anschein nach dir, mein Sohn«, sagte die sanfte, näselnde Stimme, die trotz des Motorenlärms deutlich zu hören war.

»Nein, Herr General«, antwortete der Unteroffizier unerschrocken. »Die Pikade gehört allen ... allen, die ihren Auftrag zu erfüllen haben ...«

»Aber nicht nur *dein* Auftrag ist wichtig, mein Sohn.«

»Verzeihung, Herr General. Ich wußte nicht, daß Sie es sind ...«

»Da du es jetzt weißt, mußt du halt zurückfahren«, drohte er. »Und zwar ohne weiteren Zeitverlust.« Seine Stimme veränderte sich nicht im geringsten.

»Zu Befehl, Herr General!«

Mittlerweile war in nächster Nähe ein Geräusch wie von

regelmäßigen, dumpfen Hieben laut und lauter geworden. Cristóbal und die anderen Männer des Transportzuges waren dabei, mit Buschmessern und Spaten eine Ausweichstelle in den Busch zu schlagen. In wenigen Minuten war die halbrunde Plattform ausgehauen und mit Zweigen und Erde bedeckt. So fuhren der Oberkommandierende und der Wasserfahrer wie zwei elementare Mächte aneinander vorbei, ohne daß einer von ihnen ein Tüpfelchen von seiner Autorität abgegeben hätte.

»Auf diese Weise brauchte der Kommandierende nicht zurückzufahren ...«, prahlte Unteroffizier Aquino hinterher, wenn er auf das Ereignis zu sprechen kam.

Das war die einzige Gelegenheit für Cristóbal gewesen, einen flüchtigen Eindruck vom Oberkommandierenden der Chacoarmee zu erhaschen, der im staubigen Hohlweg wartete, während er und seine Kameraden eine Ausweichstelle für den Wasserlaster schlugen.

Nun schaukelte er, ans Steuerrad gekrallt, mit weitaufgerissenen Augen dahin, nur noch vom reinen Fahrerinstinkt getrieben.

Etwas Weiches stieß gegen die aufgestellte Windschutzscheibe und flog abprallend in die Fahrerkabine. Es war eine Schnepfe. Der Vogel flatterte und versuchte, erschrocken mit seinen Krallen in Jaras Gesicht schlagend, zu entkommen. Cristóbal mußte mit beiden Händen zupacken und ihn hinauswerfen. Dabei verlor der Wagen leicht die Richtung und schlug mit einem Rad gegen einen Karaguatástrauch. Es gab einen starken, trockenen Knall, und der Wassertank neigte sich auf die Seite. Cristóbal zog die Bremse und sprang ab. Gamarra fuchtelte sich aus seinem Taucheranzug heraus. Vom Knall des platzenden Reifens und vom Kippen des Wagens aus dem Schlaf gerissen, tobte er wie verrückt unter seiner Decke.

»Was ist los?« schrie er endlich und machte sich mit einem Ruck frei.

Cristóbal prüfte bereits den geplatzten Vorderreifen.

»Den Bock!« befahl er.

»Bock?« fragte der andere verständnislos.

»Wach endlich auf und gib mir das Werkzeug.«

»Ach so ...«, brummte er und rekelte sich gähnend von einer Seite zu anderen.

»Rasch, *Halber Meter.*«

Plötzlich wurde er springlebendig, klappte den Sitz hoch und holte Wagenheber und Schraubenschlüssel hervor, von denen einer zu Boden fiel. Rasch hob er ihn auf und schob ihn zwischen die Zähne.

»Ich habe geträumt, ein Spähtrupp der Bolis hat uns überfallen«, gluckste er zwischen den Zähnen.

»Wäre mir lieber gewesen«, gab Cristóbal verdrossen zur Antwort.

»Sonst noch was ...«, brummte Gamarra und gab einen leisen Pfiff von sich.

Das vom Scheinwerferlicht angestrahlte Dickicht warf einen schwachen Schimmer auf den schrägstehenden Lastwagen und die beiden vor dem schadhaften Reifen knienden Männer; dabei kratzten die gezahnten Karaguatáblätter ihnen Brust und Gesicht auf.

12

Im Laufe des Vormittags gelangten die Laster zu einem neuen Waldengpaß, zu einem von vielen, der jedoch, länger und schmäler als die vorigen, einen vollkommenen Halbkreis bildete und den Duft von Guyakáns und den Geruch von Lechiguanawespen verströmte.

Otazú, auf dem Trittbrett des Führerwagens stehend, zählte, schläfrig nickend, bis elf.

»Jaras Wagen fehlt«, sagte er.

Rasch drehte Salu'í sich um und blickte durchs Rückfenster.

»Was mag ihm zugestoßen sein?« fragte Aquino besorgt,

die Augen fest auf das bis zum Cañadón reichende, von einer Reihe junger Quebrachostämme gesäumte Stückchen Feld geheftet.

»Die Einfahrt zum *Tigerrachen*«, verkündete Otazú, sich setzend und einen verstohlenen Blick auf die gefürchtete Durchfahrt werfend. »Bei hellichtem Tag hineinzufahren, ist wenigstens nicht so schlimm.«

Jetzt ließ sich der zeitweilig aussetzende Kanonendonner deutlicher vernehmen. Ein immer stärker werdendes Summen übertönte bald das Feuer der Haubitzen und sogar das Motorengeräusch, und die Besorgnis des Zugführers ging in Bestürzung über. Ohne die Fahrt zu unterbrechen, lehnte er sich halb aus dem Wagenfenster und schrie, während er den Gashebel durchtrat und hart an den Waldrand heransteuerte, den hinteren Wagen zu:

»Feindliches Flugzeug! Aus dem Wege ... Aus dem Blickfeld!«

Nach wenigen Augenblicken erschien eine *Junkers* über dem Wald und flog dem Weg nach. Als die Maschine die Wagenkolonne entdeckte, stieß sie laut aufheulend herab und belegte sie aus nächster Nähe mit Maschinengewehrfeuer. In Panik stob die Kolonne auseinander, und die Laster holperten nach allen Seiten dem Walde zu. Ein Wassertanker und der Sanitätswagen versuchten verzweifelt aus den Spuren herauszukommen, aber schon kam das Flugzeug in einem neuen Sturzflug feuerspeiend herangebraust und warf sogar eine Bombe ab, die, ohne zu explodieren, in der Nähe des Sanitätsautos einschlug. Entsetzt sprangen die Insassen heraus und liefen auf den Wald zu, während der Bahrenträger dem Maschinengewehrfeuer zum Opfer fiel. Unbeweglich stand der Wassertankwagen in den Radspuren. Hinter der zersplitterten Windschutzscheibe sah man den Kopf des Fahrers blutüberströmt auf dem Steuer liegen, und der Tank leckte an zahllosen Stellen. Da und dort stießen die Wagen ins Dickicht vor auf der Suche nach Schutz vor den Feueraugen des gelben Falken, der den Waldengpaß im Tiefflug immer wieder mit

Feuerstößen und Bomben eindeckte. Nur Aquinos Wagen hatte volle Deckung gefunden und stand, zwischen Bäumen versteckt, am Waldrand. Salu'í versuchte, ihn mit rasch gesammelten Zweigen vollends zu tarnen. Vom Steuer aus überwachte Aquino das Manöver der andern, die er durch Schreie anspornte, um die eigene Nervosität zu überwinden. Immer wieder hefteten sich seine von ohnmächtiger Wut verdunkelten Augen auf den in den Wagenspuren zurückgelassenen Tanker, der plötzlich in einer Entladung aus Wasser, Erde und Feuer in die Luft flog und die nächste Umgebung fächerartig mit Holzsplittern und Metallfetzen berieselte, während die Kühlerhaube, Äste abreißend, genau über ihre Köpfe hinwegsauste. Das in der stickigen Luft des Engpasses lodernde Benzinfeuer beleuchtete rings um das Bombenloch eine wirr verbogene Eisenmasse. Als der Pulverdampf sich einigermaßen verzogen hatte, wurde im Hintergrund die Silhouette des erstaunlicherweise heil gebliebenen Sanitätswagens sichtbar.

Von neuem kam der Flieger, stieg aber diesmal über dem Wald in Pirouetten auf, ohne weitere Bomben abzuwerfen. Nun schien er mit seinen Kunststückchen nur die Zeit verbringen und die Lastwagenfahrer einschüchtern zu wollen. Um sich Luft zu machen, feuerten diese unter gezwungenem Geschrei ihre Karabiner ab.

Plötzlich deutete Aquino auf den Sanitätswagen.

»Seht euch das an!«

Zwischen den Rädern sah man einen dunklen, röhrenartigen Umriß, den Blindgänger.

»Der kann jeden Augenblick losgehen!« sagte er, sich durchs Gebüsch zu den anderen schlängelnd.

In einer plötzlichen Eingebung sprang Salu'í auf den Wagen zu. Ihr Entschluß kam so rasch, daß Aquino sie nicht daran hindern, sondern nur noch schreien konnte:

»Tu's nicht! Es ist gefährlich!«

Ohne darauf zu achten, lief sie weiter und erreichte das durch Treffer und Bombensplitter stark beschädigte Fahrzeug. Die Bombe hatte die Erde durchpflügt und sich in die Sandspur eingegraben. Salu'í öffnete die Tür und stieg ein. Eilig, aber beherrscht, suchte sie das Wageninnere ab, fand einen Verbandkasten für Erste Hilfe, raffte einen Armvoll Arzneimittel zusammen, Bindenpäckchen, soviel sie schleppen konnte und rannte wieder dem Wäldchen zu, in dem Augenblick, als das Flugzeug zu einem neuen Tiefflug ansetzte. Die platzenden Staubwölkchen peitschten den Waldweg in ihrer nächsten Nähe auf, so daß sie noch rascher laufen und sich zwischen den brennenden Trümmern des Wassertankers und dem toten Bahrenträger hindurchwinden mußte.

Die Tankfahrer standen fassungslos da, Aquino lief ihr entgegen und entriß ihr wütend ihre Last.

»Warum hast du das getan? Jetzt ist nicht der Augenblick dazu.«

»Du hast doch gesagt, daß er jeden Augenblick ...«, erwiderte sie keuchend.

»Hier befehle ich, was zu tun ist.«

Salu'í setzte sich auf das Trittbrett und stellte den Verbandkasten auf ihren Schoß. Otazú sah aus seinem Versteck, wo ihn die Panik festhielt, verstört zu ihr hinüber.

Noch immer kreiste der Flieger über dem Wäldchen, dann stieg er wie verärgert höher und verschwand.

Sie warteten eine gute Weile, um zu sehen, ob er wiederkommen würde. Stumm und erwartungsvoll blickten die Fahrer zum trüben Himmel des Engpasses auf.

»Scheißbremse!« brummte Aquino. »Jetzt, wo sie uns gerochen hat, werden wir sie den ganzen Tag nicht mehr loswerden.«

Salu'í ordnete die geretteten Medikamente in ihrem Schoß, eine Aufgabe, der sie ihre ganze Aufmerksamkeit widmete, während sie dann und wann einen verstohlenen Blick auf die Mündung der Pikade warf.

Silvestro Aquino sah sich nach seinem Beifahrer um und fand ihn, im Gestrüpp liegend. Sein breites Gesicht verzog sich, als er auf ihn zuging.

»Was machst du da, vergraben wie ein Murmeltier?«

»Ich bin krank ...«, flüsterte der andere.

»Aus Angst! Los, steh auf und suche Jara.«

Unwillig raffte Otazú sich auf.

»Schneller, du Feigling!« befahl Silvestre und gab ihm eine Maulschelle.

Otazú schlich kleinlaut durchs Unterholz fort und rieb sich wie ein Betrunkener das speichelbedeckte Gesicht.

13

Die Voraussagen des Zugführers erfüllten sich. Sobald die Tankwagen weiterfahren wollten, kreuzte der gelbe Schatten des Hundevogels über dem Wald und dröhnte fast in Baumhöhe in der heißen staub-, rauch- und erdgeschwängerten Luft über sie hinweg. Sie beschlossen daher, in ihrem Behelfsunterschlupf zu bleiben, der sie nur schlecht gegen die im Zenit stehende Sonne schützte. Einige verzehrten ihre eiserne Ration und kratzten mit dem Finger die Büchsen bis zum letzten Fleischrestchen aus. Andere, den fettigen Hut ins Gesicht gezogen, dösten, so daß sie nicht den Umriß des Sanitätswagens sehen konnten, der wie ein schlechter Witz über dem Blindgänger mitten im Waldengpaß stand. *Bäckerei Guaraní-Asunción. Spezialität: Feingebäck und Maisfladen.* stand auf dem einstigen Lieferwagen.

»Los, hol uns noch ein paar Galletas, Rivas«, meinte einer der Essenden zum Fahrer.

»Du hast genug gefressen«, erwiderte dieser, »du wirst bald platzen.«

»Los, geh, mein Junge. Die Bäckerei Dubrez schickt uns ihre Fladen kostenlos. Das müssen wir ausnutzen ...« Dabei hob er ein auf sein Knie gefallenes Bröckchen auf, leckte es mit der Zunge ab, streckte sich gleichfalls auf dem Erdboden aus und zog den Hut ins Gesicht.

»Bist gerade noch rechtzeitig entwischt, Rivas«, fuhr er fort.

»Man beißt nicht vor der Zeit ins Gras, alter Freund!«

»Arguello hat angefangen, das arme Schwein.«

»Hat eben Pech gehabt. Er ist nicht schnell genug gesprungen.«

»Hat zu rasch sterben wollen ...«

Im Widerschein der Lampe lag der Bahrenträger, das Gesicht in der Wagenspur vergraben, regungslos und verkrümmt.

Auch Silvestres Bart, hart wie Pfriemengras, bewegte sich unter dem Strohhut und kratzte den Fahrer auf der Brust, wenn er mit Salu'í, die im Wagen saß, ein Wort wechselte.

»Er kommt nicht ...«, murmelte sie.

»Wird schon kommen.«

Eine lange Pause entstand. Die Fliegen leckten eine im Gras liegende leere Blechbüchse aus. Oben, in den Zweigen, zitterte orangenfarbener Widerschein, es war der Messingring des Kühlers.

»Da soll sich einer auskennen«, brummte es plötzlich unter Silvestres Strohhut. »Ich habe geglaubt, es sei nur eine Laune von dir. Die Laune einer Verrückten ... *sarakí*«, sagte er auf Guaraní. »Aber so eine Laune ist mehr als das Leben ... Du wirst von neuem geboren, Salu'í.«

Sie blickte ihn an, sagte aber nichts. Sie hatte nichts zu sagen.

14

Gegen Abend standen die Fahrer, auf den Marschbefehl wartend, gruppenweise am Waldrand zusammen. Aquino schlenderte im Cañadón auf und ab und beobachtete abwechselnd den Himmel und die Bombenlöcher. Die verkohlten Trümmer des Wassertankers rauchten noch immer. Weiter vorn ragte der unheilvolle Umriß des Sanitätswagens, der den Weg versperrte, auf. Aquino ging mit nervösen Schritten auf ihn zu. Im ersten Augenblick ahnte niemand, was er vorhatte. Er umschritt den Lieferwagen, musterte ihn von allen Seiten und blieb einige Schritte vor dem Blindgänger stehen.

In diesem Augenblick wurde Jaras Laster am Wegeingang sichtbar. Neben Cristóbal saß Otazú, verstört und mürrisch, außerdem hockte dort der dicke Gamarra, der die Kameraden lärmend begrüßte und seinen gesamten Vorrat an abenteuerlichen Erlebnissen zum besten gab.

Aquino winkte von weitem gebieterisch ab. Gamarra verstummte, aber Jara fuhr weiter. Wieder hob Aquino die Hand, seine Stimme hallte im Cañadón wieder:

»Haaalt! ...«

Jara bremste und sah verblüfft drein, ohne zu begreifen, was vorging. Aquino deutete auf die Bombe.

»Ich werde ihr den Backenzahn ziehen.«

Die Männer reckten die Hälse und beobachteten neugierig das Treiben ihres Vorgesetzten. Sie sahen, wie er sich auf die Erde warf und auf die Bombe zukroch in derselben Furche, die diese aufgeworfen hatte. Unruhiges Gemurmel wurde in den Reihen der Zuschauer laut und steigerte sich bald zu erwartungsvoller Besorgnis. Über sie hinweg starrte Salu'í geradeaus auf Jaras Wagen. Die staubige Windschutzscheibe schimmerte in den letzten Sonnenstrahlen, so daß das von dem leuchtenden und zugleich undurchsichtigen Widerschein verdeckte Gesicht des Fahrers – das auf diese Weise seine geheimsten Ängste wiederzugeben schien – nicht zu sehen war.

Langsam näherte Silvestre seine Hand dem Sprengkörper und schickte sich an, mit einem von dicken Schweißtropfen triefenden Gesicht und einem erdverkrusteten greisenweißen Bart an der scheinbar verstopften Kapsel zu hantieren. Schließlich begann er den Zünder aufzuschrauben.

Ringsum lauschten die Männer beklommen und mit ängstlichen Gesichtern dem leisen Knirschen, das nicht aufzuhören schien. Plötzlich löschte ein ungeheures Blitzlicht alles bis in den letzten Winkel aus; entsetzliches Krachen ließ den Engpaß erbeben und erstarb ganz allmählich in der Tiefe des Waldes, während ein weißglühender Regen von Erde und Sprengteilchen so langsam und beharrlich niederging, als wolle er nie enden.

15

Im Licht der Scheinwerfer und des Feuers, das die Reste des Sanitätswagens verzehrte, arbeiteten die zwanzig verstummten Männer eifrig an der Auffüllung der Bombentrichter. Cristóbal Jara schuftete mit ihnen und gab dabei kurze, knappe Befehle, die die Spaten und Buschmesser, die vom Schweiß gleichsam geteerten Gesichter und Leiber anspornten. Salu'í schleppte Zweige herbei und kippte sie in die Löcher. Einen Augenblick trafen sich ihre und Cristóbals Blicke. Er starrte sie an, als sähe er sie zum erstenmal. Eine geheime, federleichte Spannung entstand, die jedoch unbemerkt vorüberging. Und schon drehte er sich um und verdoppelte sein Bemühen, den Krater aufzufüllen und einzuebnen. Dann klopfte er das Feuer mit dem Spaten aus. Plötzlich bemerkte er im Dornengestrüpp etwas Weiches, Feuchtes – Silvestres Hut. Er bückte sich, hob ihn auf und steckte ihn fast heimlich in die Hosentasche.

»Fertig!« schrie er. »Bringt die Wagen!«

Die Männer stoben ins Dickicht. Cristóbal machte mechanisch einige Schritte und blieb am Wegrand bei zwei rohen Astkreuzen stehen. Dort, in den als Grabstätte dienenden Trichtern, lagen die beiden Kameraden, die beiden Landsleute, gleichsam Zwillingsgefährten der Heimat, in ihren Opferlöchern, dort, zu seinen Füßen, und trotzdem unendlich weit fort. Er bückte sich und hob eine Handvoll trockene Wüstenerde auf, die er in einer Gebärde des Abschieds, vielleicht auch der instinktiven Auflehnung, über sie streute. Kindheit und Schicksal, Lebenszeit, das was zurückblieb und keine Zukunft hatte – all das zerbröckelte in dieser Handvoll Staub, die zu Boden fiel mit jener verhängnisvollen Schwere, die der Erde alles zurückgibt. Vielleicht – dachte er – reicht die ganze tote Erde des Chaco nicht aus, die beiden mannsgroßen Löcher zu füllen.

Schon standen die Laster fahrbereit in der alten Reihenfolge. Rasch schritt Cristóbal auf den seinen zu und befahl

Rivas, Aquinos Wagen zu steuern, in den Otazú mit einstieg. Als Cristóbal sich umdrehte, sah er Salu'í mit Verbandkasten und Verbandpäckchen vor sich stehen.

»Steig ein«, sagte er.

Gamarra nahm ihr einen Teil ihrer Last ab.

Jaras Wagen fuhr ruckartig an und setzte sich an die Spitze.

16

Von neuem öffnete sich der Wald den Scheinwerfern in der gewundenen Pikade, und das Gezweig kratzte über Karosserie, Tank und Kabinendach hinweg. Stellenweise quietschten und rutschten die Räder in den ausgefahrenen Sandspuren. Cristóbal holte aus seiner Maschine heraus, was herauszuholen war, so daß sein Wagen die geringste Bodenvertiefung, den kleinsten Grashalm, ja eine zertretene Spurlippe ausnutzte.

Alle drei husteten und spuckten den scharfen Staub aus. Salu'í blickte gebannt auf die Leuchtspur, die vor ihnen einherglitt und spürte nicht einmal die Stiche der sie umschwärmenden Mücken. Gamarra wickelte sich wieder in seine Decke und drückte seinen Kopf in einen Kabinenwinkel.

Rivas' und Otazús Wagen fuhr jetzt am Schwanz, wie Schiffbrüchige schaukelten sie in dem staubigen Seegang dahin.

»Gottverdammte Fahrt«, brummte Otazú.

»Hat schlecht begonnen«, stimmte der andere zu.

»Wird auch schlecht enden ... Wir führen den Tod mit!« sagte Otazú und streckte grollend den Kopf vor.

»Weshalb sagst du das? Meinst du Salu'í?«

»Klar ...«

Die Reifen schleiften durch ein Sandbett und hinderten Rivas, das Ende des Satzes zu verstehen.

»Was sucht sie hier?« fragte Rivas.

»Sie ist hinter Jara her. Sie ist aus dem Lazarett ausgekniffen. Ich hörte, wie sie es Aquino erzählte.«

»Ein Weibsbild, und damit hat sich's.«

»Ich erinnere mich an die Vorkriegszeit«, prahlte Otazú geringschätzig. »Damals gingen wir alle in ihr Rancho. Auch ich hab's mit ihr getrieben!«

»Und jetzt spielt sie die Heilige ... Und will nicht mehr Ringelpiez spielen ...«, lachte der andere glucksend.

»Sie hat uns Pech gebracht. Diese Fahrt geht schief aus, ich sag's dir. Aquino und Argüello sind tot, und wir wissen noch nicht, was uns erwartet. Dabei haben wir kaum die Hälfte des Weges hinter uns.«

»Klar, auch ich säße lieber in Sapukai und tränke einen eisgekühlten Halben bei Matías in der Kneipe«, sagte Rivas mit großen Augen.

»Und ich würde in Luque gerne einen Tereré an meinem Brunnen trinken, der im Handumdrehen Eis fabriziert.«

Ein starker Stoß bewirkte, daß sie auf ihre vors Gesicht gebundenen Lappen bissen.

»Scheißwald!« knurrte Otazú und spuckte angewidert ins Dunkel hinaus.

»Klar, wir sind nicht im Vergnügungspark«, scherzte der andere verbittert.

Ein neuer, markerschütternder Stoß ließ ihre Köpfe zusammenschlagen.

»Weißt du, *Amberé*«, fuhr Otazú fort und nahm den Lappen wieder vom Gesicht, »manchmal komme ich mir in der Pikade wie eine Schmeißfliege vor.«

»Wie eine Fliege?«

»Ja, wie ein Mensch, aber auch wie eine Fliege. Ich fühle, daß mir der Bauch schwillt. Dann hänge ich plötzlich in einem Spinnennetz, und die behaarten Beine einer Tarantel, groß wie ein Lastwagen, trampeln auf mir herum ...«

»Ich glaube, du hast was anderes, Otazú«, sagte der andere, ihn verstohlen anblickend.

»Nein, ich sag's dir ... Es stimmt. Genau das fühle ich ...«

»Trotzdem bist du imstande, einen Fluß in Brand zu stecken, Otazú.«

»Meinst du nicht, wir könnten in einem unbeobachteten Augenblick abhauen?« sagte er mit einer plötzlichen Wendung des Kopfes.

»Abhauen?«

»Ja, zur Isla Po'í ... Jetzt, wo wir am Schwanz fahren, ist's möglich.«

»Vielleicht werden wir ausgeraubt«, meinte Rivas unsicher.

»Ich bin schon einmal umgekehrt. Die Sache ging gut. Ich hab einfach erzählt, ich sei unterwegs ausgeplündert worden. Ich bekam im Stützpunkt einen Tag Urlaub. Ich hab wenigstens gut zu essen und meinen Mate gekriegt, statt mit dem Nachschub an die Front zu müssen.«

»Es fehlt aber an Wasser«, gab Rivas zu bedenken.

»Ein Tanker mehr oder weniger stillt nicht den Durst von zehntausend Mann.«

Salu'í sah auf der leuchtenden Spiegelfläche des Armaturenbretts, daß Cristóbals Gesicht sich verkrampfte. In diesem Augenblick war Motorengeräusch zu vernehmen, das langsam näherdrang. Das kopflose Bündel Gamarra regte sich auf dem Sitz.

»Ein Lastwagen, Freund!« sagte er blinzelnd, als er sich seiner Hülle entledigt hatte.

Cristóbals Augen, die vergeblich nach einer Stelle zum Ausweichen suchten, verengten sich mißmutig. Die Schneise bot nicht die geringste Chance. Das unentwirrbare Dickicht umdrängte den Laster wie ein Staketengerüst; auch da, wo die Stämme senkrecht neben den tiefen Sandspuren standen, bestand kaum eine Möglichkeit, eine Ausbuchtung zu schlagen.

»Jetzt haben wir den Salat, Señores!« stammelte Gamarra. »Gegenverkehr im *Tigerschlund*! Wenn der Esel ...« Salu'í zuliebe versagte er sich die beabsichtigte Zote.

Der näherkommende Motorenlärm war jetzt von einem anderen Geräusch begleitet, es war wie das Keuchen zahlreicher Männer, die das langsam vorrückende Fahrzeug zu schieben schienen.

»Daß du mir nicht zurückfährst, Kiritó! Auf keinen Fall ...!«

Die Scheinwerfer erschienen in einer Wegbiegung und erfaßten den Tankwagen mit ihrem Lichtkegel. Gamarra deckte die Hand über die schlaftrunkenen Augen. Auch Cristóbal blinzelte geblendet und verlangsamte die Fahrt. Die beiden Wagen blieben Nase gegen Nase stehen. Cristóbal gegenüber stand ein Verwundetentransport. Nun war das Stöhnen der im Wageninneren angehäuften Last deutlich zu hören. Der Fahrer streckte den Kopf heraus und schrie:

»Zurück, Kameraden. Meine Fahrgäste haben's eilig!«

Cristóbal hatte bereits den Rückwärtsgang eingeschaltet, so daß sein Laster auf seinem eigenen Schatten zurückfuhr. Gamarra sprang aufs Trittbrett und schrie nach hinten:

»Zurückfahren ... zurückfahren!«

Die Lastwagen begannen auf den Ruf »zurückfahren«, der von Auto zu Auto weitergegeben wurde, bis nur noch das verwehte Echo eines »... ahren« übrigblieb, langsam rückwärts zu rollen. Die hochtourig laufenden Motoren übertönten von neuem das heisere Stöhnen der menschlichen Last, das je nach der Heftigkeit des Geschaukels abnahm oder anschwoll. Undeutlich sah man die aufgehäuften Leiber, die dürren Arme und Beine, Glieder und Leiber in ihren blutigen Verbänden, leichenhafte Gesichter, eine heraushängende, verbrannte Hand, die sich in die staub- oder mückendurchflirrte Luft zu verkrallen schien.

17

Otazú und Rivas machten sich mit ihrer vorgetäuschten Panne zu schaffen. Sie warteten, bis das Geräusch der anderen Motoren allmählich erstarb, und hoben die Motorhaube hoch. Sie waren allein im Waldengpaß. Dann trat Otazú zum

Wasserhahn, öffnete ihn und trank, bis ihm das Wasser hochkam. Sein Gefährte tat es ihm nach. Aber sie verschlossen ihn nicht, so daß das Wasser, gedämpft rauschend, in den Sand floß. Als der Hahn zu gurgeln aufhörte, war auch das ferne, undeutliche Motorenrauschen verstummt, und schon stieg, gleichsam dem neuen Schweigen entsprungen, das große Beben der Urwaldnacht herauf, das viel zu schwer und zu tief war, um vernehmbar zu sein – etwa wie die Musik des Gualambau, den die Indios zwischen den Zähnen summen lassen, wobei sie die Musik in der Kehle und in der Brust verschließen und dabei unentwegt ihre heiligen Feuer umtanzen. Im Lichtstreifen der Scheinwerfer lag zwischen den Radspuren wie geronnenes Mondlicht ein weißer Fleck, von schwarzen Knöchlein gespickt. Doch der Mond schien nicht. Es war das vom Brand des Sanitätswagens veraschte Erdlaken, an dessen Ende die beiden Kreuze standen, einsam, wartend.

Der Laster machte kehrt und fuhr an ihnen vorbei.

»Silvestre hätte uns erschießen lassen!« murmelte Rivas.

Geduckt, mit scheelem Blick rieb Otazú sich mechanisch die geohrfeigte Backe.

18

Durchs Geäst sickernd, streifte das fahle Morgenlicht die Lastwagen, die in der noch nachtschwarzen Pikade rückwärts fuhren. Die Vegetation wurde spärlich. Schließlich gelangten die Wagen auf freies Feld, wie staub- und spinnwebenbedeckte Larven, die der Schoß des Waldes in das graue, mit bleichen Buschinseln besäte Meer des Ödlands ausgestoßen hat.

An das Gestänge der Karosserie geklammert, versuchte Gamarra die Wagenkolonne neu zu zählen und legte eine Hand über die blutunterlaufenen Augen, einem vom Urwald verstoßenen Uhu gleich, der unfähig ist, in die aufgehende Sonne zu blicken.

»Wir sind nur noch zehn, Otazús Wagen fehlt scheint's«,

sagte er, mühsam von seinem Befehlsausguck kletternd, und rutschte mitten im Fahrtgeschaukel auf seinen gewohnten Sitz zurück.

Vom Westen, über die Waldinseln her, drangen der Kanonendonner und das Geknatter der Maschinengewehre, das sie, lange bevor sie aufs freie Feld gelangt waren, gehört hatten. Besonders während der letzten Strecke hatten sie das Gefühl gehabt, auf diesem Beben dahinzurollen, das die Pikade dumpf dröhnend aufzublähen schien. Sie hatten es in den Reifen und in den Zähnen gespürt. Hier hatte der Donner mehr Ausdehnungsmöglichkeit und war auch näher.

»Insel Samuhú!« verkündete das schwatzhafte Männchen den Mitfahrenden, auf eine der Waldinseln deutend. »Dort ist das Divisionskommando. Etwas weiter hinten steht die Front. Heute fangen sie aber munter an!«

Salu'í schwieg. Cristóbal steuerte gespannt dem Waldrand zu, der von den Buschinseln am weitesten entfernt war.

19

Noch nervöser und fieberhafter als im Standort hallte der Belagerungslärm in der aus Samuhús und Quebrachos bestehenden Waldinsel im Rücken von Boquerón wider, in der das Divisionskommando lag. Hier schienen dann und wann dicke Luftblasen tief unter der Erde zu platzen, die den Boden wellenförmig erheben und den Staub aufwirbeln ließen. Plötzlich nahm das Gewehr- und Maschinengewehrfeuer, das hinter dem Wald undeutlich die Schlachtlinie andeutete, überraschend zu. Die Unterstände spien behende Gestalten aus, die zwischen den Bäumen am hellichten Tag schlafwandlerisch aufeinander losstürzten, und verschluckten sie ebenso rasch wieder.

In der Nähe des Pikadeneingangs lagerte der ausgezehrte Haufen der Kampfuntauglichen, die auf den unwahrscheinlichen Augenblick warteten, je nach Tempo oder Wut des

Kampfes entweder in den Standort zurückgebracht oder von neuem an die Front geworfen zu werden. »Wer noch eine Pfote oder einen Arm hat, kann im Reigen weitertanzen! ...« schien das Losungswort zu lauten. Wer sich also noch auf den Beinen halten konnte, hatte auf alle Fälle umgeschnallt.

Als sie Motorengeheul vernahmen, fuhren sie wie von Federkraft geschnellt in die Höhe. Gerade fuhr Cristóbal Jaras Wagen in den Hohlweg ein. Sofort fielen die zerlumpten Schatten über den Laster her und versperrten ihm den Weg, auf die Gefahr hin, über den Haufen gefahren zu werden. Cristóbal blieb nichts anderes übrig, als anzuhalten, vom Sitz zu springen und die vom Durst gepeinigten Gespenster, die sich bereits um den Wasserhahn balgten, zurückzudrängen. Auch Gamarra wurde von der Lawine überrollt. Als die übrigen Wagen erschienen, stürzten viele auf sie zu, um die ersten zu sein. Schon kam ein Offizier mit der Armbinde der Militärpolizei angelaufen, dicht gefolgt von einem Pikett, bahnte sich mit geschwungener Pistole und Fausthieben einen Weg durch den wüsten Haufen und schrie wie ein Wahnsinniger:

»Zurück ... zurück! In Reih und Glied! Wollt ihr antreten!«

Der Pistolenlauf und die Gewehrkolben der *Nackten Hunde* – wie die Militärpolizei im Chaco-Krieg geringschätzig genannt wurde – hagelten in harten Hieben auf die borstigen Köpfe und erreichten allmählich ihren Zweck. Die Gruppen, die sich verzweifelt gegen die Bajonette gewehrt hatten, wichen widerwillig zurück. Jara trat auf den Offizier zu.

»Dieser Tankzug ist nicht für die Front bestimmt, Herr Oberleutnant. Ich komme in einem Sonderauftrag!«

»Dann fahren Sie hier weg!« brüllte der andere.

Jara stieg wieder ein und fuhr in Richtung auf die Unterstände ab. Gamarra hinkte hinterher. Salu'í hatte leere Augen.

»Antreten! Wird's bald! Vorne die Verwundeten!« schrie der Offizier immer noch und lief hin und her, um die Ordnung zu erzwingen.

Durch die Kolbenstöße in Schach gehalten, kam eine ungefähre Schützenreihe zustande. Dann ließ der Offizier das Wasser austeilen, einen halben Becher pro Kopf, und überwachte, die Linie entlanglaufend, streng die Verteilung. Der Austeiler kam nur langsam vorwärts, weil die Männer der hinteren Reihe ihre ängstlichen, ausgezehrten Gesichter vorstreckten, so daß die Reihe immer länger wurde.

»Genug!« rief plötzlich der Offizier mit erhobenem Arm. »Die anderen sollen in ihren Einheiten warten! Der Rest des Wassers geht an die Front! Ich sehe, daß ihr noch gut auf den Beinen steht und kämpfen könnt!«

Heiseres, fast tierisches Geheul drang aus dem Glied. Einige schluchzten unterdrückt, einer fiel sogar auf die Knie und jammerte, mit den Fäusten auf die Erde hämmernd:

»Ich kann nicht mehr ... ich kann nicht mehr!« Dann stand er auf und torkelte auf das Wäldchen zu.

Trotzdem blieb das wiewohl lückenhafte Glied der Durstigen in der besessenen Hoffnung auf Wasser stehen und ließ, von Verzweiflung benommen, ein dumpfes, wehleidiges Raunen vernehmen. Aber der Offizier verjagte sie mit immer erbitterteren Gebärden und Schreien:

»Wegtreten ... hab ich gesagt! Das Wasser ist zu Ende! Geht zu euren Einheiten, wenn ihr eure Wasserration wollt!«

Fieberhaft füllten die Wasserträger ihre Kanister, steckten sie auf Stecken und marschierten, die Enden geschultert und von der schillernd überschwappenden Last gekrümmt, langsam ab.

Der Soldat, der in die Knie gestürzt und gleich darauf in den Wald gewankt war, bahnte sich jetzt einen Weg durch die Lungernden und trat vor den Offizier.

»Ich möchte Wasser, Herr Oberleutnant. Ich bin verletzt ...« Er deutete auf seine mit einem Hemdfetzen verbundene Hand, die an einem Finger in einem Knopfloch seiner Feldbluse hing.

»Wo hast du dich verletzt?« Mißtrauisch blickte der Offizier ihn an.

»An der Front, Herr Oberleutnant.« Der Bittsteller versuchte Festigkeit und gekränktes Ehrgefühl zu heucheln.

»Noch eben standest du in Reih und Glied!«

»Nein ... Herr Oberleutnant! Ich wurde an der Front verwundet!«

»Laß sehen ...« Er riß ihm den blutigen Fetzen ab.

Die Fleischwunde hatte pulvergeschwärzte Ränder.

»Elender ... Feigling!« Mit einem Fußtritt stieß er ihn zu Boden. »Du hättest dir die Kugel lieber in den Schädel jagen sollen!«

Stöhnend, das Gesicht auf den Boden gepreßt, als wolle er sich in der Erde verkriechen, wand sich der kleine Soldat hin und her.

»Nehmt ihn mit!«

Hämisch, unbarmherzig warfen sich die *Nackten Hunde* auf ihn.

21

Vor dem Intendanzunterstand erhielt Cristóbal Jara die letzten Anweisungen.

»Von Sanitätsgeräten kann keine Rede sein!« warf der Intendant ein. »Die Frontposten geben nichts mehr heraus! Man braucht sie gar nicht erst zu bitten!«

»Ich habe einen Bahrenträger mit«, sagte Cristóbal nach leichtem Zögern, auf die im Wagen sitzende Salu'í deutend.

»Geben Sie sich mit dem zufrieden. Ich werde Ihnen einen Ersatzmann für Unteroffizier Aquino suchen, den wir in diesem Augenblick sehr schlecht entbehren können! Er wird Ihnen helfen anzukommen«, sagte er, auf ein lebendes Skelett weisend. »Unteroffizier Mongelós, zeigen Sie ihm den Weg zu seinem Bataillon. Viel Glück!«

Das barfüßige, zerlumpte Knochengerüst stand stramm.

Als sie am Waldrand entlangfuhren, sahen sie, wie ein Mann erschossen wurde.

22

Ihrem eigenen Schicksal überlassen, fuhren sie jetzt durch Niemandsland auf die abgeschnittene Abteilung zu. Der Wagen wirbelte Staub auf, der wie eine Mauer, die den Rückweg abschnitt, hinter ihnen herglitt.

Das Mongelós benannte Skelett deutete auf eine nicht vorhandene Straße, die nur in der erhitzten Phantasie des Wegweisers zu existieren schien. Auf diesem Weg rumpelte der Wagen vorwärts, zermalmte Unterholz, Kakteen und glutheiße Dünen, während die weißglühende Sonne am wellblechartig über die Steppe gewölbten Himmel auf das Gehirn hämmerte.

Der Führer und Gamarra schaukelten auf den seitlich angeschnallten Benzin- und Proviantkisten; der Wassertank war durch zwei Kuhhäute, die auch als Radunterlage gegen den Sand dienten, vor Verdunstung geschützt.

Urwald und Wüste. Wüste und Urwald. Dazu das unablässige, ungeheure Summen, das an der Haut abprallte, weil es zu laut war für das Trommelfell. Schon die Erinnerung daran zerriß das Gehör. Bei Einbruch der Nacht verstummten die Kanonen, aber das Sausen hielt nach wie vor an, das Tremolieren des riesigen Gualambau, dessen Saite die auf den Himmelsbogen gespannte rissige Erde war. Selbst den Motorenlärm nahmen die Männer nicht mehr wahr.

In der vom Staub quecksilbrigen Windschutzscheibe betrachtete Salu'í von Zeit zu Zeit die gespenstischen Züge Cristóbals. Von der Seite gesehen war er ein anderer, mit seinem harten Profil und den grünspanfarbenen Augen, die, geradeaus gerichtet, die geringsten Möglichkeiten des Manövrierens erspähten.

Hinter diesem Gesicht sah sie plötzlich einige undeutliche Schatten auf den Wagen zuspringen.

Es waren etwa zwanzig schreiende Soldaten mit blitzenden Bajonetten, deren olivgrüne Uniformen ihre Herkunft verrieten.

»Haaalt! ...« jaulten sie wild, den Laster bedrohlich umringend.

Cristóbal versuchte, ihnen mit einer jähen Wendung auszuweichen, aber sie drängten nur noch dichter heran. Rasch bückte er sich nach seinem Karabiner. Doch einer der Angreifer stürzte auf ihn los und versetzte ihm einen Stich, der seine Hand durchbohrte, so daß er die Waffe sinken ließ.

»Laßt mich weiterfahren!« brüllte er wütend, ohne seine schlingernde Fahrt zu unterbrechen.

In diesem Augenblick platzten die von Bajonetten durchbohrten Reifen, und schon hielt der Lastwagen mit einem Ruck, durch den der Tankdeckel zwischen den Kuhhäuten aufsprang, so daß ein dicker Wasserstrahl Cristóbals und Salu'ís Rücken überströmte.

Auch die hinten hockenden Mongelós und Gamarra wurden durch die auf sie gerichteten Bajonette in Schach gehalten. Ein Haufen erdfarbener Gesichter umringte den Hahn, aus dem das Wasser unnütz verströmte. Das Ganze glich einer Vergewaltigung, und das Wasser war der nackte Frauenkörper, der sich stöhnend zwischen den rohen Muskeln und Gesichtern der Männer wand. Keine Macht der Welt mit Ausnahme des Todes hätte sie von diesem wahnwitzigen Treiben abzubringen vermocht.

»Feiglinge! Könnt ihr nicht wie Männer sterben ... Auf euren Posten!« schrie Cristóbal wutverzerrt, aber seine Worte gingen im heiseren Keuchen der Wasserräuber unter.

In einem Anfall verzweifelten Humors versuchte Gamarra die Situation ins Lächerliche zu ziehen und dadurch seine

Todesangst zu verbergen. So schob er das seine Rippen bedrohende Bajonett mit zwei Fingern zur Seite und rief:

»Kitzle mich nicht, Kumpel! Immer mit der Ruhe! Bloß keine Aufregung! Wir haben das Wasser doch für euch gebracht!«

Immer noch umdrängte die Horde, wie wühlende Schweine in einem Koben, krampfhaft den Hahn. Einige versuchten unter gegenseitiger Bedrohung und Beschimpfung ihre Feldflaschen zu füllen.

Mittlerweile wollte Salu'í Cristóbals blutende Handwunde stillen, die wie ein angestochenes Faß lief, aber er entriß ihr die Hand ebenso wütend, wie er diese aus dem Bajonett gerissen hatte. Erst später, als die Angreifer, ohne ihre Karabiner zu senken, rückwärts gegen den Wald abzogen und schließlich im Gestrüpp verschwanden, erlaubte er ihr, sie zu verbinden, weil er in diesem Augenblick begriff, was als nächstes zu tun war.

23

Mit luftleeren Reifen sah der Lastwagen im Steppengras noch kleiner und flacher aus. Nur sein Schatten war nach hinten gewachsen. Die nun rote Sonne war zur Hälfte hinter dem glühenden Horizont versunken.

»Ich gehe mit Gamarra zurück und hole Ersatzschläuche«, schlug Mongelós vor.

»Nein«, erwiderte Jara, aufmerksam das Priemengras betrachtend.

»Und das hier, Kiritó?« fragte Gamarra und deutete auf die Reifen.

»Wir werden die Reifen mit Gras füllen«, sagte Cristóbal, als gebe er einem Tankwart den Auftrag, seine Reifen aufzupumpen.

Eifrig machten sie sich an die Arbeit. Salu'í schnitt das harte elastische Riedgras und schleppte es bündelweise zur Arbeitsstelle. Die Männer füllten die Reifen mit dem Gras und spannten sie wieder auf die Felgen. Cristóbal fiel es schwer, mit seiner verwundeten Hand zu arbeiten, da die anstrengenden Bewegungen das Blut durch den Verband trieben. Daher zog er Aquinos Hut aus der Tasche und stülpte ihn über die Hand. Salu'í band ihm den Hut am Handgelenk fest und bot ihm erneut eine blutstillende Tablette an, die er diesmal schluckte.

Gamarra und Mongelós entfernten den Wagenheber. Cristóbal stieg ein und ließ den Motor laufen, aber der Führer sagte:

»Jetzt können wir nicht weiterfahren ...«

»Ich weiß. Ich will ihn nur in den Wald stellen.«

Er fuhr an und steuerte den Laster in das tiefste, schon im Schatten liegende Dickicht. Die Räder quietschten mit ihrer neuen Bereifung. Gamarra gab ihnen ein Sprüchlein mit auf den Weg:

»Uns verdankst du deine Schuhe, verbrannte Chipá.«

Die Nacht und das eintönige, unhörbare Vibrieren hüllten den im Dickicht geparkten Lastwagen vollständig ein. Bald darauf stieg die Sichel des zunehmenden Mondes über den Wald und verbreitete eine zarte Helligkeit.

Nach zwei schlaflosen Fastentagen war dies der erste, wenn auch erzwungene Fahrtaufenthalt. Gamarra zog seine eiserne Ration aus dem Beutel und sagte zu Mongelós:

»Essen fassen!«

Die beiden setzten sich neben den Wagen und begannen die steinharten Maisringe und das Büchsenfleisch gierig und geräuschvoll zu kauen. Cristóbal zog seinen Mundvorrat hervor und teilte ihn mit Salu'í. Dann stand er auf, holte in einer Ölbüchse etwas Wasser vom Hahn und verteilte einen halben Becher voll an jeden. Er selbst trank nicht.

»Nimmst du nichts?« fragte Salu'í.

»Nein.«

»Ich habe keinen Durst«, sagte sie und hielt ihm ihren Becher hin.

»Ich auch nicht ...«

Sie blickten einander mit einem unbestimmbaren Ausdruck an. Cristóbals Gesicht schien zum ersten Mal sanft und menschlich zu werden.

Plötzlich hörten sie Gamarra, der, selber unsichtbar, zum anderen sagte:

»Unser letztes Essen! Und was für ein üppiges!«

»Für mich ist es wie das erste«, sagte der Wegführer.

Salu'í und Cristóbal lächelten.

»Legt euch hin und schlaft«, sagte er und stand auf. »Ich halte die erste Wache.«

Salu'í gab jedem einen von ihren Zigarillos und setzte sich in die Wagenkabine. Gamarra und Mongelós schlugen sich mit dem Buschmesser eine schmale Lichtung neben dem Wagen und legten sich auf ihre Decken.

»Jetzt fehlt nur noch, daß eine Yararáschlange mit mir schlafen will«, scherzte Gamarra, seinen Stumpen anzündend.

Mongelós steckte sich den seinen an, dann schwiegen beide.

»Ich glaube, daß dieser Krieg noch lange dauert«, sagte Gamarra, als er bereits eingeschlafen zu sein schien.

»Er hat ja auch erst angefangen.«

»Für uns geht er bald zu Ende.«

»Mag sein ...«, stimmte der Führer lustlos zu.

»Wir sind zu unserer Beerdigung von weit hergekommen!« seufzte Gamarra.

»So muß es auch sein.«

Die roten Pünktchen der Zigarillos bewegten sich über den dunklen Köpfen hin.

»Ich muß wieder an Sapukai denken, Mongelós. Wir bildeten eine Gruppe von Aufständischen. Schon brach die Revolution auf allen Seiten aus. Aber wir wurden entdeckt. Man schickte uns die Kavallerie von Paraguarí auf den Hals und schnappte die ganze Bande, jeden einzelnen von uns, mit Ausnahme derer, die bei der Schießerei im Moor gefallen waren. Kiritó gelang es als einzigem zu entkommen. Wie durch ein Wunder. Und jetzt ist er auch hier. Hoffentlich kommt er auch diesmal davon. Und wir mit ihm ... Nicht wahr, Monge?«

»Schlaf und träum davon, *Halber Meter* ... Das ist schon etwas ...« Damit drehte er ihm den Rücken zu und wickelte sich den Kopf in einen Zipfel seiner Decke.

Die leuchtende Mondkralle strich über die Scheibe und ließ sie sprühen, als seien einige Leuchtkäfer im Staub, der sie bedeckte, kleben geblieben.

Cristóbal kehrte von seinem Rundgang zurück und stieg in den Wagen. Die anderen schnarchten unten.

»Tut dir die Wunde weh?«

»Nein.«

»Willst du rauchen?«

»Ich habe keinen Tabak.«

»Ich habe welchen ...«

Sie zog einen der letzten Zigarillos heraus, die Juana Rosa ihr geschenkt hatte, riß an der Scheibe ein Streichholz an und entzündete ihn. Dann zog sie ein paar Mal, bis das Ende rundherum glühte und reichte ihn ihm.

»Seltsam, daß wir heute nacht in deinem Laster beieinandersitzen!«

»Warum seltsam?«

»Du hast mich immer verachtet.«

»Ich verachte keinen Menschen.«

»Aber mich. Jedenfalls bis gestern abend. Du hast mich widerwillig in deinen Wagen geholt.«

»Ich habe dir befohlen, einzusteigen. Das war mein Wille.«

Cristóbal blies eine dicke Rauchwolke gegen die hartnäckig summenden Moskitos.

»Kann ich dich etwas fragen?«

Er schaute sie an.

»Verachtest du mich für das, was ich bin?«

»Ein jeder ist das, was er ist. Und keiner darf den anderen verachten.«

»Wenn einer zum Beispiel schlecht ist, glaubst du nicht, daß er sich ändern kann?«

»Man ändert sich dauernd, aber das geht nur den einzelnen selbst an!«

Sie bat ihn mit einer Handbewegung um den Zigarillo. Er steckte ihn ihr in den Mund, bis der Rauch aus ihrer Nase quoll.

»Mitunter ... mitunter denke ich, daß du mit nichts und niemandem Mitleid hast. Aber jetzt ...« Sie brach ab, bewegte den Kopf, wandte sanft die Hand mit der Zigarre weg. »Damals warst du der einzige Freund des Indio Kanaití. Worüber sprachst du mit ihm, wenn du ins Indiodorf gingst?«

»Vom Wald, von seinem Stamm.«

»Du hattest die Gabe, ihm zuzuhören ...«

»Er wußte viel, er wußte immer noch mehr.«

»Hat er dir die Macká-Legende von den Wöros erzählt, die im Waldengpaß mit ihrem Gürtel aus Leuchtkäfern tanzen, um den Regen herbeizulocken?«

»Nein. Er sprach von anderen Dingen.«

»Ich erinnere mich nicht genau daran ... Ich weiß nur, daß die Frauen, den Neumond im Rücken und in ihrem Leuchtkäfergürtel, die ganze Nacht hindurch tanzen. Sie tanzen und tanzen, bis der Himmel zu schwitzen beginnt und es regnet. Das sagte der Indio ... Ich weiß nicht, ob es wahr ist ...«

»Es muß wahr sein. Sie täuschen sich nicht.«

»Ich möchte dich etwas anderes fragen, Cristóbal ...«

»Schlaf jetzt lieber«, unterbrach er.

»Ich bin nicht müde.«

»Morgen erwartet uns das Ärgste.«

»Vielleicht der Tod«, sagte sie friedlich, fast glücklich, nicht fragend, sondern fast ihrer Sache gewiß.

»Vielleicht.«

»Dann werde ich schlafen. Es wird ein langer Schlaf sein ...« Es war keine Trauer in ihrer Stimme, keine Leidenschaft, keine Bitterkeit. Ihre Worte waren fröhlich. In Guaraní gibt es keine Traurigkeit; die Worte klingen immer wie neu, sie haben keine Zeit zu altern. Um zu sagen: ›Es wird ein langer Schlaf sein‹, sagte sie: ›*Jho'ata che'ari keraná pukú* – ein langer Schlaf wird auf mich sinken‹ und deutete damit einen unbeschwerten Schlaf voll unendlicher Weichheit und froher Bilder an, während eine Mücke sie in der Nase kitzelte.

Eine Wolke mit schimmernden Rändern verbarg die Leuchtkralle am Himmel und verdunkelte die Scheibe. Auch der Zigarillo, den beide geraucht hatten, war zu Ende gebrannt.

»Glaubst du an Wunder, Cristóbal?«

»Wunder?«

»Daß etwas Unmögliches geschieht, etwas, was nur Gott bewirken kann ...«

»Was der Mensch nicht machen kann, kann niemand machen«, sagte er rauh.

»Ja ... Vielleicht ist das die Kraft, die Wunder vollbringt.«

»Ich weiß nicht. Was sich in Worten sagen läßt, verstehe ich nicht. Ich verstehe nur das, was ich machen kann. Ich habe einen Auftrag. Ich werde ihn erfüllen. Das verstehe ich.«

»Auch ich beginne manches zu begreifen, Cristóbal. Bevor Aquino starb, sagte er mir, daß ich von neuem geboren werde. Vielleicht hatte er recht. Hier zu sein, neben dir ... und mich nicht zu schämen ... scheint mir kaum glaubhaft ...!« Sie sagte es flüsternd, als spräche sie leise mit sich selbst.

Jara drückte den Stummel am Gewehrkolben aus und warf ihn ins Dunkle. Langsam legte er den Arm um sie, und ihr mit dem Buschmesser getrimmter Kopf sank, bezwungen vom Gewicht ihres eigenen Glücks, an seine Schulter.

Scharf hob sich im grellen Sonnenglast der Lastwagen ab, der durch die Bodensenken der Sandwüste vorwärtsratterte. Der Motor keuchte auf höchsten Touren. Zentimeterweise krochen die Räder auf den beiden Kuhhäuten vorwärts, die Salu'í eine nach der anderen abwechselnd wie Bettvorleger vor den sich im Schneckentempo voranbewegenden Wagen legte. Mongelós und Gamarra schoben hinten nach und achteten auf das Gleichgewicht des Tanks, der auf dem welligen Sandboden gefährlich schaukelte. Cristóbal saß ans Steuer geklammert, die Augen auf das blendende Weiß des Sandes geheftet.

Jetzt fuhren sie an einem pilzförmigen Felsen vorbei, der dunkel und matt im salpetrigen Glanz aufragte.

»Ja ... hier herum muß es sein!« verkündete Mongelós, auf den Stein deutend. »Der Meteorstein! Etwas weiter liegt die Einfahrt zur Pikade!« fügte er hinzu, auf ein schwarzes Loch in dem aschgrauen, wie versteinerten Wald weisend.

Neugierig musterte Gamarra den Stein, als er plötzlich erschrocken auf den hinteren Teil des Lasters starrte. Die Hinterräder rauchten, kleine, züngelnde Flammen stiegen aus ihnen auf.

»Haaalt! ...« schrie er. »Das Riedgras brennt!«

Cristóbal bremste den Wagen und sprang ab, um zu sehen, was los war, aber schon löschten Mongelós und Gamarra die aus den Reifen schlagenden Flammen mit einem dichten Sandregen. Als die Mäntel zu rauchen aufhörten, stieg Cristóbal wieder ein und versuchte den Motor anzulassen. Vergebens. Von neuem sprang er ab, hob die Haube und prüfte den Vergaser. Er tat es mit einer Hand; die andere, behandschuht mit Aquinos Hut, hing, durch den Schorf blutend, leblos herunter. Der Arm war vom fortschreitenden Brand bläulich und angeschwollen. Salu'í beobachtete ihn entsetzt.

Ein lastendes Schweigen entstand. Die fernen Kanonen waren nicht mehr zu hören. Nur der harmonische, unhörbare

Baßton briet in der Sonne, ohne die kleinen Geräusche zu beeinträchtigen, die Cristóbal mit dem Motor verursachte.

»Es ist seltsam«, sagte Mongelós. »Die Stille reicht bis dort hinten hin, Kinder ...«

»Vielleicht ist Boquerón schon gefallen«, sagte Gamarra mit gespielt optimistischer Miene.

»Vielleicht. Die feindliche Linie begann bereits zusammenzubrechen.«

»Heute vor zwanzig Tagen hat die Belagerung begonnen«, stimmte Gamarra zu. »Wenn Boquerón fällt, ist der Krieg bestimmt zu Ende.«

»Wer weiß ...«

Das immer lauter werdende Brummen eines Flugzeuges ließ sie aufschauen. Eine Junkersmaschine erschien über dem Wald und flog waagrecht über sie hin, ohne anscheinend von dem auffälligen Ziel, dem Lastwagen im Sand, Notiz zu nehmen.

»Habt ihr's gesehen?« sagte Gamarra und rieb sich die Hände, als der feindliche Flieger zwischen den Bäumen verschwand. »Sie haben alle Angst! Der Krieg ist aus! Piii ... puuuu!«

Cristóbals gebieterische Stimme rief sie in die Wirklichkeit zurück.

»Fertig? ... Wir fahren ab!«

Die langsame, mühsame Fahrt ging weiter. Salu'í legte, sich bückend und sich wieder aufrichtend, die Häute, zwei dunkle Flecken auf dem weißen, flimmernden Sand, immer wieder vor die Räder des Wagens.

Das wellige Gelände ausnutzend, ließ Cristóbal sein Steuer spielen und bediente mit derselben Hand die Kupplung, von einem Gang zum anderen, um stets den richtigen Punkt zu finden, in dem die Räder am leichtesten Grund faßten. Die andere, in ihrem Hutsack scheußlich geschwollene Hand, zeichnete auf die bestaubte Windschutzscheibe einen wachen Larvenkopf – den von der Bombe abgetrennten Kopf Silvestre Aquinos, dessen Augen, im Staub blinzelnd, Cristóbal still betrachteten, der stur auf den Sand hinter der Scheibe blickte, um Silvestres Augen darin auszulöschen und zu wissen, daß es seine eigenen Augen waren, die ihn anblickten. Aber schon waren sie bei der geringsten Unvorsichtigkeit wieder da, tief verwischt, spukhaft, den Weg weisend, die Fahrt vorantreibend. Jetzt galt nur eines: weiterfahren, weiterfahren, koste es, was es wolle, durch den Wald, durch die Wüste, durch die entfesselten Elemente, durch den toten Kopf eines Freundes, durch jenes Beben, in dem Leben und Tod wie auf einer unnennbaren Grenze verschmolzen. Das war das Schicksal. Und konnte das Schicksal von einem Mann wie Cristóbal Jara anderes fordern, als seine Besessenheit wie einen Sklaven durch eine enge Waldpikade oder über die endlose Steppe mit ihrem wilden Freiheitsgeruch zu hetzen? Sich einen Weg zu bahnen durch das unbarmherzige Gestrüpp der Gegebenheiten, sein Fleisch in ihm zu lassen, aber auch sie, die Gegebenheiten, mit dem Element seines Willens zu verwandeln, dessen Kraft gerade in der Verschmelzung mit der Welt wuchs? *Was ein Mensch nicht tun kann, kann niemand tun,* hatte er selbst gesagt. Viele gab es wie ihn, Zahllose, Namenlose. Lag ihre Kraft nicht vielleicht in der Schlichtheit, einem Gesetz zu huldigen, das sie umschloß und überragte? Sie wußten nichts, nicht einmal, was die Hoffnung ist. Nur dies: etwas so stark zu wollen, daß man alles andere vergißt. Selbstvergessen vorwärtszustürmen! Freude, Triumph, Niederlage, Geschlecht, Liebe, Verzweiflung – sie waren nur Marksteine auf dem Marsch durch eine grenzenlose Wüste. Einer fiel, der andere rückte nach und hinterließ eine Spur, eine Furche, eine Blutbahn auf der alten Erdkruste, aber gerade sie befruchtete die elementare, wilde Jungfräulichkeit.

25

In eine Staubwolke gehüllt, rollte der Laster nun mit schrillem Räderquietschen durch die Pikade weiter; wieder war der Tank mit dem gesprenkelten Kranz der Kuhhäute verhängt.

Im Gezweig eines Quebrachobaumes kauerte eine Gestalt, sie war auf der Lauer, so unbeweglich, daß sie einer Mumie glich; vielleicht waren es die Überreste eines Jaguars, eines Affen oder eines Sperbers. Freilich gab es auf dieser Höhe keine Tiere. Doch die Mumie bewegte sich. Unter einem Wachstuchschild blinzelten zwei schräge Schlitze, verwundert über das Näherkommen des winzigen, einem Sagentier gleichenden Lastwagens, der in dem fernrohrähnlichen Schlauch des Hohlwegs für Augenblicke zu wachsen schien. Die schrägen Augen drehten sich erregt nach unten. Der Mund voll gelber Zähne, der einem Rüssel glich, zischte eine Anweisung.

»Wir nähern uns dem Cañadón!« schrie Mongelós, auf den mächtigen Quebrachobaum deutend, der in einer Biegung auftauchte. »Gleich sind wir da!«

Ein Feuerstoß schnitt seine Worte ab. Khakifarbene Schatten brachen wild schreiend in den Weg. Cristóbal lenkte den Wagen ins Gestrüpp – aber zu spät! Mit einem Ruck stieß er Salu'í ins Gebüsch und ließ sich auf seiner Seite aus dem Führersitz fallen. Das heftige Feuer der Angreifer galt nun Mongelós und Gamarra, die keine Zeit fanden, vom Wagen zu springen. Sie stürzten herab und wanden sich unter den Schüssen, die dumpf knallend ihre Körper durchlöcherten. Cristóbal richtete sich im Gras auf und hob den Arm, um den in der Fahrerkabine liegenden Karabiner zu packen. Ein Schuß zerriß ihm die Hand. Er ließ sich fallen, schleppte sich ein Stück weiter und blieb regungslos liegen.

Schreiend und schießend gingen die Gegner zum Angriff über. Ihre Stiefel traten auf Cristóbals blutige Hand. Mit wild verzerrten Gesichtern, heulenden Mündern und gierigen Händen stürzten sie sich auf den Wasserhahn und balgten sich beißend, kratzend und stoßend um den Strahl. Die Ungeduldigsten durchschossen den Tank, aus dem Bäche über die Kuhfelle rannen.

»Rasch ... eilt euch! Schnell ... gleich kommen die Truppen!« brüllte einer mit Unteroffizierslitzen in einem Wirbel wütender Gespenster. Sie hörten nicht auf ihn; dumpf, fallsüchtig keuchend, bissen ihre Zähne auf den Messinghahn.

»Los, ihr besoffenen Hunde!« drängte sie der Unteroffizier wieder. »Rasch, rasch! Den Wagen in Brand gesteckt!«

Der Menschenknäuel begann sich zu entwirren. Einige torkelten wie Betrunkene aus dem Gewirr und fielen zu Boden, um das Übermaß des hastig hinuntergestürzten Wassers zu erbrechen, das ihre entwöhnten Organe nicht zu halten vermochten. Andere blieben am Hahn hängen oder sperrten den Mund auf, um die über die Felle rieselnden Rinnsale aufzufangen, dabei diejenigen abwehrend, die ihre Feldflaschen zu füllen suchten.

»Rasch ... rasch ... Die Truppen kommen! Los, den Wagen angezündet!«

Ein schwefliger Blitz leuchtete hinter ihnen auf und schleuderte mit seinem Splitterfächer ein paar Mann zu Boden. Die anderen, durch den Luftdruck der Entladung ihrer Benommenheit entrissen, stürzten auf den Wald zu. Eine neue Explosion flammte in der Luft hinter der kopflos flüchtenden Horde grün, gelb und rot auf.

Als sich Rauch und Pulverdampf teilweise verzogen hatten, konnte man Salu'í sehen, die im Dickicht eine zweite Handgranate aus Gamarras Beutel zerrte. Staubbedeckt und zerzaust wie sie war, sah sie schreckenerregend aus. Sie wollte die Granate gerade an einem Kotflügel des Lastwagens anschlagen, als sie auf der anderen Seite Cristóbal sah, der auf den Hahn zuwankte und versuchte, ihn mit den Zähnen zuzuschrauben. Rasch lief Salu'í hinzu und half ihm. Dann dichteten sie die Löcher mit Holzpflöcken ab. Nun fiel Salu'ís Blick auf Cristóbals Hand.

»Herr im Himmel!« murmelte sie mit plötzlich verdüstertem Gesicht. Sie legte einen Arm Cristóbals um ihre Schulter, und beide stützten einander, denn auch sie schwankte, nicht nur unter Cristóbals Gewicht, sondern auch geschwächt durch den Ausschlag, der sich auf ihrem Rücken ausdehnte.

Sie setzten sich auf das Trittbrett. Salu'í holte den Verbandskasten unter dem Sitz hervor und begann seine Wunde zu verbinden.

»Wir müssen weiter! ... Ich muß ankommen! ...« murmelte Cristóbal wie besessen, während sich sein von Erde und Blut verkrustetes Gesicht verzerrte.

Salu'ís Bewegungen waren mühsam, zitternd, ihr Gesichtsausdruck wurde jedoch zusehends heiter, als sei sie von seinem Willen angesteckt und angespornt. Nach dem Verbinden kletterte Cristóbal mit ihrer Hilfe und unter Aufbietung aller Kräfte in den Wagen, setzte sich ans Steuer und blickte seine beiden verbundenen Hände an, jedoch nicht im Gefühl der Ohnmacht, sondern auf der Suche nach einer letzten Lösung. Wieder murmelte er zwischen den Zähnen:

»Ich muß ankommen!«

Salu'í sah ihn mit verschleiertem Blick an.

»Im Werkzeugkasten ist Draht. Hol ihn mir«, befahl er.

Sich an der Motorhaube haltend, umschritt sie den Wagen und ging auf den Führersitz zu, bemüht, ihre Bewegungen natürlich erscheinen zu lassen. Sie versuchte einzusteigen, vermochte es aber nicht. So öffnete sie vom Erdboden aus den Kasten, holte die Drahtrolle heraus und kehrte auf die gleiche Art auf die andere Seite zurück.

»Hier.«

»Binde mir den Arm ans Steuer.«

Salu'í gehorchte, ihr Gesicht war aschfahl und schweißbedeckt.

»Strammer!« sagte er, als er bemerkte, daß zwischen Unterarm und Lenkrad noch Spielraum war.

Sie umwickelte Steuer und Arm mehrere Male und zwirbelte die Enden zusammen, bis er sagte:

»Gut ... Nun diesen an die Schaltung ...« Damit hielt er ihr den anderen Arm hin.

Sie band das Handgelenk auf die gleiche Weise an den Schalthebel. Dabei mußte sie sich tiefer in die Kabine bücken, um den Hebel erreichen und umwickeln zu können. Ihre Bewegungen wurden schwächer. Von Zeit zu Zeit schlotterte sie krampfhaft. Es kam ein Augenblick, in dem sie innehielt und sich mit der Hand über die Augen fuhr, wie um ein Schwindelgefühl zu verscheuchen.

»Los, los!« drängte er barsch.

Sie beeilte sich, die Umwicklung zu beenden, schnitt den Draht ab und bog die Enden um. Dann blieb ihre Hand einen Lidschlag lang auf Cristóbals verbundener Hand liegen, sie schloß die Augen, wie um Abschied zu nehmen.

»Steig ein, wir fahren!« befahl er, ohne sie anzublicken, und trat auf den Anlasser.

Am Ende ihrer Kräfte fiel Salu'í neben dem Wagen aufs Gesicht. Cristóbal streckte den Kopf heraus und blickte sie an. Zum ersten Mal sah er die Rötung, die unter der zerfetzten, durchnäßten Feldbluse ihren ganzen Rücken bedeckte und in der Nähe der Schulter eine dunkelrote Schwellung bildete. Schmerzliches Entsetzen entstellte seine Züge noch mehr. Zum ersten Mal schien er zu zögern. Seine ratlose, hilflose Gebärde bewies allzu deutlich, daß er, in den Krallen eines Verhängnisses, das ihm keine Wahl ließ, zum ersten Mal in seinem Leben wirklich zauderte. Die Zeit flog. Er war an den Wagen gefesselt, sie durch ihren Todeskampf an die Erde. In übermenschlicher Anstrengung trat Cristóbal auf die Kupplung, ließ sie sanft los und steuerte den Wagen ganz langsam, mit fast zärtlicher Behutsamkeit in die alten Spuren zurück, damit die Räder nicht Salu'ís liegenden Körper streiften und über ihr Gesicht nur eine zarte Haarsträhne, eine Handvoll Staub, eine kaum merkliche, endgültige Liebkosung wehten. Noch einmal sah er sie an. Der winzige Springquell pulste noch auf ihrem Rücken. Eine Hand verkrallte sich in einen Halm und blieb still liegen. Cristóbal setzte den

Wagen in Bewegung und blickte nicht mehr zurück. Immer rascher knirschten die Räder auf dem glatten, festen Boden des Hohlweges dahin. Später begannen sie zwei geschwärzte Bündel in den wirbelnden Staub abzustoßen, der den dahinrumpelnden Schatten langsam verwischte.

Bald darauf fuhr er in den anscheinend verlassenen Cañadón ein. Mit brennenden Rädern kam er ins Rutschen und glitt zwischen Waffen, Feldgepäck und den Gestalten, die unter dürren Bäumen verstreut lagen, hin und her. Mehrere stotternde Feuerstöße eines Maschinengewehrs, die ein Wahnsinniger oder Betrunkener abgegeben zu haben schien, zersplitterten schließlich die Windschutzscheibe; trotzdem wankte der Wagen noch einige Meter im Zickzack weiter. Dann prallte er gegen einen Baum und blieb stehen. Ein dicker Wasserstrahl spritzte durch die Tanköffnung auf die Flammen, die den wieder verstummten Waldengpaß mit Schatten füllten. Plötzlich begann die Hupe zu tuten, unaufhörlich, unbeirrbar.

Das Gesicht des Fahrers lag wie in einer kurzen Ruhepause auf dem Steuer.

IX
Verbrannntes Holz

Erklärungen der Aufseherin des Dritten Ordens

I

Ich will Ihnen erzählen, gnädiger Herr. Ja, Señor, auch wenn ich den lieben langen Tag eingesperrt bin im einzigen und ausschließlichen Dienst des Franziskanerordens, so habe ich in meinem Leben doch allerhand schlimme Dinge erlebt und wieder erlebt. Doch von den Geschehnissen von Cerrito, die wie ein ewiger Schandfleck auf dem Dorf Itapé lasten, habe ich wenig oder so gut wie nichts gesehen, was ich berichten könnte. Und das wenige, was ich weiß, ist, daß ich von hoch oben zugesehen habe, ohne daß ich mit dem, was sich drinnen zutrug, das geringste zu tun hatte. Auf diese Art und Weise kann ich Ihnen, gnädiger Herr, nur das sagen, was nicht geschah, oder, wie man in bester Absicht zu sagen pflegt: sagen doch Sie mir ein bißchen was, damit ich Ihnen was sagen kann. Denn diese Welt hat keine Seele und auch keine Umkehr, es sei denn mit der Hilfe unseres Herrn Jesus Christus und der Jungfrau Maria, seiner allerheiligsten Mutter.

Sie, Herr Polizeichef, oder Bürgermeister, oder Kommissar, denn ich weiß schon nicht mehr, wie ich Euer Gnaden nennen soll, Sie, sage ich, sehen einen Vogel fliegen. Eine Vermutung. Sehen Sie vielleicht seine Spur in der Luft? Und das, was am Vogel unschuldig ist. Und die Luft, sehen Sie die vielleicht außerhalb oder innerhalb des Christenmenschen? Und außerhalb oder innerhalb des Christenmenschen, sehen Sie da vielleicht den Schatten seines Denkens, die Spur seiner Erinnerungen? Denn die Bosheit ist ja das, was man am wenigsten sieht. Und wenn Sie mich ein wenig bedrängten, würde ich Ihnen mit aller Hochachtung sagen, daß man die Bosheit nicht sieht, weil sie in allen und einem jedem von uns steckt, wir armen Sünder.

Folglich habe ich weder gegen noch für die vorgefallenen Geschehnisse das Geringste zu erklären. Nichts gegen die Toten, die starben, weil in ihnen ihre fortdauernde Bosheit ausbrach, ihre Bosheit ohne Zeugen. Andere, weil sie vergessen hatten, daß um die Unschuld, die Schutzlosigkeit und das Leben nur Gott allein sich sorgt. Und so liegen die Dinge und vermengen und verflechten sich miteinander. Aus reiner, vergeblicher Gewohnheit.

2

Sie fragen mich über das Leben und die Wundertaten des Señor Melitón Isasi, Ihres Vorgängers im Präsidium während des Chaco-Krieges, verschanzt als höchste Autorität in diesem unseligen Dorf Itapé. Ich kann Ihnen das nicht sagen, weil er, während Sie alle dort draußen für das Vaterland kämpften und starben, sich hier der Aufgabe widmete, die Mißgeschicke der Leute von Itapé zu heilen. Ich meine damit die der Frauen, der alten Leute und der Kinder. Denn was die Männer betrifft, so hatte Don Melitón höchstpersönlich sie bereits an der Front eingesetzt, und zwar bis zum letzten völlig Dienstuntauglichen und sogar bis zu den noch nicht dienstpflichtigen jungen Burschen. Er schickte sie ohne einen Funken von Mitleid in den Tod.

Jetzt ist auch Don Melitón tot, und Gott der Allmächtige, Gott der Richter, wird sich des Häufchens Asche seiner Seele angenommen haben, die bereits ziemlich *kaigué* war. Und im schlimmsten und sichersten Fall hat er sie den Leuten von Itapé wieder über die Köpfe gestreut, die seit damals den Erdboden mit den Augen fegen.

Es steht ziemlich fest, daß das Unglück lange vor Melitón

Isasis Ankunft über das Dorf hereinbrach. Die Dinge fangen immer ganz weit hinten an und niemand weiß wirklich, wann sie beginnen, und noch weniger, wenn Sie mir gestatten, wann sie enden. Gerade jetzt – ein Beispiel von allem und für alles – suchen wir händeringend diese Dinge hinter dem, was sich ereignet hat, und auf diese Weise, gnädiger Herr, was soll ich Ihnen sagen, kommen wir nirgends zu einem Ergebnis. Und auch dann nicht, wenn Sie, der Sie gebildet sind, das langsam mitschreiben, was ich weiß und Ihnen in aller Eile erzähle, und was so gut wie nichts ist, denn ich kann ja weder lesen noch schreiben. Nicht einmal mit meinem Namen unterzeichnen, es sei denn mit einem Kreuz oder dem Abdruck meines dicksten Fingers.

Für mich, und wenn ich das sage, schlage ich das Kreuz, begann das Unglück von Itapé, als diese Ketzer aus dem Dorf, angeführt von dem alten Macario, auf dem Hügelkamm den von Gaspar Mora gebauten Christus aufstellten, als dieser leprakrank sich im Wald versteckte und im Feuer des Kometen starb. Sie, Señor, sind in diesem Dorf geboren und aufgewachsen und kennen die ganze Geschichte. Ich erinnere mich an Sie, als Sie noch ein kleiner Junge waren. Drum brauche ich Sie jetzt nicht an die Dinge zu erinnern, die niemand vergessen hat.

Sie waren nicht hier, als Melitón ins Dorf kam. Bald wußten wir, woran wir waren. Er beschränkte sich nicht allein darauf, Rekruten an die Front zu schicken oder über die Daheimgebliebenen mit eherner Faust zu herrschen. Das Laster des neuen Polizeichefs war nicht der Branntwein und auch nicht das Würfelspiel. Seine Freude und Verzweiflung waren die jungen Weiber. Er stürzte sich auf sie mit einem Heißhunger, der stärker war als seine Mannesstärke. Abends, allein und ohne Eskorte noch Leibgarde, ritt er aus. Was ihn beschützte, war die Angst seiner Opfer, die Angst des gesamten Dorfs, das sich angesichts des heißhungrigen Mannsbildes, das über den Pueblo hereingebrochen war, in eine Frau verwandelte. So und nicht anders. Es gibt keinen schlimmeren Blinden als den, der seine Angst nicht sehen will. Und in dieser Angst wurde Melitón unsichtbar. So ritt er nach Belieben an den alten Frauen vorüber, die hinter ihren Türen hervorspähten, und den jungen Frauen, die sich unter ihre Betten verkrochen. Der rasche Schritt seiner Häschergestalt schlug jede beliebige Richtung ein, aber immer eine neue. Leise begann man ihn *Kurupí* zu nennen. Er erfuhr es und nahm es nicht übel, vielmehr machte es ihn stolz. Eines Tages vertröstete Melitón höchstpersönlich eine im Rathaus vorstellig gewordene Abordnung von Dörflern mit Nichtigkeiten. Er wies auf seine Autorität hin, indem er sich auf seinen Hosenzwickel klopfte und aufwärts grinste wie ein dreister Maultiertreiber. »Schaut her, ich hab schon einen Steifen!« sagte er vom Geländer aus. »Nicht mal Kurupí selbst hat eine so lange und für jeden Dienst und sonstige Schmeicheleien geeignete Rute. Drum geht mal wieder nach Hause und begehrt nicht auf und wartet, bis ihr dran kommt ...« Einfach so – mit Verlaub – sagte er das.

3

Er kam nach Itapé mit seiner angetrauten Frau, einem armen kranken Weib, das auch vor Angst schlotterte. Was konnte Doña Brígida de Isasí anderes tun als leiden und neben diesem Mann, der das Dorf heimsuchte wie eine Plage, still und geduldig aushalten? Denn sie liebte diesen Mann inniger als das arme leidvolle hoffnungslose Ding, das ihr Leben war.

Sie wohnen dem Rathaus gegenüber. Ohne von Ihrem Stuhl aufzustehen, können Sie die Tür des heruntergekommenen Hauses sehen. In dieser Bruchbude lebte Ña Brígida eingesperrt, schlimmer als die Gefangenen in der Einzelzelle. Ohne auch nur gelegentlich einen Augenblick ausgehen zu können, und ohne auf ein anderes Glück zu warten als auf das Unglück. Sehen Sie, gnädiger Herr, die herzförmige Öffnung in der Tür? Das einzige, was Ña Brígida tun konnte, um zu sehen, was Melitón hier trieb, innerhalb oder außerhalb des Rathauses, war, durch dieses Loch zu spähen. Das war ihre einzige Arbeit, ihre trostlose Lust. Das einzige, was ihr gehörte, sage ich. Das mindeste und das meiste. Und er, erbarmungslos, vor aller Augen und Geduld, feuerte die bösen Lüste seines Naturells an und los. Nachts ritt er die Hütten ab. Gelegentlich ritt er hinaus in die Siedlungen und Weiler von Rojas und Cande'a.

Wenn Melitón auswärts war, ließ Ña Brígida mich rufen, und ich kam und leistete ihr Gesellschaft und tröstete sie, so wie wir nach den Geboten der christlichen Nächstenliebe unserer Heiligen Religion den Mitmenschen trösten sollen. Ich half ihr beim Beten des Rosenkranzes, half ihr, Vertrauen auf Gott, unseren Herrn, zu hegen. Doch es gelang mir nie, sie in die Kirche mitzunehmen. Auch das muß gesagt werden. Nicht, weil die Ärmste etwa ungläubig gewesen wäre. Nein, Señor. Aus Angst. Sie hatte Angst, eine Angst von jenen Ängsten, welche die Zähne lockern und das Fleisch wund scheuern und bis ins Denken eindringen. Ich bereitete ihr Arzneien aus Beruhigungskräutern, zerkleinertem Rautenschößling, Fenchelwurzel, Anis und Dill. Alles, was ich wußte, und mehr. Und wenn sie das Zittern bekam, zog ich sie aus und rieb ihr den ganzen Körper mit Kuríju-Fett ein oder nur mit bloßer Hand und reinem Speichel. Dann schlief sie ein. Nach und nach sagte sie zwischen Träumen alles, was sich ereignen würde, voraus. Mit Ausnahme des letzten, was auf dem Cerrito geschah. Nackt und im Schlaf wurde sie wieder jung und schön, und sie war jung und schön wie die rückfällige und heilige Magdalena. Ihre Stimme kam von fern und erlosch in einem Seufzer, wenn auf ihren Lippen der Name Melitón ertönte, und dann stöhnte sie inwärts mit einem Zittern im Bauch, als sei ihr Herz da hinuntergestiegen und erbebte dort in der Erinnerung an ihren Mann. Jesus! Ich schaute sie an, wie sie da so bezwungen, ergeben und bildschön ruhte, daß ich von Neid und Verlangen erfüllt war, so zu sein wie sie. Und wozu alles? Ich dachte immer an Melitón, an den Simpel von Mann, der in fernen Winkeln das wahrhaft Gute sucht, das er zu Hause als Abfall verkommen läßt. Bei aller Hochachtung, gnädiger Herr, ich erzähle Ihnen sogar von dem, was ich dort dachte, während Ña Brígida in meinen Armen schlief, während ich sie wiegte und ihr durch ihren Schlaf hindurch liebe Sachen ins Ohr flüsterte. Ach Welt, ach Leben ... Alles steht auf dem Kopf. Ña Brígida in meinen Armen und Melitón zu Pferd in abgelegenen Gegenden bis dorthin, wohin die Spitze seines Begehrens reichte, bis zu dem Lasso, das ihn erhängen sollte.

4

Und so kam es, daß Melitón eines Nachts Juana Rosa suchte und fand, die Frau von Crisanto Villalba im fernen Weiler Cabeza-de-Agua, was soviel heißt wie Wasserkopf. Er wußte, daß sie allein auf dem Kleingut weilte, mit ihrem Söhnchen, dem kleinen Cuchuí, den Sie jetzt in Ihr Haus aufgenommen haben – einer, der mehr Glück gehabt hat als andere Waisenkinder in diesem Dorf.

Sie werden nicht vergessen haben, daß Juana Rosa die Tochter der María Rosa war, der Verrückten von Caroveni, die bis zum heutigen Tag in ihrer Umnachtung behauptet, daß Juana Rosa die Tochter von Gaspar Mora, des Kerbschnitzers des Christus, ist, während alle damaligen Bewohner von Itapé wissen, daß das nicht stimmen kann. Doch wer kann wissen, wo das Nadelöhr ist, durch welches das Kamel der Wahrheit geht, wie das Neue Testament sagt. Juana Rosa war eine der vom bösen Traum verfolgten Frauen, der ihnen den Kopf verdreht. Genau wie ihre Mutter. Das war ihr schon im Blut mitgegeben.

Fest steht, daß Melitón Isasi Juana Rosa in der Nacht, als er sie in Cabeza-de-Agua fand, nicht zu entführen brauchte. Sie erwachte mit ihrem Kind im Hinterhof des Rathauses. Ich weiß wohl, daß die Indiofrau Conché Avahay herumerzählte,

Juana Rosa habe keinen anderen Ausweg gefunden als Melitón Isasi als Beischläferin zu dienen, weil dieser ihr drohte, er werde ihren Sohn umbringen. Doch Melitón hätte diese Drohung nicht anzuwenden brauchen, vielmehr störte Cuchuí ihn im Rathaus, fraglos. Cuchuí war damals vermutlich nicht einmal eineinhalb Jahre alt. Er kroch in der Küchenasche umher, während sie das Essen für die Beamten kochte. Oder er versteckte sich zwischen den kleinen Karabinern der Waffenkammer. Die Polizisten spielten mit ihm wie mit einem kleinen Köter. Wenn er laut heulte, schob Melitón persönlich ihn mit der Stiefelspitze in eine Gefängniszelle. Das gleiche tat er, wenn er nach dem Mittagessen die Straße überquerte, um im Amtszimmer zu schlafen, und Juana Rosa rufen ließ. Und die ließ nicht auf sich warten. Sie kam gefügig, die Lust stand ihr ins Gesicht geschrieben. Man merkte es den Bewegungen ihres Körpers an, der sich unter ihrem zerschlissenen Kleid abzeichnete. Die vom Schmorfleisch nasse Schürze betonte ihre Schenkel, die schmale Taille, die harten Brüste. Ihr schwarzes Haar hing ihr ins Gesicht, als sie eintrat.

Durch die Öffnung in der Tür konnte Ña Brígida erspähen, was dort drinnen vorging. Von ihrem Guckloch aus konnte sie sehen, wie Juana Rosa Melitón die Stiefel auszog. Dann schloß sie die Tür. Von drüben hörte man sein stierhaftes Stoßen und ihr Stöhnen ... Gott bewahre uns und vergebe uns!

Ich weiß, daß die Indiofrau Conché Avahay auch gekommen ist und Ihnen erzählt hat, daß Juana Rosa ihr gesagt habe, sie ginge in den Chaco, um Crisanto abzuholen, damit er entweder sterbe oder mit ihr zurückkomme. Sie ließ Cuchuí bei der verrückten Großmutter und verschwand. Doch niemand erfuhr, was aus ihr wurde, und wo sie blieb. Crisanto Villalba kam schon als halber Witwer zurück, während Juana Rosa noch auf der Schale dieser Welt umherrutscht. Denn Sie wissen ja, gnädiger Herr, in diesem Dorf gibt es sogar das, was es nicht gibt.

5

Juana Rosa war nicht die einzige Gespielin Melitón Isasis. Manchmal tummelten sich drei junge Weiber im Hinterhof zwischen dem Rauch des Feuers und dem Dampf des Eintopfs. In Wirklichkeit war Juana Rosa die kürzeste Dauer beschieden. Währenddessen angelte er sich Felicitas Goiburú, die jüngere Schwester von Esperancita, die schon vor geraumer Zeit ins Unglück geraten war und die ein Viehtreiber versteckt und verschleppt hatte, niemand weiß, wohin. Wir lebten im Reich des Teufels, gnädiger Herr. Hören Sie zu!

Felicitas fischte Melitón nicht im Dunkeln, während einer seiner nächtlichen Rundritte, sondern am hellichten Tag, als sie aus der Schule kam. Er brauchte nicht mal lange zu warten. Er errang Felicitas mit zwei oder drei dummen Streichen. Er selber hieß einen Soldaten die Rosen schneiden, welche die *mitakuña'i* ihrer Lehrerin als Geschenk mitbrachte.

Eines Nachmittags ließ Ña Brígida mich rufen. Ich trat durch die Bananenpflanzung von hinten ein, in banger Befürchtung. Ich fand sie, wie sie durch den Spion der Pforte spähte und schon heftig zu zittern begann. Sie preßte die Zähne aufeinander, unfähig zu sprechen. Sie litt unsäglich, und mehr. Ich zerrte sie vom Guckloch fort, begann sie auszuziehen und ihr den Körper mit brennendem Zuckerrohrschnaps und Raute einzureiben. Sie stöhnte hemmungslos, als sei ihr die Kehle von Schluchzen blockiert. Dann beruhigte sie sich, mit geschlossenen Augen, und seufzte tief. Zwischen Gebeten sprach ich laut zu mir selbst. Ich dachte an das große Unglück, das zu den anderen kommen würde, wenn eines Tages der Krieg zu Ende sein und die Zwillinge Goiburú, Felicitas' Brüder, heimkehren würden. Ich wollte Ña Brígida beruhigen, ihr beistehen, auch wenn ich nur einen Tropfen ihres Kummers stillen konnte. »Felicitas ist hingegangen, weil sie es wollte, Ña Brígida! ... Sie hat Don Melitón aufgesucht, sie hat sich wie ein Seeräuberkalb bei ihm eingenistet ...« Aber ich betrieb schon zuviel Aufwand. Die andere hörte gar nicht mehr zu, sie war ganz woanders, ihre Augen tränenblind, auch wenn ihre Lippen ein Lächeln umschwebte wie das Bild der Heiligen Librada. In diesem Augenblick, ohne zu wissen wie, noch warum, empfand auch ich eine unendliche Liebe zu dieser Frau. Vielleicht, weil sie das Lamm war, das sich Gott zum Opfer für uns alle darbot. Ich küßte sie keusch auf die Lippen und deckte sie mit dem Umschlagtuch zu.

6

Das dritte Kriegsjahr ging zu Ende. Schon wurde von Frieden zwischen Paraguayern und Bolivianern gesprochen. Für uns in Itapé konnte nach dem Schlimmen nur noch das Schlimmere kommen. Und nach dem Schlimmeren einzig und allein Tod und Verdammnis.

Don Melitón ließ mich rufen. Er gab sich sehr bescheiden und leidend. Er bat mich, Felicitas beizustehen und sie von ihrer Viermonatsschwangerschaft zu befreien. Sie werden wissen, was zu tun ist, sagte er kleinmütig. Er war mit seiner Allmacht am Ende. Seine Stimme schien aus dem Untergrund heraufzutönen. Er bat mich auch, bei Felicitas zu schlafen, um ihr in allen Lebenslagen zu helfen und den Klatsch der Dorfbewohner zum Verstummen zu bringen. Seien Sie unbesorgt, Don Melitón, sagte ich zu ihm. Wenn das Geheimnis am meisten umgeht, ist es am geheimsten, wie der *ñe'engá* sagt. Er blickte mich mit den Piraña- oder Taguató-Augen der armen Leute an. Er sagte nichts, und verstand auch nichts mehr. Er kehrte mir den Rücken zu, und ich bekreuzigte mich, weil ich glaubte, in seinem Rücken bereits die Kugelrosetten der Zwillinge zu erkennen.

Ich trat ein und fahndete nach Felicitas. Zuerst sah ich sie nicht. Sie kniete, versteckt im Finsteren. Ich griff nach ihrer Hand. Sie fing zu weinen an und sagte unter Tränen: »Ich will meinen Sohn haben! ... Das will ich und nichts anderes! ...

Ich bitte dich, Schwester Micaela, daß du mir hilfst, ihn zu bekommen ...« Ich versuchte ihr beizubringen, daß das unmöglich sei. Don Melitón ist verheiratet und kann dich nicht heiraten, Felicitas, sagte ich zu ihr. Ihr könnt nicht gegen das Gesetz Gottes und der Menschen heiraten. Früher oder später werden deine Brüder erscheinen und dich für ihre Entehrung verantwortlich machen und Don Melitón umbringen.

Felicitas weinte ihre Seele durch die Augen aus. Schließlich beruhigte sie sich und sagte: »Dann eben ... geschehe Gottes Wille ... Ich will meinen Sohn nicht über den Tod seines Vaters und meiner Brüder hinweg bekommen ...«

Über vierzehn Tage lang versuchte ich an ihr alle mir bekannten Hausmittel, Kräutertees, Abführmittel, Abtreibungsmittel wie Hauhechel, Waschungen mit Passionsblumen, männlichem Lorbeer und *tapekue*. Von ihrem Beobachtungsposten aus lauschte Ña Brígida dem Aufstoßen vor dem Erbrechen, den Klagelauten des jungen Mädchens, deren Eingeweide sich der Plünderung widersetzten. Nach einem Monat war Felicitas Haut und Knochen. Eine fünfzehnjährige alte Jungfer, die nie mehr Großmutter werden konnte!

Eines Nachts kam Don Melitón betrunken und weinerlich herein. Er überreichte Felicitas den Brief der Zwillinge, den er geöffnet und gelesen hatte. »Deine Brüder«, sagte er zu ihr, »sind schon in Asunción angekommen ... Sie warten die Siegesparade ab, zugleich ihre Abmusterung, und kehren dann nach Itapé zurück ...«

»Ihr werdet euch so rasch wie möglich um eine Hebamme in Borja kümmern müssen«, sagte ich zu ihnen. Ich nannte ihnen Namen und Anschrift von Emerenciana Benítez. In ihrem Haus kann Felicitas ihren Sohn zur Welt bringen und abwarten, bis der ganze Rummel vorbei ist. Wir drei umarmten uns und vereinten dabei unsere Tränen. Melitón war butterweich. Ich brühte bis in die Mitternacht hinein besonders starken Mate auf. Dann betete ich den Rosenkranz der Fünfzehn Mysterien, um zu Füßen des Herrn die Zeit in die

Länge zu ziehen und Ihn um Hilfe und Wohlfahrt anzuflehen. Die einzige, die dabei fehlte, war Ña Brígida. Ich will sie besuchen, sagte ich, und ging hinaus.

Durch den Spion sahen wir Melitón und Felicitas in der mondlosen Nacht fortreiten. Sie nahmen den Weg rund um das Dorf, in Richtung Camino Viejo. Ña Brígida begann mit aufeinandergepreßten Zähnen zu stöhnen. Ich drückte sie an meine Brust. Schon wieder kam der Schüttelfrost. Ich brachte sie ins Bett und zog sie aus und spürte im Mund ihren bitteren Schweißgeschmack.

7

Die Tage verstrichen, und auf jedem lastete das Gewicht der Welt. Es heißt: wachen und warten auf das, was nicht zu retten ist. Anfangs argwöhnte die Dorfbevölkerung eine Entführung, eine Flucht. Ermutigt durch das Kriegsende und das Fehlen der Autorität tauschten die Leute das ängstliche Getuschel gegen laut vernehmliche Mutmaßungen ein.

Die Nachricht von der Rückkehr der ehemaligen Kriegsteilnehmer ließ Melitóns und Felicitas' Verschwinden gänzlich in Vergessenheit geraten, und nur ich kannte ihr Schicksal bis dorthin, wo Gott erlaubt, daß man Dinge weiß.

Längs der Eisenbahnlinie verbrachten die Telegraphisten die Stunden bis zur Ankunft des Zuges in jedem Dorf. Auch auf dem Bahnhof von Itapé wurde ein großer Empfang vorbereitet. Das gesamte Dorf schwang sich zu einem feierlichen Zug auf, um die wenigen Mitdörfler, die ins Tal zurückkehrten, würdig zu empfangen.

Auch ich mischte mich in meinem Ordenskleid in den Trubel der Menschen und Feuerwerkskörper, der Freudenschüsse und des Hurrarufens. Ich sah die Männer aus dem Zug steigen, denen ein Arm, ein Bein fehlte, mit verbrannten, von Narbenstichen entstellten Gesichtern, einige ohne Augen, ohne Finger, ohne Hände. Menschenstummel, ach, was sage ich! Es kostete Mühe, in den angekommenen Überresten ihr einstiges Aussehen wiederzuerkennen. Fremd waren sie, in allem und durch alles. Einst harte, starke, junge Männer. Sie hatten nicht zum Ruhm des Vaterlandes sterben können, und würden nicht mehr zum Ruhm Gottes sterben können ... Erbarmen, oh Herr, Gott der Heere, starker und tödlicher Gott!

Alle stiegen aus, nur die Zwillinge Goiburú waren nicht unter ihnen. Die Leute begannen, Fragen zu stellen. Die Neuankömmlinge sagten unter Gelächter, sicherlich kämen jene zu Fuß, hätten doch die Zwillinge immer darauf bestanden, alles anders zu machen als alle anderen. Ein paar Männer erzählten, gleichsam scherzhaft, von den Heldentaten der Goiburú an der Front und spotteten mitleidlos über alles, was sie im Lauf von drei Kampfjahren in den Einöden erlitten hatten. Traurigkeit inmitten von Gelächter und Lärmen.

In dem Augenblick, als die jüngst Ausgestiegenen die Gesichter dem Wasserstrahl der Feldflaschen entgegenstreckten, holte ich Corazón Cabral aus dem Kreis, indem ich ihn an seinen Unteroffizierstressen zupfte. Er erkannte mich und umarmte mich im allgemeinen Trubel. »Wie geht es denn, Schwester Micaela, Unteroffizierin der Bruderschaft der Dritten Welt! ...« sagte er mit einem Feuerwerksgelächter. Und ich nutzte die Gelegenheit, ihn nach den Brüdern Goiburú auszufragen. »Hört zu!« sagte er, zu den anderen gewandt. »Schwester Micaela will wissen, wann die Zwillinge Yryvú in euer geliebtes und erlauchtes Dorf Itapé zurückkehren!«

Jemand sagte sehr ernst: »Die Zwillinge sind in Asunción geblieben, um sich für die Präsidentschaft und Vizepräsidentschaft der Republik zu bewerben! ...«

8

Wieder richtete ich den Altar her für den Fall, daß Pater Pedroza zur Weihe des Allerheiligsten käme. Von dort aus besuchte ich heimlich Ña Brígida. Ich fand sie nicht vor. Einer der Wachposten teilte mir barsch mit, die Frau des Polizeichefs sei allein auf den Hügelkamm gestiegen und habe sich jede Begleitung verbeten.

Ich brach auf, um sie mit meinen letzten Kräften zu suchen. Unterwegs traf ich niemanden. Ich rannte fast und schlug gleichsam Lärm aus Angst, aus Schrecken, der mir den Atem verschlug. Arme Ña Brígida! – hörte ich mich gegen den Wind klagen, der sich in den Kopf gesetzt zu haben schien, mir den Weg zu vertreten, während ich mich dagegen wehrte, daß er mir den Saum des Ordenskleides hochfegte.

Ich stieg bis zum Kalvarienberg des aussätzigen Christus hinauf. Der Hügelkamm war verlassen, nur die kleinen weißen Falter flatterten von der Quelle hoch. Ich suchte nach frischen Spuren, ohne das Geringste zu finden, mit Ausnahme von etwas zwischen den Steinen Glänzendem. Ich bückte mich und fand Ña Brígidas silbernen Rosenkranz. Das Kreuzchen war blutbefleckt. Ich sank vor dem Christus auf die Knie, ohne den Mut aufzubringen, zu Ihm aufzublicken. Zum ersten Mal war auch ich bis dort hinaufgestiegen und fühlte, daß der ganze Hügel sich im rötlichen Abendlicht langsam zu drehen begann.

Ohne mir bewußt zu machen, was ich tat, begann ich zu beten und ließ dabei die Perlen von Ña Brígidas Rosenkranz durch die Finger gleiten. Das kleine Kreuz funkelte zwischen meinen Händen. Nach Beendigung des Rosenkranzes küßte ich das Kreuz, und Blutgeschmack drang in meinen Mund. Ich spuckte seitlich aus und suchte mit erhobenem Kopf ringsum nach Menschen. Ganz plötzlich wurde mein Körper ein schwarzes Loch, und meine Seele zerriß ein Schrei. Ich wollte, ich konnte nicht an *das* glauben, was ich schon die ganze Zeit ansah, und was ich erst jetzt zu sehen begann. Der

Christus trug Stiefel. Ich hob die Augen noch etwas höher und sah, daß der Christus Uniform trug, und daß seine Kleidungsstücke blutbeschmiert waren. Noch immer kniend, erkannte ich schließlich wie in einer Gespenstererscheinung Melitón Isasi, mit dem Lasso mehrmals an das schwarze Kreuz gefesselt und halb enthauptet.

Ich raffte mich auf, um fortzurennen, stolperte aber über den ins Gestrüpp geworfenen hölzernen Christus. Er glimmte noch vor sich hin und versandte eine magere Rauchwolke. Als ich aufstand, um weiterzulaufen, sah ich in der Tiefe der Schlucht Ña Brígidas Körper liegen. Mehr erfuhr ich nicht, denn in diesem Augenblick verlor ich das Bewußtsein und stieß mit dem Gesicht in die Glut ...

Sehen Sie, schauen Sie, das sind meine Brandflecken.

X

Veteranen

Nach dem Gran-Chaco-Krieg in Itapé:
Die Geschichte von Crisanto Villalba

I

Langsam, lustlos stieg er aus dem Zug und machte dabei den Eindruck, als koste es ihn einige Mühe, den Ort wiederzuerkennen, oder als läge ihm nichts daran, dazubleiben. Im Glast der Mittagssonne verengte er die Augen. Er zog die Krempe seines zerknitterten Strohhuts, dessen Band eine Kokarde schmückte, ins Gesicht, stieg von der Plattform eines Zweiter-Klasse-Wagens und setzte den bloßen Fuß behutsam auf den Bahnsteig. Im Geschiebe und Gehaste wurde er zunächst nicht bemerkt. Ich erkannte ihn gleich, beobachtete ihn jedoch eine Weile unbemerkt, weil ich mir vorstellen konnte, was geschehen würde, und ich nicht der erste sein wollte, der seine Ankunft wahrnahm. Ich war zum ersten Mal im Amt und mußte den Schein, den Geist der Autorität wahren. Dieser Mann stellte uns von neuem vor gewisse, jedenfalls für uns unabänderliche Tatsachen. Vermutlich fiel es ihm schwer, ihnen die Spitze zu bieten. Vielleicht war darauf seine abwehrende, gleichgültige Haltung zurückzuführen.

Er blickte dem weiterfahrenden Zug nach. Jetzt kam zu seiner Unentschlossenheit noch Mutlosigkeit, als habe er plötzlich das Gefühl, in einer Wüste ausgesetzt worden zu sein. Er drehte den Kopf nach den Häusern und Ranchos, die im Staub schwammen, nach dem Schatten der versengten Ovenias und Paraísos. Vielleicht fiel es ihm wahrhaft schwer, sein Dorf nach drei Jahren Krieg wiederzuerkennen, nicht weil das Dorf sich in diesem Zeitraum sonderlich verändert hatte, sondern weil er sich innerlich verändert hatte und sich daher in der Außenwelt nicht zurechtfand.

Er sah die Straße, die das Häusergewirr in zwei Teile teilte. In der Ferne zitterte der schwarzgrüne Hügel von Tupá-Rapé in der Mittagshitze, und dieser schien ihm einen Anhalt zu bieten.

Langsam setzte er sich in Bewegung. Der Staub heftete sich an die Sohlen des schmutzigen Veteranen und stieg bis in sein knochiges Vogelgesicht, das seine gegerbte, von den Dornen des Chaco, von den maulbeerfarbenen Pickeln entstellte und vom Pulverstaub erbleichte Haut bedeckte und das in einer Wange eine Schußnarbe zeigte.

Gewiß war er verändert, und doch wurde er sofort erkannt.

2

»Seht, wer gekommen ist!« schrie einer. »Unteroffizier Crisanto Villalba!«

Aber auch dieser Name klang wohl in seinen Ohren fremd. Jedenfalls reagierte er nicht und beachtete den Ruf nicht. Langsam schritt er weiter, als sei er, der Kurzsichtige, auch noch taub geworden.

Die Nachricht löste eine Reihe von Ausrufen und Bemerkungen unter den Leuten aus, die auf dem Bahnhof zusammengelaufen waren. Mehrere gleichfalls Felduniform tragende Männer, von denen einer an Krücken ging, kamen auf ihn zu. Ein anderer, dem die Hälfte eines Armes fehlte, trug den Blusenärmel umgeschlagen und mit einer Sicherheitsnadel befestigt. Der Neuankömmling blieb stehen und blickte ihn mit seinem unbeweglichen Gesicht an, das auf der Seite der Narbe durch den heruntergezogenen Hut verdunkelt war.

»Endlich bis du da, Jo . . .!« begann Eligio Brisueña, den leeren Ärmel schwenkend, tastend, ohne den Spitznamen zu Ende zu sprechen.

»Der Jocó ist da!« schrie jemand.

Beim Hören des Namens riefen die anderen los:

»Jocó! ...«

»Jocó! ...«

»Jocó! ...«

Das war nach wie vor sein richtiger Name, ein Vogelname. Staubumwölkt stand er, umringt wie von fremden Menschen, deren Gesichter er entweder nicht kannte oder deren er sich nicht erinnerte. Leicht gebeugt vom Gewicht des prallen Brotbeutels, den er argwöhnisch unter den Arm gepreßt hielt, sah er sie mit seinem dunklen Reihergesicht an. Wieder blinzelten die flammenden Augen in ihren tiefen Höhlen, aber sicherlich nicht aus Kurzsichtigkeit. Der Schatten, den er in sich trug, hinderte ihn daran, in das Mittagslicht zu blicken. Er kam nicht blind zurück, vielleicht hatte er nur sein Gedächtnis verloren. Die berühmte olivgrüne Chacouniform war mehrfach geflickt und sorgfältig gestopft. Drei dreifarbige Litzen, ebenso verfärbt wie die Kokarde am Hut, waren auf der linken Blusentasche aufgenäht und wiesen auf die drei im Brotbeutel verwahrten Kreuze hin. Die Decke trug er in den Schulterriemen eingerollt. Aus einer Tasche schaute der abgeplattete Blechlöffel heraus. Seine Halsadern und -sehnen waren dick wie Stricke.

Man rief mich, so daß mir nichts anderes übrig blieb als hinzugehen. Sie umstanden ihn in einer merkwürdigen, noch zwischen Achtung und Herablassung schwankenden Haltung, etwas unbehaglich, aber doch redselig und froh, den Dorfgenossen, den Spätheimkehrer wieder bei sich zu sehen.

Ich mischte mich unter sie und klopfte ihm freundschaftlich auf die Schulter.

»Na, wie sieht's aus, Crisanto?«

Aus seinem Brotbeutel ertönte sanftes Geklapper. Ich dachte, es müßten Teller und Becher der Ausrüstung sein. Nichts schien zu fehlen.

»Erinnerst du dich nicht mehr an Oberleutnant Vera?« fragte, auf mich deutend, Pedro Mártir.

»Nein ...«

Crisanto kannte mich in der Tat kaum. Ich hatte Itapé als Kind verlassen.

»Jetzt ist er unser Schultheiß ...«

»Ah ...«

»Mit den politischen Leitern ist es Schluß!« stieß Hilarión Benítez, auf seine Krücken gestützt, hervor. »Jetzt haben wir einen Bürgermeister. Und zum ersten Mal sogar einen Ortsansässigen.«

»Ah ...«

»Donnerwetter, Crisanto! ...« meinte Corazón Cabral und deutete auf die Ordensstreifen. »Der einzige Veteran aus dem Pueblo Itapé, der ausgezeichnet wurde!«

Ein kaum merkliches Lächeln umspielte die Lippen des Heimkehrers.

Ein zerlumpter Junge drängte sich zwischen die Gruppe und begaffte schläfrig den Fremden. Sein Mund war von staubigem Orangensaft verklebt; die trockene Kruste, gesprenkelt von weißen Flechtenflecken, zog sich über die nackte Brust herunter.

»Wie geht's dir denn, Jocó, alter Freund?« wollte Taní López wissen. »Was erzählst du uns?«

»Nichts. Schweigen ...« antwortete er schließlich mit seiner sanften, trockenen Stimme, die nicht seinem Willen zu gehorchen schien.

»Du kommst spät«, meinte Hilarión, als mache er ihm damit einen Vorwurf.

»Seit der Siegesparade ist schon ein Jahr herum«, sagte Corazón Cabral und heftete seine spöttischen Augen auf ihn.

Es dauerte eine Weile, bis er antwortete. Er schien Mühe zu haben, seine Stimme oder den Mechanismus zu finden, der sie auslöste.

»Ich bin dort geblieben«, sagte er.

»Im Chaco?« fragte Pedro Mártir.

»Nein, in Asunción.«

»Wozu denn?« wollte Eligio Brisueña wissen.

»Im Kantonierungsquartier. Ich wartete auf die Demobilisierung.«

»Warum sollten sie sich auch beeilen!« stammelte Hilarión Benítez. »Sie hatten dir ja bereits allen Talg vom Fell gekratzt.«

»Aber das Heimweh hat dich nach Hause getrieben«, sagte Taní López.

»Ich bin gekommen ...«

»Zuerst bin ich gekommen«, verkündete Hilarión. »Als sie mir im Lazarett mein neues Bein aus Peterebyholz verpaßten. Dann kam der Korporal Brisueña.«

»Für mich gab's keinen Holzarm«, meinte dieser.

»Wir haben den Rückzug bis hierher durchgehalten«, fuhr Hilarión fort. »Dort waren wir unerwünscht, wir störten nur! Dann erst kamen die anderen ... Taní López, Pedro Mártir, José del Carmen ...«

»Und ich«, rief Corazón Cabral dazwischen.

»Dann kamen die Gebrüder Goiburú«, fuhr Hilarión fort. »Wie immer, einer hinter dem anderen, wie ein Paar Würstchen, um gleich darauf ins Kittchen zu wandern, als sie Melitón Isasi den Garaus machten ...«

Er mußte abbrechen. Wir alle blickten ihn mit stummer Mißbilligung an. Taní López rieb nervös den Nagel seines kleinen Fingers, der lang war wie die Kralle eines Ameisenbeutlers, an seiner Brust.

»Alle sind zurückgekommen!« sagte Hilarión verstimmt, das Schweigen brechend, und hielt es für notwendig, den Spaßvogel zu spielen, um das von ihm ausgelöste Unbehagen zu verscheuchen. Auf Taní López deutend, sagte er: »Dem konnten nicht mal schwere Haubitzen den Fingernagel brechen!«

Keiner lachte.

»Wir glaubten, du würdest nicht mehr heimkehren, Crisanto«, sagte der alte Apolinario Rodas, dessen Gesicht unter seinem riesigen Strohhut kaum zu sehen war, zu ihm. »Bleibst du jetzt im Tal?«

»Ich weiß nicht. Je nachdem ...«

Gelangweilt beschäftigte sich der Lausbub inmitten des Trubels damit, mit dem Finger auf der Krücke Hilarión Benítez' hin und her zu fahren.

»Dein Beutel ist schön dick«, sagte Corazón Cabral und klopfte daran. Wieder ertönte das leise Klappern. »Vielleicht ist er voll von englischen Pfunden!« scherzte er.

»Nein. Ein Stück Käse, mehr nicht ...«

Wie erleichtert lachten sie schallend heraus. Ich konnte nicht mitlachen. Das Gelächter ging mir auf die Nerven, es war ein erzwungenes Lachen, das nicht dem Überschwang, sondern dem unbestimmten Unbehagen entsprang, das uns an der Kehle saß.

Eine Alte in der Tracht des Dritten Ordens zupfte Corazón Cabral am Ärmel und zog ihn aus der Versammlung weg, um ihm etwas ins Ohr zu flüstern. Widerwillig nickte er, gereizt über die Alte, die ihm fraglos einen Gemeinplatz zugeraunt hatte. So gut er konnte, machte er sich von ihr los und kam wieder in unseren Kreis.

In diesem Augenblick entgleiste Hilarión Benítez zum zweiten Mal.

»Hier ist dein Sohn, Crisanto.« Dabei legte er die Hand auf den Krauskopf des zerlumpten Buben, der seine Krücke rieb.

Wieder fiel Schweigen in den Kreis. Hilarión hustete hastig und unzufrieden mit sich selbst. Der Kleine schraffierte den Staub mit seinem großen Zeh. Wir sahen zwischen seinen Locken die harten, schwarzen Äuglein blitzen, die denen des Vaters glichen. Erst jetzt heftete sich sein Blick zum ersten Mal auf den Jungen.

»Sieh da, Cuchuí«, murmelte er ohne ein Zeichen der Freude, ohne Verwunderung, ohne Zärtlichkeit – es war nur ein Gruß von Vogel zu Vogel.

Gepufft von Hilarión, ging das Bürschchen auf Crisanto zu und blieb vor ihm stehen, man wußte nicht, ob angstvoll oder beschämt. Um sich Mut zu machen, begann er leicht über den faltigen Stoff des Brotbeutels zu streichen. Crisanto schob den kleinen erdverkrusteten Fingernagel weg, als verjage er eine Bremse.

»Es lebe Unteroffizier Crisanto Villalba!« rief Corazón Cabral, um die Situation zu retten.

»Er leeebe!« ... fielen wir anderen ein.

»Ein dreifaches Hoch auf den tapferen Sohn des Pueblo, den unbesiegten Unteroffizier Jocó«, schrie Corazón, über seinen Erfolg begeistert, von neuem. »Hipp hipp hurra!«

Menschen waren zusammengeströmt. Die Begeisterungsrufe der kleinen Gruppe klangen falsch. Ich fühlte, daß mein Hochruf nicht dem Chacoveteranen galt, sondern dem traurigen Schatten, der hier im Mittagslicht stand, dem schlichten, unbezwinglichen Schatten eines Mannes.

»Was stehen wir hier im Mondschein herum!« sagte Corazón Cabral. »Los, zu Cantilicios Kneipe! Dort wollen wir deine Rückkehr begießen!« Seine dunklen Augen tanzten strahlend in dem geröteten, schweißtriefenden Gesicht. »Los, zur Kneipe!«

«Gehen wir ... Ich zahle die Runde, meine Herren!« sagte ich.

»Nein ...« gab Crisanto zurück. »Ich muß noch nach Cabeza-de-Agua ...«

»Nein, Jocó«, beharrte Corazón. »Wir lassen dich nicht los. Du bist unser Gefangener. Nach so langer Zeit wirst du uns das doch nicht antun. Es gibt nicht jedes Jahr einen Krieg wie den, der soeben zu Ende gegangen ist.«

Die Wellen der Begeisterung schlugen hoch.

»Haha, Unteroffizier Villalba, Held der ruhmreichen Schlacht bei Boquerón!« schmeichelte Eligio Brisueña. »Denkst du noch an Punta Brava, wo ich den Arm verlor und du zum ersten Mal befördert wurdest, weil du ein Boligeschütz im Handstreich nahmst?«

»Vorwärts ... Kompanie Villalba! Sprung auf, marsch, marsch! ...« donnerte Corazón, den Augenblick benutzend, die Bürgerwehr zu parodieren.

Crisanto blinzelte lebhaft. Er verzog die Kinnbacken, sagte

jedoch kein Wort und brachte nur einen unverständlichen Ton hervor. Zum ersten Mal leuchtete etwas wie Ergriffenheit in seinen Pupillen auf. Von dem Kriegsruf im Innersten berührt, fühlte er sich vermutlich wieder in einen brennenden Waldengpaß mit seinem Pulverdampf, seinem hämmernden Maschinengewehrfeuer und seinen platzenden Handgranaten versetzt. Er machte sogar eine undeutliche Bewegung des Werfens, die vielleicht nur ein Reflex seiner Muskeln, seiner Erinnerung war. Dann verstummte er, versteinert, seine gebogene Nase zuckte, seine Halsadern schwollen an, die schrägstehenden Augen funkelten. So verharrte er einen Augenblick. Dann hörte er wohl wieder die Stimmen, das Gelächter, sah wieder die verstellten grinsenden Gesichter und ihr verschwörerisches Augenzwinkern.

Wieder erloschen seine Augen, und seine Lider runzelten sich. Wie ein gefügiger Ochse ließ er sich führen, und Cuchuí trabte neben ihm her.

Trotz des Lärmens und Lachens war es ein trauriger, schweigsamer Zug. Aber das Schweigen war tief in uns. Fast trugen wir das Gewicht eines Mannes, der drei Verdienstkreuze bekommen hatte, eines für jedes Jahr der Kämpfe und Opfer, der wütenden Sonnenglut, der wütenden, fruchtlosen Strapazen in der grenzenlosen, wütenden Wüste des Nordens, in deren Bauch das wütende, schwarze Petroleum kochte.

Deshalb schlugen wir Lärm wie damals, als die Heuschrekken einfielen und wir sie mit Blechgerassel und Brandrauch verscheuchen mußten. Wir vollführten diesen Lärm, um Crisanto zu betäuben, um vor ihm die Spuren und die Verwüstung der Kriegsseuche zu verbergen. Wir schleppten ihn zur Schenke, um ihm dabei zu helfen, schon im voraus das zu vergessen, was er vielleicht noch nicht wußte.

3

In dem Kreis, der sich um die Alte des Ordens gebildet hatte, plapperten die Frauen alle auf einmal los. Schließlich gelang es der Ordensschwester, ihr Rednertalent durchzusetzen und ihre singende Stimme zu erheben.

»Er weiß scheint's von nichts! Er hat keine Miene verzogen, als er Cuchuí sah ... seinen eigenen Sohn!«

»Wie kann es anders sein, Schwester Micaela«, pflichtete eine andere bei. »Er hat ja nicht nach Juana Rosa gefragt. Drum kann er auch noch nichts wissen ...«

»Wenn er nicht nach Juana Rosa gefragt hat«, unterbrach eine andere, »so deshalb, weil er Bescheid weiß. Wer etwas weiß, stellt keine Fragen!«

»Auch das ist wahr!« sagte die, die der Ordensschwester zugestimmt hatte.

»Vielleicht weiß er's, vielleicht weiß er's nicht ...«, sagte diese wieder mit fuchtelnden Händen und einer zeitweilig zuckenden Wange. »Wenn er alles wüßte, würde er den Unwissenden spielen. Aus Schamgefühl ... Aber nein. Für mich weiß er noch nichts. Habt ihr sein Gesicht gesehen? Ganz tote Züge! Kein Christenmensch kann sein Unglück verbergen, wenn es ihn innerlich auffrißt.«

»Vielleicht kommt Juana Rosa wieder ...«

»Wozu?« unterbrach die Alte. »Die wird der Teufel geholt haben. Die hatte zuviel heißes Blut. Es mußte so kommen.«

»Und die Überbleibsel seines Rancho und seine verwüstete Chacra?«

»Das wird sich finden«, warf eine andere ein. »Jocó ist tüchtig und arbeitsam.«

»Und Cuchuí?«

»Der war die ganze Zeit allein. Jetzt ist wenigstens der Vater da. Sie können zusammen die Chacra bestellen. Er wird sich eine andere nehmen ...«

»Aber seht ihr nicht, wie er daherkommt?« fragte die Alte. »Als sei er zum geringsten Handstreich untauglich!«

»So kommen alle zurück. Nur anfangs sind sie so. Das geht vorüber. Später werden sie so wie früher.«

»Oder sie sterben wie Lorenzo Ovelar, der nur schwindsüchtig heimkehrte, um seine Gebeine ins Dorf zu bringen. ›Ich wollte nicht dort ins Gras beißen‹ ... Erinnert ihr euch noch daran?«

»Armer Crisanto Villalba! Für ihn ist's viel schlimmer!«

»Weniger schlimm, weil die Brüder Goiburú mit Melitón Isasi abgerechnet haben! Oder nicht ...?« sagte eine und blickte die Alte bedeutsam an. »Sonst hätte Crisanto vielleicht von dem anderen anfordern müssen, was der ihm eingebrockt hatte ...«

Wieder klang dunkles Entsetzen im Gemurmel der Weiber mit, die sich aufplusterten wie schwatzhafte Elstern. Angst und Vorahnung zitterten in ihren Worten. Crisanto Villalbas Rückkehr rührte das stagnierende Wasser auf. Sie sahen ihn, wie er gekommen war und jetzt mit den anderen der Kneipe zuwankte. Durch die Ankunft des Veteranen angeregt, sahen sie die Dinge wieder von Anfang an, wiewohl auf verschiedene Weise, zwar erwartungsvoller, aber auch ruhiger, weil die in der Geschichte leergebliebene Stelle, nämlich die Abwesenheit des Gatten, sich nachträglich nicht etwa mit wütender Rachsucht, sondern mit der Gleichgültigkeit und Unnahbarkeit des Heimkehrers füllte.

Trotzdem herrschte keine Übereinstimmung über die Einzelheiten. Juana Rosas Bild hatte sich in ihrer Erinnerung so stark aufgelöst, daß es physisch und seelisch verwischt war. Für jeden Einwohner von Itapé gab es eine andere Juana Rosa. Aber auch diese Bilder mochten im Andenken eines jeden verschieden aussehen. Das war es, was meine Aufmerksamkeit auf sich lenkte, als ich bei meiner Rückkehr nach so langer Zeit die verspätete Untersuchung der Tatsachen fast wie ein Fremder vornahm, nicht etwa der Gerechtigkeit zuliebe – die am Rande des Gesetzes bereits geübt worden war –, sondern um einem Verbrechen auf den Grund zu gehen, das uns alle schuldig machte.

4

Nach ihrer Rückkehr aus dem Chaco gingen die Goiburú-Zwillinge mit Melitón Isasi auf jene fürchterliche Weise ins Gericht, deren Folgen die ganze Dorfbevölkerung am darauffolgenden Tag bestürzt entdeckte; und zwar taten sie's mit einer dem Verbrechen angemessenen Grausamkeit, deren Sinn jedoch das riesige Ausmaß an Schmerz oder Haß weit überstieg. Sie töteten den Polizeichef und beglichen damit zugleich ihre Rache an dem Verderber ihrer Schwester und ihre alte Schuld des Unglaubens und Grolls gegen die Christusfigur. Daher brauchten die Itapeñer lange, um die Tat der Goiburús zu verstehen. Sie brauchten lange dazu, weil diese den Christus vom Kreuz rissen und an seiner Stelle mit mehreren Lassowindungen den entmannten toten Polizeichef festbanden, als sei auch der Christus des Gaspar Mora nach einem Vierteljahrhundert, in dem er statt im Kirchendämmer mit seinem abgestandenen Weihrauchduft dort oben in der Hügelluft, im Liebesspiel der Winde, der Vögel, der Sonne und des Regens gehangen hatte, eines Morgens erwacht, als Polizeichef verkleidet, in Kampera und Stiefeln, die Pistolentasche am Gürtel, mit blutunterlaufenen Augen und gedunsenem Gesicht, um das schon die Schatten der Aasgeier schwirrten.

Als die Glocke Sturm läutete, kam der Pfarrer gelaufen und ordnete an, der durch das Verbrechen entheiligte Ort, den er mit Weihwasser besprengte und dessen bösen Geist er austrieb, solle mehrere Tage hindurch gewaschen werden. In einer wimmernden Sühnezeremonie, die zur Unzeit einen grotesken Gegensatz zur Karwoche bildete, wurde die Christusfigur wieder aufgehängt. Pater Pedroza ließ auf Ochsenkarren mehr als hundert Klageweiber aus Borja kommen, so daß es unklar war, ob es sich in Wahrheit um eine Sühnefeier für die Profanierung des aussätzigen Christus oder um eine Totenfeier für den ermordeten Polizeichef handelte, der bereits unter einem Klafter Friedhofserde lag.

Anschließend bat der Pater um Freiwillige für eine dauernde Ehrenwache auf dem Kalvarienberg. Die einzige, die geneigt schien, dort oben Tag und Nacht zu wachen, war Maria Rosa, die sich dazu mit einer leuchtenden Ergriffenheit in den toten Augen erbot, als habe sie ein Vierteljahrhundert auf diesen Augenblick gewartet.

5

Nun war Melitón Isasi tot. Aber auch die geschändete Felicitas Goiburú war tot, und niemand kannte ihr Grab – tot und gerächt von ihren Brüdern, die im Kerker von Asunción für einen Akt der Gerechtigkeit schmachteten, nachdem sie drei Jahre im fernen Ödland gekämpft und ganz plötzlich die Rollen der Helden mit denen der Mörder vertauscht hatten.

Gerächt war auch Juana Rosa Villalba. Halb gerächt waren die anderen Opfer, auch wenn sie nicht gerade Opfer Melitón Isasis waren, für die Rache jedoch noch lange keine Wiedergutmachung bedeutete.

Cuchuí blieb bei der schwachsinnigen Großmutter auf dem Hügel von Caroveni, bis diese die Wächterin des Christus wurde. Nun war der Kleine im ganzen Pueblo zu Hause; er strolchte von einem Winkel zum anderen, flatterte schlaftrunken umher wie der Vogel, dessen Namen er trug, in aller Freiheit, die sich ihm anbot wie Luft und Licht. Zu jener Zeit zeigten sich zum ersten Mal die Flechtenflecke an seinem Körper. Vielleicht war es der weißliche Überrest von Gaspar Moras Krankheit, vielleicht waren es auch nur Aschenflocken aus dem Polizeiamt, die an ihm klebengeblieben waren, als er zwischen zwei Fußtritten in der Asche umherkroch, schon zur Hälfte eine Waise und dadurch die anderen streunenden Sprößlinge verkörpernd, ohne selbst eines jener unehelichen Kinder zu sein, mit denen die Geilheit des Polizeichefs das Dorf überschwemmt hatte.

Bis zu dem Tag, an dem sein Vater heimkehrte, lief Cuchuí

unbehelligt in den Dorfstraßen umher. In dieser Zeit keimte in ihm das, was er empfangen hatte, ohne darum zu bitten: das Erbe eines Mannes, gesenkt in ein verträumtes Kind, das vielleicht noch nicht wach genug ist, um den grausamen Traum des Lebens zu begreifen. Wahrscheinlich sahen das die Saft- und Chipáverkäuferinnen vom Bahnhof, denn nie fehlte es Cuchuí an einem Stückchen Chipá, an einem verschimmelten Wurstzipfel oder einem Becher Limonade. Sicherlich empfanden sie Mitleid, aber auch ein wenig Furcht, Schuld und Scham, wie ich sie empfand, als ich ihn sah. Ich ließ ihn ins Gemeindeamt rufen und wies ihm in der Schreibstube einen Stuhl an. Verängstigt leistete der Kleine Widerstand, ohne das Beschämende meiner Handlungsweise zu begreifen. Ich ließ Milch, Galletas und Bananen kommen und sah zu, wie er seine Vesper verschlang. Am meisten gefiel ihm jedoch mein Revolver, den ich ihm eine Weile zum Spielen auf dem Tisch überließ. Ich zeigte ihm sogar bei entladenem Magazin, wie man zielt und abdrückt, wobei er mich als Zielscheibe vor der Wand benutzte.

Jetzt sah ich ihn neben seinem Vater, zwischen den Beinen der lärmenden Männer, zur Kneipe gehen.

6

Die drei Verdienstkreuze lagen auf dem beschmutzten, abgenutzten Tisch, um den wir mit Crisanto saßen. Sie waren klein und plump, ohne Aufschrift unter ihrer rostigen Patina.

»Boquerónkreuz ... Chacokreuz ... Verteidigungskreuz ...« Taní López zählte sie auf und knipste sie mit dem Riesennagel seines kleinen Fingers. »Hübsches Andenken, Jocó!«

»Doch ...«, murmelte dieser wieder und schob Tanís Hand beiseite.

»›Was man hat, das hat man‹ – sagte der, der sich damit

begnügte, den Topf auszuschlecken ...«, leierte Corazón Cabral.

»Wie bist du eigentlich zu den Orden gekommen?« fragte Hilarión Benítez anzüglich. »Wo es doch für Unteroffiziere und Mannschaften weder Orden noch Ehrenzeichen gab, jedenfalls nicht, bis wir kamen. Nur einen wertlosen Wisch, deine Diensturkunde, mehr nicht ...«, wandte er sich an mich. »Nicht wahr, Herr Oberleutnant?«

Ich schwieg und dachte an etwas anderes.

»Mir hat man die Kreuze gegeben«, sagte Crisanto nach einer Pause ohne die geringste Befangenheit, und fügte gleich darauf bescheiden hinzu: »Sicherlich standen sie mir zu.«

»Wann war das?«

»Wenige Tage vor der Schließung der Demobilisierungskaserne. Wir waren nur noch wenige. Es hieß antreten. Man rief mich vor die Front. Ich machte drei Schritte nach vorn, Trommler- und Pfeiferchor spielten, und der Kriegsminister händigte mir persönlich die Kreuze aus.«

»Junge, Junge, der Kriegsminister in Person!«

»Er steckte mir die Kreuze an die Brust, umarmte mich und sagte: ›Im Namen des dankbaren Vaterlands! ...‹ Wir schrien alle: ›Es lebe das Vaterland! ...‹ Und der Minister ging mit seinen Adjutanten fort.«

»Der Kriegsminister höchstpersönlich, Donnerknipsel!« rief Corazón wieder. »Was sagt ihr dazu! Nicht von schlechten Eltern, was! Und wir sitzen hier auf dem Trockenen, so trocken wie das auf Pump gekaufte Brot!«

Es gab unterdrücktes Lachen.

Hilarión zog eine Grimasse und sah Crisanto scharf an.

»Aber sag, hast du nicht gedacht ...«, sagte er und verstummte.

»Bei dem, was sein muß, denkt man nicht.« Der andere schnitt ihm mit unerschütterlicher Ruhe das Wort ab. »Man hält den Nacken steif, und damit hat sich's.«

»So haben sie wenigstens einmal Gerechtigkeit geübt!«

meinte Corazón Cabral verbindlich. »Auf diese Weise ist Unteroffizier Crisanto wenigstens nicht leer ausgegangen!«

»Ja«, sagte er, »hier sind sie ...«

Er hob den Becher, in dem noch ein Rest Zuckerrohrschnaps war. Wir alle glaubten, er wolle trinken. Er begnügte sich jedoch, den Becher zu neigen und behutsam einen Tropfen auf jedes Kreuz zu schütten. Seine Hand zitterte ein wenig dabei. Nachher polierte er sie mit dem Daumen, langsam, bedächtig, und half mit Speichel und Atem so kräftig nach, daß der wacklige Tisch ins Zittern geriet. Dabei erschien unter seinem zerschlissenen Ärmelaufschlag der Lederriemen, den man beim Sturmangriff zum Handgranatenwerfen trug. Er war schwarz und verkrustet.

Die Kreuze waren wieder blank und schimmerten dunkel. Nun wickelte er sie umständlich in das abgegriffene Stück Zeitung ein, damit sie nicht aufeinanderzuliegen kamen. Er hob den Brotbeutel auf die Knie und verwahrte das Paket darin. Wieder hörte ich das sanfte Klirren in der Tiefe des Sackes und sah einige dunkle Umrisse wie trokkene Pfefferschoten. Ich wollte etwas sagen, brachte aber nur hervor:

»Bist du froh, wieder da zu sein, Crisanto?«

Er wurde nachdenklich, als wolle er der Frage auf den Grund gehen. Zwei- oder dreimal bewegten sich seine Lippen, bevor Worte zu hören waren.

»Nein, ich wollte nicht ...«, sagte er.

»Du wolltest nicht was? Abmustern?«

»Nein, ich wollte nicht.«

»Aber der Krieg ist doch schon über ein Jahr zu Ende, Jocó.«

»Gerade das bedaure ich«, sagte er, Trauer in der Stimme. »Unser schöner Krieg ist zu Ende!«

Wir starrten ihn an, ohne zu wissen, was wir sagen sollten. Auch das bevorstehende Gelächter blieb diesmal aus. Diese Antwort hatten wir nicht erwartet. Er hatte sie im

Ton eines Menschen gegeben, der sich mit etwas Unabänderlichem abgefunden hat. Er meinte es ernst. Er scherzte nicht, er spottete nicht, er log nicht.

»Höre sich das einer an!« sagte Corazón und drückte damit gewissermaßen unsere Verblüffung aus. »Ich glaubte, so etwas würden nur die Verpflegungsoffiziere aus Puerto Casado sagen. Für sie ist der schöne Krieg freilich zu Ende! Für sie und die Drückeberger der Etappe. Aber nicht für ein Frontschwein, das drei Jahre Stellungs- und Bewegungskrieg hinter sich hat. Warum sagst du das, Jocó? Wir sind nämlich froh, daß die Schweinerei von Krieg endlich vorüber ist.«

»Und was hat er genützt?« stotterte Hilarión. »Jetzt verlieren die Obersten von der Regierung das auf dem Papier, was wir auf dem Schlachtfeld gewonnen haben ...« Er ereiferte sich zusehends. »Wir haben Beine und Arme gelassen! Wir haben die Knochen von fünfzigtausend Toten gesät! ... Und wofür? Die Toten in der Erde schlagen nicht mehr aus!«

»Schon gut, Hilarión ...«, versuchte Pedro Mártir ihn zu unterbrechen.

»Was heißt hier ›schon gut‹, wetterte dieser. »Es heißt, wir haben einen Krieg gewonnen. Aber was heißt denn, einen Krieg gewinnen, wenn ihr mir das einmal erklären wollt? Für uns zumindest ...« Dabei fuhr er sich mit dem Arm über die verschwitzte Stirn. »Schaut euch Eligio an ... Der hat den Krieg gewonnen! Jetzt kann er nicht mal die Faust ballen! ... Er spuckte aus und verstummte.

Eligio Brisueña schwenkte den Armstumpf; einige lachten. Crisanto mischte sich nicht in den Streit, er schien nicht einmal Hilarión zugehört zu haben. In der eintretenden Pause sagte er mit hochgezogenen Brauen:

»Anfangs wollte ich es nicht glauben ... Es hieß, der Krieg solle jeden Augenblick von neuem ausbrechen. Ich wartete. Ich wollte wieder hin ...«

»In den Chaco?« fragte Taní López.

»Ja. An die Front. Ich wollte wieder Krieg führen. Dort war mein Platz. Das war Leben. Einen Spähtrupp, eine

Kompanie führen, durch den Waldengpaß vorrücken, eine feindliche Stellung durch Handstreich nehmen ...«

»Ja, ja, Unteroffizier Villalba, Held von Algodonal und Mandeyú-pecuá!« rief Corazón begeistert.

»Befehlen, gehorchen, kämpfen ... Das war Leben!« wiederholte er. »Nicht einen Tag wollte ich die Front, mein Regiment, meine Division verlassen.«

»Gewiß, Jocó«, sagte José del Carmen, der bis dahin nicht den Mund aufgemacht hatte. »Ich weiß noch, wie du einen Bolivianer im Binsenwasser von Gondra gefangengenommen hast. Er bekam dafür einen Monat Urlaub«, sagte er zu den anderen. »Zur Belohnung. Aber er hat ihn nicht angenommen.«

»Wofür auch? Dort ging mir's gut. Auf meinem Posten. Dann wurde das Feuer eingestellt. Ich wollte bleiben. Man nahm mich unter einem falschen Vorwand mit und sagte mir, nach der Siegesparade würde man mich wieder in den Chaco schicken.«

»Und hat nicht Wort gehalten!« sagte Corazón.

»Ich wartete im Kantonierungsquartier. Ich wurde abgemustert. Dann wurde auch der Militärbezirk geschlossen. Man warf mich auf die Straße. Ich begann ziellos umherzulaufen. Ich ging zum Ministerium, ich schlich in den Hafen und belauerte die Schiffe ... Einmal kletterte ich auf die *Pingo* und versteckte mich in der Ladeluke. Aber die Marinesoldaten holten mich heraus ...«

Ich konnte mir vorstellen, wie er auf der Mole des Neuen Hafens herumlungerte, mit brennenden Augen, die über den Fluß nach dem fernen Horizont des Chaco spähten, nur diesen einen Gedanken im Kopf, hartnäckig, unbestechlich wie die auf einem Kompaß festgefrorene Nadel. Ich konnte seine Angst, seine wachsende, kaum merkliche Mutlosigkeit mitfühlen, als er sah, daß keine Truppen mehr eingeschifft wurden. Schon gab es keine Musikkapellen und Fahnen, keine von Vaterlandsliebe erglühten Menschenmassen mehr. Die Winden luden Ballen von Baumwolle und Tabak, von

Häuten und Tannin und entluden Kisten auf Kisten, fast von der Größe der Ranchitos, in denen die Stauer wohnten. Sie schlugen die Kisten auf, und Luxusautos in vielen Farben kamen heraus. Ich stellte mir vor, wie teilnahmslos Crisanto beim Auspacken dieser Autos zusah, die so verschieden waren von den grün- und erdfarben getarnten Klapperkästen für den Chaco.

»Ich gab meine ganze Barschaft aus, alles was ich bekommen hatte«, sagte er. »Es machte mir auch nichts aus, denn das Geld gehörte ja nicht mir. Man hatte es mir für die Verteidigung des Vaterlandes gegeben. Und dafür nimmt man kein Geld an ...«

»Das Vaterland verteidigen!« brummte Hilarión wieder und stieß mit seiner Krücke auf den Fußboden. »Die Ländereien der Gringos haben wir verteidigt! Auch wir sind das Vaterland, und wer verteidigt uns jetzt?«

»Ich gab den letzten Centavo aus«, fuhr Crisanto ebenso eintönig fort. »Ich wartete. Nachts schlief ich in der Halle des Hauptbahnhofs oder unter einem Wetterdach im Hafen. Man nahm mich als Strolch fest. Ein Glück, daß mir der Gedanke gekommen war, meinen Tornister in einem leeren Baugrund einzugraben.«

»Sonst hätten sie dich ausgebeutelt«, meinte Hilarión.

»Auf der Militärpolizei prüften sie meine Diensturkunde. Dann stellten sie mir eine Fahrkarte nach Hause aus und übergaben mich dem Zugführer. Und nun bin ich hier ...« Er verstummte, wie ermüdet vom vielen Sprechen, oder als hätte er alles gesagt und dabei trotz der Witzeleien plötzlich das kostbare Geheimnis seiner Zurückhaltung, seiner Hoffnung, seines Scheiterns entdeckt. Die schmalen, ruhigen Lippen preßten sich zu einem Schlitz zusammen; die fettige Hutkrempe fiel ihm ins Gesicht.

»Nun bist du wieder da«, sagte Eligio Brisueña, wie um ihn aufzumuntern. »In deinem Dorf, bei deinen Landsleuten. Du warst der einzige, der unter den Überlebenden noch fehlte ...« Sein halber Ärmel mit dem Armstumpf darin fuchtelte im Gegensatz zu der Sanftheit seiner Stimme wie ein wütendes Tier.

»Jocó, mein Sohn ...«, murmelte der alte Apolonario Rodas. »Du warst der beste Bauer von Itapé. Wir helfen dir alle. Du mußt dein Haus aufbauen, dein Zuckerrohrfeld roden ...«

»Ich weiß nicht. Je nachdem ...«

In einem Winkel des Schenkzimmers kniete Cuchuí und versuchte, die Schnur eines Würstchens, das er gegessen hatte, einem Kater an den Schwanz zu binden. Der Lehmboden war mit dunklen Wursthautfetzen und gelblichem Schleim bedeckt.

Crisanto stand auf und wandte sich zum Gehen. Cuchuí ließ den Kater los und blickte seinen Vater an. Die anderen rückten unbehaglich auf ihren Sitzen hin und her, jäh verstummte aller Lärm. Wir hatten das Wichtigste fast vergessen. Aber es war da, nahe, fern, überall, und erwartete von Minute zu Minute eine unwahrscheinliche Lösung, die ebenso schwierig war, als wenn wir mit diesem Umtrunk, der ja nicht ewig währen konnte, Crisanto über das letzte Unheil, das seiner noch harrte, hätten weiterhin im dunkeln lassen wollen.

»Gott gebe euch alles, was euer Herz begehrt, und mehr dazu, ihr Herren!« sagte er bescheiden und dankbar, aber etwas verschämt.

»Nein, Jocó. Es ist früh am Tage. Wir wollen noch ein Spielchen einlegen«, sagte Corazón.

»Bei mir ist nichts zu holen«, gab er lächelnd zurück. »Ich habe keinen Real mehr auf der Naht.«

»Macht nichts, Jocó. Wir sind ja unter Freunden. Wir schreiben auf. Wenn du verlierst, stehe ich für dich ein, und du zahlst mir's später zurück ... Cantalício!« schrie Corazón dem Kneipwirt zu. »Kalten Yerba mit Schuß, um den Magen zu kühlen. Abteilung marrrsch!«

»Zu Befehl, Herr Korporal!« Der Schenkwirt riß sich vom Schanktisch los, hinter dem er der Unterhaltung gelauscht hatte, und begann mit Horn, Röhrchen und Kühlflasche zu hantieren.

»Absatteln, Jocó«, beharrte Corazon, ihn am Ärmel ziehend.

»Ich will nach Cabeza-de-Agua, bevor die Sonne untergeht. Der Weg ist weit.«

»Wir werden schon eine Pritsche für dich auftreiben, damit du im Dorf ausruhen und schlafen kannst. Morgen früh, wenn's kühl ist, ziehst du nach dem Mate los.«

»Nein ...«, sagte er und zog den Arm weg. »Habt Dank. Aber ich muß jetzt gehen ...«

Damit war er draußen, und niemand hätte ihn eine einzige Minute zurückzuhalten vermocht.

Cuchuí folgte ihm. Sie gingen am Rande des von Paraísos beschatteten Platzes entlang und bogen in den Feldweg ein, der unter den großen, regelmäßigen Schritten Crisantos und den vogelgleich hüpfenden Füßen Cuchuís zu stauben begann.

Wir sahen ihn hinter einer Biegung verschwinden, ohne daß Crisanto sich einmal umgedreht hätte, um festzustellen, ob sein Sohn nachkam.

»Armer Jocó«, sagte Corazón. »Für ihn ist der schöne Krieg zu Ende!«

7

»Ich erinnere mich ...«, sagte José del Carmen wie zu sich. »Nach dem Rückzug von Saavedra bezog die Division *León Caré* Stellung bei Gondra. Wir verschanzten uns so gut es ging. Ich war in Jocós Kompanie. Während des Rückzugs erhielt er einen Wangenschuß. Die Wunde wurde schon brandig, aber er blieb eisern auf seinem Posten. Es ging auf Leben und Tod, wir hatten nicht genug Truppen. Auch die Bolivianer gruben sich uns gegenüber ein und bedrohten unsere Flanken. Um ein Haar wären wir in die Falle gegangen, die wir ihnen dauernd stellten. Denn auch die Bolis hatten dazugelernt. Fast wären unsere Linien durchbrochen worden. León Caré ließ die Fahne auf dem höchsten Baum des Waldes hissen und sprach mit jedem von uns unter vier Augen, die ganze Front entlang ...« Er brach ab, weil man ihm das von grünlichem Yerba schäumende Horn reichte. Er sog einmal aus der Bombilla und sagte durch eine Wasserblase hindurch, die ihm auf den Lippen platzte: »Das gab uns Mut! Wir sagten uns: Stellung halten! Und sahen schon das *Sieg oder Tod*! des Marschalls López auf unseren Bajonetten blitzen ...«

José del Carmen sah in der Ferne die leere Wüste vor sich. Nun blitzte nur das Saugröhrchen in dem Matehorn, das von Hand zu Hand ging. Auch wir sahen die Sturmfahne über den Bäumen wehen, wir sahen den Kommandanten mit seinen stählernen, ruhigen Augen, der von seinen Soldaten *Lahmer Löwe* genannt und abgöttisch geliebt wurde, und der sie mit dem alten Wahlspruch aus dem Großen Kriege anspornte. Und dieser Wahlspruch umfaßte das Schicksal eines Volkes, dessen Erbverhängnis der Krieg zu sein schien.

»... So ging es fast einen Monat«, fuhr José del Carmen fort, »kleine Angriffe und Gegenangriffe. Wir mußten die Umzingelung auf irgendeine Weise durchbrechen. Aber wir kämpften im dunkeln. Wir brauchten Nachrichten, wir mußten etwas über den Feind in Erfahrung bringen. Daher wurde für einen einzigen Gefangenen ein Monat Urlaub versprochen. Nichts Geringeres als ein Monat Urlaub! Wißt ihr, was das heißt, Leute?«

»War das, als Jocó den Boli fing?« fragte Taní López, der sich mit dem langen krummen Nagel seines kleinen Fingers im Ohr kratzte.

»Ja. Er hatte einen von Lianen und Wegerich überwucherten Indiobrunnen im Binsendickicht entdeckt. Kein Mensch weiß wie, weil alles ringsum ausgetrocknet war. Jocó roch eben das Wasser unter der Erde. Dort wartete er Tag und Nacht. Er wußte, daß früher oder später der Feind die Wasserader finden würde. So war es auch. Eines Nachmittags stieß ein Boli auf den Brunnen, ein kleiner, schwächlicher

Bolivianer. Jocó, im Dickicht versteckt, ließ ihn sorglos näherkommen. Er mußte ihn lebend greifen, um den Urlaub zu bekommen. Über dem Brunnen kniend, soff der Boli wie ein Pferd an der Tränke. Dann zog er sich aus und nahm ein Bad, dabei schlug er das Wasser wie ein Hund. In diesem Augenblick sprang Jocó hinzu und packte ihn. Aber der nasse, erschrockene Boli entwischte ihm wie eine Schlange und lief davon. Was ihm an Körpergröße fehlte, hatte er an Gewandtheit. Jocó holte ihn ein und rang von neuem mit ihm, aber zum zweiten Mal riß der andere sich los. Nun blieb Jocó nichts anderes übrig als das Messer zu ziehen. Er setzte es ihm auf den Bauch, wollte ihm jedoch nur Angst einjagen. Aber der Boli schüttelte sich in seiner Verzweiflung, und die Klinge drang ihm zur Hälfte in den Leib. Er begann trostlos zu jammern und das Darmende abzureißen, das aus der Wunde heraushing. Jocó war noch erschrockener als er und wischte ihm mit der Hand übers Gesicht. Er war ratlos, lief zum Brunnen und holte Wasser, wusch ihm Blut und Unrat ab und verstopfte die Wunde mit zerriebenen Wegerichblättern. Aber der kleine Bolivianer wimmerte weiter, immer leiser. Jocó war außer sich vor Angst, der Mann würde ihm noch wegsterben. Er nahm ihn wie ein Findelkind auf den Arm und wiegte ihn, als wenn er ihn mit einem Liedchen einlullen wollte. ›Sei still, Boli ...‹, sagte er zu ihm. ›Weine nicht, Boli! Stirb mir nicht, Boli! Du wirst schon nicht sterben!‹ So gelangte er zum Kommando, den noch lebenden Boli im Arm ...«

»Donnerwetter!« sagte Taní statt jeder Bemerkung und fischte mit dem Angelhaken seines kleinen Fingers das bernsteinfarbene Schmalz aus seinem Ohr.

»Jocó nahm den Sonderurlaub nicht an und kämpfte weiter.«

»War er damals schon ein wenig so?« fragte Corazón.

»Noch nicht«, sagte José del Carmen. »Bald darauf durchbrachen wir die feindlichen Linien. Ich wurde nach Toledo versetzt und hörte daher nichts mehr von Jocó. Es heißt, vor

Gondra habe es bei ihm angefangen, als er den Tunnel grub, der hinter den Befestigungen der Bolivianer herauskam. Er allein warf mehr als hundert Handgranaten und war einer der ersten, der an der Spitze seiner Kompanie die feindliche Stellung stürmte. Er wurde im Tagesbefehl erwähnt. Er blieb an der Front. Dort wollte er sein … Ihr habt's doch gehört? Da er zu den Stillen gehörte und im Kampf stets mutig und schlau war, haben sie fraglos bis zum Schluß nichts Absonderliches an ihm bemerkt. Schließlich wollte er ja nur kämpfen. Und nichts war dort nötiger …«

Schweigen entstand. Zum hundertsten Mal spuckte Hilarión seine Wut in die schwarze Lache, die sich am Fuß seiner Krücke gebildet hatte.

In diesem Schweigen fühlte ich mich plötzlich wieder allein, mehr allein als bei anderen Gelegenheiten. Ich kam mir in meinem Heimatdorf wie ein Eindringling vor. Ich saß mit anderen, die der Krieg verschont hatte, an einem Schenktisch, aber ohne ihresgleichen zu sein. Wie in jenem entlegenen Waldengpaß im Chaco, ausgelaugt vom Durst, behext vom Tode. Aus dem Cañadón gab es kein Entrinnen. Trotzdem sitze ich heute hier. Meine Fingernägel und Haare wachsen weiter, aber ein Toter ist unfähig, zu widerrufen, einen Kompromiß einzugehen, immer mehr nachzugeben … Ich lebe jedoch auf meine Weise weiter, mehr beansprucht von dem, was ich gesehen habe als von dem, was mir noch zu sehen bleibt. Eine Zeitlang hat mich das Leiden einsam und stolz gemacht, dann ist meine Verzweiflung still geworden und hat mich nachdenklich gestimmt. Ich gehöre zu der Sorte von Menschen, für die die Zukunft nicht zählt und deren Einsamkeit nur in ihrer Unfähigkeit zu lieben und zu verstehen besteht, zu jener Art von Menschen, die nur in die Vergangenheit und auf ihre von der Sehnsucht verzauberten Bilder blicken. Die Ekstase des privilegierten Nabels, sagte Linkser im Militärgefängnis immer. Aber für Menschen wie ihn zählt nur die Zukunft, die eine ebenso faszinierende Vorzeit haben muß wie die Vergangenheit. Sie denken nicht an den Tod. Sie leben in den Tatsachen, fühlen sich vereint in der Leidenschaft des Augenblicks, die sie über sich selbst hinausträgt und an eine wahre oder trügerische Sache, jedenfalls an etwas Bestimmtes bindet ... Für sie gibt es kein anderes Leben. Der Tod existiert nicht. An ihn zu denken, zerfrißt und tötet. Sie leben eben. Crisanto Villalbas' Verwirrung ist eine ebenso verzehrende Leidenschaft wie das Leben. Der Kompaß des Durstes weist ihnen den Weg zum Wasser in der Wüste, der geheimnisvollsten, dürrsten, grenzenlosesten Wüste von allen: dem menschlichen Herzen. Die Kraft seiner unzerstörbaren Brüderlichkeit ist sein Gott. Sie wird erdrückt, gebrochen, zerstückelt, aber sie setzt sich aus ihren Bruchstücken immer wieder lebendiger und kräftiger zusammen. Ihre Kreise weiten sich zur Spirale. In ganz Itapé gärt wie in vielen anderen Pueblos von neuem der Aufruhr in einer Luft der Unruhe, des Unbehagens und des Grolls. Die alten Frontkämpfer finden keine Arbeit. Die Kriegsversehrten können ohnehin keine Arbeit leisten. Daher stößt Hilarión Benítez seine Krücken alle Augenblicke so verbittert auf den Boden. Wieder beginnt der Auszug der Menschen ins Grenzland auf der Suche nach Arbeit, Achtung, Vergessen. Aber viele bleiben auch da. Die Ackerbauern, die Peones der Zuckerplantagen, die Holzfäller, Lastträger und Taglöhner haben begonnen, sich in Widerstandsbewegungen zusammenzuschließen, um mit den Sklavenlöhnen Schluß zu machen und die staatliche Preisbindung zu brechen. So verbrennen sie die Ernten und häufen sie in riesigen Stapeln auf den Landstraßen, so daß die Armeelastwagen zur Säuberung der Straßen eingesetzt werden müssen, die durch riesige Scheiterhaufen gekennzeichnet sind. Wieder wimmelt es in den Wäldern von Verschwörertrupps. Von neuem hallt der Schrei *Land, Brot und Freiheit!* dumpf im ganzen Land wider und ist jeden Morgen in dicken, hastig hingeschmierten Buchstaben an den Mauern der Städte und Dörfer zu lesen.

Etwas muß anders werden. Ein Volk läßt sich nicht auf unabsehbare Zeit unterdrücken. Der Mensch ist wie ein Fluß, meine Söhne, sagte der alte Macario Francia. Er wird geboren und stirbt in anderen Flüssen. Ein schlechter Fluß, wer in einem Teich endet; stehendes Wasser ist giftig und erzeugt Dünste von bösartigem Fieber und von Tollwut. Um daher den Kranken zu heilen oder zu besänftigen, muß man ihn töten. Dieses Land ist unter der Erde schon genügend besetzt. »Die Toten unter der Erde schlagen nicht mehr aus ...!«

Ich fürchte, eines Tages wird man mich wie seinerzeit in Sapukai bitten, Unterricht im Nahkampf zu erteilen. Ich sie lehren – welch schlechter Witz! Nein, sie brauchen keinen Unterricht mehr, sie haben viel gelernt. Cristóbal Jaras Lastwagen hat nicht den Tod durchquert, um das Leben eines Verräters zu retten. Von Flammen umlodert fährt er nachts weiter über die Steppe, durch die Pikaden, mit einem Tank voll Wasser für den Durst der Überlebenden.

Ich wurde mir der Ironie des Schicksals bewußt, als mir unversehens einfiel, daß der einzige, der in jenem tödlichen Waldengpaß des Chaco hätte sterben sollen, nun hier, an Stelle von Melitón Isasi saß ...

Ich ertappte mich dabei, wie ich laut, hysterisch herauslachte, bis mir die Tränen kamen.

Alle starrten mich an. Das Schweigen wurde drückend.

»Sie verlachten ihn bis zum Ende!« hörte ich Hilarión sagen. »Die eigenen Kameraden! Mit diesen aus Faßreifen geschnittenen Kreuzen ...!«

Jetzt erinnerte ich mich daran, daß wir von Crisanto Villalba sprachen. Hilarión spielte auf die Fopperei mit den Orden an.

»Das war schlimmer, als wenn man sich über einen Toten lustig gemacht hätte!« murmelte der alterslose, gesichtslose Apolinario Rodas unter seinem riesigen Strohhut.

»Aber für ihn sind diese Kreuze wirklich«, sagte Corazón.

»Gerade darum!« knurrte Hilarión.

In der Ferne lösten sich auf der dunkel glitzernden Landstraße die Staubwölkchen auf, welche die Schritte Crisantos und seines Sohnes aufgewirbelt hatten.

8

Bald nachdem sie den Friedhof passiert hatten, kamen sie am Cerrito vorbei.

Der gewundene Pfad führte zum Rancho Christi hinauf, der von unten gesehen in den Himmel zu ragen schien. Von seinem geneigten Haupt fiel das zerzauste Haar und regte sich in der heißen, sanften Abendluft. Aber Crisanto Villalba blickte nicht nach oben. Er wußte nicht einmal, daß auch er an dieser Stelle gerächt worden war. Aber das zu wissen, wäre vielleicht unwichtig gewesen für einen, der nur noch ein Ohr hatte für das große Echo, das nunmehr sein ganzes Leben erfüllte.

Apolinario Rodas hatte behauptet, Crisanto sei vor dem Chacokrieg der beste Ackerbauer von ganz Itapé gewesen. Seine Gefährten wußten, daß der Ackerbauer von Itapé der beste Soldat von ihnen allen gewesen war. Die zerstörte Chacra und die Lächerlichkeit der drei Kreuze verleugneten weder das eine noch das andere. Aber jetzt war er weder Ackerbauer noch Soldat. Nichts. Nichts als ein menschliches, ungezähmtes, lebendes Überbleibsel, sei es dank der hartnäkkigen Trägheit des Lebens, sei es wegen der beängstigenden Rüstigkeit des Traumes, den der Chaco in ihn gesenkt hatte.

An einem Hügelhang zwischen Bambusgras und Hirschdorn, dem man gerne die Spitzen abschlug, lag die Quelle von Tupá-Rapé. Ringsum rauschten die Kasuarinen, sanfter, aber in höherem Ton als das Gemurmel der Quelle. Beide knieten nieder und tranken, zuerst der Kleine, während der Vater unverwandt dem Sprudeln zusah. Kleine Wespen und weiße Schmetterlinge umflatterten sie. Cuchuí fing zwei von ihnen und klebte sie mit Speichel auf die bösen Flecken seiner Brust, während der Unteroffizier kniend seine Feldflasche füllte.

Auf dem Hügelkamm saß ein dunkler Flecken im Licht, die Wächterin auf ihrer Bank unter dem Vordach, und beobachtete sie aufmerksam. Maria Rosa, die Verrückte von Carovení, erkannte weder ihren Enkel noch ihren Schwiegersohn.

Ohne sie zu bemerken, stand Crisanto auf und bekreuzigte sich langsam; Cuchuí tat es ihm nach. Dann setzten sie ihre Wanderung auf dem Feldweg fort. Wieder fing Cuchuí einige Falter und heftete sie auf die weißen Stellen seiner Brust.

Langsam wuchsen ihre Schatten auf dem Wege hinter ihnen.

9

Cabeza-de-Agua kam in Sicht.

Als sie aus der Pikade traten, fühlten sie schon die unsichtbare Gegenwart des Baches, da der Wald auf dieser Seite in zarterem Grün getönt war. Auch die Luft roch anders. Auf der fernen, in Feuer getauchten Hügelkette von Ybytyrusú drückte sich die Sonne platt. Das Licht, das über den Kokospalmen und dem Dornengestrüpp der Yukeries schwindelnd vor dem hitzebleichen Himmel kreiste, wechselte rasch die Farbe. Vögel flogen aus dem Gebüsch auf, prallten gegen die Hitze und fielen zwitschernd in den Wald zurück.

Cuchuí trabte hinter dem Vater her und aß die unterwegs abgerissenen Guyabas, die seinen Mund hochrot färbten.

Sie durchquerten eine Koppel, dann die alte Rodung mit den halb versengten Stämmen, die wieder ausschlugen, und betraten eine Bananenpflanzung voll abgefallener Blätter, die unter ihren Schritten wie Gitarren krachten. Manchmal verschwand Cuchuí völlig zwischen den gelblichen Stauden, tauchte aber bald wieder auf, dicht auf den Fersen des Vaters, das Gesicht voller Stacheln und Disteldornen. Später kamen sie durch ein überwuchertes Maniokfeld und hörten unter ihren Tritten die aufgeschreckten Würmer und Käfer knirschend und knisternd entfliehen. In der Nähe eines Termitenhaufens ringelte eine Schlange sich auseinander und verbarg ihren dicken, schillernden Leib im Gras. Eine gute Weile liefen sie am Kopfende eines brachliegenden Zuckerrohrfeldes hin und gelangten wieder auf den überwachsenen Weg, der nur stellenweise einen Fetzen roter Erde oder einen Rest

Wagenspur freigab. Am Wegrand hingen schwarze Maiskolben an holzigen, verfaulten Stengeln. In einer Lichtung sahen sie ein Gürteltier mit seinem eingefalteten Panzer schwerfällig über den Weg schwanken. Cuchuí zupfte an der Deckenrolle seines Vaters.

»Das wollen wir fangen, Papa. Für unser Abendessen ...«

»Nein, mein Sohn ...«, sagte Crisanto und sprach damit zum ersten Mal mit ungewohnter Sanftheit das Wort Sohn aus. »Wir wollen es leben lassen. Du hast ja schon gegessen.«

»Und du?«

»Ich habe keinen Hunger ...«

Das letzte sagte er auf spanisch – eine Fremdsprache, ein Schmarotzerton, der unversehens aus seinem Munde kam. Cuchuí blickte ihn verständnislos an. Crisanto wiederholte den Satz auf Guaraní. Ein stillschweigendes Einverständnis stellte sich zwischen beiden ein, ein Schweigen, in dem die Menschen weiterreden, ohne einander anblicken, ohne einen Ton sagen zu müssen. Von neuem trottete Cuchuí hinter seinem Vater her, bemüht, seinen Schritt dem des Älteren anzupassen, aber seine Beine waren zu kurz. Immer wieder verlor er den Gleichschritt und mußte loslaufen, um in dem langsam wirbelnden, ätzenden Staub, der beide einhüllte, den Abstand zu verringern.

Der Mann schritt jetzt immer langsamer aus, mit einer Miene, die zwischen Staunen und Gleichgültigkeit schwankte. Er war in seiner Chacra und erkannte sie nicht wieder. Wie beim Aussteigen aus dem Zug, wenige Stunden vorher, betrat er von neuem eine unbekannte, fremde, durch die Auswaschung des Vergessens noch wildere Erde. Er entriß seine Füße dem eigenen Schatten und setzte sie behutsam auf dies ursprüngliche Licht, das ihm nichts verriet; wie ein Blinder betastete er das spröde Geheimnis, den unheilvollen Geruch der Erde, die sich vor seinen Schritten verbarg.

Sie traten auf eine Lichtung hinaus. Nicht weit von dort, versteckt im hohen Unkraut, schwimmend im Abendrot, blickte der windschiefe Rancho sie an. Blind und tot blickte er sie mit seinen durchlöcherten Lehmwänden an. Der Mann blieb jäh stehen und gab dem Kleinen die Hand, weniger um ihn vor der plötzlichen Erscheinung zu schützen, als um sich selbst auf ihn zu stützen. Vereinzelte Spuren seines erstorbenen Lebens tauchten da und dort im schräg einfallenden Licht auf. An einem Pfosten lehnte eine Bank. An einer verfaulten Stange hingen, angebunden mit einem Draht, die schwärzlichen Überreste eines Unterrocks. Die Verwüstung der Einsamkeit triumphierte überall und zeigte wie Schatten das Schlachtfeld nach der Niederlage. Der am Bambuspfahl schlaff herunterhängende Lappen hätte die Kapitulationsfahne sein können, die sich zaghaft hinter dem Rancho zeigte.

Erst mußte das Schweigen wachsen und bis zu den fernen Hügeln anschwellen. In dieses Schweigen mußte das Gemurmel des Baches einbrechen, dröhnend gegen den Rancho prallen und dem auf den Kleinen gestützten Alten ein Kopfnicken entlocken.

Noch stand er einen Augenblick regunglos; vielleicht glitt er aus einem Alter in ein anderes, von einer Erinnerung in eine andere, bis er entdeckte, was er nicht wußte und was ihm jetzt durch die Vermittlung der eigenen Erde zum Bewußtsein kam. Mit einem Ruck stieß er den Jungen ins Unkraut. Er aber duckte sich, gespannt, bebend, griff nach dem Proviantbeutel und zog eine der Pfefferschoten heraus. Das Päckchen mit den Kreuzen fiel zu Boden.

»Kompanie Villalba ... Sprung auf, marsch, marsch ...!« schrie er wie in einem von hundert erlebten Nahkämpfen.

Mit einem Satz richtete er sich auf, rieb das Ende der Pfefferschote am Handgelenk und schleuderte sie weit hinaus.

Es blitzte und krachte, und der Rancho flog wie der Unterstand eines Schützengrabens in tausend Fetzen in die Luft.

Eine nach der anderen warf der Unteroffizier die zwölf Handgranaten, die er als Reliquien aus dem Chaco mitgebracht hatte, gegen die imaginäre feindliche Stellung. Auf

sack, der mitsamt seinem Inhalt am Kopfende hing. Die Tinte der letzten Seiten war noch frisch, der letzte Absatz war mit Bleistift hingekritzelt. Ich nahm ihn mit, gewiß, daß die Blätter den lebendigsten Teil dieses bereits gelähmten, sterbenden Menschen enthielten. Ich habe sie abgeschrieben, ohne ein Komma zu ändern. Ich habe nur einige Teile ausgelassen, die mich persönlich betreffen; sie interessieren keinen Menschen.

»Die Meinungen über den Unfall gingen auseinander; einige erklärten, der Schuß sei beim Pistolenreinigen von selbst losgegangen; andere behaupteten, der Junge sei es gewesen, dem der Bürgermeister die Waffe gelegentlich zum Spielen gab. Die Voruntersuchung entschied sich für die erste Fassung.«

Nachwort des Verfassers

Wenn ich meine Werke überarbeite,
überarbeite ich mich selbst.
W. B. Yeats

Menschensohn wurde in seiner Originalfassung im Jahre 1960 in Buenos Aires veröffentlicht. Mit diesem Roman beginnt eine von Leben und Geschichte der paraguayischen Gesellschaft inspirierte Roman-Trilogie. *Menschensohn, Ich der Allmächtige* und *Der Ankläger* (noch nicht vollendet) haben langsam Gestalt angenommen, geformt aus den Stoffen der paraguayischen Wirklichkeit, aus den sonderbaren und tragischen Schicksalsschlägen ihres geschichtlichen und gesellschaftlichen Lebens: diese *fiebernde Wirklichkeit*, wie sie Rafael Barret zu Beginn des Jahrhunderts empfand und beschrieb.

In der Literatur dieses Landes zwingen die Eigenheiten seiner zweisprachigen Kultur, die einzigartig in Lateinamerika ist, die paraguayischen Schriftsteller, wenn sie Spanisch schreiben, die Klänge einer noch nicht ausformulierten, jedoch im gefühlsmäßigen und mythischen Strom des Guaraní gegenwärtigen Rede zu hören. Diese Rede, dieser nicht geschriebene Wortlaut liegt der zweiwertigen Sprachwelt des Spanisch-Guaraní zugrunde, aufgespalten in Schrift und mündliche Rede. Es ist ein Wortlaut, in dem der Schriftsteller nicht denkt, der aber ihn denkt. Solcherart zwingt diese sprachliche Gegenwart des Guaraní sich schon aus der Tiefe der Empfindungswelt der Paraguayer auf. Sie formt ihre tägliche Umgangssprache, wie auch den sinnbildlichen Ausdruck ihrer Weltanschauung, ihrer gesellschaftlichen Mythen, ihrer Erfahrungen im privaten und gemeinschaftlichen Leben.

Meine fiktionalen Werke sind alle in der Matrix dieses

ersten Wortlauts, dieses mündlichen Guaraní abgefaßt, das die spanischen Schriftzeichen nur mit Mühe einfangen und ausdrücken können, und das die kulturellen und literarischen Formen und Einflüsse von außen nicht auszulöschen vermochten.

Menschensohn, der erste Roman der erwähnten Trilogie, gestattete mir gerade, diese Erfahrung der Suche zu vertiefen in dem Bemühen, die Verschmelzung und das Ineinandergreifen der beiden sprachlichen Hemisphären der paraguayischen Kultur im Ausdruck der literarischen Sprache ihrer Erzähler und Dichter wiederzugeben, zweier Sprachwelten von solch unterschiedlichem Aufbau und Wirken. Ich versuchte es mithilfe der Formen sinnbildlicher und semantischer Erfahrung, die diese Verknüpfung übergreifend oder zumindest über die einfache Vermischung von Wortschatz und Satzbau des *Jopará*, der spanisch-paraguayischen Umgangssprache, hinaus erlaubten, eine Lösung, die ich in meinen ersten Büchern erfolglos anwendete.

Auch der in *Menschensohn* unternommene Versuch, den Weg eines semantischen Zusammenschweißens zu gehen, befriedigte mich nicht ganz. So begann ich zwanzig Jahre später, den Erzähltext von *Menschensohn* umzuarbeiten und zu verbessern, ermutigt durch die bei zwei späteren Romanen – *Contravida* (noch unveröffentlicht) und *Ich der Allmächtige* – verwirklichten Erfahrungen. Einen bereits veröffentlichten Text zu verbessern und zu verändern, schien mir ein anregendes Abenteuer zu sein. Ein Text – sagte ich mir in Gedanken an die großen Beispiele dieser übergreifenden Praxis – kristallisiert sich nicht ein für alle Mal, noch wächst er mit dem Traum der Pflanzen. Ein Text, der lebendig ist, lebt und verändert sich. Der Leser verändert und erfindet ihn bei jeder Lektüre neu. Wenn es eine literarische Schöpfung gibt, so ist dies ihre Ethik. Auch der Verfasser – als Leser – kann den Text endlos verändern, ohne ihm seine ursprüngliche Natur zu rauben, vielmehr bereichert er sie mit feinen Veränderungen. Wenn es eine wahrhaft freie und schöpferische

Einbildungskraft gibt, so ist dies die Poetik der Veränderungen. Sie ermöglicht das Abenteuer der Metamorphose der veröffentlichten und unveröffentlichten Bücher auf der Suche nach ihrer Identität, genauso wie der Mensch sie sein Leben lang unternimmt, diese geheimnisvolle Angleichung zweier Abstraktionen: Inhalt und Form. Aber die Form ist nichts als der Inhalt, der an die Oberfläche steigt, hat Victor Hugo gesagt. Und dies geschieht manchmal – fast immer – sehr langsam.

Überdies sagte ich mir auch, indem ich die Wirklichkeit der Dinge ein wenig mystifizierte, wenn der Mensch ein einziges Mal stirbt, so wünscht sich der Verfasser, daß sein Buch viele Male wiedergeboren wird. Ich begriff, daß dies weder eine belanglose noch eine irrige Vorstellung ist. Von Shakespeare bis Borges, von der Fassung der Maya- und Aztekenschriften bis zu den Erzählungen und Berichten der volkstümlichen und weltweiten Überlieferung, von den namenlosen Handschriften des Mittelalters bis zu den mündlichen Texten der Eingeborenen- und Mischlingskulturen; von – sagen wir – François Villon bis zu Emiliano R. Fernández, dem größten zweisprachigen paraguayischen Dichter, ordnet sich der Buchstabe dem Geist, die Schrift dem gesprochenen Wort unter. Diese Poetik der Veränderungen, welche die »fertigen« Texte umstürzt und neu belebt, bildet die Palimpseste, die die gewitzten Kritiker zur Verzweiflung bringen, die aber die einfältigen Leser entzücken.

Der Greis Macario, einer der Personen von *Menschensohn*, verändert unter der augenscheinlich besessenen Starrheit seiner Berichte unablässig die Stimmen und die Träume der kollektiven Erinnerung, die in diesem winzigen knochendürren und gespenstischen Körper Fleisch werden, der, wenn er begraben wird – das heißt, wenn seine zweite Geburt erfolgt –, in einen Kindersarg paßt.

Mehr als zwanzig Jahre lang, während meines gesamten Lebens, habe ich unbewußt den alten Macario nachgeahmt, und ich fühle, daß jeder Verfasser, ja selbst der am wenigsten erlauchte und fähige, ja gerade dieser zur Ethik und zur Poetik der Abwandlungen schreiten muß. Er tut dies ohnehin, auch wenn er es sich nicht bewußt vornimmt, von einem Text zum anderen, so daß die letzte Fassung nach vollendetem Abschreiten des Kreises haargenau die Widerlegung der ersten ist.

Solcherart ist diese Fassung von *Menschensohn* ein völlig neues Werk und dabei dem Original dennoch gleich, insofern, als sie sich im wesentlichen an den ursprünglichen Zusammenhang hält, von dessen Wirklichkeit sie jedoch nicht mehr als eine der möglichen Fabeln ist, die das mythentragende Wort zu erfinden vermag.

A.R.B. Toulouse, 1982.

Hauptpersonen

Oberleutnant Miguel Vera, fiktiver Verfasser dieses Buches
Macario Francia, Landstreicher, Sohn eines Freigelassenen
Gaspar Mora, dessen Neffe, Instrumentenbauer; stirbt als Einsiedler, Schnitzer der Christusstatue
Maria Rosa, Chipáverkäuferin
Alexis Dubrowsky, russischer Emigrant, der »Doktor«, auch »Gringo« genannt
Maria Regalada Cacere, Tochter des Totengräbers, die dessen Amt übernommen hat
Casiano Jara (alias Amoité), Flüchtling aus den Matepflanzungen
Natividad Espinoza, dessen Frau, genannt Natí
Cristobal Jara, genannt Kiritó, beider Sohn
Salu'í, Krankenschwester
Crisanto Villalba, Unteroffizier
Juana Rosa, dessen Frau

Die Handlung spielt vor allem in Itapé, Sapukai, dazu in den Matepflanzungen von Takurú-Pukú und im Kriegsgebiet des Gran Chaco.

Die letzte Niederschrift des fingierten Erzählers erfolgte etwa ein Jahr nach der Beendigung des Ölkrieges um den Gran Chaco zwischen Paraguay und Bolivien (1932-35) und geht zurück bis zum Bauernaufstand von 1912 in Paraguay.

Worterklärungen

Abbreviaturen:	g bedeutet Guaraní (vox guaranitica) *guar* bedeutet guaranisiert
Alcalde:	Bürgermeister
Alpargata:	Stoffschuh
Araräkä:	Papagei
Arroba:	Gewicht, 10 Kilogramm
Boli:	*guar* Bezeichnung für Bolivianer
Bombilla:	kleine Pumpe, Saugrohr zum Mate- oder Teetrinken
Cabeza de Agua:	(Wasserkopf) Ortsname
Camalote:	auf der Oberfläche schwimmende Wasserpflanze
Caña:	Zuckerrohrschnaps
Cañadón:	flaschenhalsähnlicher Engpaß
Candé:	*guar* Abkürzung für Candelaria = Fest
Capanga:	(von capar kastrieren) bewaffneter Aufseher
Capuera:	Pflanzung auf Waldboden
Carreta:	zweirädriger Ochsenkarren
Cerro:	Berg, Hügel, Cerrito = Hügelchen
Chacra:	Pflanzung, Garten
Chipá:	g typisches paraguayisches Gebäck aus Mais- oder Maniokmehl mit Käse und Eiern
Chipera:	Chipáverkäuferin
Conché:	*guar* Abkürzung für Concepción, weibl. Vorname
Dividiviwasser:	Wasser aus den Schoten des amerikanischen Schlehdorns, Gerbdroge
Galleta:	Hartgebäck aus Weizenmehl
Gringo:	Ausländer

Guairá: Departement in Zentralparaguay, Hauptstadt Villarica

Guaraní: alte Indianersprache, heute noch in Nordargentinien und Paraguay gesprochen, aber mit dem Spanischen weitgehend hybridisiert

Guayabo: Busch oder kleiner Baum; Psidium guayabo Raddi (in dt. Wörterbüchern »Guave«)

Guayakan: Urwaldbaum des Chaco

Hovenia: (Ovenia) Baum

Iguaná: g Leguan, Landkrokodil

Ingá: früchtetragender Urwaldbaum

Karaguatá: g große stachelige Bromelie

Kasuarine: Casuarina, Baum, Strauch

Kirikirí: g Raubvogel, Falke

Kiritó: *guar* Abkürzung für Cristobal

Korral: fest eingezäuntes Viehgehege

Kuruzú: *guar* von Cruz: Kreuz

Lapacho: Urwaldbaum

Lechiguana: Wespenart

Legua: eine Reitstunde, etwa 4 Kilometer

Lokote: süßer Pfeffer

Maniok Kassawa: Manihot utilissima, tropische Nutzpflanze

Mate: Nationalgetränk

Mate Bombilla: mit der Bombilla getrunkener Mate

Mbeyú: g Gebäck

Mboroviré: grob zerkleinerte Yerbazweige, geröstet, ungemahlen

Mensú: *guar* Monatskontraktarbeiter

Milhombre: Waldliane

Monflorito: *guar* gebräuchliches Schimpfwort (Hermaphrodit)

Nandurié: g sehr giftige Schlange

Natí: *guar* Abkürzung für Natividad

Pakurí:	wildwachsende Frucht des gleichnamigen Baumes
Paraiso:	Baum
Patacón:	span. Silbermünze
Peñ Hermosa:	3 km lange, 600 m breite Felseninsel vor Puerto Casado im Rio Paraguay, militärische Strafkolonie
Peón:	männl. Arbeiter, Knecht
Petereby:	g Urwaldbaum
Picada:	Waldweg, zum Herausfahren der Stämme geschlagen
Picador:	Ochsenkarrenkutscher, der mit der Picana antreibt
Picana:	Stoßstange des Picadors mit Dorn an der Spitze und Schellengeläut aus Ringen oder einer Konservenbüchse mit Nägeln
Piraña:	Raubfisch; g pira: Fisch, ana: Teufel
Pitogüé:	Vogel
Pombero:	Spukwesen
Poncho:	Umhang (Ponchito – Verkleinerungsform)
Pora:	Spukwesen
Potrero:	freies, eingefriedetes Land
Pueblo:	Städtchen mit Richter, Alcalde, Polizei
Rancho:	paraguayische Wohnung; Ranchito entspricht einer Hütte mit Lehmwänden und Strohdach, ein Raum, mitunter eine große Veranda
Real:	Münze
Samuhú:	g palo borracho; Flaschenbaum, nach der Form des Stammes so genannt
Tereré:	Aufguß von kaltem Wasser auf Yerba (in Horn oder Glas usw.) mit Bombilla getrunken
Timbó:	g Urwaldbaum (bed. soviel wie Rauch)
Yaguarete-í:	kleiner Jaguar

Yarará:	g giftige Schlange
Yasy-yate-ré:	g Spukwesen, Vogel, nackter Zwerg, der in der Siesta die Menschen in den Wald lockt
Yerbal:	natürlicher Wald von Ilex paraguayensis, Yerba; oder Yerbapflanzung
Yopará:	g gemischte Speise aus gebratenen Zwiebeln, Maisgrütze, Bohnen, Fleisch, Milch, Fett

Inhalt